El Príncipe del Sol

CLAUDIA RAMÍREZ LOMELÍ

El Príncipe del Sol

Diseño e ilustración de portada: David Espinosa Álvarez
Ilustraciones de interiores: Mac Monroy (Drunkenfist)
Ilustración del mapa: Carmen Irene Gutiérrez Romero

© 2018, Claudia Ramírez Lomelí

Derechos reservados

© 2018, Editorial Planeta Mexicana, S.A. de C.V.
Bajo el sello editorial PLANETA M.R.
Avenida Presidente Masarik núm. 111, Piso 2
Colonia Polanco V Sección
Delegación Miguel Hidalgo
C.P. 11560, Ciudad de México
www.planetadelibros.com.mx

Primera edición en formato epub: septiembre de 2018
ISBN: 978-607-07-5163-9

Primera edición impresa en México: septiembre de 2018
Segunda reimpresión en México: diciembre de 2018
ISBN: 978-607-07-5161-5

Impreso en los talleres de Litográfica Ingramex, S.A. de C.V.
Centeno núm. 162-1, colonia Granjas Esmeralda, Ciudad de México
Impreso y hecho en México — *Printed and made in Mexico*

Este va para mis papás:
a mi mamá, por siempre creer en mí;
a mi papá, por empujarme a darlo todo.
Ustedes son mi sol y mi luna.

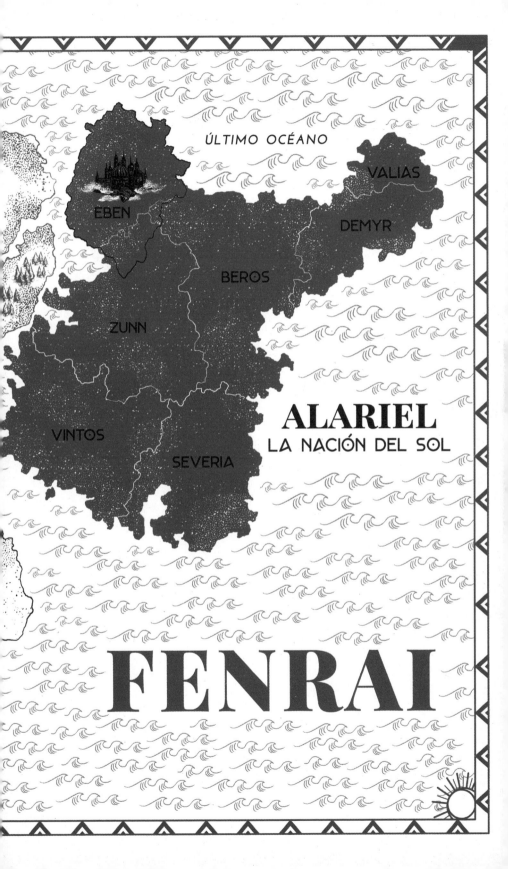

Prólogo

Fenrai, la tierra del sol.

Así era como se le solía llamar a este mundo hace un milenio. El sol siempre estaba presente y era venerado por todos los habitantes del lugar. No se conocía la noche; no se conocía el frío. El sol no sólo gobernaba los cielos, sino que también era la fuente de vida y magia del reino.

En Fenrai todos eran felices; sus vidas estaban llenas de luz; todo resplandecía.

Hasta que un día eso cambió. Las personas voltearon hacia arriba y vieron con horror cómo el sol comenzaba a bajar y los colores claros del cielo cambiaban de tonalidad hasta que, poco a poco, todo se hizo negro.

Fue la primera vez que Fenrai presenció la oscuridad.

Esto había sido obra de Avalon, la solaris más poderosa del reino. Se decía que no sólo era capaz de manipular la energía del sol a su antojo, sino que también era una guerrera formidable; que era una mujer ambiciosa y que, como en su corazón no había luz, decidió que en el mundo tampoco debería haberla.

Y fue así que trajo la noche a Fenrai.

Con la noche llegó algo desconocido. Algo en el cielo que no emanaba ni rayos ni calor. Era un astro frío y bello. Un astro al que llamaron *luna*.

Entonces, Avalon demostró una vez más por qué era la solaris más poderosa: comenzó a absorber energía de la luna y ganó poderes que ningún habitante de Fenrai había imaginado posibles y, a pesar de que ella estaba tocada con la magia del sol y de la luna, todo el que se unió a su ejército perdió su afinidad con el sol; se hicieron hijos de la luna y de la oscuridad.

Con ello llegó la Guerra del Día y la Noche.

Helios, el emperador de Fenrai, no iba a permitir que su nación se quedara sin sol. Enfrentó a Avalon con su propio ejército y, cuando los poderes de sol y luna chocaron, se creó una división. Ahora no todo era día. Ahora no todo era noche.

Ahora había día y noche.

Ninguno de los dos ganó la batalla, por lo que decidieron hacer una tregua, y Fenrai se dividió en dos: Alariel, la nación del sol, e Ilardya, el reino de la luna.

Ambas tierras ahora tenían sol y luna. La diferencia era que una se alimentaba del sol y la otra de la luna.

Y esa es la leyenda del día y la noche.

—Fin —dijo un chico de unos trece años mientras revolvía el cabello de un niño unos cuantos años menor que él.

El niño se quedó callado, muy pensativo. Se encontraban en una gran habitación en la que gobernaban los colores rojos y dorados, los colores de la nación. El lugar estaba oscuro casi en su totalidad, con excepción de la tenue luz que venía de un orbe que flotaba a un lado de la cama.

—¿Cómo crees que sería el mundo sin noche? —preguntó el pequeño al fin.

El mayor sonrió.

—No lo sé; yo pienso que muy caluroso.

—Yo pienso que no me obligarían a dormir cuando oscureciera, porque nunca oscurecería —respondió el niño con certeza.

—Estoy seguro de que la gente tendría que dormir de todos modos.

Y, efectivamente, ya era hora de dormir para el pequeño que le había pedido la historia. Aunque ya no era tan pequeño, acababa de cumplir ocho años y, pese a que todavía conservaba la curiosidad de un niño, cada vez era más perceptivo y menos inocente; ya no caía en sus bromas con tanta facilidad como antes.

El mayor rio y negó con la cabeza, levantándose del banco en el que estaba para arropar a su hermano. Este lo miró a los ojos, dejándose cubrir por el gran manto de terciopelo.

—Tal vez Avalon ya no soportaba dormir con tanta luz entrando por su ventana y por eso trajo la noche.

Ahora sí, el mayor soltó una carcajada.

—Deja de pensarlo tanto, Emil. Sabes bien que la historia del día y la noche es solamente un cuento para niños.

—Lo sé, hoy en mi clase de Historia, la profesora me contó que la verdadera razón por la que Fenrai se separó fue por los rebeldes que ya no querían vivir bajo el mandato absoluto del emperador Helios, y los líderes de esos rebeldes fueron los ancestros de la actual familia real de Ilardya —recitó de memoria el niño.

—¿No eres muy pequeño para que la profesora te hable de esas cosas?

—Dice que debo estar preparado porque voy a ser el rey.

El mayor suspiró. Esperaba que no fueran muy duros con Emil. Sí, ya estaba creciendo, pero no le parecía justo que le fueran arrebatando sus últimos años de niñez con tantas lecciones de historia y de política y de estrategia. Emil iba a ser el rey de Alariel, pero no hasta que su madre muriera, y esta aún era joven y fuerte. Faltaban muchos años para eso.

—Para lo que debes prepararte es para dormir, los niños no deben estar despiertos cuando sale la luna.

—¡Ya no soy un niño!

El mayor volvió a acariciar la cabeza de Emil. ¿Cuántos años le tomaría al pequeño darse cuenta de que ser un niño era un privilegio?

—A dormir.

—Ezra, eres el peor.

Parte 1

SOL

*Esta historia comienza con el príncipe
que vivía en el reino del sol.
Y con la chica que quería salir de ahí.*

Capítulo 1
EMIL

La última vez que Emil había visto a su madre, ella le había dicho que tenía que ser valiente, pues iba a llegar un día en el que, aunque el sol estuviera en el cielo, sus rayos no brindarían calor.

Eran palabras sin mucho sentido para el joven príncipe, pero no las había olvidado.

Hoy se cumplían ciento y un días desde la última vez que Emil había visto a su madre, y él sabía lo que eso significaba. Oficialmente, el Proceso daría comienzo, y después, su coronación. Toda su vida había imaginado que cuando ello ocurriera, sería perfecto; después de todo, era para lo que se había preparado desde que tenía uso de razón. Pero nunca esperó que fuera a ocurrir bajo las circunstancias actuales.

Alariel estaba perdido, sin guía.

El joven se frotó los ojos y suspiró. Llevaba un rato recostado en su cama y no quería levantarse. No era su cuerpo el que se lo impedía, sino su mente; sus pensamientos lo agobiaban cada vez más. Tal vez, si se quedaba allí, nada de esto tendría que suceder. ¿Cómo era que nadie lo veía? ¡No estaba listo! Aún le quedaban años de lecciones y entrenamiento. Tan sólo tenía diecisiete y había contado con que su madre regiría durante muchos años más.

Y estaba enojado. Toda su vida había soñado con el día en el que pasaría a ser el rey de Alariel, pero no así. No sin la guía de su madre, la reina Virian. No con todo el reino lleno de incertidumbre, preguntándose dónde estaba, o si estaba viva o muerta. No con su familia cargando pesar y dolor, esperando por noticias. No con su propio corazón roto.

Estaba enojado, sí, pero más que nada, se sentía desolado.

Los primeros días habían sido los peores, sentía que con su madre se había perdido también una parte de él. El tiempo había hecho que el dolor se adormeciera, pero no que desapareciera, eso no. Y era el tiempo el responsable de que el día de hoy hubiera llegado.

—Su alteza —escuchó detrás de las puertas de su recinto—, ¿desea que le prepare su baño? Dentro de una hora debe estar en la Sala de Helios.

Su niño interno quería gritar que no iba a ir, pero lo acalló.

—Sí, adelante.

«Cinco minutos más». Cerró los ojos y trató de dejar su mente en blanco, sin mucho éxito. A partir de hoy las cosas iban a cambiar y, le gustara o no, tenía que enfrentarlo.

Se levantó de la cama y se quitó su largo camisón de seda para después dirigirse al cuarto de baño, pero un ruido familiar, proveniente del balcón, lo hizo detenerse. Sonrió y se dirigió hacia su gran ventanal para descorrer las cortinas rojas de terciopelo y abrir las puertas que daban al exterior, a sus jardines privados, que se supone que estaban vigilados por guardias en todo momento; pero esta era una excepción. Todos conocían a Gavril y lo dejaban pasar sin cuestionarlo o anunciarlo. Así era desde que ambos eran pequeños.

—¿Gav? —preguntó Emil, asomando un poco la cabeza en busca de su amigo, pero sólo vio las pequeñas piedras que descansaban en el suelo; Gavril siempre lanzaba dos para llamar su atención.

—Eh... tal vez quieras ponerte algo de ropa, Emil.

—¡Oh, por Helios! ¿Está desnudo?

Esa voz hizo que el príncipe retrocediera de un salto y se enrollara en una de las cortinas. Llevaba el camisón arrugado en su mano, apenas cubriendo un poco sus partes.

Gavril y Emil se habían bañado juntos desde que eran tan sólo unos pequeños infantes y habían crecido entrenando mano a mano. El mejor amigo del príncipe lo había visto incontables veces sin prenda alguna, y ninguno de los dos le daba importancia al asunto. Pero esa voz era la de... ¿Gianna?

Emil se aseguró de estar bien enrollado entre las rojas cortinas. Gianna definitivamente no lo había visto desnudo, pero no se dio mucho tiempo para avergonzarse, pues una duda rondaba en su cabeza: ¿qué hacía ahí? Es decir, sabía que Gianna y las demás viajarían a la capital para la ceremonia del Proceso, pero pensó que llegarían directo a la Sala de Helios. No se había preparado mentalmente para verlas. Esa era otra de las razones por las que estaba enojado con toda esta situación. Nunca antes había tenido que prepararse mentalmente para verlas. Ellas eran sus mejores amigas, ellas no...

—No está desnudo, ya está envuelto en los colores de la nación, listo para hoy —se escuchó una cantarina voz familiar, la de Elyon.

Fue a la primera que vio.

Elyon, con su habitual sonrisa y su cabello del color de las cenizas, tan liso que era imposible de controlar. La siguió Gianna, cruzada de brazos y desviando la mirada, y justo detrás venía Mila.

Si hubiera tenido algo de ropa encima habría corrido a abrazarlas; hacía varios meses que no las veía y las había extrañado muchísimo. Llevaba toda la semana preguntándose si las cosas podrían seguir como siempre después del Proceso, y aunque sabía que la respuesta era negativa, la esperanza seguía ahí.

—¿Qué hacen aquí? —fue lo único que atinó a preguntar.

—Pues ¿qué más? Teníamos que verte antes de la ceremonia —respondió Elyon como si fuera lo más obvio del mundo.

—Pensamos que sería mejor vernos antes de estar frente a todos los adultos, para hacer la situación menos... —Mila parecía estar buscando la palabra correcta para terminar su frase. Sus enormes ojos azules sonreían más que el resto de su rostro.

—Incómoda —añadió Gavril.

Ante ese comentario, Gianna le propinó un fuerte codazo en el brazo a su hermano, aunque este ni se inmutó.

—Chicas, lo siento mucho; yo jamás esperé que esto fuera a pasar —se disculpó el joven príncipe, consciente de que el comentario de Gavril no había sido del todo desatinado.

—Oye, nada de esto es tu culpa. Lo sabes, ¿cierto? —dijo Mila, apoyando su mano en el hombro de Emil.

Lo sabía. No era su culpa y tampoco podía culpar a nadie. No era como si su madre hubiera desaparecido a propósito. Ella era la persona más valiente, fuerte y dedicada que conocía, no se habría fugado así como así. Sin decir nada. Sin dejar rastro.

Sin despedirse.

—En esto todos estamos de acuerdo pero... Emil, ¿podrías vestirte? —preguntó Gianna; al parecer la idea de que el príncipe estuviera desnudo bajo la cortina la abrumaba. Incluso parecía estar sonrojada, aunque su piel morena lo disimulaba.

—Espera, mejor quédate así —intervino Elyon, que al poco tiempo se dio cuenta de que su comentario podía malinterpretarse. Tosió disimuladamente—. Es decir, sí, Emil, tienes que vestirte. Pero ahora tenemos el tiempo contado, nuestros padres seguro ya habrán mandado a los guardias a buscarnos.

Emil rio.

—Ya me parecía extraño que estuvieran aquí, debí suponer que vinieron a escondidas.

—¡Exacto! Y mi mamá me va a matar si no estoy en la Sala de Helios pronto —chilló Gianna, abrazándose a sí misma mientras aprovechaba para mirar hacia todos lados—. Elyon, dile ya.

—Bien. Seguramente, el día de hoy tendremos los ojos de todo el castillo encima, así que nos escabullimos para decirte dos cosas. —Elyon puso ambas manos en sus caderas e hizo una pausa, esperando que Emil diera señales de que su atención estaba en ella.

Emil asintió.

—Primero, queremos que sepas que todo va a estar bien —dijo Elyon, regalándole esa sonrisa tan grande y característica de ella.

Y Emil la miró a los ojos. Y luego miró a Gianna y a Mila. Las tres sonreían y lo veían con una sinceridad tan aplastante, que él se quedó un instante sin habla. ¿Cómo sabían ellas que eso era lo que tenía que escuchar en este momento? La respuesta a esa pregunta le llegó rápido: ellas lo sabían porque lo conocían a él y a su corazón.

«Gracias», quería decirles. «Gracias, de verdad».

—Y... ¿lo segundo?

Las tres chicas se miraron, y luego Gianna le dio un empujón a Gavril.

—Claro, debí saber que iba a ser yo el que iba a terminar diciéndotelo —se quejó el chico, negando con la cabeza.

—¿Decirme qué?

Gavril tardó casi diez segundos en contestar.

—Ezra está aquí.

El príncipe Emil acababa de cumplir diecisiete años hacía apenas seis meses, y todos a su alrededor le decían continuamente que pronto sería un hombre.

Claro que, en su caso, *ser un hombre* significaba convertirse en el rey de Alariel.

Y a pesar de que lo que más quería Emil en esos momentos era ver a Ezra, sabía que eso tendría que esperar. Estaba seguro de que no se lo iban a permitir; por lo menos no ahora, porque, según todos, tenía asuntos más importantes qué atender.

Emil se preguntaba qué podía ser más importante que ver a Ezra. Su llegada podría cambiar el rumbo de todas las cosas. Ezra podría tener respuestas. Explicaciones. Y tenía la seguridad de que, cuando al fin lo escucharan, todos se iban a retractar de haberlo acusado sin fundamento.

—Emil, ¿está todo bien?

La voz de su padre, el rey Arthas, lo sacó de sus pensamientos. En este momento caminaban por el largo corredor central del castillo, dirigiéndose a la Sala de Helios. Hoy el rey de Alariel lucía su traje para reuniones formales, de un color rojo oscuro, con detalles dorados en las mangas y en el cuello, y unas hombreras a juego. No podía faltar el anillo con el sello de la familia Solerian en su dedo anular, además de una banda dorada que cruzaba de su hombro derecho a su cadera izquierda y que solamente utilizaba en eventos ceremoniales. Emil también llevaba una. De hecho, hoy su atuendo era sumamente parecido al de su padre, sólo que el suyo no tenía hombreras.

Jugueteó con su propio anillo, mirando su símbolo. Era un medio sol atravesado por la inicial del apellido real, y la banda estaba adornada con laureles.

No quería agobiar a su padre en ese día tan importante, pero tampoco podía quedarse callado.

—Sigo pensando que esto debe posponerse; además, Ezra ya está aquí y...

—Y ya está siendo interrogado. Tú no tienes nada de qué preocuparte —dijo Arthas, interrumpiéndolo.

—¡No pueden tratarlo como a un criminal! —exclamó Emil, tratando de no armar un escándalo—. Es mi hermano.

Arthas simplemente suspiró, pero siguió caminando, lo que ocasionó que el joven quisiera correr y plantársele enfrente para detenerlo, aunque optó por no hacerlo y siguió tras él. Sabía que su padre realmente no tenía mucho control sobre la situación de Ezra.

—Tienes que concentrarte en los asuntos del reino, hijo. El día de hoy lo más importante es presentarte oficialmente ante las candidatas.

Candidatas.

Si su padre había querido desviar su atención del asunto de Ezra, lo había logrado. La sola palabra hacía que Emil quisiera retorcerse. Agradecía al mismísimo Helios que las tres lo hubieran visitado antes de la inevitable reunión, pues, de no haberlas visto, estaba seguro de que no podría ni siquiera darles la cara cuando entrara a la sala.

—Preferiría que no las llamaras así —dijo, sin más.

Estaba actuando como un niño berrinchudo; pareciera que todo le molestaba. Y sí, todo lo que había sucedido y estaba por suceder lo tenía muy alterado.

—Sé que las circunstancias no son las ideales, pero... —Arthas se detuvo y se dio la vuelta para ver a su hijo a los ojos—. El reino necesita un guía. Necesita a su legítimo rey.

Y eso Emil lo tenía claro. Hacía algunas semanas habían comenzado a requerir su presencia en las juntas del Consejo, cosa que nunca antes había ocurrido, pues lo consideraban demasiado joven para enterarse de los asuntos más serios de la nación. Pero ahora que su reina madre estaba desaparecida, era su deber empezar a empaparse de los problemas, las revueltas de los rebeldes, los tratados y cualquier asunto con el que Alariel tuviera que ver.

Durante esos meses, el rey Arthas se había involucrado más en los temas de la nación, pero, dado que él era el consorte de la reina, realmente no tenía derecho al trono cuando había un heredero legítimo. El problema era que, para que la coronación pudiera ser oficial, el heredero debía estar casado.

¿Y si se lo preguntaban a Emil? Era la regla más estúpida que los Grandes Ancestros habían puesto en papel.

—No quiero casarme.

—Ya hemos hablado de esto.

—Pero... ¿y si ellas tampoco quieren casarse? No las podemos obligar —dijo, tratando de contener el volumen de su voz—. Yo como futuro rey puedo asumir mi responsabilidad, pero ellas no tendrían que estar metidas en esto.

Su padre suspiró.

—Le hemos dado vueltas al asunto muchas veces, Emil. Deberías agradecer que tus amigas son posibles candidatas. Si yo no las hubiera sugerido, estoy seguro de que tu tío hubiera arreglado tu matrimonio sin darte la posibilidad de elegir.

La principal razón por la que las tres calificaban como candidatas era porque tenían poderes de sol. El dinero y el renombre de la familia no eran lo principal, sino que fueran solaris. La familia Lloyd, la de Gianna y Gavril, sí era de las más ricas e influyentes de todo el reino, pero los casos de sus otras dos amigas era distinto. Elyon vivía bien acomodada, pues su padre era el mercader encargado de llevar los recursos de todo Alariel al puerto para su exportación, como madera, metales, textiles y otros. En cambio, Mila venía de una familia humilde, pero como era la guerrera solaris más prometedora de la Academia, era bastante conocida por todos.

—¿Y qué hay de la elección de ellas? —preguntó, ofuscado.

Arthas miró a su hijo con algo de resignación y se volteó para continuar caminando hacia la Sala de Helios.

—Nadie las obligó a venir, hijo —dijo, sin mirarlo—. Se les dio una semana para pensarlo y a cada familia se le notificó que podían aceptar o rechazar la candidatura.

Emil bajó la cabeza y decidió ya no decir más. No tenía sentido que siguiera peleando por lo mismo. Eso de que se les había dado la opción de aceptar o rechazar la candidatura era mero protocolo. Nadie en su sano juicio declinaría una invitación de la Corona. Mucho menos una de tal importancia.

De pronto sintió una mano que se posaba sobre su hombro; alzó la cabeza y se topó de lleno con los ojos comprensivos del rey Arthas; eran de color miel, igual al suyo. Y fue como si se hubiera vuelto pequeño otra vez, vulnerable e inseguro. Sin pensarlo dos veces, se lanzó a abrazar a su padre, quien no dudó en envolver a su hijo entre sus brazos.

—Y pensar que fuiste tú quien nos dijo a Virian y a mí que ya estabas muy grande para estas... ¿cómo las llamaste? —rio su padre—. Ah, muestras de cariño.

—Por algo lo dijo, Arthas. ¿Cómo crees que este tipo de escenas ridículas hacen ver al futuro rey de la nación?

Al escuchar esa voz, Emil se separó de su padre como si sus brazos quemaran. Su tío Zelos, el hermano menor de su madre, caminaba hacia ellos, mirándolos con severidad. Él era quien había asumido la responsabilidad total de Alariel cuando la reina desapareció.

—Oh, por favor, Zelos, dale un respiro —suspiró Arthas—. Tomando en cuenta las circunstancias, creo que Emil se ha comportado a la altura. Y podrá ser el futuro rey, pero es mi hijo, y si me necesita, yo voy a estar ahí para él.

La expresión de Zelos no cambió en lo absoluto.

—Alariel necesita un rey que no muestre debilidad en estos tiempos de incertidumbre, no un niño.

Emil guardó silencio a pesar de que las palabras de su tío le habían escocido.

Zelos ni siquiera lo miró; simplemente giró sobre sus talones y comenzó a caminar hacia la Sala de Helios. El príncipe tuvo que cerrar los ojos para calmarse. No iba a permitirse aparecer descompuesto durante el comienzo del Proceso.

—Vamos, Emil —dijo su padre con suavidad, mirándolo—. No será bien visto si llegas tarde.

Por más que Emil trataba de concentrarse, el evento que se llevaba a cabo delante de él sucedía en secuencias borrosas. Cuando su padre y él habían entrado a la sala, todos los presentes habían hecho una reverencia con la cabeza. Hacía algunos años, Ezra le había contado a Emil que antes se exigía que los habitantes de Alariel se arrodillaran hasta el suelo en la presencia del monarca. Pero su madre, la reina Virian, había anulado esa norma, pues le parecía que con una sutil reverencia era más que suficiente.

Ah, cuánto la admiraba. Y cuánto la extrañaba.

Podía escuchar que su tío Zelos daba un discurso sobre lo que procedía tras la ausencia de más de cien días de la reina. Le molestaba un poco que hablara de ella sin emoción alguna, ¡era su hermana! Emil aún era incapaz de hablar de ella sin que se le hiciera un nudo en la garganta.

—… y, como lo dicta la ley impuesta por nuestros Grandes Ancestros, se debe iniciar el Proceso, que consta de tres fases. La primera es la Presentación, en la que se anunciará oficialmente al futuro rey de Alariel ante su nación, al igual que a su futura esposa, quien será su consorte…

Emil conocía esa información de memoria. La primera fase duraba sólo un día, que era precisamente ese. La segunda fase era la Preparación, en la que el futuro rey y su futura esposa debían convivir, conocerse y prepararse para lo que venía. Esta fase duraba seis meses. Después venía la Coronación, que era precedida por la boda real. Esta tercera fase duraba una semana y era festiva en toda la nación.

—Debido a la temprana edad del príncipe Emil, no existía un compromiso de matrimonio antes de que comenzara el Proceso, así que los seis meses de la Preparación serán utilizados para que el príncipe conviva con tres doncellas, todas ellas prestigiosas solaris, y se comprometa con una para poder proceder a la etapa de la Coronación.

Emil quería que su tío se callara. Ni siquiera era capaz de mirar a sus amigas, que se encontraban sentadas junto a sus familias. Le molestaba toda la situación. Era absurdo que tuviera que casarse para ser rey. Era estúpido. Cerró los ojos durante unos segundos para calmarse y, al abrirlos, observó todo lo que lo rodeaba en esos momentos.

Estaba sentado al centro de la Sala de Helios, en donde había tres tronos. El de su madre al centro, el de su padre a la izquierda, y el suyo a la derecha, aunque pronto pasaría a ser el del centro. Su padre se encontraba sentado con la espalda totalmente recta, mirando atento a Zelos, que estaba de pie sobre el pedestal de los tronos.

La Sala de Helios era uno de los salones más grandes y ostentosos de todo el castillo. Empezando por la altura de los muros, que medían cinco pisos enteros. Era completamente redondo, y las paredes estaban compuestas casi en su totalidad por enormes ventanales que ilustraban la historia de Alariel; el techo era una especie de cúpula que al centro tenía un tragaluz circular por el que los rayos del sol pasaban e iluminaban todo.

Seguía intentando esquivar las miradas de sus amigas, así que optó por observar a todos los presentes, que lo veían de vuelta con interés. ¿Lo estarían juzgando en esos momentos? Después de todo, Emil iba a ser el primer rey después de cinco generaciones de reinas. En Alariel no importaba si el heredero al trono era hombre o mujer, siempre era el primogénito o primogénita quien lo asumía. Y Emil era el único hijo legítimo del matrimonio de la reina Virian con su consorte, el rey Arthas.

Su tío Zelos habló por lo que parecieron mil años más y luego llamó a las tres chicas al frente, pues iban a ser presentadas justo después de Emil.

—Así que, con la presencia de los representantes de todas las grandes casas de Alariel, así como la de los miembros del Consejo, quiero presentarles formalmente a su futuro y legítimo soberano, Emil Solerian.

Emil se puso de pie y trató de ostentar todo el porte que sus padres siempre lucían con tanta naturalidad. Vio cómo todos los presentes hacían una reverencia con su cabeza y después, al fin, posó sus ojos sobre sus tres amigas, quienes ahora estaban justo frente a él.

Mila, con su semblante tranquilo de siempre.

Elyon, quien se veía inquieta, pero trataba de ocultarlo.

Gianna, que lucía como la elegancia personificada.

Y Emil lo supo con certeza. No podía obligarlas a hacer esto. Las adoraba y no iba a permitir que fueran privadas de sus vidas para cumplir con una ley arcaica y sin sentido. No sabía cómo, pero tenía seis meses para evitar la boda. La Coronación se realizaría, sí.

Pero bajo sus propias condiciones.

Capítulo 2
ELYON

Había llegado con su padre a la capital a primera hora del sol y, a pesar de que venía cada año en vacaciones, la Ciudad Flotante de Eben siempre la dejaba sin aliento. Era su lugar favorito de todos. Incluso, le gustaba más que su propio hogar, Valias. Eben, para ella, era lo más majestuoso que sus ojos habían visto jamás.

Si bien era la ciudad más pequeña de todo Alariel, era la más importante y la más acaudalada; después de todo, aquí estaba el Castillo del Sol y era el hogar de la familia real.

Era toda una experiencia cuando llegaba volando en pegaso y la avistaba entre las nubes. Lo primero que veía era el castillo, una obra imponente y soberbia, que parecía extenderse por toda la ciudad. El terreno de Eben estaba desnivelado, y el castillo se había construido acorde con ello; tenía fortificaciones y torres que ascendían, como escalera, y todas estaban conectadas por puentes de piedra.

A pesar de que había varias estructuras independientes al castillo, todas lucían como si fueran parte de él, construidas en piedra y en armonía. Y en la parte más alta había un montículo de rocas por el cual se deslizaba una cascada que desembocaba en un lago de aguas cristalinas.

Todo esto era abrazado por un gran muro de piedra que también subía con el desnivel de la tierra y del cual caían largas enredaderas que adornaban las rocas grisáceas que sobresalían por debajo de la ciudad y que parecían sostenerla.

Uno de los primeros recuerdos de su vida estaba precisamente aquí. Elyon y su padre recién llegaban a la ciudad; ella estaba maravillada y hacía un sinfín de preguntas, pero la más inquietante era: ¿por qué este lugar puede volar? Su padre se había reído, le había revuelto el cabello y le había aclarado que el lugar no volaba, sino que flotaba, suspendido en el aire. Pero ella no se había conformado con esa respuesta, por lo que había insistido.

—¿Por qué?

—Nadie lo sabe. Esta ciudad ha estado flotando en el cielo desde el inicio de los tiempos. La biblioteca de Alariel cuenta con registros de hace un milenio, y Eben ya flotaba.

En ese entonces, Elyon era muy pequeña para realmente entender las palabras de su padre, y recordaba que había asentido, fingiendo conformarse.

—Quiero conocer todos los lugares flotantes que existen —le había dicho entonces, mirándolo con decisión.

Y él había vuelto a reír con ternura.

—Tu madre tiene razón, tienes la cabeza en los cielos. Te traeré a Eben cada año, si así lo deseas, pues esta es la única ciudad que flota en todo Fenrai.

Y desde aquella vez, Elyon decidió que Eben era su lugar favorito.

Cada vez que venía, volvía a sentir algo parecido a la añoranza. En Eben se sentía más cerca de los cielos. Aquí el sol y la luna se veían más grandes. Aquí la brisa era más pura. Aquí podía volar.

Y ahora estaba de vuelta, aunque la visita no fuera por la razón habitual; pero justo en estos momentos no quería pensar en ello, sólo quería admirar la vista desde la entrada a la ciudad, que era el único lugar de Eben que no estaba rodeado por el Gran Muro. Bajó de Vela, su pegaso, y se apartó un poco de ella y de su padre para correr hacia lo más cercano al borde que sus pies (y su casi nulo sentido de la seguridad) le permitían.

—Elyon. —El tono de su padre era severo.

Pudo escucharlo a lo lejos, pero su voz estaba siendo opacada por el grito de felicidad que se estaba formando en su garganta y que quería dejar salir. No lo haría, pues una ocasión en que lo hizo, los guardias del muro en turno habían corrido disparados hacia ella, con espadas desenvainadas y todo, pensando que alguien la había atacado. Emil y Gavril se habían burlado de ella durante todo ese verano. Sonrió al revivir ese recuerdo mientras miraba hacia el horizonte.

Había tres razones por las que la Ciudad Flotante de Eben era su favorita.

La primera era que tenía la vista más extraordinaria del paisaje que era Alariel, si es que decidía mirar hacia abajo. Y si miraba hacia arriba, podía ver el cielo y las nubes y el sol. Por lo general miraba hacia abajo, soñando despierta con visitar los lugares que sus ojos no alcanzaban a ver ni siquiera desde allí. Veía hacia el horizonte y la invadían las ganas de descubrir.

Lo daría todo por montarse en su pegaso para viajar a todos los sitios que no conocía y que aguardaban por ella. Sabía que eso no era posible por ahora, pero por lo menos esperaba que el asunto de hoy terminara temprano para tener tiempo de dar unas vueltas con Vela. No le permitían volar muy lejos del perímetro de la ciudad, pero no le importaba. Sus momentos en el cielo eran los más preciados que tenía. Eran los que la hacían sentir más viva.

Y esa era la segunda razón. Venir a Eben significaba volar. Era una de las pocas excusas que tenía para volar con Vela. En Valias realmente no había necesidad de hacerlo, y sus padres no se lo tenían permitido. De hecho, sus aventuras por los cielos estaban muy limitadas a sus visitas a la capital.

—Elyon, vamos adentro. Tus amigas ya llegaron, seguro querrás verlas antes del Proceso —dijo su padre. Se había acercado a ella sin que se diera cuenta, pues estaba muy ensimismada con la vista que tenía enfrente.

Elyon sonrió.

Esa era la tercera razón, Eben era el lugar en el que, cada año sin falta, se reunía con sus más queridos amigos.

A Elyon no le incomodaba ser el centro de atención. No era que le gustara, pero ciertamente no se ponía nerviosa. Antes de entrar a la Sala de Helios había abrazado a Gianna para tratar de calmarla, pues ella sí que estaba hecha un manojo de nervios. No le sorprendía que justo ahora estuviera con la cabeza en alto, como si nada. Gianna siempre había sido muy buena proyectando la imagen que deseaba dar.

A su derecha tenía a Mila, quien antes de entrar les había recordado a ambas que Emil era quien más sufría en esos momentos y que debían apoyarlo en esos tiempos difíciles. Elyon siempre había pensado en Mila como su hermana mayor.

Justo en ese momento se llevaba a cabo la ceremonia de iniciación del Proceso, y ella no podía estar más inquieta. Tenía otras cosas que hacer y su mente no dejaba de recordárselas una y otra vez. Lo más importante era que Emil tenía que hablar con Ezra. Bueno, Elyon quería que todos hablaran con él, pero sabía que eso no iba a ser posible en ese instante.

—Así que, con la presencia de los representantes de todas las grandes casas de Alariel, así como la de los miembros del Consejo, quiero presentarles formalmente a su futuro y legítimo soberano, Emil Solerian.

Miró al príncipe levantarse del trono ante el anuncio de Lord Zelos y sintió que la invadía una ola de orgullo. Emil, su mejor amigo desde que tenía memoria, se iba a convertir muy pronto en el rey de Alariel. Su tío no lo dejó hablar, pues el protocolo establecía que el futuro rey daba su primer discurso público una vez coronado, no antes, así que Zelos habló y habló y habló, y de pronto ya era hora de presentar a las candidatas.

A ellas.

—Mila Tariel, de la ciudad de Vintos.

Mila dio un paso al frente, hizo una reverencia con la cabeza y le dedicó una sonrisa casi imperceptible a Emil, que Elyon estaba segura él había notado. Ese día, su amiga llevaba el cabello castaño por encima de sus hombros; lo había cortado recientemente y caía en ondas que enmarcaban su rostro redondeado. Se veía muy hermosa con un vestido rosa que era tan claro, que combinaba con el tono de su piel. Mila casi no usaba vestidos, pues prefería llevar pantalones para entrenar.

—Gianna Lloyd, de la ciudad de Beros.

Ahora era el turno de Gianna, quien dio un paso al frente e hizo su reverencia con suma gracia y delicadeza, como toda ella. Gianna, sin duda, era la mujer más bella que Elyon conocía. Su color de piel era precioso, de un tono moreno que siempre estaba radiante, y sus ojos verdes y afilados parecían los de un gato. Para la ceremonia portaba el cabello avellana recogido en un complicado peinado que hacía lucir más los ángulos de su rostro, y llevaba un vestido color amarillo que acentuaba su figura y estaba lleno de encajes y piedras preciosas. Realmente brillaba.

—Elyon Valensey, de la ciudad de Valias.

Estaba tan distraída admirando a sus amigas que por poco y no escucha su nombre. Se apresuró a dar un paso al frente y a hacer su reverencia. Llevaba un vestido color violeta que adoraba. Si no fuera porque era tan poco práctico, no se lo quitaría nunca. Sentía que la hacía ver menos pálida y no tan delgada. Se sentía esplendorosa. Y Elyon solía sentirse bonita, pero hoy estaba *muy* bonita.

—Estas tres jovencitas que tenemos frente a nosotros, a partir de hoy, se vuelven las candidatas para regir Alariel al lado de nuestro futuro rey, Emil Solerian —continuó Zelos, hablando con suma claridad, como era característico de él—. Ellas vivirán durante los seis meses de la Preparación en el castillo y serán tratadas como si esta fuera su morada. Después de todo, un día será el hogar de una de ellas.

A Elyon no le molestaba la idea de que Eben se convirtiera en su hogar. Tampoco se oponía a casarse con Emil: era su mejor amigo y le gustaba estar con él. Tal vez, incluso, él le gustaba. Recordaba que cuando era niña lo seguía como una sombra, totalmente embobada.

Pero las cuestiones amorosas siempre habían estado en segundo plano en su vida. Ella quería aventuras, quería conocer todo Alariel; incluso, en sus sueños más alocados, quería conocer Ilardya, lo cual era prácticamente imposible, pues esas eran tierras prohibidas para todo alariense.

Pero si se casaba con Emil, estaba segura de que no podría vivir todas esas aventuras que anhelaba, pues tendría que asumir responsabilidades importantes. Y entre el amor o la aventura, Elyon elegía la aventura.

Oh, por Helios, de nuevo estaba ansiosa.

—Y para conmemorar el inicio del Proceso, esta noche celebraremos el tradicional baile de la Presentación, en el que el príncipe

Emil abrirá el vals con las candidatas. ¡Que comience la noche y larga vida al sol!

—¡Larga vida al sol! —corearon todos los invitados.

Por lo menos, los bailes le parecían divertidos. Eran pocas las ocasiones en las que la capital organizaba un evento de esta magnitud. La última vez había sido para el décimo aniversario de matrimonio de la reina Virian y su esposo Arthas. Elyon apenas era una niña, pero no había olvidado que pasó una noche mágica y maravillosa. Ella había bailado con Mila y Gianna con Emil. Recordaba que Gavril había escapado, pues odiaba esas cosas desde pequeño. Habían sido niños jugando a ser adultos por una noche, y recordaba ese momento con cariño.

Hoy las tres iban a bailar con Emil. El orden lo había decidido el mismo Zelos: de mayor a menor; por tanto, primero iría Mila, luego Gianna y por último ella.

La buena noticia era que eso daría comienzo dentro de una hora, por lo que las tres chicas ya se habían escabullido y esperaban a los chicos al centro del laberinto de los jardines traseros del castillo.

—¿Recuerdan cuando este laberinto representaba un reto para nosotras? —dijo Mila de repente, sentándose en el pasto.

Este era su usual punto de reunión. El laberinto tenía la forma de un círculo perfecto si se veía desde el cielo, pero visto de frente era tan grande, que sólo se alcanzaban a distinguir las altas paredes formadas por setos repletos de flores de todos colores. Tenía muchos pasadizos sin salida y sólo había un camino posible que llevaba hacia el majestuoso quiosco del centro.

—Mila, deberías levantarte, no querrás manchar tu vestido, ¡vas a abrir el baile con Emil! —Gianna sonaba genuinamente consternada.

—No pasa nada, Gi, es pasto. La tierra está seca —intervino Elyon, sonriendo—. Y claro que lo recuerdo, ¿quién diría que llegaríamos a conocer cada rincón de memoria?

Antes de que alguna pudiera contestar, escucharon los pasos de alguien acercándose. Eran dos personas y venían platicando de algo que no se lograba distinguir hasta donde ellas estaban. Un minuto después divisaron a Emil y a Gavril caminando hacia ellas.

—¡Al fin! No podemos perder tanto tiempo, tenemos que estar en el salón para el baile pronto —dijo Gianna, acercándose a los recién llegados.

—Hay tiempo suficiente —respondió Gavril, cruzándose de brazos.

—No, Gi tiene razón —dijo Mila, poniéndose de pie. Si acaso había estado sentada dos minutos—. No podemos llegar tarde.

Nadie la contradijo. Mila era la voz de la razón del grupo.

—Bueno, ¿cuál es el plan? Porque ya tienen uno, ¿cierto? —preguntó Emil, mirando a todos los presentes. Elyon sabía que se refería al plan para ver a Ezra lo antes posible.

La verdad es que no habían tenido mucho tiempo para planear algo digno de una gran aventura, por lo que habían optado por la opción simple, aunque sabían que a Emil no le iba a encantar la idea.

—Bueno, Emil —comenzó a decir Elyon—, tú eres el príncipe heredero.

Él la miró con cuidado.

—Ehm, ¿sí?

Gavril suspiró. De todo el grupo, él era el más cercano a Emil, y estaba seguro de que el joven príncipe se negaría rotundamente al plan; así se los había dicho horas antes.

—Pues pensamos que nosotros podríamos asegurarnos de mantener a Zelos y al general Lloyd alejados del área de los calabozos mientras tú vas y les exiges a los guardias que te dejen ver a Ezra —finalizó con simpleza.

Emil ya estaba negando con la cabeza antes de que Elyon siquiera terminara de hablar.

—No puedo hacer eso.

—Pero ¿por qué?

—Porque seguramente no me van a hacer caso, le van a preguntar a Zelos si puedo entrar o algo así. Además, el general Lloyd probablemente esté muy al pendiente.

—Yo me encargaré de distraer a mi papá —dijo Gianna.

Elyon pudo notar que a su amiga no le gustaba para nada la perspectiva de romper las reglas y ayudar a Emil a escabullirse. Y no porque fuera amante de seguirlas, sino porque, si su madre se enteraba, la pobre iba a estar castigada durante meses. Marietta Lloyd era terrorífica, y el hecho de que Gianna estuviera dispuesta a hacer cosas por Emil a espaldas de su madre, hacía que Elyon sintiera más amor y orgullo por su amiga.

Aun así, Emil parecía pensativo.

—No lo sé...

Entonces, Mila intervino.

—Pero Emil, nunca lo has intentado. Es decir, los sirvientes del castillo suelen obedecerte. Los guardias del calabozo no tendrían por qué no hacerlo.

El aludido miró a Mila. Elyon pudo notar que sus palabras habían hecho algo de efecto, pues había apretado la mandíbula, como debatiéndose entre el sí y el no. Desde que Emil era pequeño había querido ser el rey, y Elyon estaba segura de que, cuando fuera su turno de reinar, sería un gran soberano. Pero también estaba el hecho de que vivía lleno de dudas, como si algo le impidiera tener la confianza de que, efectivamente, sería un buen rey.

—¿Crees que funcione? —preguntó Emil a Gavril.

—Creo que vale la pena intentar. Es importante que veas a Ezra.

Emil asintió.

—Hoy en la madrugada, después del baile —dijo entonces.

Y los demás asintieron, cerrando lo pactado de forma silenciosa.

—¿El general Lloyd ha dicho algo respecto a Ezra? ¿Se sabe por qué desapareció? —preguntó Mila, rompiendo el silencio que se había hecho.

—No me ha querido decir mucho —contestó Gavril—, pero los rumores parecen ser ciertos, estaba en Ilardya.

Elyon pudo ver en la expresión de Emil lo mucho que le afectaba esta información. En sus ojos había sorpresa e incertidumbre, y la mueca en su boca era de contrariedad.

—Tiene que haber una explicación —habló el príncipe—. Seguramente encontró alguna pista importante sobre el paradero de mamá y por eso no volvió con el resto del equipo. Ezra no es de los que dejan las cosas sin terminar.

—No sé mucho más. Sólo me enteré de eso y de que Zelos fue quien dio la orden de tenerlo en el calabozo.

—¡Lo sabía! Hasta pareciera que no quisiera que la encontráramos —espetó Emil, molesto ante la mención de su tío. Lo que Elyon sabía sobre Zelos y Emil era que nunca se habían llevado bien. Aunque, bueno, ¿quién podía llevarse bien con ese cascarrabias? El hombre era muy solitario y daba miedo.

Otro en su lista de personas con las que preferiría no cruzarse:

1. Marietta Lloyd
2. Lord Zelos
3. Mila, cuando se enojaba

—Papá dice que si la reina no fuera su propia hermana, pensaría que él tuvo que ver con su desaparición —dijo Gavril.

—¡Gavril! ¡No insinúes esas cosas! —lo regañó Gianna, tomándolo del brazo.

—Zelos es leal a la Corona. No me lo imagino planeando algo en contra de la reina. Podrá ser estricto, pero lo hace por el bien del reino —dijo Mila de forma serena—. Y ya que terminamos con esto, deberíamos volver. Todavía queda algo de tiempo para el baile, pero es mejor llegar temprano.

—¡Esperen! —exclamó Elyon antes de que el Efecto Mila surtiera efecto y todos le hicieran caso. Los demás la miraron—. Quería contarles esto desde que lo vi, pero, debido a lo delicado del tema, preferí que no hubiera evidencia en papel, por eso no les escribí —comenzó a hablar—. Y ahora que estamos reunidos, creo que lo mejor es decidir qué hacer en conjunto.

—Elyon, espero que esto no nos vaya a meter, de nuevo, en problemas —la voz de Gianna no sonaba fastidiada, sino temerosa.

—Déjala terminar, Gi —dijo Mila. Sólo ella tenía el poder de decir esas palabras y que sonaran amables.

Emil lucía impaciente, pero no decía nada. Gavril parecía desinteresado, aunque así era su expresión siempre y Elyon sabía que, en el fondo, él los escuchaba todo el tiempo.

—Bueno, saben que algunas veces, a escondidas, salgo a volar en las noches con Vela. Jamás me separo mucho de la costa y nunca veo nada inusual, pero hace dos semanas pude ver un barco enorme sin una sola luz ni estandarte; parecía mezclarse con la oscuridad. Lo seguí durante un rato, pero no llegó a ningún lado; estaba a punto de entrar a mar profundo.

Elyon pudo ver la sorpresa en los rostros de sus amigos. Alariel tenía pocos barcos, pues los mares eran propiedad de Ilardya. Hacía muchos siglos se había firmado un tratado entre la nación del sol y el reino de la luna en el que se había establecido que los cielos eran propiedad de Alariel y los mares de Ilardya. Claro que Alariel tenía permitido usar sus costas para obtener recursos, ¿pero navegar en mar profundo? Absolutamente no. No sin un permiso especial emitido en Ilardya. Además, ningún alariense navegaba de noche, ni mucho menos en oscuridad total.

—Bueno, viste un barco que seguramente era de Ilardya, ¿eso qué podría significar? —inquirió Gianna.

—Eso todavía no lo descubro. Aquí la pregunta es qué hacían en el este. Es nuestra zona. —Elyon estaba comenzando a emocionarse.

Gavril se encogió de hombros.

—No podemos reclamarles nada; los mares son de ellos.

—No creo que ellos se queden callados si de pronto ven a los pegasos de Alariel traficando en los cielos de sus tierras —respondió Emil.

—No hay que desviarnos —intervino Mila—. Si bien no podemos reclamarles, sí es extraño que estuvieran navegando en los mares de nuestra zona. Según tengo entendido, los ilardianos sólo tienen permitido llegar al puerto de nuestro mercado, muy cerca de la frontera.

—¿Verdad que es sospechoso? —exclamó Elyon.

Mila asintió.

—Definitivamente es inusual. Y no hay forma de asegurarlo, pero podría estar conectado con la desaparición de la reina.

Elyon pudo ver a Emil apretando los puños. Todos los presentes parecían saber lo que eso implicaba, pero nadie se atrevía a decirlo en voz alta: si la desaparición de la reina Virian había sido obra de Ilardya, probablemente ya la habrían asesinado. Pero ¿podía ser posible? Una reina nunca moría de forma silenciosa. Ya se habrían enterado. Los ilardianos eran viles y maestros en el arte del engaño, pero la reina era una de las solaris más poderosas de todo Alariel.

De todos modos, la posibilidad de que ya estuviera muerta había rondado a los ciudadanos de Alariel desde las primeras semanas en las que no se supo nada de ella. La nación mantenía la esperanza, pero había muchos que ya daban su muerte por hecho.

—No lo sé, tal vez no tenga nada que ver, aunque no debemos descartarlo. No confío en las personas de la luna —señaló Gavril, frunciendo el ceño—. Desde el inicio ha habido sospecha de que la reina haya sido capturada o se encuentre perdida en Ilardya, pero ya se han enviado varios equipos y no han encontrado nada. El rey Dain ha estado muy silencioso, pero la única vez que se proclamó, aseguró no tener nada que ver con su desaparición.

Gavril y Mila eran los que más sabían sobre los movimientos de la Guardia Real. El primero por ser el hijo del general Lloyd y porque probablemente heredaría su puesto. Y la segunda porque era la joven solaris más poderosa en muchas generaciones, y de vez en cuando la reclutaban para misiones locales de la guardia. No era miembro oficial por su edad, pero cuando se graduara de la academia, seguro entraría sin problemas. Aunque esa era decisión de Mila, y ella no les había hablado de lo que planeaba hacer con su futuro.

—Bueno, entonces creo que todos estamos de acuerdo con que la única forma de averiguar cómo se conecta todo esto es descubriendo qué hacía el barco de Ilardya en nuestra zona —afirmó Elyon, tratando de regresar al tema que le importaba.

—Elyon… —dijo Gianna, comenzando a negar con la cabeza—, los expertos han buscado a la reina por meses y no han encontrado rastro de ella, ¿qué te hace pensar que nosotros vamos a lograr algo? Somos apenas unos niños.

Gianna sólo era una niña cuando le convenía, aparentemente, pues la mayor parte del tiempo se la pasaba diciendo que ya eran mujeres jóvenes y que debían comenzar a lucir y actuar de acuerdo con sus edades. Elyon no dijo eso en voz alta, pues no quería discutir con su amiga, ni mucho menos incomodarla frente a los demás.

—Pero no han logrado encontrarla —contestó, tratando de poner convicción en su voz—. Nada nos impide buscar por nuestro lado.

—¿Y dónde se supone que empezaríamos a buscar?

Y de pronto, todos tenían una opinión y comenzaron a expresarla en voz alta: que si esto, que si aquello. Que sí, que no y que no y que no. Pero Elyon dejó de escucharlos y se concentró en Emil, que había permanecido callado por un largo tiempo. Y la verdad, la única opinión que realmente importaba era la de él.

—¿Tú qué piensas, Emil? —Elyon alzó la voz, para que se escuchara por encima de los demás.

Él la miró a los ojos, y Elyon pudo ver en ellos que, efectivamente, eran apenas unos niños.

—Yo...

Todos guardaron silencio para dejarlo hablar.

—Durante todo este tiempo no he hecho nada por encontrarla, creo que me gustaría ayudar. No sé ni por dónde empezar, pero ya no quiero quedarme sin hacer nada.

Elyon sonrió.

—Podemos empezar por aquí. No molestamos a nadie y tal vez logremos apoyar en algo.

Emil asintió y le sonrió de vuelta sutilmente. Elyon moría de ganas por saber lo que pasaba por la cabeza del joven príncipe en esos momentos.

—Además, si encontramos a mamá, todo esto podría terminar —dijo él de pronto.

—¿A qué te refieres? —preguntó Mila.

—Si mi mamá vuelve al trono, el Proceso quedaría cancelado —dijo, desviando su vista hacia un arbusto—. Y no habría necesidad de un matrimonio arreglado.

Oh, Emil.

Elyon vio las miradas de todos y supo que Emil no le había contado a nadie que esto le pesaba tanto. Es decir, sí, los matrimonios arreglados no eran la mejor opción, pero jamás se le ocurrió que el príncipe podía sentirse realmente afectado al respecto. Esperaba de todo corazón que la reina no estuviera muerta y, aunque tenía sus dudas, realmente quería creer que la iban a encontrar con vida.

Y quería asegurarle a Emil que ellas estarían bien y que no debía preocuparse por el Proceso, pero en esos momentos en su mente sólo había lugar para lo que venía.

Este podría ser el comienzo de una nueva aventura.

Capítulo 3
EMIL

El baile había dado comienzo, y Emil se encontraba en medio del salón norte del castillo, que era el más grande. No estaba seguro de cuántas personas habían sido invitadas, pero eran muchas más de las que podía soportar en esos momentos. Ese día había sido endemoniadamente largo y todavía le faltaba ir a ver a Ezra, a escondidas, en los calabozos.

El salón era muy bello. Sus muros eran de doble altura y estaban adornados con ventanales que en estos momentos estaban abiertos, permitiéndoles a los invitados el paso a los balcones para disfrutar de la cálida noche. Dentro reinaban los colores de la nación: rojo y dorado, y había mesas llenas de flores y sillas adornadas con terciopelo. Al centro estaba la pista de baile y en el techo, justo arriba de ella, un majestuoso candil de oro con soles colgando, dentro de los cuales había orbes resplandecientes, cortesía de un solaris con afinidad a la luz.

Su tío Zelos ya había dado las palabras de inauguración, y ahora Emil se encontraba al centro de la pista, viendo en dirección a la escalera. Acababan de anunciar a sus tres amigas, quienes venían bajando, dirigiéndose a él. Cuando estuvieron frente a frente, hicieron una pequeña reverencia, que él les devolvió.

Mila, que era la primera con la que bailaría, dio un paso al frente. Emil la tomó de la mano y la música comenzó. Era una suave melodía que endulzaba los oídos con el sonido del arpa.

Los invitados se habían situado alrededor de la pista para ver el baile inaugural. Emil sabía que en un Proceso normal, tanto el heredero al trono como su prometida bajaban juntos por la escalera, pero como ahora había tres candidatas, se había decidido que ese sería el procedimiento.

—¿En qué piensas? —le preguntó Mila, mirándolo a los ojos.

Mila era la más baja de estatura de su grupo de amigos, por lo que tenía que voltear completamente hacia arriba para ver a Emil.

—Estoy un poco abrumado, eso es todo. No te preocupes —respondió.

—Emil, no nos hemos visto desde hace meses y no había tenido la oportunidad de decirte que estamos contigo, ¿sí? Y me atrevo a hablar por los demás. La desaparición de tu madre ha sido difícil para la nación, y sé que para ti ha sido un golpe aún más duro.

Emil suspiró.

—La extraño. Es raro no verla caminando por el castillo todos los días. Y ella era la primera que me escuchaba cuando lo necesitaba —confesó—. Y ahora que es cuando más la necesito, no está.

Mila frotó su espalda mientras continuaban bailando.

—No estás solo, nos tienes a nosotros.

—Lo sé, no te preocupes. Ya no estoy tan mal como el primer mes, creo que el tío Zelos tenía razón al decir que el tiempo lo cura todo —dijo Emil, alzando la mano para que Mila pudiera dar un giro.

De verdad quería creer que su mamá estaba viva y que volvería a verla, pero trataba de no decirlo en voz alta, pues cuando lo hacía, la mayoría de las personas lo miraban con lástima y pesar. Muy pocos se atrevían a contradecirlo, pero todos, sin duda, pensaban que Emil era un iluso.

—Oye y... sobre lo que dijiste hoy, ¿por qué quieres que se cancele el Proceso? Sé que siempre has querido ser el rey, y aunque no son las mejores circunstancias, no creo que eso sea lo que te tiene así —dijo su amiga, hablando muy bajito—. Luego mencionaste el matrimonio arreglado, ¿eso es lo que te abruma? Todo el día has lucido tenso.

—Todavía quiero hablar con ustedes de eso. No tienen que hacerlo, no es su obligación.

—Nadie nos trajo a la fuerza. Sabemos que es una cuestión de urgencia y que Alariel nos necesita. Y te queremos, Emil.

—Pero me quieren como amigo, Mila —respondió, frustrado—. Sé que nunca me has visto con otros ojos. Incluso, sé que Ezra fue tu gran amor hasta hace algunos años.

Mila puso los ojos en blanco.

—Fue mi primer amor, sí, pero siempre fue unilateral.

—Bueno, olvidemos a mi hermano, pero ¿qué hay de Odette?

Emil se arrepintió al segundo de que esa pregunta dejó sus labios; no quería ser impertinente. Pero Mila simplemente negó con la cabeza y sonrió, bastante calmada.

—Lo que tenía con ella terminó.

—No debes dejarla ir por esto.

—Esto no tuvo nada que ver. Fue una decisión mutua; simplemente no funcionó. Si siguiera con ella, no habría aceptado formar parte del Proceso —Mila habló con esa serenidad característica en ella—. Así que quédate tranquilo. Nuestra separación fue definitiva y ambas estamos bien con eso.

—Pero...

Emil fue interrumpido por el cambio de música y por Gianna tocándole el hombro. Mila le dedicó una última sonrisa e hizo una pequeña reverencia, apartándose. Gianna ahora se encontraba delante de él. La tomó de la mano y comenzaron a bailar.

Sus pasos eran delicados y seguros, ella siempre se había desenvuelto bien en cualquier tipo de evento de la realeza. Lucía muy concentrada en el baile; incluso, parecía estarlo disfrutando, pero Emil no podía sentir lo mismo con todo lo que estaba mal a su alrededor.

—Has mejorado desde la última vez que bailamos —dijo Gianna, sonriendo.

—¿En serio? Supongo que son las clases —respondió. Lo mejor sería ir directo al punto—. Oye, Gi, quisiera hablar contigo de...

Pero ella lo interrumpió dándole un pellizco en el brazo, y con sus orbes verdes miró de reojo hacia la derecha, indicándole a Emil que también mirara: ahí estaba Marietta Lloyd, observándolos con semblante serio, muy atenta y con esa pose tan estirada que la caracterizaba.

Emil trató de no hacer una mueca de disgusto.

—Por favor, no hablemos de nada serio. Este baile es muy importante para mi madre —dijo Gianna, fingiendo una gran sonrisa.

Emil decidió fingirla también, mostrando todos sus dientes.

—¿Y para ti?

—Para mí también, Emil —respondió Gianna y luego suspiró—. Para mí también.

Emil asintió y, sin dejar de sonreír, continuó su vals con Gianna, quien realmente sabía lo que hacía. Sospechaba que en parte era un don natural y en parte era un sinfín de clases de baile, tal y como las que él había tenido durante toda su vida. Trató de concentrarse en lo que estaba haciendo en esos momentos y de no dejarse llevar por sus pensamientos. La suave melodía se mezcló con otra y de pronto ya era el turno de Elyon.

Gianna se despidió y ahora Elyon posaba una de sus manos en su hombro y lo tomaba con la otra. Él la rodeó por la cintura con su mano libre.

—No te he quitado la vista de encima y sé que quieres que esto acabe tanto como yo —dijo Elyon, mirándolo a los ojos.

Emil rio bajito.

—Seguro quieres escapar un rato con Vela esta noche y por eso estás tan impaciente.

—Oye, tampoco soy una insensible total. No pienso dejarte solo hoy. Te espera una noche larga y ahí estaré. Todos vamos a estar ahí.

Eso le hizo recordar las palabras de Mila. Era cierto, sus amigos siempre iban a estar ahí para él, y era por eso que él quería estar también para ellos. Con Gianna no había podido tocar el tema, pero no iba a desperdiciar la oportunidad de preguntarle a Elyon.

—Valensey, quería hablar contigo sobre todo este asunto del Proceso...

—Emil, no te preocupes por nosotras. Somos capaces de tomar nuestras propias decisiones y es por eso que estamos aquí —dijo ella, despegándose del cuerpo de Emil para dar un giro—. No son las mejores circunstancias, pero tampoco es lo peor que nos pudo pasar. Mi abuela solía decir que hay que casarnos con nuestro mejor amigo.

Emil no estaba seguro de qué responder.

—¿O eres tú el que no quiere casarse con nosotras? Eso también es válido —dijo algo seria, pero luego volvió a sonreír, más bromista—. Aunque no lo entiendo, si yo fuera tú, claro que querría casarme con Mila o Gianna, son preciosas.

—¿Y tú no?

—Nunca dije que yo no, sólo te estaba señalando lo bellas que son mis amigas.

Emil sonrió, mirando con detenimiento a Elyon por primera vez desde que llegó. Hacía aproximadamente un año que no la veía y en ese tiempo había cambiado sutilmente. Aunque ahora sus facciones lucían más finas, todo lo demás permanecía como siempre: su cabello cenizo, su piel demasiado pálida y sus ojos casi incoloros; nunca había podido describirlos con un color.

Elyon arqueó las cejas, dándose cuenta de que la había estado mirando. Eso lo hizo sonrojarse un poco.

—Eh, sí, bueno… —Quería decir algo coherente, pero su cerebro no estaba formulando absolutamente nada.

Ella rio en alto, dejando caer su cabeza hacia atrás. Emil no apartó sus ojos de la chica, aunque sentía curiosidad por observar la expresión de los espectadores ante ese gesto.

—Ya no te preocupes, Emil. Hay cosas más importantes en las cuales concentrarnos.

El baile todavía no terminaba oficialmente, pues había un montón de personas disfrutando de la bebida y en un estado muy notorio de ebriedad, y casi nadie parecía querer irse. De todos modos, las formalidades habían terminado y ahora sólo festejaban. El rey Arthas acababa de retirarse hacía unos minutos y Zelos se había ido desde antes de la cena, dejando a alguien más encargado.

Emil se había quedado con Mila mientras los demás realizaban su parte del plan. Gianna había esperado a que su madre se fuera a dormir para ir a distraer a su papá, y Gavril y Elyon fueron en busca de Zelos para asegurarse de que no interfiriera. Mila y Emil estuvieron conversando educadamente con algunos invitados hasta que vieron a Elyon entrar de nuevo a la sala norte. Se disculparon y caminaron hacia ella.

—Los calabozos están libres —reportó la recién llegada—. Al parecer, Zelos llamó al Consejo a una junta de emergencia, y Gianna se llevó a su papá a los jardines. Gavril se quedará cerca de la sala del Consejo para avisarnos cuando termine la reunión.

Emil asintió, repentinamente nervioso, pero no había tiempo que perder. Mila se ofreció para distraer a los pocos invitados que aún les estaban poniendo atención; y así él se dirigió, junto a Elyon, a los calabozos. Ambos conocían el castillo casi en su totalidad, pues de niños siempre jugaban a esconderse o a perseguirse por todo el lugar. Claro que los calabozos siempre habían sido un área prohibida; era la primera vez que Emil entraría en ellos. Estos se encontraban en el nivel subterráneo y, una vez que estuvieron cerca, ambos se detuvieron.

—Bien, yo te espero aquí, porque definitivamente no me van a dejar entrar.

—¿Y qué tal si a mí tampoco?

—Ya hablamos de esto, ¡te tienen que dejar entrar! No pueden desobedecerte.

—Cierto —dijo, no muy seguro.

Elyon lo tomó de los brazos y lo sacudió un poco.

—¡Anda! Aquí estaré vigilando. Si alguien viene, voy a soltar un grito fuerte y trataré de distraer al intruso mientras tú escapas. Y luego nos vemos en nuestro escondite.

Dicho esto, Elyon giró el cuerpo de Emil y le dio una palmada en la espalda, guiándolo hacia el pasillo en el que se encontraban dos guardias vigilando la entrada. Él tomó aire y levantó la cabeza, caminando hacia ellos y tratando de fingir seguridad. Los guardias, en cuanto lo vieron, se irguieron e hicieron una pequeña reverencia con la cabeza.

—Su alteza, ¿podemos ayudarlo en algo? —preguntó uno de ellos.

—Sí, necesito bajar para ver a mi hermano.

Los guardias se miraron por unos momentos.

—Claro, su alteza —dijeron entonces.

Emil casi no lo podía creer. ¿En serio no le iban a hacer preguntas? ¿No iban a intentar llamar a Zelos? Aparentemente, sus amigos habían tenido razón.

—¿Me guían a su celda? —Hubiera querido decir eso como una orden y no como una pregunta, pero no pudo evitarlo. Seguía nervioso y tuvo que hacer uso de toda su fuerza de voluntad para no juguetear con su anillo. A veces lo hacía, cuando se sentía de esa manera.

—Claro, su alteza.

El príncipe se preguntaba si eso era lo único que sabían decir. Uno de los guardias abrió la puerta con una llave y comenzó a bajar las escaleras, Emil lo seguía unos cuantos pasos detrás. Un futuro rey debía estar informado de todo, por lo que sabía que los calabozos tenían tres niveles, y que mientras más grave fuera el crimen cometido, más abajo encerraban al prisionero. Emil suspiró con alivio cuando se dio cuenta de que Ezra estaba en el primer nivel. No habría soportado que lo hubieran puesto más abajo.

Llegaron a su celda, una de las que se encontraban casi al fondo, y Emil vio a su hermano antes de que este lo viera a él. Se encontraba sentado, recargado en la pared y con la cabeza gacha. Tal vez estaba dormido.

—Milord, tiene visitas —dijo el guardia, llamando a Ezra.

Al parecer no estaba dormido, simplemente no había querido voltear. Pero ahora que lo habían llamado directamente, Ezra alzó la mirada y se topó de lleno con los ojos de Emil, quien por un solo segundo no lo reconoció. Su cabello estaba un poco más largo y totalmente enmarañado, también le había crecido un poco la barba, que por lo general la llevaba al ras de la piel; y lo más preocupante era que se veía algo pálido, le faltaba su color de siempre.

En lo único que Emil y Ezra eran similares era en el tono de piel: ambos parecían haber sido besados por el sol, pero en todo lo demás eran totalmente diferentes. Emil tenía el cabello alborotado e implacable y de color castaño oscuro. El de Ezra caía en ondas y era negro. Él no era muy alto y su hermano sí. Sus ojos eran color miel y los del mayor eran muy azules.

Antes solía preguntarse a menudo sobre el padre de su hermano mayor. ¿Quién era? ¿Dónde estaba ahora? ¿Cómo se habían conocido su madre y él? Ella nunca le había hablado a Ezra de ese hombre, por lo menos no que Emil supiera.

—Emil, ¿qué haces aquí abajo? —preguntó su hermano, sacándolo de sus pensamientos. Ya se había levantado y ahora estaban frente a frente. Sólo los barrotes los separaban.

—Tenía que verte.

—Este no es lugar para ti.

Emil frunció el ceño.

—¿Y para ti sí? —preguntó, y luego miró al guardia—. ¿Nos deja solos?

El guardia asintió y se alejó de ellos. Emil lo escuchó subiendo las escaleras, pero la puerta nunca se cerró. Supuso que esa era toda la privacidad que iban a obtener. Estaba casi seguro de que lo habían dejado solo con un prisionero porque dicho prisionero era su hermano. Ah, y también porque el resto de las celdas se encontraban vacías. Esto no era por falta de criminales en Alariel, sino porque una vez que la sentencia era dictada, los trasladaban a la prisión de Severia.

—Oye, no te angusties, estoy bien. Zelos me tiene encerrado como castigo, pero no me va a dejar aquí por mucho tiempo.

—Claro que me angustio. Por ti y por mamá.

—Te prometo que la voy a encontrar.

Emil se limitó a asentir, pues quería creer las palabras de su hermano con todo su corazón. Ezra no era de los que prometían en vano, siempre cumplía. La cosa era... ¿la encontraría viva o muerta? Su mente siempre se rehusaba a explorar esa última posibilidad; el pánico se arremolinaba en su estómago y trepaba por todos sus adentros. Era una sensación tan espantosa y tan sofocante, que la rechazaba al instante.

Era momento de cambiar de tema.

—¿Qué fue lo que pasó? ¿Por qué te tienen aquí? —preguntó el príncipe, tratando de no delatar sus pensamientos.

—Nada, no necesitas preocuparte por eso.

—Tengo derecho a saber qué pasó.

Ezra suspiró.

—Seguro ya escuchaste. Fui asignado al equipo de búsqueda que se envió a Ilardya hace unas cuantas semanas. No volví con el resto, porque me quedé ahí investigando por mi cuenta. Desobedecí órdenes y causé muchos problemas al ser descubierto por los ilardianos —confesó—. Zelos está furioso; dice que por mi culpa casi se rompe el Tratado.

Eso alarmó a Emil.

—¿Qué? ¡Eso es imposible! El Tratado lleva vigente casi un milenio. Y no eres el primer espía que se infiltra en territorio enemigo. Es más, seguro que hay infiltrados ilardianos en Alariel.

—No es sólo eso. No me están contando las razones, pero, al parecer, nuestra relación con Ilardya ha sido frágil en los últimos años, y ellos están buscando cualquier excusa para entrar en guerra.

—Tal vez capturaron a mamá para que nosotros les declaremos la guerra y seamos vistos como los que rompimos la paz —teorizó Emil, comenzando a sentirse furioso.

Ezra pasó su mano entre los barrotes y la posó en el hombro de su hermano menor.

—No saques conclusiones precipitadas. Además, si es que ellos la tienen, la han escondido muy bien. Según los informes de los demás equipos de búsqueda, no hay rastro de ella en Ilardya. Y ya sabemos que en Alariel la han buscado en cada rincón... y nada.

Nada. Ya hasta habían llegado al punto en el que la Guardia Real había entrado a revisar las propiedades de cada alariense con un permiso especial emitido por el Consejo.

—Y entonces ¿qué encontraste? Estuviste ahí tres días enteros.

—No puedo decir que encontré algo útil. Obviamente no me pude alejar mucho de la capital, pues iba a pie para no llamar la atención; y tuve que llevar mi capucha en todo momento.

Eso captó la atención del príncipe.

—¿Es cierto lo que dicen las leyendas?, ¿que todos allá tienen el cabello del color de la luna?

El mayor sonrió.

—No son leyendas, Emil. Está escrito en nuestros libros y ya te ha tocado ver a alguno que otro ilardiano —contestó Ezra—. Pero sí, la mayoría tiene el cabello blanco o en tonalidades de gris. Es un lugar muy diferente...

Emil quería preguntarle más sobre el reino de la luna, pero prefirió concentrarse en el tema que realmente importaba.

—Entonces, ¿ni una sola pista?

—Nada concreto. No pregunté directamente para no levantar sospechas. Aunque...

Una chispa de esperanza nació en el pecho de Emil.

—¿*Aunque?*

Ezra negó con la cabeza.

—No lo sé. Ilardya está lleno de rumores y hubo uno que captó mi atención. Estaba en una taberna, intentando escuchar las historias que contaban en una mesa. Eran tres hombres y dos mujeres, y parecían discutir algo serio...

Ezra dejó de hablar, perdido en sus pensamientos, seguramente recordando aquel suceso.

—¿Estaban hablando de mamá?

—No, pero sí de los poderes del sol. Me pareció curioso.

—¿Y qué decían?

—No pude escuchar mucho, una de las mujeres me descubrió y se armó un escándalo. Nunca había visto los poderes de la luna en acción. Son terribles... y fascinantes —dijo, de nuevo dejándose llevar por sus pensamientos. Se tardó un poco en continuar—. Cuando descubrieron que era un alariense, comenzaron a atacar para matar. No hui, me quedé para luchar, pero creo que si no me hubieran ayudado, habrían acabado conmigo.

—¿Quién te ayudó?

Esa pregunta sacó a Ezra de su ensoñación.

—No sé quién era. Tenía el cabello blanco como cualquier ilardiano. Me sacó de ahí y me llevó por los callejones. Parecía conocerlos de memoria —contó Ezra, sin duda reviviendo el momento en su mente—. Me guió directo a los guardias del castillo.

—¿Qué dices? Yo no definiría eso como ayuda, ¡te entregó!

—Me llevó con personas que no intentarían matarme; ellos me encerraron e informaron al rey Dain. —Se encogió de hombros—. Y por eso estoy aquí ahora.

Emil se cruzó de brazos.

—No lo sé, Ez. Tal vez podrías haber escapado sin su ayuda y así no estarías pasando la noche en el cala...

Pero un grito desgarrador lo interrumpió.

Oh, por Helios, ¡era la señal de Elyon!

—¿Qué fue eso? —preguntó Ezra, poniéndose tenso.

Emil notó que había bajado su mano hacia donde solía estar su espada, pero no la tenía; seguro estaba confiscada.

—¡Tengo que irme! —respondió, comenzando a retroceder—. Voy a hablar con mi papá mañana, a primera hora, ¡te voy a sacar de aquí!

Y dicho esto, volteó y comenzó a correr hacia la salida de los calabozos. Subió las escaleras y esperaba encontrarse con los guardias, pero no estaban en sus puestos. Emil cruzó la gran puerta y, cuando vio la conmoción, se detuvo. Ambos guardias se encontraban hincados en el suelo, atendiendo a una Elyon... ¿desmayada? Si Emil no hubiera estado seguro de que era actuación, también habría corrido a ayudarla.

Los dos guardias estaban de espaldas y a su lado estaba la razón del grito de Elyon, su tío Zelos, quien no se había molestado en hincarse, más bien le estaba dando órdenes a los guardias de que llevaran a Elyon al área de sanación. Por suerte, él también estaba de espaldas y miraba al suelo.

Emil decidió no correr; más bien caminó sigilosamente detrás de todos, y una vez que dobló en la esquina del pasillo, se atrevió a lanzar una última mirada hacia atrás.

Elyon seguía tirada en el suelo, pero, en una acción que duró apenas un segundo, Emil la vio levantar el pulgar.

Todo estaba bien.

Capítulo 4
ELYON

Una vez que Elyon vio a Emil desaparecer por los pasillos, abrió los ojos con lentitud y comenzó a asegurar repetidamente que se había tropezado y que ya estaba bien; pero Zelos le dijo que no podía permitir que una de las candidatas estuviera enferma, y le ordenó a uno de los guardias que la llevara al área de sanación. Ella no quería perder el tiempo en cosas absurdas (moría de ganas por saber qué le había dicho Ezra a Emil), pero tampoco podía desobedecer a la cabeza del Consejo, por lo que se dejó guiar.

Ya en el área de sanación, saludó a Celes, la sanadora principal del castillo. Elyon la conocía desde que era pequeña, porque Gavril y ella solían ser los más accidentados del grupo de amigos.

Celes era la solaris con afinidad a la sanación más apta que conocía, pues tenía los alcances y límites de su poder muy bien explorados, además de que sus curaciones llegaban a un nivel superior que el de un solaris promedio. Era por eso que también era profesora en la Academia para Solaris de Eben.

—Elyon, ¿ahora qué hiciste? —fue su manera de saludarla.

Celes le indicó al guardia que se retirara y procedió a hacerle un chequeo físico a Elyon, quien insistió mil veces en que no le había pasado nada. Por supuesto que la mujer no se dejó llevar por sus palabras, pero tampoco usó sus poderes; simplemente la revisó de pies a cabeza y, una vez que estuvo segura de que todo estaba en orden, la dejó ir.

Elyon no esperó para echarse a correr hacia el laberinto, rogando mentalmente porque Emil estuviera ahí. Se dirigió a la puerta trasera del castillo que daba al jardín y casi gritó de desesperación cuando se dio cuenta de que ya estaba cerrada, ¿tan tarde era? Dio unos cuantos empujones para asegurarse, pero definitivamente estaba cerrada.

No se detuvo ni un segundo más y corrió a la única otra puerta que daba a ese jardín, la de la cocina secundaria, que se usaba en días cotidianos. En días de evento, todos los cocineros se concentraban en la gran cocina principal. Y hablando de eventos, se alegraba de que la mayor parte del personal del castillo estuviera asignado a la fiesta, pues los pasillos no estaban tan vigilados como de costumbre.

Llegó a la cocina; se encontraba totalmente oscura, pero eso no representaba ningún problema para Elyon, pues tenía afinidad a la luz. Alzó su mano derecha y de ahí salió un pequeño destello que permaneció flotando sobre esta. Eso era suficiente para iluminar el camino hasta la puerta trasera, la cual abrió con facilidad.

—¡Bien!

Los jardines estaban completamente iluminados, por lo que dejó que su luz se extinguiera y corrió hacia el laberinto. Elyon recordaba que, cuando era pequeña, odiaba ser una iluminadora, pues la luz le parecía el poder más inútil que un solaris pudiera tener, no era la más efectiva en combate y tampoco servía mucho para ayudar a los demás, pero con el tiempo había ido conociendo más su habilidad y ahora no podía imaginarse con otra.

Corrió mientras atravesaba los pasajes de memoria, y cuando llegó al punto de encuentro, la invadió un tenue sentimiento de dicha al ver a todos sus amigos reunidos, esperándola.

—Emil nos contó lo que pasó, ¿estás bien? —preguntó Mila, acercándose a Elyon.

—¿No les dijiste que todo fue parte del plan? —respondió, mirando a Emil.

Él asintió.

—Pero ya sabes cómo soy. Y tú en especial me preocupas un poco más que los demás —aseguró la mayor de sus amigos.

Elyon rio y terminó de acercarse a todos.

—¿Y bien? —preguntó Gavril en su típica pose de brazos cruzados, mirando al príncipe.

—Pues... —Emil suspiró con pesadez—, Ezra dice que no encontró nada.

La tenue dicha que Elyon sentía fue reemplazada por decepción.

—¿Qué? ¿Tres días allá y no descubrió nada?

—No debe ser muy sencillo moverse en el reino enemigo, Elyon —afirmó Gianna.

—Eso es lo que dijo Ezra, que era muy difícil pasar desapercibido y que no pudo ir muy lejos —explicó Emil.

Ahora la que soltó el suspiro fue Elyon.

—Aunque dijo que había rumores —continuó Emil, recuperando la atención de todos—. Escuchó a un grupo de ilardianos discutir seriamente sobre los poderes del sol.

¿Eh? Eso sí que era extraño.

—¿Qué estaban diciendo? —preguntó Gavril.

—No lo sé, no me lo dijo. Saben que Ezra es de pocas palabras; es un milagro que haya respondido casi todas mis preguntas —dijo Emil.

Pero Elyon ya estaba atando cabos y explorando todas las posibilidades. Si Ezra decía que los ilardianos habían estado hablando de los poderes del sol, y ella misma había visto un barco de Ilardya recorriendo los mares que se encontraban en el territorio de Alariel, seguramente ambas cosas se conectaban, ¿no? Así se los dijo a los demás.

—Tiene sentido; pero todavía hay muchas cosas que no sabemos —señaló Mila.

—Pues hay que descubrirlas —respondió Elyon al instante.

—Lo dices como si fuera muy fácil; no es como que podemos ir a Ilardya a investigar —se quejó Gianna—. Además, no estamos seguros de que esas pistas tengan que ver con la desaparición de la reina Virian.

—Lo que es definitivo es que los ilardianos están tramando algo —comentó Gavril.

Elyon asintió.

—Denme unos días y ya se me ocurrirá algo —enunció.

—¿Algo de qué?

—Encontraré el modo de ir a Ilardya.

Para desgracia de Elyon, los días que siguieron tuvieron a las tres candidatas ocupadas. Lo único bueno era que les habían asignado una habitación cerca de la de Emil. Lo malo... digamos que se podía resumir en una sola palabra: *itinerario*.

Les. Habían. Dado. Un. Maldito. Itinerario.

Y en esos días ni siquiera les habían dado un momento libre para ver a Emil. Habían tenido prueba de vestidos, desayunos en el jardín, clases de baile tradicional, de defensa personal sin poderes, de arquería, de esgrima, de historia de todos los reyes y reinas de Alariel, e incluso entrenamiento solaris. Que estaba bien, admitía que era útil; pero no les estaban dejando ni un segundo libre para nada.

Fue hasta una semana después que al fin les asignaron un itinerario más flexible que sólo ocupaba sus horas de la mañana. Al parecer, ya era momento de que buscaran pasar sus tardes y noches con Emil, por eso era que ahora las tres se encontraban en la habitación del joven príncipe. Gianna estaba sentada en uno de los sillones y Mila estaba a su lado. Elyon y Emil se habían recostado en el piso y miraban al techo.

—Quien sea que se esté encargando de nuestro itinerario, quiero matarlo —masculló Elyon, cerrando los ojos—. Estoy exhausta.

—No ha estado tan mal; han sido días productivos —dijo Mila.

—Pero ¡no nos han dado tiempo de pensar en lo que realmente importa! —se quejó Elyon, volteando un poco su cabeza para mirar a Mila.

—A la Corona lo que le importa es prepararnos, Ely —dijo Gianna.

—Si sienten que están siendo muy pesados con todo esto, díganmelo. Le puedo comentar a mi papá y seguro que él puede interceder por ustedes —ofreció Emil, aun mirando al techo.

—No te preocupes, estamos bien —aseveró Mila—. ¿Y tú?

—¿Yo?

—Eres quien ha estado más angustiado —respondió la mayor de sus amigas—. Incluso, nosotras pensábamos que tal vez ya tienes a *alguien* y que por eso querías evitar todo esto. ¿Hay alguna persona especial, Emil?

El príncipe dejó de mirar al techo.

—¿Eh? Por supuesto que no —aseguró, levantándose un poco y apoyando sus codos contra el piso—. Créanme, si estoy angustiado es por lo forzado de la situación.

Elyon esperaba que lo que Emil decía fuera cierto, pues no quería que su amigo se casara con alguna de ellas si tenía a alguien más. En las clases de historia que había tomado estos días sobre los reyes y reinas de Alariel, había aprendido y recordado muchas cosas sobre el matrimonio real. Primero que nada, lo que ya sabía, que el soberano sólo podía casarse con un solaris. No podían permitir que un heredero naciera sin poderes, y la única forma de asegurar que esto no ocurriera era que dos solaris continuaran la estirpe.

Lo que no había escuchado antes eran las historias de algunos reyes y reinas que habían regido siglos atrás.

Hubo una vez una reina que amaba a un alariense que no tenía poderes y se tuvo que casar con un solaris; era tan infeliz, que terminó quitándose la vida. También estaba la historia de un rey que amaba a otro hombre, el cual era solaris y además pertenecía a una casa real, pero no pudieron casarse, porque el rey necesitaba procrear un heredero legítimo. Siempre hubo rumores de que se veía con ese hombre en secreto, aun casado con la reina consorte. Además, estaba la reina Virian, que había tenido un hijo antes de casarse con el rey Arthas...

Todo eso le parecía injusto. La familia real era la única que tenía restricciones sobre con quién casarse. Todos los demás eran libres de hacerlo con quien quisieran, sin importar el género o si tenían poderes. De verdad esperaba que Emil fuera feliz en su futuro matrimonio.

—Eso es ridículo, no pueden tenerlo ahí.

La voz de Mila la sacó de sus pensamientos. Al parecer se había perdido en ellos.

—Mi papá dice que Zelos se rehúsa a dar la orden de sacarlo —respondió Emil con pesadez.

¿Estaban hablando de Ezra? No tenía idea de cómo habían cambiado el tema, pero no le importaba, pues se sentía indignada de que, después de tantos días, Ezra siguiera en el calabozo.

—Y si Zelos no da la orden, ¿por qué no la das tú? Ya viste que te hacen caso —dijo Elyon, sentándose. Emil ya había tomado esa posición.

—Esa orden sólo la pueden dar el general Lloyd o mi tío —explicó el príncipe.

—Yo ya intenté convencer a mi papá, pero dijo que este era un asunto de la familia real y que estaba en manos de Zelos —añadió Gianna, bastante mortificada.

—¡Habla con él, Emil! Será la cabeza del Consejo, pero tú eres el futuro rey —exclamó Elyon.

—No me va a escuchar. Nunca lo hace y, además, odia a Ezra.

Elyon estaba segura de que ese hombre odiaba a todos, no solamente a Ezra; pero no vio la necesidad de decirlo en voz alta.

—No pierdes nada con intentarlo —lo animó, encogiéndose de hombros.

—En eso apoyamos a Elyon, ¿verdad, Gi? —secundó Mila.

Gianna no lucía muy segura, pero al final suspiró.

—Por Ezra —dijo, asintiendo.

Emil las miró a las tres, de una en una, y entonces su semblante cambió a uno más serio. Y también asintió.

—Por Ezra.

Capítulo 5
EMIL

Emil había decidido abordar el tema en la junta del Consejo Real, que precisamente se llevaba a cabo un día después de su conversación con las chicas. Desde la desaparición de su madre, había comenzado a ocupar su lugar a la cabeza de la mesa, pero la verdad era que, por lo general, sólo era requerido para escuchar los asuntos y las preocupaciones actuales del reino. De vez en cuando le preguntaban su opinión, pero mientras no fuera oficialmente coronado, esta no les importaba mucho.

La mesa era alargada y había un total de nueve lugares. Zelos se encontraba a su lado derecho y su padre, Arthas, a su lado izquierdo. En este momento estaba hablando Lady Minerva, quien, además de ser miembro del Consejo, era la directora de la Academia para Solaris. Estaba discutiendo el último asunto del día, algo sobre la edad correcta para comenzar a aceptar solaris en la academia.

Las juntas del Consejo por lo general transcurrían así: primero se daba un informe sobre la situación actual de la búsqueda de la reina Virian, esto ocupaba la mayor parte del tiempo destinado a la reunión; después de ello se trataban otros asuntos de gravedad, como lo eran los rebeldes de Lestra invadiendo y haciendo destrozos en Alariel o alguna violación a la ley; por último venían los temas más ligeros, pero no menos importantes.

Emil, por lo general, ponía más atención en las juntas de Consejo, pues realmente se interesaba por su nación y quería emparse de sus asuntos para cuando se convirtiera en rey, pero ahora estaba demasiado nervioso por el asunto que él pensaba tratar.

—Entonces prepararé el informe y recaudaré firmas de todos los profesores. Para la siguiente junta, ya deberé tenerlo y podremos proceder a llevar a cabo un voto oficial —finalizó Lady Minerva.

—Gracias, Lady Minerva —dijo Zelos, comenzando a recoger los papeles que tenía frente a él—. Creo que este era el último asunto a tratar el día de hoy, así que...

—Espere, Lord Zelos —interrumpió Emil, quien normalmente solía referirse a Zelos como su tío, pero frente al Consejo debía tratarlo como lo que era: la cabeza—, tengo un asunto que quisiera discutir.

Emil sabía que el Consejo no esperaba que él propusiera un tema a discutir, pero de igual modo sintió un nudo en el estómago al ver las reacciones de todos los presentes; lo miraban como si apenas se hubieran dado cuenta de que estaba ahí.

Oh, por Helios, no podía mostrarse nervioso; tenía que verse fuerte ante ellos. Se aseguró de enderezar su espalda lo más que pudo.

—¿Es eso cierto, su alteza? —preguntó Zelos, mirándolo con algo parecido a la sospecha—. Si no me equivoco, y estoy seguro de que no, es la primera vez que usted desea proponer un tema en una reunión del Consejo.

Emil asintió. Era ahora o nunca.

—Es sobre la liberación del príncipe Ezra.

Si antes los había tomado por sorpresa, ahora todos tenían los ojos completamente abiertos y se veían incrédulos; Emil no determinaba si era porque la petición era muy descarada o muy ofensiva, o tal vez ambas. Los únicos que no lo observaban de ese modo eran Zelos, quien seguía igual de serio que siempre, y su padre, que le dedicaba una mirada consternada.

—Ese no es un tema que debamos tratar aquí, su alteza —respondió Zelos con tranquilidad.

58

—Aquí se tratan todos los asuntos que tienen que ver con la nación. Ezra es príncipe de Alariel y está encerrado desde hace varios días —respondió Emil, tratando de imitar el semblante calmado de su tío—. Quisiera que me explicaran las razones por las que no se le ha puesto en libertad.

Ante esto, Zelos arqueó una ceja; ahora lo miraba con interés. Emil le devolvió la mirada, esforzándose por no flaquear. Su tío era un hombre distinguido y muy parecido a la reina Virian. Tenía sus mismos ojos azules y un cabello castaño oscuro, además de una nariz muy fina y alargada. No cabía duda de que eran hermanos. En lo que sí eran totalmente distintos era en la personalidad. Zelos era frío y calculador. Su madre era toda bondad y sonrisas.

—Por supuesto, su alteza —contestó después de un par de segundos—. Al príncipe Ezra no se le ha liberado porque desobedeció las órdenes directas de su capitán y permaneció en territorio enemigo durante tres días.

—Lo entiendo, pero esas son ofensas menores; Ezra no es un criminal. No asesinó a nadie, no robó nada, no causó ningún daño irreparable.

—Se equivoca, su alteza —habló Lord Anuar, uno de los miembros más antiguos del Consejo. Era un hombre calvo y regordete—. No sé si se lo han informado, pero el príncipe Ezra puso en peligro el Tratado.

—Oh, pero el príncipe Emil ya sabía eso —dijo Zelos, sin quitarle la vista de encima a su sobrino.

La expresión firme de Emil se perdió durante un segundo en el que el pánico invadió sus facciones. ¿Acaso Zelos sabía que había hablado con Ezra? ¿Había escuchado su conversación? No tenía idea de qué responder a eso, pero al final no tuvo que hacerlo, porque Arthas intervino.

—Zelos, mi hijo tiene razón, hay que liberar al muchacho —dijo el rey. Sus ojos mostraban compasión—. Sabes que si Virian estuviera a la cabeza de esta mesa, ya habría dado la orden para liberarlo. Desde el primer día.

—Sin ofender, su majestad —habló ahora Lady Jaria, quien había sido profesora de Letras de Emil hacía años y nunca le había caído muy bien—, pero creo que no se deben mezclar sentimientos de familia con las cuestiones de seguridad de nuestra nación.

Arthas dejó escapar un suspiro audible para todos en la sala.

—No se preocupe, Lady Jaria, entiendo lo que dice —respondió con amabilidad—. Pero Ezra no es ninguna amenaza para nuestra nación, el muchacho sólo estaba preocupado por su madre y actuó impulsivamente. Pudo haber hecho enfadar al reino enemigo, pero el Tratado no se rompió. Sólo fue una amenaza sin cumplir por parte de Ilardya.

Emil veía ahora a su padre discutir y enfrentarse al Consejo. Y estaba molesto consigo mismo: ¿una sola provocación por parte de Zelos y ya se había quedado sin habla? En esos momentos se odiaba por ser tan débil, por dejarse intimidar con tanta facilidad.

—Pero su majestad, el príncipe Ezra tiene que entender que aquí no hay favoritismos —volvió a entrometerse Lord Anuar—; si el sujeto en cuestión hubiera sido un simple soldado...

—Si hubiera sido un simple soldado, se le hubiera despojado de su cargo, pero no habría terminado en prisión —interrumpió Lady Minerva, poniendo los ojos en blanco—. ¿Puedo proponer una solución, Lord Zelos?

Zelos le indicó con un movimiento de mano que lo hiciera.

—Dado que al príncipe Ezra no se le puede despojar de su título —dijo Minerva alzando ambas cejas, Emil presentía que sólo estaba señalando lo obvio antes de que algún miembro del Consejo lo planteara—, propongo que se le libere y que la consecuencia sea que le retiren sus derechos para salir en misiones con la Guardia Real por tiempo indefinido. Podremos definir el tiempo de la sentencia dependiendo de su comportamiento durante los próximos meses.

Emil la miró con admiración, en parte deseando haber propuesto algo así él mismo. Se arrepentía de no haber venido más preparado, pero agradecía que hubiera miembros sensatos dentro del Consejo.

—Es una solución factible —admitió Zelos, y luego dirigió de nuevo su mirada hacia Emil—. ¿Usted qué opina, su alteza? ¿Está conforme con esta solución propuesta por Lady Minerva?

Emil no soportaba el tono sarcástico con el que Zelos pronunciaba su título.

—Estoy conforme —se limitó a responder. Estaba seguro de que su voz comenzaría a fallarle si intentaba decir más de dos palabras.

—Ya que el futuro rey ha aprobado la moción, es hora de votar. Quienes estén a favor de la liberación del príncipe Ezra bajo las condiciones propuestas por Lady Minerva, levanten la mano.

Emil rápidamente contó en su mente las manos levantadas. Sabía que la suya no contaba, esta era una decisión que tenía que ser aprobada sólo por el Consejo Real. Su padre había levantado la mano, Lady Minerva también, y grande fue su alivio al ver que tres miembros más lo habían hecho. Esos eran cinco contra tres. Obviamente, Zelos, Lord Anuar y Lady Jaria no habían alzado sus manos.

—Moción aprobada —sentenció Zelos—. Lord Mael, infórmele al general Lloyd que hoy mismo debe liberar al príncipe Ezra a la hora que le parezca conveniente.

—Entendido, Lord Zelos.

—Ahora sí, ¿creo que este era el último asunto a tratar el día de hoy? —Zelos, por lo general, decía esto como una afirmación, pero esta vez a Emil le sonó como una pregunta dirigida exclusivamente a él.

Asintió lentamente.

—Entonces, declaro finalizada la sesión.

Emil sabía que debía sentirse feliz porque ese mismo día Ezra sería liberado, pero se sentía completamente derrotado. Al final, no había sido él quien lo había logrado, sino su padre y Lady Minerva. Estaba enojado y algo perdido; si no podía controlar una junta del Consejo, ¿cómo iba a lograr mantener el orden y la paz en Alariel?

Siempre había querido ser rey, pero ahora que debía probar que era capaz, ni siquiera se lo podía probar a él mismo.

Habían pasado unas cuantas horas desde la desastrosa junta con el Consejo y, honestamente, Emil no quería hablar con nadie. Al salir se había dirigido a sus aposentos y no se había movido de ahí. En esos momentos se encontraba recostado en su cama, mirando hacia el techo, reviviendo la conversación de la reunión una y otra vez. Quería culpar a Zelos de que todo hubiera salido mal, pero en el fondo sabía que, si había un culpable de que ahora se sintiera así, era él mismo.

¿Por qué no había podido mantenerse firme? ¿Por qué había bajado la cabeza frente a los miembros del Consejo? Tenía que dejar de tener miedo y enfrentar los obstáculos que se le pusieran enfrente. Zelos lo había desconcertado con su aseveración disfrazada de pregunta, ¡pero esa no era excusa para haberse quedado sin habla!

—Oye, ¿todo bien?

Emil levantó la cabeza para ver a Gavril entrando por el balcón de sus jardines privados. Su amigo traía la cabellera color avellana totalmente mojada y goteando, sin su habitual recogido. Sus ojos verdes contrastaban con su piel morena. Seguramente había estado nadando en el lago de Eben. Desde que era pequeño, su mejor amigo siempre había sentido pasión por la natación. Era una de las cosas que más le gustaba hacer.

El príncipe volvió a recostarse y el recién llegado se dejó caer a su lado. Sus pies descalzos y llenos de lodo ahora se encontraban a la par de la cabeza de Emil.

—Mínimo te hubieras molestado en limpiar tus pies... —dijo, sin muchas ganas.

Estaba seguro de que la respuesta de Gavril sería simplemente encogerse de hombros, aunque no podía verlo, pues una vez más estaba mirando al techo. Ambos se quedaron callados durante unos minutos, aunque el silencio nunca era incómodo entre ellos.

—No respondiste mi pregunta —aseveró Gavril, entonces.

—Llevo todo el día encerrado aquí; ya sabes la respuesta.

Gavril chasqueó la lengua.

—No sé qué haya pasado en la reunión del Consejo, pero mi papá acaba de liberar a Ezra hace unos minutos.

Esas, por lo menos, eran buenas noticias. Zelos había cumplido su palabra, aunque tampoco era como que hubiera dudado de él. Su tío no se atrevería a quedar mal frente a todo el Consejo Real.

Guardaron silencio por unos minutos más.

—Mi tío no quiere que sea rey —soltó Emil de repente, aterrado de decir esas palabras en voz alta, cuando hasta en su propia mente se había rehusado a pensarlas.

—¿Y eso qué? Le guste o no, no puede hacer nada para impedirlo.

—No lo sé, Gav... En estos momentos, él está ocupando el lugar de mi madre. Está encargándose de todo y lo está haciendo bien. El pueblo lo respeta.

Gavril soltó una risotada sarcástica.

—Podrán respetarlo, pero no lo quieren. Saben que está ahí temporalmente, están esperando tu coronación.

—O que mi mamá aparezca viva.

—Emil.

La forma en la que su mejor amigo dijo su nombre lo hizo apoyar sus codos en el colchón para alzar la cabeza y mirarlo; Gavril ya lo estaba viendo, mientras se sostenía en su antebrazo, y parecía que sólo había estado esperando a que los ojos de Emil encontraran los suyos para decir sus siguientes palabras:

—Al único rey al que voy a seguir es a ti.

Y era exactamente lo que Emil necesitaba escuchar. Gavril no tenía idea de lo que esa afirmación había causado en él. O probablemente sí lo sabía, y justamente por eso se lo había dicho.

Todavía le aterraba pensar en que no estaba listo para ser rey, pero las palabras de su amigo habían sido como una luz entre toda la oscuridad en la que se había sumergido en esas últimas horas.

Era de noche y al fin se había dignado a salir de su habitación. Gavril se había ido hacía unas horas a *entrenar*, aunque Emil sabía que su forma de entrenar no era precisamente la recomendada por la academia. Su amigo gustaba de pelear y, para su suerte, había algunos jóvenes en el castillo que también disfrutaban de esa actividad.

Normalmente lo hacía con dos: uno era el hijo del cocinero, que no era solaris, pero con quien peleaba a puños y a veces con armas; la favorita de su amigo era el hacha. La otra era la encargada de los establos de los pegasos; ella sí que era solaris y tenía afinidad al fuego, como Gavril y como él mismo. El príncipe lo acompañaba a entrenar así de vez en cuando, pero no con mucha frecuencia, pues no era su actividad favorita.

Su modo de entrenamiento era más convencional, utilizaba las instalaciones de la academia y podía perderse durante gran parte del día allí. Nunca se había considerado un gran guerrero, no le gustaban mucho las armas y prefería evitar las peleas, pero siempre le habían dicho que tenía un fuego muy poderoso. En sus sesiones llevaba su fuego al límite y lo ponía a prueba. Se esforzaba por dominarlo y controlarlo. El control era importante para Emil.

Llevaba años pasando las tardes soleadas allí, cuando todos ya habían salido de clases y le dejaban el lugar a él solo. Hubo un momento en su vida en el que iba todos los días, pero ya llevaba tiempo permitiéndose ser más flexible.

Recordaba bien que cuando eran más pequeños, Elyon y Gianna se quejaban de que pasara la tarde entrenando en vez de jugar con ellas cuando venían por las vacaciones. También recordaba que, por lo general, terminaban convenciéndolo de que se fuera con ellas.

Un suspiro de melancolía se le escapó ante el recuerdo y decidió dejar de viajar al pasado. Ahora mismo quería encontrar a Ezra y ver con sus propios ojos que ya estaba fuera de esa oscura celda. El primer lugar en el que se le ocurrió buscar fue en la habitación del mayor, pero uno de los guardias del pasillo le dijo que no se había aparecido por ahí en todo el día. Después lo buscó en la biblioteca, en el cuarto de armas, y estaba a punto de revisar el jardín en el que solía practicar con la espada, cuando se topó con sus tres amigas, que venían riendo, muy inmersas en su plática.

—¡Emil! —saludó Mila, alzando su brazo—. Tu papá nos dijo que hoy habías tenido un día cansado y que estabas durmiendo en tu habitación.

Emil sonrió; no las había visto en todo el día.

—Sí, pero ya me siento mejor —respondió—. ¿Ustedes no se han aburrido mucho?

—Oh, no, aquí siempre hay mucho qué hacer —dijo Gianna, quien realmente lucía cómoda al lado de sus amigas.

—Y yo al fin pude pasear un rato con Vela —agregó Elyon.

Emil notó que las mejillas de Elyon estaban sonrojadas; seguramente acababa de volver del vuelo. Otra evidencia era que su cabello parecía tener vida propia. Por lo general caía por debajo de sus hombros de forma muy recta y pesada, como una cascada, pero ahora se encontraba despeinado y con algunos cabellos desafiando la gravedad. Esta era Elyon en su estado más puro.

—Por cierto, dejé a Vela en los establos y vi a Ezra con Aquila, estaba cepillándolo —Elyon le guiñó un ojo a Emil, como diciéndole que sabía exactamente que lo estaba buscando.

—No te distraemos más, ve con él —dijo Mila, asintiendo una vez.

—Gracias, ¡las veo mañana!

Dicho esto, Emil volteó y comenzó a correr hacia los establos. ¿Acaso Ezra pensaba volar el día de hoy? Es decir, no se lo habían prohibido, pero cualquier cosa podría malinterpretarse y desatar la ira de Zelos. No le tomó demasiado llegar a los jardines y posteriormente al establo donde tenían a los pegasos del castillo; detuvo su carrera antes de entrar y colocó ambas manos sobre sus rodillas, para tomar aire.

Cuando levantó la cabeza, vio a Ezra al fondo cepillando a Aquila, tal y como le había dicho Elyon. Entró al lugar y fue directo a donde se encontraba su propio pegaso, Saeta, y acarició su melena.

—Valensey me dijo que estabas aquí —dijo, consciente de que Ezra lo había escuchado entrar.

—Sí, supuse que lo haría; es por eso que no me he ido.

Ninguno de los dos se estaba mirando; ambos estaban concentrados en sus pegasos.

—¿A dónde vas?

—Sólo quiero salir de estas paredes.

Ezra se refería al muro que rodeaba toda la ciudad flotante. A su hermano nunca le había gustado, a pesar de que en realidad era algo meramente simbólico. Como todos llegaban volando en pegaso, un muro no los podía detener. De hecho, la gran puerta a la entrada de Eben sólo servía para recibir visitantes de forma oficial y para cuando la Guardia Real salía en misiones o algún miembro de la nobleza debía bajar custodiado. De todos modos, a Emil siempre le había dado una sensación de seguridad. Le gustaba Eben con todo y su muro. No, de hecho, una de las razones por las que le gustaba Eben era por su muro.

—¿Eso no te traerá problemas? —preguntó, tratando de no sonar demasiado preocupado.

Escuchó a Ezra moverse y podía jurar que sentía sus ojos azules clavados en su espalda. Emil volteó para darle la cara.

—Tranquilo, voy a estar bien —le dijo, sonriéndole débilmente.

—Ez, sabes que puedes contar conmigo para lo que sea, ¿verdad?

Eso hizo que la sonrisa de Ezra se volviera más pronunciada. Desde muy pequeño, Emil había notado que su hermano no le regalaba sonrisas a cualquier persona; todas eran para él o para su madre.

—Yo soy el que suele decirte eso.

—Exacto. Siempre eres tú quien intenta protegerme, pero somos hermanos, no tienes que hacer todo tú solo —se apresuró a responder.

Ezra suspiró y se dio la vuelta, abriendo la puerta del lugar de Aquila y dejándolo salir.

—No te voy a arrastrar a mis problemas. Tú tienes que concentrarte en tu futura coronación —dijo el mayor, comenzando a caminar hacia la salida del establo junto a su pegaso.

—Ezra, ¿qué piensas hacer? —exclamó Emil, caminando a paso rápido detrás de él.

—Ya te lo dije, sólo voy a volar un rato; volveré hoy mismo —respondió, y ambos salieron del establo. La luna estaba resplandeciente y en el cielo se alcanzaban a vislumbrar muchas estrellas. Era una noche perfecta—. Pero no me voy a rendir.

Eso hizo que Emil se detuviera en seco; una sensación parecida al pánico comenzó a invadirlo.

—¿A qué te refieres?

—Hace rato hablé con Mila y me contó del barco ilardiano en nuestro territorio. Y está también la conversación que escuché en la taberna en Ilardya. Algo están tramando. No puedo asegurar que eso tenga que ver con la desaparición de mamá, pero voy a averiguarlo.

Ezra se había detenido, pero seguía varios pasos delante de Emil y le estaba dando la espalda. El menor de los Solerian quería correr y tomarlo de la mano para que no se fuera, para que se quedara a hablar con él y para que juntos intentaran encontrar respuestas. Pero ya no era un niño pequeño que simplemente podía tomar la mano de su hermano por capricho; y sabía que aunque se quedaran teorizando toda la noche, realmente no podrían hacer ningún descubrimiento dentro de los muros de Eben.

Emil conocía a su hermano y por eso sabía lo que pensaba hacer.

—Vas a volver —dijo en voz baja, pero sabía que Ezra lo había escuchado.

—Todavía tengo que pensar cómo voy a hacer las cosas, ya que no podré ir con la Guardia Real. Tampoco sé si sea prudente regresar tan pronto. —Y entonces volteó para mirar a Emil. Su semblante era serio y había decisión en sus ojos—. Pero lo estoy considerando.

Había posibilidad de que Ezra volviera a Ilardya.

Y Emil quería ser la clase de persona que se ofrecía a ir con él para investigar y tratar de encontrar a su madre, pero no lo era. ¡Y quería encontrarla con todas sus fuerzas! Le había dicho a sus amigos que quería ayudar y que no iba a quedarse sin hacer nada, pero en el fondo siempre había deseado que pudiera aportar algo a la búsqueda desde casa. ¿Salir de Eben? ¿Ir a Ilardya? Ni en sus más oscuras pesadillas.

—Volveré antes del amanecer.

Dicho esto, Ezra montó su pegaso, que desplegó sus enormes alas, sacudiéndolas un poco antes de emprender marcha. No volvió a mirarlo, simplemente dio la orden y Aquila comenzó a correr y a correr y a correr y de pronto ya estaba volando, elevándose por los infinitos cielos de Fenrai.

Emil vio cómo su hermano se alejaba de casa.

Y no fue tras él. No lo siguió.

No se atrevió.

Capítulo 6
ELYON

La Academia para Solaris tenía una sede en cada una de las principales ciudades de Alariel, que eran siete, y la de Eben era la más pequeña, pero la más importante. Ahí entrenaban los guerreros más poderosos y todos los miembros de la nobleza. Mila, de hecho, había estudiado gran parte de su vida allí, pero el último año había estado asistiendo a varias misiones locales con la Guardia Real, así que llevaba tiempo sin ir a clases.

Emil y Gavril también estudiaban en la academia de Eben, como era obvio. Gianna acudía a la academia de Beros y Elyon a la de Valias. Durante el Proceso, ninguna de las candidatas debía asistir a clases; solamente tenían que dedicar un par de horas diarias a su entrenamiento, al igual que el príncipe heredero. El pobre de Gavril era el único que continuaba con sus clases normales.

Aunque Elyon podía jurar que su itinerario de candidata era mil veces más pesado que un día normal de clases. Ya llevaba casi dos semanas en Eben y, aunque estaba un poco fastidiada de tantos quehaceres, agradecía tener algo qué hacer todos los días; ya que, cuando se aburría, su cabeza comenzaba a elaborar planes irrealizables para salir del muro y comenzar a buscar pistas.

Pero ahora mismo debía dejar de divagar. Había que concentrarse.

Se encontraba en un cuarto de entrenamiento completamente oscuro, en una batalla contra Mila. En Alariel, la luz interior era brindada por iluminadores, y estos también podían extinguirla con un simple pensamiento, así que eso había hecho al entrar; era su estrategia para tener mejor oportunidad de evadir a su oponente.

Las personas solían pensar que los iluminadores nada más servían para adornar y embellecer lugares, pero en la academia los enseñaban a usar su poder como ofensa y defensa. Y no sólo eso, también dedicaban varias horas a entrenar con armas. Elyon prefería el arco y flecha; sentía que era buena y había encontrado un balance entre su poder y su habilidad física. Pero hoy el arma designada era la espada, y Mila era buena con cualquier arma que le pusieran enfrente.

Por lo general se utilizaban lugares abiertos o sin techo para entrenar, pues para tomar el poder directamente del sol, no debían existir barreras físicas entre el solaris y este. Cuando los entrenamientos eran en cuartos cerrados, solían enfocarse en pelear con armas para cuidar su reserva de poder y aprender a manejarla sabiamente.

Precisamente ahora, Elyon se había pegado a un muro, con su espada desenvainada, y trataba de no respirar muy alto para que Mila no diera con su posición. Su amiga era paciente, pero Elyon sabía que no tardaría mucho en usar su poder para encontrarla.

Y fue como si lo hubiera invocado, pues de pronto, entre toda la oscuridad, dos pequeñas bolas de fuego salieron de sus manos, iluminando la habitación. Mila era una lanzallamas.

—¡Sabía que ibas a *hacer eso*! —exclamó Elyon sonriendo cuando los ojos de Mila se posaron sobre ella.

Mila le devolvió la sonrisa, blandió su espada e hizo que delicadas llamaradas rodearan su filo, iluminando, de paso, el espacio donde se encontraban. Elyon empuñó su propia espada con ambas manos e impulsó su luz interna hacia afuera, haciendo que de su cuerpo emanara un tenue destello. Ambas habían hecho esto no por presumir o por demostrar su habilidad, sino porque iban a luchar en la oscuridad y debían tener una manera de *ver*.

Corrieron y se encontraron con el ruido que sus espadas hicieron al chocar la una con la otra, y comenzaron con una especie de danza en la que Elyon sentía que realmente estaba bailando. Era su parte favorita de luchar con espada, aunque tal vez eso era porque nunca había tenido que pelear por su vida. Siempre había sido por entrenamiento o por placer, sabiendo que su rival no era su enemigo y no iba a herirla.

Pero vaya que su amiga golpeaba fuerte, y pronto ya estaba arrinconando a Elyon contra una de las paredes del cuarto, y por si fuera poco, el fuego en la espada de Mila ya la estaba haciendo sudar.

Pero Elyon no se iba a dejar, por lo que, con todas sus fuerzas, blandió su espada contra la de su oponente y logró hacer que casi la soltara, así que usó ese momento para desaparecer y aparecer detrás de Mila, y pudo sentir cómo la energía de su reserva disminuía considerablemente a causa de esta hazaña.

No obstante, aprovechó la velocidad que le había dado a su movimiento para agacharse y tirar a Mila con su pierna. Su amiga lanzó un grito de sorpresa y soltó su espada, que se deslizó varios metros lejos de ella. ¡Ja! Lo había conseguido. Si lograba llegar a la puerta y jalar la palanca primero, ganaría; así que corrió, pero cuando estaba a unos cuantos metros de llegar, una gran barrera de fuego se atravesó en su camino, envolviéndola en un círculo que no le dejaba escapatoria. El fuego estaba lo suficientemente alejado de ella como para no quemarla, pero definitivamente estaba atrapada.

Lanzó un grito de frustración en el momento en que las llamas se extinguieron, y lo primero que vio fue a una Mila muy sonriente, recargada a un lado de la puerta, ya con la palanca abajo.

—Has mejorado —dijo Mila, ofreciéndole su mano para oficialmente terminar con la batalla.

Elyon suspiró.

—Te odio. —Hizo una mueca que intentaba emular enojo, pero pronto se disolvió y dejó salir una carcajada—. ¡Algún día, Mila, algún día!

La risa de Mila se unió a la suya, y Elyon le dio la mano, sellando el enfrentamiento amistoso con un apretón.

Después del entrenamiento, una de sus damas de compañía notificó a Elyon que ese día tendría su primera cita a solas con el heredero a la Corona. Amara, quien era la encargada oficial de todos los asuntos que involucraban a Elyon, estaba furiosa, pues según ella, desde la noche anterior le había instruido que debía salir antes del entrenamiento para comenzar a prepararla. Elyon, genuinamente, no lo recordaba.

Después de un rato, sus damas ya la habían aseado, vestido y peinado; y estaban terminando de ponerle un poco de color en los labios para asegurarse de que su apariencia fuera perfecta. Elyon no lo entendía, veía a Emil todos los días y jamás se arreglaba, así que no creía que arreglarse para esa cita fuera a hacer alguna diferencia. No obstante, no dijo nada, simplemente se miró al espejo para evaluar el resultado final.

Habían elegido un vestido sin corsé para su comodidad, que se amarraba a su cintura con varios lazos, y de ahí salía una larga falda no muy abultada que caía libremente casi hasta sus pies. El conjunto era azul claro y le parecía bonito. Su cabello lo habían recogido en una trenza adornada con varias cintas, Elyon estaba asombrada de que hubieran logrado peinarlo; ella nunca podía y simplemente lo dejaba suelto.

—Oh, Lady Elyon, estoy segura de que logrará conquistarlo —exclamó Amara, feliz al ver el resultado de su trabajo.

Elyon rio.

—Ya te dije que puedes llamarme sólo Elyon —respondió, y luego se volteó—. Bueno, ¡ya es hora!

Se despidió de Amara y las demás, y salió de la habitación en busca de Emil. Según le habían explicado mientras la arreglaban, en esa primera cita eran las chicas quienes decidían qué hacer para pasar el día. Mila y Gianna ya la habían tenido. La primera había decidido pasar un tiempo leyendo en la biblioteca y luego habían ido a practicar técnicas de lanzallamas. La segunda había preparado una comida en los jardines y luego se habían ido al lago de Eben a pasar la tarde en una balsa.

Oh, claro que Elyon ya había decidido qué hacer en su cita.

Encontró a Emil justo donde pensaba que estaría, en el área de entrenamiento al aire libre de la academia. Lo vio desde lejos mientras el príncipe saltaba a la vez que lanzaba una espiral de fuego hacia el cielo; cayó al suelo apoyándose con una rodilla e hizo crecer las llamas hasta el punto en el que estas parecían un tornado. Después se puso de pie y, con un movimiento del brazo, todo el fuego desapareció.

Elyon podría haberse quedado mirándolo por horas (pero nunca lo admitiría ante nadie), sólo que ahora tenía asuntos más importantes en la cabeza.

Caminó hacia él y se aclaró la garganta.

—Disculpe, su alteza, pero ¿no le han dicho que no debe entrenar sin la supervisión de un profesor? —Se tapó la nariz con ambos dedos para que su voz sonara más graciosa.

Emil le estaba dando la espalda, y volteó sobresaltado al no reconocer su voz. Cuando la vio, sonrió y empezó a negar con la cabeza.

—Hola, Valensey.

—¿Listo para nuestra gran cita? —dijo ella, acercándosele.

—Te ves demasiado feliz; eso es sospechoso —inquirió.

—¿Qué dices? ¿No puedes pensar que mi felicidad se debe a que me toca pasar tiempo contigo? —respondió, tratando de sonar ofendida, pero fallando rotundamente.

—Claro —dijo él, mirándola con cuidado—. Y dime, ¿qué quieres hacer hoy?

Elyon aplaudió una sola vez.

—¡Qué bueno que lo preguntas! Se me ocurrió una idea excelente.

—Estoy listo para oírla.

Era ahora o nunca.

—Quiero que bajemos a Zunn y paseemos por el mercado.

El joven príncipe la miró como si tuviera que sopesar la expresión en su rostro para descifrar el significado de sus palabras.

—¿Bajar... de Eben? ¿Estás hablando en serio?

—¡Ahí podremos preguntarles a las personas por rumores! Tal vez alguien haya escuchado algo sobre tu mamá. ¡Es el lugar perfecto para empezar con nuestra investigación! —contestó Elyon con rapidez.

Emil no le respondió al instante, y ella sabía que era porque lo estaba considerando. Al príncipe no le gustaba salir de Eben. Cuando en el pasado, durante las vacaciones, surgía la oportunidad de bajar a Zunn en grupo, él optaba por quedarse en la ciudad flotante. Ya le había preguntado la razón por la cual no quería bajar, y recordaba perfectamente las palabras que había dicho Emil: «Es que aquí tengo todo lo que necesito».

Y Elyon suponía que sí. Eben era la ciudad más pequeña de Alariel, pero dentro de sus grandes muros estaba todo lo que alguien podía necesitar: el castillo, que tenía su biblioteca, sus cocinas, sus enormes jardines, sus juegos, sus salas de armas, su hospital; la Academia para Solaris; el Lago Helios, con su cascada; las casas de otros nobles y muchas cosas más. Claro que tenía todo lo que necesitaba, pero ¿tendría también todo lo que quería? *Querer* y *necesitar* eran cosas distintas, pero en ese tiempo ella era más pequeña y todavía no había comprendido esa diferencia.

Lo que sí había pasado por su mente después de haber escuchado la respuesta de Emil había sido desilusión.

Lo recordaba claramente, cuando era pequeña, el joven príncipe era lo único que sus ojos podían ver. Ahora se daba cuenta de que había sido su primer amor, pero esa Elyon del pasado no sabía el nombre de lo que sentía, sólo sabía que Emil hacía que su corazón brincara de emoción. Sin embargo, escucharlo decir esas palabras había apagado el sentimiento. Ella siempre había querido descubrir, conocer, volar... y Emil estaba conforme con lo que ya conocía.

Elyon nunca se iba a conformar. Y Emil ya lo había hecho.

—Está bien —respondió el príncipe entonces.

—Oh, por Helios, ¿sí vamos a bajar? —exclamó, sintiendo que la emoción la invadía por completo.

—Vamos a bajar.

Elyon suponía que era más fácil decirlo que hacerlo. Mientras caminaban a los establos, podía notar cómo Emil se ponía más nervioso con cada segundo que pasaba.

—Sólo será un rato —dijo ella, tratando de calmarlo un poco—. ¿Hace cuánto que no bajas?

—Bajo cada año con mi madre y mi padre a visitar una ciudad de Alariel. Este año tocaba Beros, pero se tuvo que posponer por las circunstancias actuales.

—Sí, pero esos son asuntos de la Corona, hablo de bajar por diversión o por placer.

—No hay nada allá abajo que no tenga aquí.

Elyon podía hacer una enorme lista de todo lo que había afuera y que no había en Eben, pero no quería discutir con Emil, pues debía aprovechar su pequeña victoria. Llegaron a los establos y ambos comenzaron a preparar a sus pegasos, y cuando estuvieron listos, caminaron hacia afuera. El sol brillaba más fuerte que otros días de esa temporada.

—Bueno, supongo que es hora de irnos —dijo Emil no muy seguro, posando una de sus manos en el lomo de su pegaso, Saeta.

—Sí, pero hay que salir por la puerta del muro.

—¿Para qué? Podemos ir por la parte de atrás del castillo para que nadie nos vea. Ezra y tú siempre lo hacen.

—Eso es porque nos escapamos de noche; de día hay más probabilidad de que algún guardia nos vea y se alarme. Mejor hagamos las cosas bien y evitemos que algún soldado nos persiga. Hay que salir por la puerta, Emil.

—Ehm...

Elyon decidió hacerse la desentendida y presionar un poco.

—Pareces nervioso... —dijo en tono juguetón.

—¡No lo estoy! —respondió, evidentemente nervioso. Su postura era rígida y sus movimientos mecánicos—. Es que no creo que los guardias nos dejen bajar.

—¿De nuevo la misma excusa? Ya tuvimos esta conversación. Eres el príncipe, no tienes que pedir permiso.

Emil parecía estar buscando otra excusa, pero al final se rindió.

—Bien, sí. Tienes razón.

Elyon asintió y ambos subieron a sus pegasos para dirigirse, por tierra, a la puerta del Gran Muro. Los establos no estaban retirados de ahí; de hecho estaban convenientemente cerca para que cuando un visitante llegara, de inmediato pudiera dejar a resguardo su pegaso.

Llegaron a la puerta, en la que había dos guardias adentro y dos afuera, vigilando como era habitual. Esta permanecía abierta de día, pero cuando el sol se ocultaba, la cerraban. Elyon dejó que Emil se adelantara un poco y pudo notar que ambos guardias tomaban una postura más recta cuando lo vieron e, indudablemente, parecían extrañados de que se estuviera acercando a la puerta.

—Ehm. Hola. Voy a salir. Adiós.

Emil lo había dicho muy rápido, sin siquiera voltear a ver a los guardias y atravesando la gran puerta a paso veloz, sin mirar atrás. Elyon lo siguió, tratando de no reírse. Habían avanzado unos cuantos metros cuando uno de los vigilantes corrió y se puso frente a ellos, mirándolos.

—¿Salir, su alteza? —cuestionó el hombre, algo atónito.

—Escuchaste bien.

—P-pero usted jamás sale del muro.

—Hmm, ¿jamás? ¿No crees que estás exagerando?

—No exagero. Usted nunca, jamás, sale de Eben.

Hubo un silencio que duró unos cuantos segundos. Cinco, cuatro, tres, dos, uno...

—¡Soy el futuro rey y puedo salir cuando quiera! —exclamó Emil de nuevo muy rápido, casi sin despegar una palabra de la otra, esquivando al guardia con su pegaso.

Elyon tuvo que aguantarse las ganas de, ahora sí, soltar una carcajada.

—Eh, sí, claro, su alteza —respondió el guardia y esta vez no lo siguió—. Sólo que, con la desaparición de la reina, ¿no cree que se deberían tomar precauciones si piensa bajar?

—Claro, no iré solo, voy con Valensey. Ambos somos solaris experimentados.

Elyon sólo pudo asentir repetidamente.

—Creo que esas medidas se deben consultar con el Consejo y...

—¡Sí, perfecto! Las consultan y, cuando volvamos, ya me las contarán —dijo Emil, dándole la espalda de nuevo—. ¡Nos vamos!

El príncipe no le dio tiempo al pobre hombre de responder; simplemente alzó las riendas de Saeta para emprender el vuelo. Elyon tampoco esperó e hizo lo mismo, elevándose por los cielos, mientras soltaba esa risa que había estado conteniendo.

No tardaron mucho en bajar a Zunn, pues estaba justo debajo de Eben. La capital era tres veces más pequeña que la gran ciudad que estaba abajo y en la que aterrizaron sin problema alguno. Zunn tenía un área designada para este propósito, con establos y personas que cuidaban a los pegasos de los visitantes, mientras estos atendían sus asuntos.

Tener un pegaso era un privilegio del que solamente gozaba la realeza, las familias nobles o la gente con algún puesto importante. Eran criaturas muy bellas y cada vez más escasas, además de ser muy importantes para toda la nación del sol, pues eran su único medio para transportarse a la capital o fuera de esta. Elyon y Emil dejaron los suyos al cuidado de los encargados y comenzaron a caminar rumbo al mercado.

De hecho, Zunn tenía el mercado más grande en todo Alariel y era su atracción principal, seguido por el puerto de importaciones y exportaciones. Ahí llegaban barcos ilardianos a dejar mercancía o a recogerla, y no tenían permitido ir más allá. Otra cosa que caracterizaba a este mercado era la unión de su gente, pues varios años atrás había ocurrido un gran incendio que acabó con todo y con la vida de decenas de personas. Este suceso había marcado a la nación y se le conocía como el Atardecer Rojo de Zunn. De acuerdo con quienes lo vivieron, el fuego había sido incontrolable. Elyon siempre se preguntaba: ¿de qué servía tener afinidad al fuego si sólo podías controlar el propio? Debió haber sido horrible estar ahí y no poder hacer nada.

De todos modos, no era el incendio lo que Alariel recordaba, sino cómo su gente se levantó para reconstruir el lugar. Todos ayudando, todos apoyándose, recogiendo escombros, donando a los que lo necesitaban más. La familia real y el Consejo habían ayudado como nunca, y las personas de Zunn trabajaron día y noche, unidos por una misma causa. Eso los había cambiado para bien y se sentía en el aire.

Su abuela solía decir que en el mercado de Zunn se respiraba unión.

A Elyon le fascinaba recorrer el lugar, pues era muy pintoresco y muy distinto a cualquier otro que hubiera visitado. Al instante escuchó el familiar ruido que nunca se acababa, proveniente de los vendedores, las familias, los comerciantes, de niños gritando o llorando o riendo. En Zunn siempre habría ruido, ruido, ruido. Cada puesto en el mercado era distinto del otro, algunos tenían techo de tela, otros tenían ruedas y eran móviles, algunos incluso estaban adornados con luz de solaris. Además, olía a pan y a miles de especias.

—¿No te encanta? —preguntó Elyon, mirando a Emil mientras caminaban.

Pero Emil no respondió, y Elyon pudo ver que el joven príncipe estaba mirando todo con asombro, como si fuera un niño pequeño que visitara el gran mercado de Zunn por primera vez. A no ser que...

—Espera, espera... —dijo, deteniéndose. Emil hizo lo mismo—, ¿nunca habías venido?

—Eh, ya te dije que no salgo mucho de Eben... y pues...

—¡Oh, por Helios! —gritó Elyon, cubriéndose la boca con ambas manos para agregar más dramatismo a la escena.

—¡Estás haciendo que todos nos miren!

—¡Es que tengo tanto qué enseñarte! —gritó de nuevo, y ahora fue Emil quien puso sus manos sobre su boca, para callarla.

—De verdad, nos están observando.

Entonces, Elyon miró hacia su derecha y luego hacia su izquierda y confirmó que, efectivamente, los estaban mirando. Pero podía apostar que no era porque ella hubiera gritado, sino porque sus atuendos los delataban como niños ricos, y no era del todo común que los nobles se pasearan por el mercado, pues casi siempre mandaban a sus sirvientes.

No estaba segura de si reconocían a Emil como el príncipe heredero, pues él mismo ya había dicho que no solía bajar de Eben, pero si no hacían algo pronto, sin duda alguien lo reconocería más temprano que tarde.

—Bien, Emil, hay que hacer nuestra primera compra.

—¿Comprar? Eh... no traigo nada de dinero.

Por tres segundos a Elyon le pareció extraño que el hombre más rico de Alariel no tuviera dinero consigo, pero si lo pensaba bien, tenía sentido, pues en Eben no lo necesitaba para absolutamente nada.

—¡No te preocupes! Yo invito. —No es que a ella le sobrara, pero por lo menos sí traía.

Dicho esto, tomó a Emil del brazo y lo llevó a un puesto que había visto a lo lejos cuando llegaron. Era como una especie de carreta con tres pisos y varias escaleras recargadas a las que se podía subir para ver la mercancía. Elyon subió por una de ellas hasta el segundo nivel, para tomar lo que había llamado su atención.

Colgadas de una estructura de madera estaban varias capas con capucha. Eran de distintos materiales y colores, y eran justo lo que necesitaban.

—¿Qué te parece esta? —preguntó, acercándose al borde para extender una capa de un tono rojo oscuro; había elegido ese color porque al instante lo había relacionado con él. Era de un material que no conocía: su textura era como la del terciopelo, y se sentía ligero y a la vez resistente.

Emil levantó la cabeza para ver la capa y asintió varias veces. Elyon le sonrió y se volteó para elegir la suya. No sentía que la necesitara como Emil, pero siempre había querido una y casi nunca venía al mercado de Zunn, pues su padre jamás la traía en sus viajes de negocios.

Al final se decidió por una capa del mismo material que la de Emil, pero en un tono lila opaco. Le pasó ambas capas al vendedor que se encontraba abajo y después descendió por las escaleras. Cada una le costó cinco monedas de plata, por lo que Elyon supuso que el material debía ser realmente bueno.

—¿Te gusta? —preguntó, dándole su nueva capa a Emil. Él la tomó y Elyon, al instante, comenzó a ponerse la suya, muy animada con su compra.

—De hecho, sí —respondió él, también poniéndose la suya—. Creo que ahora podremos caminar sin llamar tanto la atención.

—Exacto, es hora de hacer lo que vinimos a hacer.

Y así comenzaron a pasear de puesto en puesto, viendo los artículos que ofrecían y tratando de escuchar las pláticas de las personas. Elyon no estaba segura de qué esperaba escuchar, pero comenzó a desesperarse pronto al darse cuenta de que casi todos hablaban de cosas triviales. Habían recorrido más de cuatro calles de puestos, cuando su paciencia llegó al límite (tampoco es que fuera muy paciente).

—¿Cuál crees que sería el lugar perfecto para que las personas hablen de temas serios? ¿Alguna taberna? —preguntó.

—Puede ser; Ezra escuchó información en Ilardya cuando fue a una.

—Oh, ¿tan jóvenes y ya se han aventurado a la peligrosa y desconocida tierra de Ilardya?

Tanto Elyon como Emil saltaron del susto al escuchar la voz de una mujer a sus espaldas. La chica miró para atrás sin voltear por completo y pudo ver que la voz pertenecía a una mujer mayor; no podía descifrar su edad, pero ya tenía unas cuantas arrugas en la cara. De inmediato la nombró la Mujer Roja, pues toda ella era de ese color; su cabello, su boca, su ropa.

—Será mejor que nos vayamos —susurró Emil, todavía sin voltear.

Pero la Mujer Roja lo escuchó y soltó una melódica risotada.

—No se preocupen, niños, no voy a acusarlos.

—No, se equivoca, nosotros no hemos ido a Ilardya. Sólo estábamos hablando de eso —aclaró Elyon, volteando y poniendo su mano sobre el hombro de Emil, quien, al sentir el contacto, también volteó lentamente. La Mujer Roja no pareció reconocerlo, pues su expresión no cambió en lo absoluto cuando vio su cara.

Bien.

—Creo que tienen preguntas, ¿no es así? —inquirió ella, abriendo ambas manos—. Mi puesto está a dos calles de aquí; si me acompañan, puedo responder unas cuantas.

Si bien la oferta era tentadora, Elyon no podía fiarse de una desconocida.

—No, gracias.

—Puedo ver el futuro. Sé que están buscando a alguien.

Eso la impresionó y a la vez la inquietó, y pudo percibir que Emil había tenido una reacción similar a la de ella. ¿Qué clase de poder te permitía ver el futuro? Definitivamente no uno del sol, y por lo que había aprendido en sus clases, tampoco los poderes de la luna brindaban esa clase de habilidad. Lo más probable es que esta mujer sólo quisiera estafarlos, pero su parte curiosa no la dejaba tranquila. ¿Y si realmente tenía respuestas?

—¿Qué dices? —preguntó Elyon. Esta decisión no podía ser nada más de ella, y sabía que era Emil quien más añoraba respuestas.

—No lo sé.

Podía ver que, al igual que ella, el príncipe tenía sus dudas.

—Sólo son dos monedas de cobre por pregunta, ¡es una ganga! —ofreció la Mujer Roja, tratando de animarlos. Eso le hizo recordar a Elyon que acababa de gastar todo su dinero en las capas que compró.

—Oh, no, disculpe, pero no tenemos más dinero —dijo, dando palmadas a la bolsa que tenía amarrada en uno de los lazos del vestido, para verificar.

La mujer los miró por unos segundos y luego se cruzó de brazos, suspirando. Ya no les estaba sonriendo. Ahora que sabía que no tenían dinero, su teatro se cayó.

—Entonces no me hagan perder más el tiempo, necesito clientes de verdad —bufó y se volteó, dispuesta a irse.

—¡Espere! —dijo Emil, tomándola del brazo. La mujer lo miró por encima de su hombro—. Sólo respóndame una cosa: si de verdad puede ver el futuro... ¿me diría si algún día voy a encontrar a la persona que estoy buscando?

La Mujer Roja entornó los ojos, como estudiando la expresión de Emil. Elyon también lo estaba viendo, y se asombró al contemplar una mirada que no había visto en el príncipe desde que eran niños y jugaban a que eran guerreros y salvaban al mundo. Sus ojos estaban llenos de fuego.

Por primera vez en años, el corazón de Elyon pudo percibir un atisbo de lo que antes sentía por Emil.

—La vas a encontrar, pero tal vez ya sea demasiado tarde —dijo entonces la mujer, soltándose del agarre de Emil y marchándose sin mirar atrás.

Oh, ¿estaba hablando en serio? No podía decir cosas así y simplemente irse. O bueno, claramente sí podía, pues ya lo había hecho y se había perdido entre la multitud, pero ¿cómo se atrevía a mortificar a una persona de esa manera? Bastaba con ver la expresión atónita de Emil para saber que la respuesta de la Mujer Roja le había afectado.

—Ya está atardeciendo; si quieres, podemos volver a Eben y continuar con la investigación otro día —sugirió Elyon.

—¿A qué crees que se refería? —preguntó Emil, aún sin mirarla. Sus ojos seguían posados en la dirección en la que la mujer se había ido.

—No le des importancia, Emil. Sólo quería nuestro dinero, ¿viste cómo le cambió la cara cuando vio que no podíamos pagarle? —respondió, tratando de restarle importancia a las palabras de esa mujer—. Lo dijo para asustarte; seguro que es una estafadora.

Él asintió, no muy seguro.

—Ven, es hora de volver a casa —dijo Elyon, tomándolo de la mano.

Ambos empezaron a caminar, ya más relajados, hacia los establos. En secreto, Elyon había decidido regresar por otro camino, para no pasar por los mismos puestos y distraerse con la variedad que el mercado de Zunn ofrecía. Apenas se estaba metiendo el sol y algunos iluminadores habían comenzado a encender destellos de luz para alumbrar las calles. A lo lejos había una conglomeración de luces y, como tenían que pasar por ahí para llegar a su destino, poco a poco fueron escuchando una alegre melodía producida por un laúd, que estaba acompañada de aplausos, pasos ruidosos y muchas risas.

Al llegar pudieron ver que se trataba de una especie de festival. Había una pequeña plaza justo al centro de la calle y encima de una caja de madera estaba un chico tocando el instrumento, mientras gente y luces danzaban a su alrededor. Sin duda era un espectáculo muy bonito, y ambos se detuvieron a apreciarlo. Había parejas bailando sin preocupación alguna, niños brincando, grandes grupos tomados de la mano y corriendo al ritmo de la música, formando un círculo.

—¡No se queden ahí parados! ¡Si no van a bailar, no estorben! —dijo una niña que pasó corriendo detrás de ellos y luego se unió a los demás.

—Disculpen a mi hija, está muy emocionada por la celebración de hoy —explicó una señora, sonriendo mientras miraba a la pequeña.

—¿Qué están celebrando? —preguntó Elyon.

—Es una fiesta en honor a la reina Virian. Han sido unos meses duros para Alariel... y quisimos traer un poco de felicidad. Ella siempre lo decía: cuando sientan que la oscuridad los está consumiendo...

—... siempre hay que buscar un poco de luz —completó Emil.

El corazón de Elyon se estrujó al escuchar la voz quebrada del príncipe, y fue aún más terrible ver sus ojos cristalinos. Podían haber pasado meses desde la desaparición de la reina, y Emil podía hacerse el fuerte, pero la expresión de su rostro en esos momentos gritaba a los cuatro vientos que la extrañaba y la necesitaba.

Pero antes de que Elyon pudiera decir algo, sintió un fuerte tirón; un pequeño la tomó de la mano y la jaló, junto con una fila de personas que bailaba, al centro de la pista. Todos estaban tomados de la mano y corrían alrededor del lugar sin soltarse. En esos momentos, la música del laúd se animó más y todos comenzaron a ir más rápido; sobre ellos cayó una lluvia de luces.

Elyon miró al cielo y luego a su alrededor, sin dejar de correr. Esta fiesta era una de esperanza; estaba llena de añoranza, anhelo y alegría. Era el espíritu del mercado de Zunn y estaban dedicándoselo con todas sus ganas a la reina Virian. El niñito que todavía tenía su mano entrelazada con la de ella soltó una carcajada cuando una de las luces aterrizó en su cabello. Eso la hizo sonreír y tomar una decisión.

Cuando la fila volvió a acercarse a la orilla donde Emil se encontraba de pie, lo tomó de la mano con fuerza, imitando lo que el pequeño había hecho con ella, y tiró de él para que se uniera a la hilera de personas sonrientes y danzantes. Al inicio lucía desconcertado, tratando de seguir el paso de los demás torpemente.

Elyon hizo que un destello de luz aterrizara en la nariz de Emil y se quedara ahí, y al parecer, él supo exactamente de dónde venía ese destello, pues con sus ojos buscó los de ella, que ya lo estaba mirando.

Entonces, Elyon le sonrió y la luz estalló en varias más pequeñas antes de desaparecer. Emil le devolvió la sonrisa.

—Que sea en honor a la reina —dijo ella.

—En honor a la reina —repitió él.

Y siguieron corriendo y brincando alrededor de todo el lugar. Más y más personas se iban uniendo a la fila mientras la música cada vez se volvía más alegre y más luces invadían el atardecer.

Entre carcajadas y bailes, todo pensamiento negativo desapareció y sólo quedó lugar para la dicha, que tanta falta les había hecho, especialmente a Emil. Aun cuando la fila se desintegró después de varias canciones, ambos siguieron bailando entre la multitud, con niños, adultos y ancianos; con los ciudadanos de Alariel. Esa noche disfrutaron de la compañía del otro y de todos.

Y no dejaron de sonreír.

Capítulo 7

GIANNA

Era de noche, y Gianna se encontraba en uno de los jardines del castillo practicando tiro al blanco con el arco. No tenía un arma favorita, pues consideraba que era importante saber un poco de cada una, especialmente porque su afinidad era con la sanación, y eso no servía demasiado en batalla.

Sabía usar la espada, el arco, la lanza y las dagas. Con estas últimas era especialmente buena, pero no le encantaba la proximidad cuerpo a cuerpo que implicaban. Su puntería era buena, pero sus brazos no lanzaban tan fuerte como para poder usarlas desde una distancia moderada.

Soltó la flecha que estaba apuntando y casi dio en el blanco, ¿por qué era que nunca podía dar justo en el centro?

Cerca de ella, su hermano se encontraba recostado en el pasto, lanzando llamaradas al cielo que se esfumaban una vez que llegaban a cierta altura.

—No deberías desperdiciar tu energía así, ya se metió el sol —dijo Gianna, preparando otra flecha.

—Si no me lo dices tú, no me habría dado cuenta —respondió Gavril, sarcástico.

—Vas a agotar tu reserva. —Sabía que estaba exagerando, pero Gavril era menor que ella por un minuto y le gustaba ser la figura de la hermana mayor.

Gavril y Gianna Lloyd eran mellizos casi idénticos, hijos del general de la Guardia Real. Sus padres vivían separados, pues el general Lloyd debía permanecer en el castillo todo el tiempo, debido a su puesto, mientras Marietta Lloyd residía en la ciudad de Beros. Gavril vivía en el castillo con su padre. Gianna en casa, con su madre.

—¿Y qué? Mañana será otro día.

Gianna puso los ojos en blanco y volvió a lo suyo. Le frustraba que Gavril fuera tan descuidado con su reserva. El poder de los solaris funcionaba cuando había sol, pues tomaban la energía directamente de este. El sol también recargaba sus poderes para que pudieran seguir usándolos de noche. El problema era que los solaris dependían exclusivamente de la recarga del día; si un solaris se quedaba sin reserva durante la noche, debía esperar a que el sol volviera a salir para usar su poder.

No era muy común que un solaris se quedara sin reserva, pues en Alariel había reinado la paz durante mucho tiempo. Esto sucedía más a menudo con los solaris con afinidad a la sanación, pues los accidentes y las enfermedades ocurrían tanto de día como de noche, y cuando ocurrían de noche, los sanadores a veces se quedaban sin reserva antes de poder curar al paciente.

Gianna frunció el ceño al dejar ir otra flecha, que tampoco dio en el blanco. Le molestaba un poco que el futuro esperado para los solaris con afinidad a la sanación fuera nada más que eso: sanar. A ella le hubiera encantado tener afinidad con el fuego, como su hermano... como Emil y como Mila.

Se preparó para lanzar otra flecha.

—¡Gianna!

Y la dura voz de su madre la sobresaltó, haciendo que su lanzamiento se fuera para otro lado. La flecha quedó clavada en un árbol.

—¿Sí, madre? —preguntó, bajando el arco.

—¿Qué estás haciendo acá afuera? Te estaba esperando en tu habitación —espetó, acercándose a ella con rapidez—. Tenemos que elegir tu vestido para mañana.

—¿Qué hay mañana? —preguntó Gavril, poniéndose de pie.

—Un día más en la fase de la Preparación, y Gianna tiene que lucir mejor que las demás siempre —dijo Marietta Lloyd, mirando a su hijo—. Gavril, espero que estés convenciendo al príncipe Emil de que Gianna es la mejor opción.

Gavril hizo una mueca de disgusto, y Gianna pudo adivinar que era porque odiaba que su madre se refiriera a ella de esa forma, como una simple opción. A ella tampoco le gustaba, pero no podía hacer nada.

—Hablando de él, ¿dónde está? Casi siempre están juntos —continuó la mujer, sin quitar la vista de Gavril.

—Hoy le tocaba su cita con Elyon —respondió él con simpleza.

—Gianna —dijo Marietta—, espero que hayas hecho lo que te pedí e investigaras lo que tus amigas hicieron en sus citas.

Sí, madre.

—Supe que con Mila pasó un tiempo en la biblioteca; luego me contó que también entrenaron un rato. —Prefirió no dar muchos detalles—. Y no sé exactamente qué está haciendo con Elyon. Sólo sé que bajaron de Eben, pero todavía no vuelven.

—¿Qué dices? —exclamaron los presentes; su madre con una expresión horrorizada; Gavril con una de incredulidad.

—¡Espero que esa niña no esté jugando trucos sucios! —rugió la mujer.

—Madre, estoy segura de que están teniendo una cita normal, seguro nada más fueron a pasear y...

—¡Nada, Gianna! No puede ser que estés aquí perdiendo el tiempo mientras deberías estar cumpliendo con tu deber —la interrumpió, tomándola con fuerza del brazo y comenzando a jalarla hacia el castillo—. Deja los juegos de niños. Ahora mismo nos vamos a tu habitación para prepararte para mañana. Y vamos a planear tu próxima cita para que supere lo que sea que haya hecho tu amiguita, a quien, por cierto, mañana vas a interrogar.

Gianna no dijo nada, simplemente se dejó guiar por su madre hasta su habitación, dejando a Gavril atrás. Una vez ahí, su madre hizo salir a las damas de compañía y comenzó a sacar todos los vestidos, joyas y adornos para elegir el mejor. Ni siquiera le preguntaba su opinión, sólo se movía de un lado a otro con lo que ella consideraba adecuado para esparcirlo en la cama y examinarlo para su propia aprobación.

—¿Qué es esto? —exclamó la mujer con horror, señalando un plato con galletas que descansaba en la mesa de la pequeña sala.

El corazón de Gianna se aceleró y sintió como si la sangre abandonara su cuerpo, ¡había olvidado esconderlas! La última vez que la había visto comer un postre le había soltado una bofetada que, de sólo recordarla, hacía que la mejilla le escociera.

—Las trajo Mila hace rato, pero te juro que no probé un solo bocado —se apresuró a explicar. Odiaba temerle tanto a su madre.

Odiaba aún más el querer complacerla siempre.

—Eso espero; no quiero que termines igual de robusta que ella —espetó la mujer, tomando el plato y dirigiéndose hacia la cesta, donde tiró las galletas.

Gianna apretó los puños y bajó la cabeza. No se atrevía a contradecir a su madre a pesar de que quería defender a su amiga y decirle que Mila era hermosa tal y como era.

Como no lo hizo, Marietta Lloyd siguió con lo suyo.

—Recuerda que debes reportarme todo lo que hagan tus amigas, a quienes ya deberías considerar como rivales, pues hay mucho en juego. Debemos asegurarnos de que nada ni nadie interfiera en nuestro camino al trono.

—Sí, madre.

—Mañana usarás este vestido rojo, resalta tu tono de piel.

—Sí, madre.

—También vamos a recogerte el cabello; ya te he dicho muchas veces que se te ve mejor así.

—Sí, madre.

—Y...

Gianna la dejó de escuchar; simplemente se quedó mirando su reflejo en el espejo mientras su madre le probaba adornos para el cabello y joyas. Eran casi idénticas, desde que era pequeña, Marietta Lloyd se había asegurado de convertirla en una réplica suya; las diferencias eran pocas: la mayor tenía unas cuantas arrugas y los ojos casi negros.

Sabía que su madre estaba repitiendo lo mismo de siempre: que ella era mucho más bonita que sus amigas, que ella merecía más esto, que *ambas* lo merecían. Que si acaso no era la vida que siempre había soñado tener.

Y lo era, ¿verdad?

¡La futura reina de Alariel!

—Ya lo sabes, Gianna. Tenemos que ganar esto. No hay nada más importante.

—Sí, madre.

Capítulo 8
EMIL

Esa misma noche, después de llegar de Zunn, Emil se dirigió a sus aposentos, bastante más relajado de lo que había estado en los últimos días. De regreso a Eben, Elyon lo había retado a unas carreras en pegaso y, aunque estuvieron muy parejos, ella le había ganado, pues llegó primero a la puerta del muro.

Emil, en el fondo, sabía que sería difícil ganarle, pues Elyon volaba siempre que podía. Ambos estaban riendo cuando llegaron. Ella le preguntó si no quería cenar con ella y con las chicas, pero la verdad era que no tenía hambre, así que tomaron caminos separados.

Entró a su habitación y el aire fresco de la noche le pegó de lleno, pues el balcón, como casi siempre, estaba abierto. Emil se percató de que Gavril se encontraba sentado en la baranda, esperándolo.

—Hola... —dijo, caminando hacia él. Una vez a su lado, no se subió a la baranda, más bien recargó sus brazos en ella.

—Gianna me dijo que bajaste a Zunn —fue el saludo de su amigo.

Emil suspiró.

—Sí, le tocaba a Elyon elegir qué hacer y... estuvo bien —respondió, sorprendiéndose a sí mismo.

Emil seguía mirando hacia los jardines, pero pudo sentir que ahora Gavril lo miraba a él.

—Créeme, si alguien ayer me hubiera dicho que hoy bajaría de Eben, no le hubiera creído —siguió hablando cuando su amigo no dijo nada—. En un inicio me negué. Pero me divertí, ¿sabes?

Y era cierto, realmente había gozado, y ahora, mientras miraba hacia la inmensidad del cielo, se preguntaba de qué tanto se estaba perdiendo al no salir. Sí, Eben era su hogar y ahí se sentía seguro... Pero hoy se había sentido vivo.

—¿Piensas volver a bajar?

—No lo sé —respondió con sinceridad.

—Cuando lo sepas, iré contigo.

Emil asintió, extrañando esos días en los que era un niño sin temor alguno. Ese pequeño era valiente y se sentía el rey del mundo, ¿dónde había quedado? Hoy día tenía tantas dudas sobre sí mismo y se sentía perdido, sin saber a dónde ir. Quería recuperar ese corazón valiente, pero no tenía idea de cómo.

—¿Viste eso? —preguntó Gavril de pronto, saltando del balcón y cayendo de pie en el pasto.

Emil no había visto nada.

—¿Qué cosa?

Pero su amigo no le contestó, pues empezó a correr tras lo que fuera que hubiera visto. Emil entró en pánico por unos segundos, pero, cuando reaccionó, se impulsó por la baranda del balcón y saltó para seguirlo. Gavril era fuerte, pero Emil era más rápido, así que lo alcanzó en poco tiempo.

—¡Mira ahí, acaba de saltar! —exclamó Gavril apuntando con su mano.

Emil volteó y, en efecto, vio una especie de silueta colándose al castillo por uno de los balcones. No daba crédito a lo que estaba viendo, era el área familiar y nadie, a excepción de Gavril, entraba a los jardines privados sin pasar por una serie de guardias. Sintió que la garganta se le secaba al darse cuenta de que, fuera quien fuera esa persona, acababa de entrar a la habitación de la reina.

Ni siquiera se aseguró de que Gavril estuviera a su lado, simplemente se impulsó y con el brazo se ayudó para saltar la baranda del balcón de su madre. Gavril aterrizó a su lado y por un momento se quedaron estáticos, mirando hacia adentro. Todo se veía en orden y no se advertía que hubiera alguien.

—¿A dónde se fue? —preguntó Emil en un susurro.

No tuvo que esperar la respuesta: la silla que se encontraba al lado de la mesa de té salió disparada en su dirección. Emil casi se cae tratando de esquivarla, y pudo escuchar que se rompía al impactar con fuerza contra una de las fuentes. ¿Qué acababa de pasar? Parecía que alguien les había arrojado la silla con todas sus fuerzas, aunque nadie estaba ahí.

A menos que...

—¡Emil, cuidado! —gritó Gavril, abalanzándose contra su amigo para evitar que fuera golpeado por un adorno de vidrio. Ambos cayeron al suelo.

En ese momento, alguien salió de las penumbras. El cuarto estaba oscuro casi en su totalidad; la única iluminación provenía de la luna que se asomaba por el gran balcón, y era suficiente para ver quién se acercaba a ellos: un joven tal vez unos años mayor que Emil, de piel del color del marfil y largo cabello blanco, como... ¡como el de un ilardiano!

Y definitivamente no era un ilardiano común y corriente, era un lunaris con afinidad a la telequinesia.

—¿Crees que puedes venir al Castillo del Sol y asustarnos con tus poderes oscuros? —exclamó Gavril ya de pie, con fuego saliendo de sus dos manos. Emil no se dio cuenta de cuando su amigo se levantó.

Este lanzó dos enormes bolas de fuego hacia el intruso, que las esquivó, y las llamas prendieron en uno de los tapices de la pared. Gavril lo extinguió, pero no antes de que la tela quedara bastante quemada.

Emil aprovechó para ponerse de pie y corrió hacia el lunaris, que estaba concentrado lanzándole objetos del cuarto de su madre a Gavril; lo embistió por detrás y este cayó al suelo con el príncipe encima de él, quien no pudo cantar victoria por mucho tiempo, pues fue golpeado en la cabeza por lo que parecía una botella de perfume.

El psíquico se quitó a Emil de encima, y Gavril volvió a lanzar fuego, esta vez logrando incendiar la capucha del intruso, quien, al darse cuenta, la dejó caer e intentó huir hacia el balcón.

El príncipe se estaba sobando la cabeza y, aunque se alarmó un poco al ver sangre en su mano, no permitió que eso lo paralizara. Se puso de pie y vio que Gavril se había plantado frente al lunaris, al que golpeó con el puño, tirándolo al suelo nuevamente; pero no era tan débil como su esbelto cuerpo parecía indicar, pues también estaba devolviendo los golpes. Emil aprovechó el momento para crear una barrera de fuego que bloqueara el balcón, obstruyendo la salida fácil.

Entonces entró el guardia que cuidaba los aposentos de la reina al inicio del pasillo. Normalmente eran cuatro los guardias que resguardaban a la reina, pero hacía un mes que sólo tenían asignado a uno, pues realmente no había necesidad de cuidar a alguien que ya no estaba.

Emil pudo ver que el guardia se había quedado pasmado al ver la escena frente a él.

—¡Su alteza!, ¿se encuentra bien? —exclamó, y Emil agradeció que tuviera afinidad a la luz, pues ya había iluminado la habitación.

—¡Eso no es importante! ¡Hay que capturar a ese lunaris!

—¿Qué dice? ¿Un lunaris?

Y en ese momento, el lunaris usó sus poderes para arrebatarle la espada al guardia; cuando esta se posó en la mano del psíquico, Gavril maldijo y se quitó de encima de él, consciente de que no era muy inteligente pelear con alguien que tenía una gran espada a tan poca distancia.

El lunaris se puso de pie, empuñando la espada con ambas manos. Respiraba con dificultad, notablemente cansado y con unos cuantos moretones en su rostro, cortesía de Gavril; pero no esperó y se lanzó con la espada hacia él.

Gavril volvió a maldecir y comenzó a esquivar las estocadas, lanzando ráfagas de fuego al aire para desconcertar a su oponente.

—Su alteza, debemos llevarlo a un lugar seguro —dijo el guardia—, no puede estar aquí.

—¡No voy a dejar a Gavril! —rugió Emil, sacando una bola de fuego de su mano derecha; no era muy grande, pues estaba usando la mayor parte de su poder en la barrera que cubría todo el balcón, y era de noche, así que podía sentir cómo su reserva se agotaba rápidamente—. Ve por refuerzos mientras lo distraemos. Es una orden.

El guardia dudó por unos segundos, pero no podía desobedecer la orden, así que dio media vuelta. Sin embargo, el lunaris se percató de lo que se disponía a hacer y dejó su batalla personal contra

Gavril para concentrar su atención en levantar una mesa del suelo y lanzarla contra el guardia, que cayó inconsciente.

—Déjenme ir —habló por primera vez el lunaris.

—¿Qué viniste a hacer aquí? —preguntó Emil, aún con la bola de fuego en su mano.

Pero el intruso no respondió, más bien hizo que todos los objetos de vidrio del cuarto explotaran en mil pedazos. Emil se cubrió la cara con ambos brazos y la bola de fuego desapareció; pudo sentir cómo su barrera flaqueaba, aunque la mantuvo de pie con todas sus fuerzas. Estaba drenándolo por completo.

Miró a Gavril y notó que se encontraba de pie, pero con mucha dificultad; no tuvo que preguntarle, estaba seguro de que ya había agotado toda la reserva de su poder. Iba a ser imposible ganarle a un lunaris de noche, cuando la luna entraba de lleno por el balcón, alimentando su telequinesia.

En ese momento, la puerta volvió a abrirse y Ezra entró, seguramente atraído por el ruido, al igual que el guardia que había llegado antes. Su hermano no se detuvo a preguntar lo que estaba pasando, simplemente asimiló la escena y desenvainó su espada, lanzándose contra el lunaris, que todavía sostenía la que había robado.

Emil agradeció la llegada del mayor, pues podía sentir los últimos atisbos de la reserva de su poder abandonándolo. Dejó ir la barrera y corrió hacia Gavril para ofrecerle un hombro en el cual apoyarse. Ambos se encontraban en su límite y sólo podían ver a Ezra luchar contra el ilardiano. Se movían con destreza, pero era notorio que Ezra manejaba la espada con superioridad. Y es que, al no ser solaris, era con lo que había entrenado desde pequeño.

Sin mucha dificultad desarmó al lunaris, mandando a volar su arma. Ahora el ilardiano yacía en el suelo, y Ezra estaba apuntando su espada a su pecho.

—Será mejor que no intentes nada —dijo, mirando al intruso.

Emil pudo ver que, al lado de Ezra, el lunaris se veía notablemente más joven, aunque eso no le quitaba lo peligroso; se notaba que era diestro con su poder de luna; sin embargo, estaba casi seguro de que, si las circunstancias hubieran sido al revés y la batalla hubiera tenido lugar de día, ellos lo habrían detenido sin ayuda de nadie y sin tanto problema.

Porque, vaya, habían destruido casi por completo la habitación de su madre.

—¿Qué buscabas aquí, específicamente en esta habitación? —preguntó Ezra, aún sosteniendo la espada firmemente.

—Me lo preguntas como si te fuera a dar una respuesta. Sabes que en cualquier momento puedo hacer volar un mueble contra tu cabeza —dijo el lunaris con arrogancia.

—Inténtalo y verás mi puño en tu cara —bramó Gavril, que seguía furioso.

Pero a Emil el sentimiento que más lo estaba invadiendo era inquietud. Que un lunaris hubiera venido a la habitación de su madre no era simple coincidencia. Cada vez se confirmaban más las sospechas de todos: que Ilardya había tenido algo que ver con la desaparición de la reina.

—No creo que vayamos a conseguir respuestas hoy. Hay que esperar a que salga el sol para que hable. Yo me encargaré de llevarlo a los calabozos —dijo Ezra—. Gavril, Emil, ustedes tienen que ir al área de sanación.

—¡Pero, Ezra!

—Emil, estás sangrando, necesitas tratar eso —dijo Ezra, y miró a Gavril—. Vayan.

—No te olvides de atar sus manos —dijo Gavril, quitando un cordón de una cortina y lanzándoselo a Ezra—. No servirá de mucho si decide usar sus poderes, pero por lo menos le quitará movilidad.

—¿Podrían dejar de hablar sobre mí como si no estuviera aquí? —se quejó el lunaris. Emil no podía creer su cinismo.

—Vámonos, Emil —dijo Gavril, posando la mano en su hombro.

Quiso volver a objetar, pero sabía que no iba a ganar. Ahora Gavril estaba del lado de Ezra y no iba a descansar hasta que Emil fuera revisado por un sanador. Además, era cierto lo que su hermano acababa de decir: sería más fácil interrogar al lunaris de día, cuando el sol estuviera en el cielo y ellos tuvieran la ventaja.

Salieron del cuarto, pero no antes de que Emil le dedicara una última mirada al intruso.

Capítulo 9
EZRA

Emil y Gavril salieron de la habitación de la reina Virian mientras Ezra ataba las manos del lunaris, quien respiraba con dificultad. Sabía que los poderes del chico estaban intactos, pues mientras la luna estuviera en el cielo, no se irían. Pero también sabía que físicamente estaba exhausto, y aunque él no tenía poderes para corroborarlo, estaba consciente de que estos y el cansancio físico no se llevaban exactamente bien.

Terminó de atar sus manos y se levantó.

—De pie —le dijo, ofreciéndole la mano.

Pero el ilardiano era orgulloso, lo miró de modo desafiante y se puso de pie por su propia cuenta. Ezra suspiró. Siempre había pensado que tal vez en Alariel exageraban al pensar que todos los ilardianos eran enemigos, pero al ver la forma en la que el chico de ojos grises lo miraba, sólo podía concluir que en Ilardya pensaban igual sobre los habitantes de Alariel.

—Voy a tener que tomarte del brazo para llevarte a los calabozos —declaró Ezra, avisándole que lo iba a tocar.

El lunaris seguía sin hablar y ya no lo miraba, pero esto no podía esperar, tenía que aprovechar que el chico estaba cansado; si recuperaba su energía, probablemente lo atacaría con cualquier objeto que se le cruzara en el camino, así que con su mano derecha tomó el brazo del ilardiano y comenzó a encaminarlo fuera de la habitación.

El problema fue que, apenas dieron unos pasos, el ilardiano se dobló hacia adelante con dolor y casi cayó al suelo. Fue entonces cuando Ezra se percató de que tenía una herida de espada en su costado derecho y estaba sangrando. El lunaris apretó los dientes para no gritar.

—Tienes que aplicar presión en la herida —dijo y, sin pensarlo, cortó con una de sus dagas el cordón con el que acababa de atar sus manos, aunque no soltó su brazo.

El lunaris puso rápidamente ambas manos sobre la herida.

Ezra pasó una mano por su frente, frustrado. Su deber como miembro de la Guardia Real era llevar al prisionero al calabozo, pero él había estado ahí durante varios días y sabía que nadie iba a atenderlo y probablemente moriría desangrado o por una infección. Otra opción era llevarlo al área de sanación para que lo curara un sanador, pero ahí veía dos problemas; el primero era que no podía simplemente entrar con un prisionero de Ilardya y esperar que lo curaran, y el segundo era que no sabía si los poderes curativos de un solaris serían contraproducentes si se le aplicaban directamente a un lunaris. De modo que su única opción era intentar detener el sangrado él mismo y *después* llevarlo al calabozo.

También era la opción más estúpida, y algo le decía que esto no iba a resultar como él esperaba; pero no lo pensó mucho, simplemente dobló en la esquina que daba a su habitación y entró con el lunaris, cerrando la puerta detrás de ellos.

—Espera aquí, y no dejes de presionar —dijo Ezra, encaminando al chico a su cama para que se sentara.

Después se dirigió al balcón para cerrar las cortinas y evitar que hiciera contacto directo con la luna. Una vez hecho esto, se dirigió a donde se encontraba un mueble con cajones, en el que guardaba pertenencias aleatorias, entre ellas agua, infusión de lavanda para desinfectar, y vendas, que eran muy necesarias después de cada entrenamiento. Las tomó y volvió con el lunaris.

—Necesito limpiar la herida y vendarte.

El chico levantó la cabeza como un resorte, como si Ezra le hubiera dicho algo completamente inesperado.

—Voltéate —respondió el ilardiano después de unos segundos. Las primeras palabras que había pronunciado desde que se habían quedado solos.

Ezra le entregó las cosas y se volteó sin entender muy bien. Pudo oír lazos desatándose; los ilardianos usaban muchos lazos en su ropa. Entonces creyó entender: ¿el chico le había dicho que se volteara para que no lo viera quitándose la parte de arriba de su ropa? Una sonrisa quiso aparecer en su rostro, pero la suprimió. No era que se quisiera burlar de él, sólo que le parecía algo absurdo. No pensaría curarse y vendarse él solo, ¿o sí?

—Si lo haces tú solo, vas a abrir más la herida —advirtió.

—¿Y eso te preocupa por...? —respondió de inmediato.

Ezra puso los ojos en blanco.

—Está bien, hazlo a tu modo.

Pudo escuchar al chico moverse. Seguramente estaba limpiando la herida con agua, y supuso que se estaba aplicando la infusión cuando su respiración comenzó a entrecortarse.

—¿Es muy profunda?

—No.

—¿Puedes vendarte solo?

Dos segundos.

—No.

Ezra giró su cabeza un poco para mirarlo de reojo y notó que el chico ya había extendido la venda para que la tomara. No lo estaba viendo, estaba cabizbajo, seguramente nada contento con la situación. Él no dijo nada, simplemente tomó la venda y, antes de comenzar a ponérsela al lunaris, quiso asegurarse de que la herida, en efecto, no fuera muy profunda.

—¿Puedo?

—¿Qué?

—Sólo voy a mirarla de cerca para ver qué tan superficial es.

El chico asintió aún sin mirarlo.

Ezra se agachó para que sus ojos quedaran al nivel de la herida. La piel del lunaris parecía traslúcida, del color de la luna, y aunque se había limpiado la herida y había colocado la infusión, todavía estaba sangrando un poco. La sangre hacía un contraste muy intenso con la piel. No quería tocarlo para no incomodarlo más, así que tendría que confiar en su vista y en su conocimiento sobre estas cosas.

—Voy a comenzar a vendarte —y dicho esto, empezó a rodear al chico muy lentamente, con cuidado de no lastimarlo.

Y se hizo el silencio. Ezra estaba frente al lunaris pasando la venda por su cintura mientras este levantaba un poco sus brazos para no estorbarle en su trabajo. El chico aún se rehusaba a mirarlo.

—¿Por qué me estás ayudando? —preguntó de pronto.

La respuesta fue sencilla.

—Porque tú me ayudaste.

Ezra lo había reconocido desde que lo vio en la habitación de su madre. Este chico era el ilardiano que lo había ayudado a escapar de la taberna y lo había guiado hasta los guardias. De no ser por él, tal vez estaría muerto.

—Pensé que no me habías reconocido —dijo el ilardiano, ahora sí mirándolo a los ojos, y Ezra se dio cuenta de que estos no eran grises, sino de un color imposiblemente plateado.

Eso lo sorprendió, pues tampoco esperaba que el lunaris lo hubiera reconocido. Terminó con su trabajo y se agachó para recoger la prenda que el chico se había quitado, ofreciéndosela de regreso. Él la tomó y comenzó a ponérsela, pero no ató los lazos. Ezra tampoco lo hubiera hecho; ese saco era demasiado complicado y seguramente tomaba mucho tiempo enlazarlos todos.

Se pasó una mano por el cabello y se sentó en la cama, sin dejar de mirar al chico.

—¿No íbamos a los calabozos? —preguntó este, cruzándose de brazos.

—¿Quieres ir a los calabozos?

—No, pienso intentar escapar en el camino —confesó sin más.

—Tienes mucha confianza en ti mismo.

—Es de noche, un solaris no puede detenerme.

—Pero yo no soy solaris.

Eso pareció tomar desprevenido al ilardiano. Estaba acostumbrado a esa reacción, pues era lo que todos esperarían de un hijo de la reina, y siempre se sorprendían cuando le preguntaban por su afinidad y él les respondía que no tenía poderes.

No sabía quién era su padre, pero si de algo estaba seguro era de que este tampoco había tenido poderes… Era una persona común y corriente. O había sido. Tampoco sabía si estaba vivo.

—Sea solaris o no, no puedo dejar que escapes. Atentaste contra la vida mi hermano y la de Gavril. —Que también era como su hermano.

—¡No pensaba matarlos! —exclamó el chico, y después hizo una mueca de dolor. Seguramente era su herida protestando—. Y de todos modos, es culpa de ellos, que se atravesaron en mi camino.

—¿Qué estabas haciendo en los aposentos de la reina? —preguntó Ezra.

—No sé por qué preguntas cosas que sabes que no te voy a responder.

—El que estés aquí sólo hace que las sospechas sobre Ilardya crezcan. Más de la mitad de Alariel piensa que ustedes tuvieron algo que ver con su desaparición —explicó con calma—. Y en los calabozos vas a ser duramente interrogado.

El chico se encogió de hombros y no respondió. Ezra aprovechó para mirarlo un poco más. Había algo en ese lunaris que lo inquietaba. Es decir, los ciudadanos de la luna tenían una belleza muy peculiar, y él era innegablemente un ser bello, pero no sólo era su físico, era algo más. Ezra no lograba descifrarlo todavía.

—Creo que podemos volver a ayudarnos —sugirió Ezra después de unos minutos de silencio.

El chico lo volteó a ver, indicándole que lo estaba escuchando.

—Necesito encontrar a la reina, y si pudieras decirme algo, lo que sea, me ayudarías muchísimo. Y yo te ayudaré dejándote escapar.

Eso le sacó una risotada de incredulidad al lunaris.

—Puedo escapar sin tu ayuda.

—Pero no te la voy a dejar fácil. Todavía tengo mi espada, y tu herida sigue abierta.

El chico frunció el ceño sin quitarle la vista de encima. Luego asintió.

—La reina no está en Ilardya, pero creo que el rey Dain sabe dónde está. Algo se trae entre manos, y nada bueno puede venir de ese hombre —dijo muy cuidadosamente, como si temiera soltar más de lo que debía—. Vine por una prenda de la reina, mi lobo puede rastrearla.

Eso sorprendió a Ezra.

—¿Quieres encontrar a la reina?

—No —aseguró al instante—. Pero tengo la sospecha de que, si la encuentro, obtendré las respuestas que busco.

Ezra no respondió. No tenía idea de qué respuestas buscaba el chico, pero estaba seguro de que no serviría de nada preguntarle; no le iba a decir nada más. Y extrañamente le creía, pero no iba a basarse en una corazonada para hacer algo que iba contra todo lo que le habían enseñado desde que era un niño. Nunca debía fiarse de las personas de la luna. Por más que quisiera confiar y él mismo darle una prenda de su madre, no lo haría. Pero si la poca información que el lunaris le había dado era cierta y la reina no estaba en Ilardya, seguramente ese barco que vio Elyon semanas antes significaba más de lo que creían.

Se levantó de la cama y fue a su armario, de donde sacó una capa negra. Era la única que tenía, y si el chico quería escapar sin llamar la atención, tenía que cubrirse el cabello.

—Sólo te voy a pedir que no vuelvas a lastimar a los míos —dijo Ezra, entregándole la capa.

El ilardiano la tomó y se la puso al instante.

—En mi defensa, ellos también me atacaron.

Ezra alzó una ceja.

El chico sonrió.

Era la primera vez que una sonrisa lograba desarmarlo por completo.

—Lo sé, yo me lo busqué al venir hasta acá. No fue fácil subir; tal vez luego te cuente cómo lo hice. Su ciudad flotante es… interesante. Había escuchado muchos rumores en Ilardya —dijo el chico, y Ezra notó que ahora estaba hablando más, pero no encontraba su voz para responderle.

Dicho esto, la puerta de la habitación se abrió con fuerza. Por un momento pensó que alguien había entrado, pero pronto se dio cuenta de que la había abierto el mismo lunaris con sus poderes de telequinesia.

—Lo mejor será que escape de un cuarto que no sea el tuyo. Tiraré cosas para que parezca que hubo forcejeo —dijo el ilardiano—. Gracias por tu ayuda.

Y sin más, se lanzó a correr fuera del cuarto de Ezra, cuyos pies reaccionaron cuando escuchó que algo se rompía. Salió a toda velocidad y vio que el chico había lanzado un busto de una de las reinas contra la pared. Ya había salido por una ventana y estaba corriendo por los jardines, presionando su herida con una mano.

—¡Espera! —exclamó Ezra cuando encontró su voz—. ¿Cómo te llamas?

El chico volteó a verlo sin dejar de correr, los ojos de ambos se encontraron, y Ezra pensó que no le iba a responder. Pero lo hizo.

—Bastian.

Y dejó de mirarlo para seguir corriendo. Ezra no tenía idea de cómo es que pensaba evadir a los guardias y escapar, pero si había logrado entrar pasando totalmente desapercibido, debía confiar en que lograría salir de igual modo.

Bastian.

Capítulo 10
ELYON

Elyon nunca había visto a Emil enfadado con Ezra, así que esta definitivamente era una primera vez. Era muy temprano por la mañana, tan temprano, que incluso su itinerario cotidiano comenzaba una hora más tarde. El joven príncipe los había convocado a una junta de emergencia en su lugar de siempre, el centro del laberinto.

Estaba sentada en la orilla del quiosco al lado de Gianna. Mila, Gavril, Emil y Ezra se encontraban de pie, aunque el mayor estaba un poco más alejado, recargado en una de las columnas.

Los ojos de Emil lanzaban chispas.

No sabía qué era lo que había ocurrido, pero Gavril tenía varios golpes en la cara y Emil tenía la cabeza vendada.

—¿Y bien? —fue Mila quien preguntó, evidentemente preocupada. Elyon había estado a punto de hacerlo, porque no podía con tanta tensión... y la curiosidad la estaba matando.

—Ezra dejó ir a un lunaris —dijo Emil, dedicándole una mirada dolida a su hermano mayor.

Elyon podría haber visto la reacción de Ezra ante la acusación de Emil, pero fue precisamente la acusación del príncipe la que le hizo abrir los ojos y ponerse de pie de un salto.

¿Acababa de decir *lunaris*? Y que Ezra *lo hubiera dejado ir* significaba que ese lunaris había estado en Alariel. No, en Eben. ¿Cómo había llegado? ¿A qué había venido? Estaba tan ensimismada en sus pensamientos que no se dio cuenta de que Mila había vuelto a hablar y ahora Emil le estaba respondiendo.

—Fue ayer en la noche. Estaba con Gavril y lo vimos escabullirse a la habitación de mi madre.

—Pero... ¿cómo pudo entrar a Eben y al castillo? —preguntó Gianna; su rostro se había contorsionado por el horror.

—No lo sabemos. No habló mucho; lo primero que hizo fue atacarnos. Tenía afinidad a la telequinesia.

Un psíquico.

Elyon quería decir algo, pero seguía estupefacta. No era tan inocente como para dar por hecho que no había ilardianos infiltrados en Alariel, pero ella nunca había visto uno.

Sin embargo, esto no era sobre ella. Tenía que recuperarse de la impresión y estar con sus amigos. Si un lunaris había entrado a la habitación de la reina, era porque estaba buscando algo.

—¿Qué fue exactamente lo que pasó? —preguntó Elyon cuando recuperó su voz.

Y Emil comenzó a contarlo todo, detalle a detalle. Relataron la batalla con tanta nitidez que Elyon podía imaginársela como si la estuviera viviendo en carne propia. Luego pasaron a la parte en la que Ezra inmovilizó al enemigo y ellos se fueron al área de sanación. Después de eso, el ilardiano huyó.

—Pero Ez, ¿cómo escapó? —preguntó Mila, acercándose al mayor.

—Exacto, ¡cómo pudiste dejar que se escapara! —bramó Emil.

Elyon supuso que el tener un lunaris capturado le había dado esperanzas de saber algo más sobre su madre, y estas le habían sido arrebatadas casi tan pronto como habían aparecido.

—Ya te lo dije, me atacó con su telequinesia y no pude detenerlo —respondió Ezra con seriedad, mirando a Emil.

Elyon nunca había podido leer al mayor de los Solerian.

—Bueno, pero ¿lograste sacarle información? —preguntó directamente a Ezra—. Porque es casi seguro que él tiene algo que ver con la desaparición de la reina Virian.

—Lo poco que logré sacarle fue que él cree que el rey Dain sí sabe dónde está mamá. Y no creo que él tenga algo que ver, es sólo un niño.

—No es un niño, tiene nuestra edad —habló Gavril por primera vez—. Además, logró evadir toda la seguridad del castillo y entrar a la habitación de la reina.

Gavril lucía más enojado que Emil, pero no con Ezra, sino con toda la situación.

—Pero eso no explica para qué vino —dijo Mila, pensativa—. ¿Alguien más está enterado de esto?

Ezra negó con la cabeza.

—El único soldado que lo vio no dirá nada. Anoche lo llevé al área de sanación y pude hablar con él. Piensa que el lunaris escapó después de que él quedara inconsciente. Tiene miedo de que lo despidan de la Guardia Real si se enteran de lo ocurrido —explicó—. Y yo me la pasé toda la noche arreglando el desastre en la habitación de mi madre. A excepción de unas cuantas cosas rotas, todo quedó en orden.

—¿Y crees que sea mejor guardar el secreto? —insistió Mila.

—Nada va a cambiar si todos se enteran. Solamente sembraremos pánico y el Consejo tomará medidas drásticas —respondió Ezra.

—Estoy de acuerdo. Esto se queda entre nosotros —secundó Gavril.

Emil no dijo nada.

—¿Crees que el lunaris haya llegado en el barco que vi hace semanas? —por fin preguntó Elyon.

—No puedo estar seguro, pero ahora más que nunca debo saber a qué vino ese barco —respondió Ezra—. No voy a encontrar respuestas aquí, así que he decidido ir a la costa de Valias.

A su ciudad. Al lugar donde Elyon había visto el barco.

—La Guardia Real te va a negar el permiso —declaró Emil.

Ezra suspiró; Elyon notó que lucía extremadamente cansado. Se preguntaba qué era lo que había pasado cuando lo dejaron solo con ese lunaris. El mayor de los Solerian no era un oponente sencillo, era muy fuerte y muy bueno con la espada; pero contra un lunaris en plena noche… Seguro había sido una batalla difícil.

—No voy a pedir permiso, Emil —respondió Ezra—. Voy a hacer algunos preparativos y esperaré unos días. Luego me iré. No me importa el castigo, tengo que saber qué pasó con mamá.

—También es mi mamá —dijo Emil en un hilo de voz.

Elyon de pronto se sintió una intrusa entre los hermanos y, a juzgar por las expresiones de los demás, todos se sentían igual.

Pero las palabras de Emil parecieron suavizar a Ezra, pues caminó hacia su hermano menor y puso ambas manos sobre sus hombros.

—Lo sé, pero tú tienes que estar en Eben. Eres el futuro rey, Emil. Aquí te necesitan, y el Proceso debe continuar.

El Proceso.

¿Cómo era que tenían que aguantar algo tan absurdo cuando había asuntos mucho más cruciales qué atender? Podía verlo en el rostro de Emil, él tampoco estaba feliz de estar atrapado en protocolos reales cuando su propia madre seguía desaparecida.

En la mañana, Amara le había recomendado a Elyon que pensara en una forma creativa de pasar tiempo con Emil y, sinceramente, en esas circunstancias no podía pensar en... Un momento.

Oh, un plan se estaba formando en su cabeza.

—No.

—¡Pero...!

—Valensey.

—Emil.

—No podemos ir ahí.

Elyon había esperado para tener un momento a solas con Emil y poder contarle su plan maestro. Toda la mañana lo había repasado, y era perfecto. La frontera de Alariel con Ilardya estaba a las afueras de Zunn, dividida por el Río del Juramento, que desembocaba en Océano Medio.

Del lado de la frontera de Alariel se encontraba el lago más grande de la nación, el llamado Lago de la Inocencia; allí, la familia real tenía una casa de descanso, pero llevaba décadas sin usarse, pues durante el reinado de la bisabuela de la reina Virian, unos rebeldes de Lestra habían entrado a la casa a robar exactamente cuando la familia real vacacionaba en el lugar.

Ese suceso había llegado a los libros de historia por lo desastroso que fue el resultado: la Guardia Real quemó vivos a los rebeldes, alegando la defensa de la familia real. Desde ese entonces no se había vuelto a usar esa propiedad. Elyon no diría que estaba abandonada, pues según había investigado, mandaban personal del castillo una vez al mes a limpiarla y darle mantenimiento.

Pero ya nadie la usaba, pues el sitio había quedado manchado, lo que no significaba que ellos no pudieran usarlo. En teoría, la propiedad era de Emil.

—Ni siquiera habíamos nacido cuando ocurrió esa desgracia, ¡ha pasado mucho tiempo! —Elyon no se iba a rendir—. La gente de Lestra no ha vuelto a atacar desde aquella vez.

Lestra no pertenecía oficialmente a Fenrai; era un continente aparte, y todos sus habitantes eran llamados *rebeldes*, pues se habían rehusado a jurar lealtad a la Corona. No estaban con Alariel ni con Ilardya. Ellos se regían por sus propias normas y había rumores de que eran unos salvajes.

En sus clases le habían dicho que muchos alarienses e ilardianos exiliados terminaban ahí. Se decía que incluso procreaban entre ellos, lo que era considerado un crimen tanto en Alariel como en Ilardya. Sí se habían dado casos aislados, por supuesto, y por eso se sabía que cuando un solaris y un lunaris procreaban, su hijo nacía con poderes de sol o de luna, pero no con ambos, pues eran incompatibles. Recordaba que cuando su profesora había explicado eso, le habían surgido miles de dudas.

—No me preocupan los rebeldes, me preocupa que estaríamos muy cerca de la frontera con Ilardya —respondió Emil, caminando hacia una de las estanterías y tomando un libro, el cual fingió leer—. En el Consejo están diciendo que hay rumores de que el rey Dain quiere guerra, y con el ataque frontal del lunaris en el castillo, no lo dudo.

—Y entiendo tu preocupación, pero sé que quieres ayudar en la búsqueda de tu mamá, ¿no? —preguntó Elyon.

Emil no bajó el libro.

—Lo vi en tus ojos, Emil. Lo vi cuando Ezra te dijo que iría a buscar respuestas.

Eso ocasionó que el príncipe suspirara y bajara el libro lentamente.

—Y quiero hacerlo.

—¿Pero? —Porque Elyon sabía que había un *pero*.

—Tengo miedo.

Elyon pensó que Emil se detendría ahí, pero no fue así.

—Tengo miedo de fracasar. Tengo miedo de no encontrarla. O de encontrarla y que esté muerta. Tengo miedo de no poder con el peso de Alariel... —Puso las manos en sus ojos—. No puedo fallarle a la Corona, no puedo pausar el Proceso.

Elyon sintió unas terribles ganas de abrazarlo, pero se contuvo.

—Es que no me dejaste terminar de contarte mi plan brillante —le ofreció una sonrisa.

—Está bien, deslúmbrame.

En respuesta, Elyon le lanzó un destello de luz a la cara. Emil rio, sacudiendo su mano para quitárselo de encima, aunque no podía tocarlo realmente. Luego la miró y puso los ojos en blanco.

—Ese ha sido uno de tus peores chistes.

Elyon se encogió de hombros, sintiéndose victoriosa por haberlo hecho reír aunque fuera un poco. Emil había estado muy mal con toda la situación del lunaris y de Ezra.

Tomó aire y procedió a contarle su plan, que sí, consistía en ir a la cabaña en el Lago de la Inocencia, pero Emil no tendría que faltar a sus responsabilidades deteniendo el Proceso, pues daría como excusa que quería ir allí para pasar más tiempo a solas con las candidatas; como unas vacaciones, pero no exactamente.

—El Consejo va a pensar que estaremos allá conociéndonos más y pasando tiempo de calidad juntos, cuando en realidad vamos a aprovechar la cercanía con Ilardya para investigar —continuó, cada vez más ansiosa—. ¡El solo hecho de salir de Eben ya es un gran paso!

Emil escuchó todo con atención.

—Está bien, acepto que eso suena creíble... —dijo cuidadosamente.

—¡Sí! A nosotras nos repiten todo el tiempo que busquemos pasar más tiempo contigo, así que un viaje juntos sería lo ideal, ¿no lo crees? —Estaba emocionada porque, al parecer, estaba convenciendo a Emil—. Gavril tiene que venir porque prácticamente ya pertenece a la Guardia Real. Y, bueno, supongo que también mandarán a algunos soldados con nosotros, aunque lo ideal sería que nos dejaran ir solos.

—Oh, eso no va a pasar.

—Lo sé, lo sé, ¡pero me conformo con estar ahí! —exclamó El-yon—. ¿Qué dices?

Emil se quedó callado durante unos segundos, los que Elyon casi sintió como horas. Le entusiasmaba la posibilidad y en su cuerpo ya corría la adrenalina. ¡Una aventura real!

—Está bien.

Salir del castillo no era algo tan sencillo. Es decir, Elyon sabía que no iba a ser sencillo, pero no se esperaba tanta formalidad. Emil lo había consultado primero con su padre, el rey Arthas, que real-mente sólo llevaba el título de *rey* de forma provisional y casi de adorno, pero que era una figura de autoridad muy importante en la vida del príncipe.

Por lo que Emil le contó, el rey no parecía muy convencido de que su único hijo saliera de Eben y pasara tanto tiempo fuera, pero había logrado conseguir su aprobación a cambio de que llevara por lo menos una docena de guardias con ellos.

Luego habían tenido que trasladar el asunto al Consejo, y ahí fue cuando Zelos se enteró. Emil le contó que al principio sólo lo miraba en silencio, como si sospechara, no, como si *supiera* lo que estaban tramando, además de que no dio su opinión hasta el final. Había esperado a que todos hablaran, sin dejar de mirar a Emil en ningún momento, y luego, extrañamente, dijo que él aprobaba la moción. La mayor parte del Consejo había votado a favor, pues les parecía una buena forma de que el príncipe pudiera pasar aún más tiempo con las candidatas en un entorno diferente.

Pero luego Zelos había dicho que esto no se podía quedar en el Consejo y tenía que ser discutido con las familias de todos. Y era en ese momento en que se encontraban Elyon y un montón de personas más, en una sala de reuniones del castillo, hablando so-bre el viaje. Bueno, ellos (los *jóvenes*, como los adultos los estaban llamando) no iban a discutir nada; sólo estaban ahí porque eran el tema a tratar.

—En lo personal, no me gusta que mi hija esté en un lugar en donde no la pueda observar en todo momento —declaró Marietta

Lloyd. Elyon estaba segura de que lo que realmente había querido decir esa mujer era *controlar*.

—Marietta, no seas absurda, Gianna ya tiene dieciocho años. Tiene la edad suficiente para que viaje sola —respondió el general Lloyd, quien estaba sentado lo más alejado posible de su esposa—. Además, Gavril la va a acompañar.

La mujer frunció el ceño y no se molestó en mirar al general.

Los señores Lloyd pensaban que Gavril había sido arrastrado a esto sólo para cuidar a su hermana, y eso funcionaba bien, suponía Elyon. No se imaginaba yendo hacia esa aventura sin Gavril, sin todo el equipo. Además, él no los habría dejado ir solos. De sus amigos, era el más protector, aunque Mila le hacía competencia.

—Yo creo que les hará bien el viaje. El ambiente en el castillo no es el más adecuado en estos momentos —dijo Melion Valensey, su padre.

—Además, Emil tiene un punto, y es que ahí podrá pasar más tiempo con las candidatas —dijo Arthas, poniendo una mano encima del hombro de su hijo, que se encontraba sentado a su lado.

—Bien, veo que la mayoría está de acuerdo con este viaje —dijo Zelos, y miró a la señora Lloyd—. ¿Lady Marietta?

Esa señora tenía como expresión una perpetua mueca de disgusto.

—Todo sea por el bien del Proceso —respondió al fin.

¡Bien!

—Ahora sólo falta el guardián de Lady Tariel que, de hecho, no ha hablado para nada en toda esta reunión —dijo Zelos, mirando al hermano mayor de Mila.

—Da igual; Mila puede tomar sus propias decisiones —respondió con desinterés.

La relación de Mila con su familia era complicada. Se llevaba bien con sus padres y ellos eran muy buenas personas, pero tenían siete hijos, además de Mila, así que no podían dedicarle tiempo. De hecho, ninguno de sus padres la había acompañado a la capital para el Proceso, pues tenían que cuidar a los pequeños, así que habían enviado en su lugar a su hermano mayor, Tydan.

Esta era la primera vez que Elyon lo veía desde que habían llegado. Siempre estaba ausente. No mostraba nada de interés por su hermana, y cuando lo hacía, era para criticarla. Elyon se preguntaba cómo alguien podía criticar a Mila, si era el ser más inteligente y compasivo que conocía. No le agradaba para nada ese chico.

—Eso significa que todos dan su aprobación —dijo Zelos, pasando sus ojos por todos los presentes—. Como información extra, los jóvenes llevarán una caravana de doce guardias, seis de ellos, solaris. Además, los acompañará Gavril Lloyd, el hijo del general Lloyd. Tendrán tres días para preparar todo; luego bajarán a Zunn y de ahí se irán en carruaje guiado por pegasos de la guardia, por tierra. El recorrido no es muy largo; si se van cuando salga el sol, llegarán al anochecer.

Elyon hubiera preferido llevar a Vela, pero sabía que eso era pedir demasiado y tenía que ajustarse a lo que podía obtener.

—¿Y cuál será la duración de estas... vacaciones? —preguntó Marietta.

—A eso iba. El príncipe Emil pidió catorce días y el Consejo se los concedió —respondió Zelos—. La misma guardia que los acompañe los guiará de regreso cuando llegue el momento.

Marietta no se veía nada feliz con esta información.

—¿Eso es todo, Lord Zelos? —preguntó el general Lloyd—. Tengo muchas cosas qué hacer.

—Sí, eso es todo. Yo también tengo cosas qué hacer —respondió Zelos—. La reunión ha acabado; pueden todos volver a sus actividades cotidianas.

Cuando los presentes comenzaron a moverse y a ponerse de pie, Zelos volvió a hablar, mirando a Emil.

—Espero que se divierta en sus vacaciones, su alteza. Y no se preocupe por los asuntos de la Corona, yo me encargo.

Elyon pudo notar que Emil lo miraba de forma desafiante, pero había algo extraño en sus ojos, ¿acaso era miedo? Odiaba que Zelos lo intimidara siempre que podía, ¡por Helios, era su sobrino! Pero ya se encargarían ellos de borrarle la satisfacción de la cara. Iban a encontrar respuestas.

Y esperaba de todo corazón que la reina apareciera.

Que apareciera con vida.

Había llegado el día de partir. Elyon desayunaba con su papá como despedida. Ambos habían permanecido callados mientras comían, como era habitual. En su familia no hablaban mucho.

—Voy a volver con tu madre a Valias durante un tiempo; no tengo nada qué hacer aquí si tú no estás. No creo estar de vuelta aquí para tu regreso; tal vez me veas hasta unos días después.

Esas habían sido sus únicas palabras. Después habían proseguido comiendo sus panecillos; a ambos les gustaba desayunar cosas dulces. Elyon, por lo general, comía por montones, pero ese día estaba sumamente ansiosa. Al fin iba a partir en una aventura con todos sus amigos, y ese era uno de los deseos más profundos de su corazón.

—¿Vas a estar bien? —preguntó su papá.

Elyon se había estirado para tomar otro panecillo, pero se quedó a medias.

Aunque sabía exactamente a lo que se refería, quería hacerse la desentendida, pero prefirió afrontarlo.

—No te preocupes, lo tengo controlado —respondió, sonriendo levemente.

Elyon sentía que era capaz de hablar con facilidad de cualquier tema con su padre, pero justo este era su debilidad.

—Debes tener cuidado, si alguien…

—Lo sé —lo interrumpió, sin dejar de sonreír ampliamente. Una sonrisa completamente ensayada.

Su padre asintió. Elyon dejó el pan en su plato y sabía que ya no iba a poder probar un solo bocado. No estaba preocupada por lo que su padre decía, pero siempre que el tema salía a la luz, volvía a sentir esa inquietud oscura en su pecho.

De algún modo, sabía que el momento más sombrío de su vida había sido ese, su desaparición. Los tres días que le fueron arrebatados de su memoria. En su mente había un gran vacío, como si se hubiera apagado durante ese tiempo.

La única evidencia de que algo extraordinario le había sucedido durante esos tres días se presentó en forma de consecuencias irreversibles. Eso la atormentaba en sus pesadillas. No lo aborrecería tanto si no sintiera tanta oscuridad proviniendo de allí, si no hubiera destruido a su familia.

Todo Alariel sabía que Elyon había desaparecido durante tres días cuando era una niña. Melion Valensey era bastante conocido en la nación y había esparcido la noticia como pólvora. Al final la habían encontrado hecha un ovillo en la costa de Valias, completamente empapada y temblando. Lo extraño era que ya habían buscado ahí antes y no la habían encontrado. Sus padres pensaron que con el tiempo les podría explicar dónde había estado y qué era lo que le había sucedido.

Pero los recuerdos nunca llegaron.

El sonido de la puerta la sacó de su espiral de pensamientos. Alguien estaba llamando, era Amara.

—Lady Elyon, ya es hora.

Elyon se frotó la cara y suspiró. No podía dejar que nada arruinara este día. Se levantó de la mesa y quiso abrazar a su papá, pero desistió. Luego corrió hacia su armario y sacó de ahí la capa que había comprado en el mercado. Su equipaje ya había sido enviado a Zunn y estaba en el carruaje, junto al de sus amigos, aguardando por ellos.

Su padre la acompañó hasta la salida de Eben, donde ya se encontraban todos despidiéndose de sus familias. O bueno, algo así. Mila estaba charlando con Ezra; ambos lucían preocupados. El mayor de los Solerian no los iba a acompañar en el viaje; aquella noche les había dicho que partiría hacia otro destino, a Valias.

Iban a lugares completamente alejados el uno del otro.

Gianna estaba con su madre, y parecía que la señora Marietta la estaba regañando por algo, el semblante de su amiga era serio. Gavril se encontraba de brazos cruzados mientras su padre le daba algunas indicaciones.

Volteó a ver a Emil justo cuando el rey Arthas lo envolvía en un abrazo que el joven príncipe le devolvió. Elyon sonrió. Cuando veía escenas así, entendía un poco más el significado de las palabras de Emil. Tal vez sí tenía todo lo que necesitaba aquí en Eben. Y ella sabía que, si ahora había accedido a bajar, era porque la reina Virian era parte de eso, de todo lo que necesitaba.

Las despedidas duraron unos pocos minutos más; entonces, Zelos apareció y detrás de él venían varios soldados jalando las riendas de todos sus pegasos. El plan era que bajarían a Zunn montados en los suyos propios, y luego estos serían devueltos a Eben. Los pegasos que los iban a transportar al lago ya se encontraban esperándolos abajo y eran propiedad de la Guardia Real.

Zelos caminó hacia donde se encontraba el rey Arthas, y todos los presentes los voltearon a ver.

—Todo está arreglado —anunció el hermano de la reina—. Espero que hagan que esta experiencia sea provechosa para el Proceso.

—Y no olviden divertirse. He escuchado que el Lago de la Inocencia es un deleite para la vista —agregó el rey Arthas.

Elyon sabía que Zelos era un maestro en el arte de mantener el rostro sin expresión alguna, pero algo le decía que internamente había querido poner los ojos en blanco. El hermano de la reina Virian nunca se había llevado especialmente bien con su esposo. Era bien sabido que sólo mantenían una relación cordial. Ambos eran sumamente distintos.

—Príncipe Emil, los pegasos saldrán cuando tú lo indiques —dijo Zelos, mirando a su sobrino. Elyon no entendía por qué a veces se dirigía a él con deferencia y a veces no.

Emil asintió y procedió a montar a Saeta; todos los demás hicieron lo mismo con sus pegasos. Elyon montó a Vela y le acarició la melena; extrañaría volar por los cielos durante estos días, pero algo le decía que este viaje valdría la pena, así que no iba a lamentarse. Cuando Gavril, Gianna y Mila montaron los pegasos, todos salieron por las puertas del Gran Muro y se detuvieron cuando el príncipe lo hizo, lado a lado.

Él estaba en medio, Elyon y Gianna flanqueándolo. Gavril y Mila, a los costados. Dos soldados montados en pegasos los seguían y se detuvieron detrás de ellos.

—¿Están listos? —preguntó Emil sin alzar la voz, sólo para los oídos de sus amigos.

Todos intercambiaron miradas, y a Elyon le abrumó la inmensidad de distintas emociones que llenaban los ojos de sus amigos en estos momentos. Pero detrás de todas ellas, había algo que brillaba en la mirada de todos: decisión.

Asintieron.

Estaban listos y estaban juntos. Nada los iba a detener.

Emil tomó las riendas de Saeta y su pegaso se elevó por los cielos. Los demás lo siguieron y emprendieron camino abajo, hacia Zunn.

Hacia el inicio de la más grande aventura de sus vidas.

Parte 2

LUNA

*Tal vez, si ella hubiera sabido lo que les esperaba,
nunca les habría propuesto salir de Eben.
Pero ya era tarde.*

Capítulo 11
EMIL

Emil abrió los ojos y pudo notar por la ventana del carruaje que ya no había luz de día. Seguían en movimiento. No tenía idea de cuántas horas llevaban viajando, pero probablemente no tardarían mucho tiempo más en llegar al Lago de la Inocencia. ¿Cuánto había dormido? No tenía a quién preguntarle, pues frente a él, Elyon, Gianna y Mila aún estaban dormidas, las cabezas de las primeras apoyadas en cada uno de los hombros de Mila. Gavril no estaba a la vista, así que supuso que había ido a sentarse junto al conductor.

Se frotó los ojos y dejó escapar un suspiro audible.

Nunca había salido de la capital por tanto tiempo sin sus padres, y eso le inquietaba un poco, aunque sabía que no debería. Odiaba esa parte de él llena de cobardía, ¿por qué no podía simplemente armarse de valor y perder el miedo? Claro, haber venido a este viaje implicaba una gran dosis de valentía, pero todavía se sentía inquieto. Muchas cosas podían salir mal. ¿Qué tal si un rebelde los atacaba? O peor, ¿qué pasaría si un lunaris cruzaba la frontera de noche?

¿Y si no lograban encontrar nada?

No. No podía pensar así. Era por eso que había aceptado venir. Se había salido de su zona segura y le tocaba moverse y formar parte de la búsqueda. Lo había decidido desde aquel día en el que Elyon se lo propuso por primera vez, y de no ser por culpa de Zelos, estaría más tranquilo. Las palabras de esa tarde no dejaban de acechar sus pensamientos: «¿Te sientes capaz de cargar con esta responsabilidad?».

Eso le había preguntado después de la junta con el Consejo. Todos se habían ido, a excepción de Zelos y Lord Anuar. Su tío había retenido a Emil posando sus alargados dedos sobre su hombro. Recordaba el escalofrío que le recorrió la espalda al contacto. El príncipe le había preguntado de qué estaba hablando, y su tío le había dicho, sin más, que no creía que estuviera listo para cargar con la Corona.

«Pareciera que es un juego de niños para ti. Cuando el reino más te necesita, ¿te vas de vacaciones?».

Emil había querido gritarle que iba en busca de la reina, que iba en una misión para encontrarla. Pero no le gritó; más bien se quedó callado, esforzándose por no bajar la cabeza. Con la mayor compostura que pudo reunir, le explicó que este viaje era para beneficio del reino, pues hasta ahora no se había decidido por ninguna candidata y creía que ese tiempo con ellas, alejado de todo, lo ayudaría a aclarar sus pensamientos.

Ni él mismo se había creído esas palabras, y por la mirada que Zelos le dedicó, parecía que él tampoco. Pero no comentó nada al respecto; más bien le dijo que estaba preocupado por Alariel, le dijo que la nación necesitaba un rey de verdad, que supiera guiarlos en esos tiempos de sombra.

Fue entonces cuando Lord Anuar, que había permanecido callado, dijo las palabras que lo dejaron helado: «Necesitamos a un hombre como Lord Zelos en el trono, príncipe Emil. Si usted renunciara a su cargo, le aseguro que su tío reinaría de una forma que haría que la reina Virian se sintiera orgullosa».

Emil le había respondido que no hablara de su madre como si estuviera muerta. Luego los había mirado a ambos, sintiendo fuego recorriendo sus venas. «Yo soy el heredero al trono de Alariel», les había querido decir, «y nadie puede quitarme lo que me corresponde. Es mi responsabilidad. Es mi Corona». Pero se había tragado sus palabras, no había podido sacarlas... y todavía le quemaban en la garganta.

Lord Anuar se había disculpado por su impertinencia, como él mismo la había llamado, y después Zelos dejó ir al príncipe. No había podido dormir en toda la noche; estaba seguro de que si Lord Anuar había dicho eso, era porque el Consejo ya lo había discutido antes, obviamente cuando él no estaba presente.

¿Tendrían algún plan para que Zelos se quedara con el trono? Era imposible, se repetía una y otra vez. Nadie podía quitarle a un heredero lo que era suyo por nacimiento. Su tío sólo podría reinar si ocurría uno de estos tres escenarios:

- Si Emil abdicaba a la Corona.
- Si se comprobaba que Emil carecía de sus facultades mentales.
- Si Emil moría sin dejar un heredero.

Y Emil no tenía pensado permitir que alguna de esas cosas ocurriera, pero no podía evitar preocuparse. ¿Y si haber dejado Eben había sido un error? ¿Y si, en su ausencia, el Consejo conspiraba contra él? Después de todo, Zelos había aprovechado el momento para decir frente a todos que él se encargaría de los asuntos de la Corona mientras su sobrino se iba a divertir en sus *vacaciones*.

—Algo te molesta.

La voz de Gianna lo sacó de sus pensamientos.

—Gi —dijo Emil, mirándola. Parecía que llevaba tiempo despierta, observándolo—. No te preocupes, sólo estaba pensando.

—Claro que me preocupo —respondió. Sus ojos verdes brillaban con la luz de la luna que entraba por la ventana—. Emil, si este viaje se vuelve demasiado para ti, podemos regresar cuando quieras. Sabes que te apoyaremos en lo que decidas.

Una sonrisa desganada se formó en el rostro de Emil; nunca iba a saber cómo pagarle a la vida por haberle dado a sus amigos.

Antes de que pudiera responder, el carruaje se detuvo. Gavril no tardó en abrir la puerta, mostrando una sonrisa confiada y divertida, como si supiera algo que nadie más sabía. Emil entendía que, junto a Elyon, Gavril era el más emocionado por haber salido de Eben.

—Chicas, despierten, ya llegamos. —Gianna dio palmadas en el hombro de Mila, quien abrió los ojos de golpe, como si se hubiera dormido estando alerta.

—¿Cuánto tiempo dormí? —preguntó, alzando su mano para revolver los cabellos de Elyon—. Despierta, ya llegamos.

A diferencia de Mila, Elyon abrió los ojos con lentitud, aunque cuando se dio cuenta de por qué la habían despertado, los abrió como platos.

—¡Oh, por Helios! ¿Llegamos? —exclamó, levantándose para dirigirse a la salida. Gavril saltó de la puerta y Elyon lo siguió.

Al ver a Elyon salir, Emil se apresuró para hacerlo también, pues por nada del mundo quería perderse su reacción. No tenía idea de por qué le emocionaba presenciar la reacción de su amiga, pero tampoco se lo cuestionó mucho.

Caminó hasta quedar a su lado y la miró, primero de reojo, pero al notar que ella estaba perdida en lo que tenía enfrente, volteó su rostro para ver de lleno el de ella. Los ojos de Elyon se veían casi blancos con la luz de la luna dándole directamente. Además, estaban llenos de asombro. ¿Hacía cuánto que Emil no sentía asombro por algo?

Y aquí estaba Elyon, a un lado de él, con sus ojos reflejando emociones puras y que Emil quisiera volver a sentir. Algo en su interior se removió.

—Es hermoso —dijo Gianna, parándose a un lado de Emil.

Eso hizo que dejara de mirar a Elyon y volteara a apreciar el lago. Nunca lo había visto antes en persona, nada más en mapas de Fenrai. Definitivamente era bello, pero no sólo eso, era majestuoso. Las estrellas y la luna se reflejaban en sus aguas, y eso hacía de la vista algo aún más espectacular. También era bastante más grande que el lago que tenían en Eben, en el que de niño tanto jugó con Gavril y Ezra; y le transmitía una sensación extraña... pero no podía ponerle palabras.

—Es como si sus aguas palpitaran y estuvieran vivas —susurró Elyon.

Emil la miró de inmediato, pues ella acababa de decir en alto exactamente lo que él sentía y no sabía explicar.

—Su alteza, la casa está lista —anunció Caleb, uno de los guardias que los había acompañado. A su lado se encontraba una anciana regordeta y de estatura baja—. Ella es Onna, se encargará de la comida y de cualquier cosa que necesiten dentro de la casa. Nosotros dormiremos en el pabellón que se encuentra a un lado.

Emil asintió y procedió a mirar la casa, que más bien parecía un pequeño palacio; era mucho más grande de lo que él pensaba que sería. La construcción era antigua, hecha de madera, con paredes que en su mayor parte eran ventanas, para poder estar en contacto con la naturaleza en todo momento. A unos metros de distancia estaba el pabellón en el que dormiría la Guardia Real, que más bien parecía una casa normal.

—¿Entramos? —dijo Mila, comenzando a caminar hacia la entrada—. Hay que acomodarnos para pasar la noche.

—¡No puedo creer que estemos aquí! —La voz cantarina de Elyon sonaba a celebración.

La casa tenía tres plantas. Onna les había dado un recorrido mientras les contaba que su familia trabajaba en el castillo desde hacía muchos años y que a ella la enviaban de vez en cuando a este lugar para su mantenimiento, y que ahora se quedaría con ellos durante sus dos semanas de estancia y dormiría en el cuarto de servicio que se encontraba en la planta baja, por si necesitaban cualquier cosa.

Una vez que conocieron la propiedad, los llevó al comedor, que estaba en la primera planta. La cena ya estaba servida y todos la engulleron casi sin hablar, pues el hambre, después del largo viaje en carruaje, era más intensa que sus ganas de comunicarse entre ellos.

Después de acabar con su cena, se dirigieron a las habitaciones, que se encontraban en la tercera planta. Había suficientes dormitorios para que todos tuvieran el suyo propio, pero terminaron eligiendo el más grande, para estar juntos. Este tenía seis camas, la una frente a la otra, así que hasta sobraría una.

Luego las chicas bajaron para ver los alrededores, mientras Emil y Gavril se quedaron arriba, charlando.

Después de unos cuantos minutos, Mila asomó su cabeza por la puerta de la habitación.

—Vamos a hacer una fogata frente al lago, ¿vienen?

—Pensaba ir a nadar, pero me les uno un rato —respondió Gavril, y luego miró al príncipe—. ¿Emil?

—También voy —dijo, siguiendo a sus amigos fuera de la casa.

Se dirigieron a donde estaba el lago, y Emil oyó a sus amigas antes de verlas. ¿Acaso esas eran carcajadas? La melodiosa risa de Elyon era algo que siempre le había parecido contagioso, y le encantaba que riera con tanta facilidad, pero... ¿la risa de Gianna? Estaba seguro de que no la había escuchado reír desde que era tan sólo una niña. Ella era la chica más refinada y elegante que conocía, y aunque hacerla sonreír no era tan difícil, que riera era otra cosa.

Caminó un poco más aprisa y las vio a lo lejos, arrojando pedazos de leña en una pila para hacer la fogata. Gianna estaba en el suelo y su vestido se ensuciaba, cosa que Emil no podía creer. No sabía qué era lo que les había causado tanta gracia, pero no le importaba, pues estaba contemplando a la verdadera Gianna Lloyd. Lejos de su madre, podía ser ella misma y reír y ensuciarse y disfrutar.

—¡Vengan ya! —gritó Elyon una vez que los vio—. Necesitamos que uno de ustedes encienda esta fogata.

Emil corrió hacia ellas y lanzó una bola de fuego a la leña, prendiéndola al instante. Mila y Gavril llegaron tras él, y pronto todos se habían sentado alrededor de las llamas. La noche no era especialmente fría, pero de todos modos se sentía bien estar cerca del calor. Empezaron a recordar la vez que habían hecho una fogata en el lago de Eben, cuando eran niños; Ezra los había cuidado y habían dormido a la intemperie.

Elyon sugirió que lo repitieran esa noche, pero Mila le advirtió que esa zona no era tan segura como la capital.

—Además —continuó la mayor de sus amigas—, necesitamos un plan. Vinimos aquí para estar cerca de Ilardya y ya lo estamos, ¿qué procede?

—Hay que ir ahí —respondió Elyon en un tono ligero, como restándole importancia a lo que acababa de decir.

Pero no había nada de simple en ir al territorio enemigo.

—Necesitaremos los pegasos para cruzar el Río del Juramento —añadió Gavril—. Según el mapa, en la frontera por el lado de Ilardya está su capital, Pivoine; pero para llegar ahí debemos atravesar el Bosque de las Ánimas, luego caminar unos dos kilómetros más.

El Bosque de las Ánimas. Todas las historias de terror que contaban para asustar a los niños en Alariel sucedían en ese bosque.

Había una leyenda que decía que, en las noches, todas las almas en pena de los lunaris se aparecían, y si estas encontraban a alguien vivo, no lo dejaban salir y no se volvía a saber de esa persona.

—Pero Pivoine es enorme, es la ciudad más grande de todo Fenrai —dijo Gianna—. ¿Cómo sabremos por dónde empezar?

—Lo más lógico sería comenzar por el puerto. Hay que buscar pistas sobre ese barco ilardiano —sugirió Gavril.

Elyon asintió antes de hablar.

—Mi papá conoce el puerto de Pivoine, porque a veces le toca traer recursos, y me ha dicho que está justo a la entrada. De hecho, el acceso a la capital es un gran muelle —explicó—. Eso es conveniente.

Emil suponía que sí tenía sentido comenzar ahí, pero el solo hecho de ir a Ilardya ya era un plan que tenía muchos escenarios que podrían terminar en muerte y desgracia para todos.

—Si nos ven llegar con pegasos, van a saber que venimos de Alariel, así que tendríamos que dejarlos ocultos en el bosque y caminar hacia el puerto —dijo Emil—. El problema es que los pegasos son de la Guardia Real, no podemos simplemente robárselos.

—Emil, esa es una palabra muy fuerte; sólo los tomaremos prestados —respondió Elyon, sonriendo. En verdad estaba emocionada. Emil sabía que la chica no pensaba pedirles permiso a los soldados para tomar los pegasos.

—Creo que nuestra mejor apuesta es dividirnos: un grupo distrae a los guardias y el otro va a Ilardya —dijo Mila—. Pero esa visita sólo debe ser de unas horas, tenemos que volver a Alariel antes del anochecer; sería una misión suicida permanecer en Ilardya cuando la luna esté en el cielo.

Eso era seguro. Ilardya estaba lleno de lunaris. Debían ir cuando el sol estuviera en su máximo apogeo y ellos tuvieran ventaja.

Se quedaron unas cuantas horas más elaborando un plan para la primera misión de investigación. Al principio, los únicos totalmente convencidos eran Elyon y Gavril, pero pronto todos los demás empezaron a dar ideas y a animarse con el plan; incluso, Emil. Si hacían todo bien, deberían estar volviendo al Lago de la Inocencia justo antes del anochecer.

—¿Todos entendieron? —preguntó Mila, posando sus expresivos ojos azules en los de cada uno.

Asintieron y enseguida Gavril se puso de pie.

—Oye, ¡no te vayas a dormir! —exclamó Gianna—. Aún es temprano, hace tiempo que no estamos todos juntos así.

—Voy a nadar, podemos seguir todos juntos si vienen también.

Dicho esto, Gavril comenzó a correr hacia el gran lago y no se detuvo mientras se quitaba la parte de arriba de su vestimenta. Soltó un grito cargado de euforia y se lanzó al agua, como si perteneciera a esta. A Emil le gustaba el agua, pero lo de Gavril era una fascinación. Y era curioso, pues tenía una fuerte afinidad con el fuego. Alguna vez se lo había comentado, y su amigo le había respondido que el fuego lo llenaba, pero que el agua lo hacía sentir libre.

Su vestimenta era un poco más compleja que la de Gavril, pero nada tan ostentoso como lo que debía usar a diario en el castillo, por lo que pronto se quitó la parte de arriba y corrió tras su amigo, lanzándose al lago. Cuando su cuerpo hizo contacto con el agua, se estremeció, pues estaba helada.

Sacó la cabeza para tomar aire y vio a su amigo nadando por todo el lago como si fuera parte de él.

—¿Van a meterse? —les preguntó a las chicas, que ya se habían acercado.

—Por supuesto —dijo Mila, quitándose su vestimenta y quedando tan sólo con sus prendas interiores, que eran como una túnica delgada que le llegaba hasta la mitad de los muslos. Los ojos de Mila se posaron en los de Emil y, al ver su cara, levantó las cejas y sonrió de medio lado—. ¿Qué? ¿No habías visto a una mujer en paños menores?

Emil se sonrojó con ese comentario, pues era evidente que la había estado observando, y ella se había dado cuenta. Oh, Helios. El calor de la vergüenza había hecho que el agua ya no se sintiera tan helada.

—No, es decir, eh… —Pero no tenía idea de qué decir. Veía a sus amigas cada año, pero desde que eran niños, no nadaban juntos.

Elyon se estaba riendo. Emil no sabía si se reía con él o de él. Muy probablemente era la segunda opción. Por otro lado, Gianna sí se veía un poco más apenada mientras se quitaba su vestido.

Emil al fin pudo desviar la mirada sin saber muy bien qué estaba pasando. Sus amigas ya no eran aquellas niñas que conoció, se habían convertido en mujeres y, aparentemente, Emil apenas se estaba dando cuenta.

Mila lo salpicó cuando se lanzó al lago, seguida de Gianna. Las dos comenzaron a nadar para alcanzar a Gavril, que ya se encontraba un poco más lejos.

—¿Cómo pueden ver? Está muy oscuro —preguntó Elyon, sentándose en la orilla del lago. Recogió la falda de su vestido y metió las piernas, y luego hizo que aparecieran varios destellos de luz que guio hacia donde estaban sus amigos.

—¿No vas a nadar?

—No soy muy fanática del agua. Digamos que... le tengo respeto.

Esa confesión tomó a Emil por sorpresa, no tanto porque fuera inesperado, sino porque no tenía idea. Elyon jamás había mencionado que no le gustara el agua. Podía recordar cuando eran niños y todos nadaban juntos, ella parecía disfrutarlo igual que los demás. Suponía que con los años había dejado de gustarle, y él no lo sabía precisamente porque llevaban tiempo sin meterse al lago de Eben.

—No te pierdes de mucho, está helada —dijo Emil.

—Si nadas un poco, se te quitará el frío.

—Prefiero acompañarte. Tú harías lo mismo si nuestros lugares estuvieran invertidos.

Ella alzó una ceja y sonrió.

—No lo sé, ¿estás seguro?

Lo estaba.

—Sí.

Elyon lo miró de una forma extraña. Nunca antes lo había mirado así. Emil apenas iba a decir algo, cuando su pie izquierdo fue jalado con fuerza bajo el agua, hundiéndolo por completo. Entró en pánico mientras el agua pasaba por su garganta, pero luego sintió su pie liberado y salió a la superficie, tosiendo sin parar.

La risa de Gavril explotó a un lado de él.

—¡Eres lo peor! —Gianna regañó a su hermano, arrojándole agua con sus dos manos.

Gavril le arrojó mucha más agua con una sola mano, no había parado de reír.

—¿Eso te divirtió? —respondió Emil, lanzándose encima de Gavril para intentar hundirlo. Sólo *intentar*, pues el cuerpo de su amigo era mucho más grande que el suyo, aunque de pronto sintió que lo estaba logrando y vio que Gianna y Mila se habían unido a él, y ahora los tres hundían a Gavril... o casi.

En eso escuchó un chapuzón y vio que Elyon se había unido para apoyar a la causa. Entre los cuatro lo lograron y empezaron a aplaudir en señal de victoria.

Gavril salió a la superficie al cabo de unos segundos, aunque él sí había cerrado la boca, así que no estaba tosiendo. Sonreía mientras se retiraba el agua de los ojos con el dorso de la mano.

Emil miró a Elyon.

—Pensé que no te gustaba el agua.

—No es mi cosa favorita, pero somos un equipo —respondió, sonriente—. Si mi equipo me necesita, ahí voy a estar.

Dicho esto, nadó hacia la orilla y salió del lago, volviendo a sentarse en donde había estado; su vestido descansaba en el pasto, a un lado de ella.

Una guerra de agua empezó entonces; todos se acercaron a Elyon y comenzaron a lanzar agua y a patalear, y las risas no se hicieron esperar. Las luces de la chica los habían seguido y ahora estaban justo encima de ellos, iluminándolos.

Emil iba a recordar esa noche como una de las últimas en las que había sido completamente feliz al lado de sus amigos. Aunque en ese momento no lo sabía, pues su corazón todavía era inocente y no conocía la verdadera oscuridad.

Nunca olvidaría que, riendo y jugando a la luz de la luna, se sintió pleno, seguro y dichoso. No olvidaría que en su mente sólo corría el pensamiento de querer estar con ellos para toda la vida.

Capítulo 12
ELYON

Al día siguiente, se levantaron un poco antes de que saliera el sol para poder poner en marcha el plan maestro. Elyon no cabía en su propia emoción, ¡iba a visitar Ilardya por primera vez! Y no iba a mentir, claro que la llenaba de adrenalina visitar una tierra prohibida para todo ciudadano de Alariel, pero lo que más le emocionaba era el hecho de que iba a conocer un lugar nuevo. Amaba descubrir y explorar. Estaba enamorada de la aventura.

Se habían dividido en dos equipos: el grupo del lago y el grupo del bosque. El del lago estaba formado por Gianna y Mila, que iban a permanecer en el Lago de la Inocencia para distraer a los soldados con tareas muy absurdas, pero laboriosas. La primera ya se había llevado a tres de ellos, alegando que quería hacer una lista de todas las plantas medicinales en los alrededores del lago para llevarse muestras, *y que obviamente no podía ir sola*. La segunda había dicho que iba a organizar un pequeño torneo con los solaris que los habían acompañado; ya había reclutado a dos de las chicas y a un chico, y estaban convenciendo a los demás.

Así que Emil y Elyon caminaron hacia la que se encontraba cuidando a los seis pegasos que los habían traído. Gavril iba unos cuantos pasos detrás.

Elyon le susurraba a Emil que recordara que él era el príncipe de Alariel y que podía hacer esto.

—Su alteza, Lady Elyon, Lord Gavril —saludó la soldado, haciendo una reverencia con la cabeza—. ¿En qué puedo ayudarles?

—Vamos a pasear en los pegasos un rato —dijo Emil, no muy seguro.

—Necesitamos tres —agregó Elyon, indicando el número también con sus dedos.

La soldado los miró con curiosidad.

—Tengo órdenes estrictas de no permitir que se alejen mucho.

—¿Órdenes de quién? —preguntó Elyon, adorablemente—. En estos momentos, no hay nadie en todo Alariel que supere el rango del príncipe Emil.

Él la miró con sorpresa, como si apenas se estuviera dando cuenta de eso. La soldado también la observaba, bastante confundida.

—Eh... sí, se hace lo que usted ordene, su alteza —dijo, no muy convencida—. Pero debo insistir en acompañarlos en su paseo, no pueden andar solos por ahí.

—Oh, pero... —Elyon bajó la mirada y pestañeó con timidez—, es que queríamos pasar un tiempo a solas, para... tú sabes, conocernos más... a fondo.

Elyon pudo ver que, por la forma en que lo dijo, hasta Emil y la soldado se habían sonrojado.

—¡Además! —intervino Emil, tosiendo un poco—, no iremos solos, Gavril nos acompañará y nos dará... espacio, ¿verdad? —Miró al aludido.

Esta situación parecía divertir a Gavril.

—Claro, yo les doy todo el espacio que necesiten para *conocerse más a fondo*.

—¿Ves? Gavril está más que capacitado para vigilarnos. Además, los tres somos solaris y sabemos pelear, podemos defendernos —completó Elyon—. Pero no creo que tengamos que llegar a eso; sólo queremos alejarnos de todos y ocultarnos entre los árboles.

—Supongo que... tiene sentido que quieran pasar un tiempo a solas, sin las otras candidatas —razonó la soldado—. Pero deben decirme exactamente en dónde van a estar y a qué hora van a volver.

Elyon quería objetar diciendo que el futuro rey de Alariel no tenía que dar esa clase de especificaciones, pero prefirió contestar con una mentira, a la vez que sonreía inocentemente. La soldado les prestó tres de los pegasos y, una vez arriba de ellos, emprendieron vuelo hacia los árboles que rodeaban al lago. Cuando estuvieron lo suficientemente alejados, bajaron a tierra firme.

—Eso no fue tan difícil —dijo Emil.

—No esperábamos que lo fuera. Lo complicado del plan empieza al pisar Ilardya —respondió Gavril—. ¿Todos traen su capa y sus armas?

Elyon y Emil asintieron y procedieron a ponerse sus respectivas capas, con todo y capucha, para cubrir la mayor parte de sus rostros. Lo que seguía era atravesar el Río del Juramento volando por lo bajo, para que los árboles sirvieran de tapadera y nadie pudiera verlos. Una vez que cruzaran el río, llegarían por tierra al Bosque de las Ánimas y lo cruzarían por arriba. Ya tan alejados era imposible que los soldados los vieran desde la casa del lago.

Se elevaron con los pegasos tan sólo unos metros por encima del río y comenzaron a cruzarlo. Elyon miraba hacia abajo, sorprendida. El Río del Juramento era tan ancho, que no estaba segura de que alguien pudiera cruzarlo nadando; las únicas opciones eran volando o en barco. Además, se veía peligroso... Las aguas no eran tranquilas y parecía profundo. Un escalofrío le recorrió la espalda.

Una vez que lo cruzaron, guiaron a los pegasos a tierra y se quedaron en su sitio durante unos segundos, en silencio total.

El Río del Juramento marcaba el borde entre cada reino. Oficialmente estaban en Ilardya.

—¿Sienten el ambiente diferente? —preguntó Elyon.

—No. Sólo veo árboles a lo lejos —Gavril chasqueó la lengua—. Y no creo que se tenga que sentir diferente, es simplemente un lugar más.

—¡Pero Gav, estamos en Ilardya! —soltó; sus ojos estaban brillando con emoción.

Gavril se encogió de hombros. Pero Emil estaba callado, mirando el paisaje con fascinación y lo que parecía algo de miedo.

—¿Seguimos? —dijo Elyon a modo de pregunta, aunque era más una afirmación. Debían seguir.

Encaminaron sus pegasos hacia donde se veían todos los árboles. No lo hicieron con prisa y no tardaron mucho en acercarse más y más al espacio boscoso. Elyon podía jurar que el ambiente ahora sí se estaba sintiendo más pesado. El Bosque de las Ánimas era toda una leyenda, y ella siempre había creído en sus historias. Todas acababan en muerte y desolación, por lo que no tenía intenciones de entrar, pero mientras más se acercaba, más sentía que algo ahí dentro los llamaba. ¿O tal vez sólo la estaba llamando a ella?

—No quiero poner un solo pie ahí —dijo, sin pensarlo—. Volemos de una vez.

Emil la miró extrañado, seguramente acostumbrado a que Elyon siempre estuviera incitando la aventura, pero tampoco puso objeción, por lo que comenzaron a volar por encima del bosque para atravesarlo. Jamás había visto árboles tan altos y torcidos. A simple vista parecía que estaban secos y muertos, pero a la vez se *sentían* llenos de vida. O de algo más ancestral.

—¡Cuidado! —exclamó Emil, y Elyon apenas alcanzó a esquivar un enorme pájaro negro que salió de entre la maleza del bosque. El pájaro se detuvo y volvió hacia ella, pero fue interceptado por una bola de fuego lanzada por Emil, aunque no logró detenerlo, sólo quemó algunas de sus plumas.

Eso definitivamente no era un pájaro normal. Sus ojos eran rojos y sus garras estaban afiladas. Además, cuando el ave soltó un alarido que más bien parecía un grito de guerra, Elyon pudo ver que en su pico había colmillos puntiagudos. Oh, por Helios. De inmediato tomó su arco y una flecha.

Otro pájaro apareció, respondiendo al llamado del primero, y se dirigió hacia Emil. Elyon le lanzó un destello de luz directo a los ojos y eso pareció cegarlo, pues comenzó a aletear con fuerza, completamente confundido. Cuando se alejó lo suficiente, aprovechó para lanzar su flecha y hacerlo caer.

Pudo ver que Gavril ahora había lanzado una enorme bola de fuego al primero que los había atacado, pero parecían inmunes al elemento. A lo que definitivamente no eran inmunes era a la luz. Elyon le indicó al pegaso que fuera hacia ellos a toda velocidad y pudo sentir que el sol, que apenas estaba saliendo, le brindaba energía y la llenaba. Entonces, los cubrió a todos en una esfera de luz.

Podía jurar que el pájaro gritó mientras revoloteaba sin control y huía despavorido hacia el bosque, casi dejándose caer.

Elyon dejó ir la luz.

—Casi nos dejas ciegos —se quejó Gavril.

—De nada —respondió, acariciando el pelaje del pegaso, que seguía asustado—. Hiciste un buen trabajo, pequeño —le susurró.

—¿Qué demonios eran esas cosas? —bramó Emil, notablemente agitado. Estaba respirando con dificultad.

—No lo sé. Nunca había visto nada parecido —respondió Gavril—. Seguramente hay muchas cosas que no conocemos en ese bosque.

Y eso que ya estaba amaneciendo. Elyon no quería imaginarse los horrores que de noche se aparecían por ahí.

—Hay que movernos, ya falta poco.

Nadie se opuso y siguieron volando por encima del bosque, más alertas. El corazón de Elyon dio un brinco cuando al fin dejó de ver árboles y sus ojos se encontraron de lleno con Pivoine, la capital de Ilardya.

El lugar era sumamente distinto a cualquier ciudad de Alariel, primero que nada, porque era una gran isla. Esa era la diferencia principal entre los territorios de Alariel e Ilardya. El primero tenía todas sus ciudades juntas y el segundo estaba conformado por lo que parecían islas rodeadas de mar, aunque también eran llamadas *ciudades*. El Bosque de las Ánimas conectaba por tierra con una parte de Pivoine, pero no por la entrada principal, que era la que estaban viendo desde los cielos.

Lo que conectaba al bosque con la ciudad era un enorme puente de piedra, lo suficientemente ancho como para que cien hombres pasaran a la vez, y era también muy largo. Otra cosa que notó fue que Pivoine parecía estar rodeada de muelles. Había barcos atracados en la orilla, y mucha gente caminando por allí. Pero lo que más la impresionó fue, definitivamente, la arquitectura del lugar. Todo estaba construido hacia arriba; había muchas escaleras y torres y edificios sobre edificios; todo conectado por puentes y más escaleras. El color que reinaba era el blanco, y eso hacía que los pequeños toques de otros tonos más vivos resaltaran a la vista. Había techos azules y rojos y amarillos. De todos los colores.

Bajaron casi al término del bosque, antes de que algún ilardiano pudiera verlos. Todavía era temprano, pero para ellos ya casi era hora de dormir. En Ilardya vivían de noche, pues se alimentaban de la luna y no tenía sentido desaprovecharla mientras estuviera en el cielo. Y no era que no pudieran vivir bajo el sol; simplemente era su naturaleza estar despiertos cuando la luna lo estaba.

A Elyon le parecía raro, pero suponía que a los ilardianos igual les parecía raro que la gente de Alariel durmiera en la noche. Era cuestión de costumbres.

—Bueno, es hora —dijo Elyon una vez en tierra, bajando del pegaso. Tomó las riendas y comenzó a atarlo al tronco de uno de los árboles. Odiaba dejar a los pegasos allí, pero no podían simplemente entrar con ellos a Pivoine. Además, ya estaban muy afuera del corazón del bosque, y el sol ya se manifestaba en el cielo. Prefería suponer que todo iba a estar bien. Emil y Gavril también estaban amarrando las riendas de sus pegasos a árboles cercanos.

—Espero que esto valga la pena —dijo Emil, mirando hacia la entrada de Pivoine.

—Vas a ver que sí —respondió Elyon, situándose a un lado del príncipe—. No nos iremos de aquí sin respuestas.

Aunque sabía que se tendrían que ir de allí con o sin respuestas antes de que anocheciera; si no, sería Mila quien vendría por ellos a asesinarlos. Nadie quería ver a Mila enojada.

—Cúbranse bien —señaló Gavril.

Y así lo hicieron. Los tres se miraron antes de avanzar y, sin decir nada, emprendieron marcha hacia el puente de Pivoine. Había bastante movimiento en los muelles y en el mismo puente, así que nadie les prestaba demasiada atención. Olía mucho a mar, casi como en la costa de Valias, su hogar. Pero acá el olor era más fuerte, y cómo no, si toda la isla estaba rodeada de océano. Quería mantener la cabeza baja hasta entrar a Pivoine, pero no podía evitar mirar para todos lados, ¡nunca antes había visto a un ilardiano en persona! ¿Cuántos sobre este puente serían lunaris?

Y era cierto lo que todos decían: la mayoría tenía el pelo de un tono gris tan claro que parecía blanco. Aunque no todos lo tenían así, había unos pocos con cabello negro como la noche o rubio como el trigo. Lo que sí era una característica común era el color de la piel: blanca como marfil. En Alariel había mucha más diversidad en cuanto a tonalidades: las había tanto oscuras como claras; sin embargo, el tono más común era un color tostado. *Piel dorada*, la llamaban. Emil tenía ese tono de piel.

—Creo que sí podrás pasar por ilardiana —dijo Gavril en voz baja, a su lado.

Elyon asintió, sintiendo la adrenalina invadir su cuerpo. Le emocionaba esa parte del plan, pues entre todos habían decidido que ella sería quien interactuaría con los demás ilardianos, por su color de piel. De pequeña se burlaban mucho de ella en la Academia para Solaris; le decían que no tenía alma y que por eso sus ojos no tenían color, y que su piel era del tono de la pared (que obviamente era blanca; así de creativos eran los niños con sus insultos). En ese entonces, pataleaba y renegaba a sus padres por haberla hecho así; pero con los años había conocido a más alarienses de piel pálida. Eso, y había aprendido a quererse. Por lo menos en el aspecto físico.

Al fin terminaron de atravesar el puente y caminaron hacia el lado derecho, en el que parecía haber más actividad con los barcos. Elyon moría de ganas por conocer la ciudad, pero primero debían enfocarse en la misión. Comenzó a observar sus opciones. Cerca de ellos había tres barcos de tamaño mediano y dos botes. Los barcos más grandes estaban algo más alejados.

Primero optaría por uno de los barcos, el más cercano tenía un hombre bajito a bordo y pareciera que estaba revisando el inventario antes de zarpar.

—Bien, síganme —dijo en voz baja, caminando hacia él. Emil y Gavril fueron detrás de ella, siempre manteniendo la distancia. El plan era que debían quedarse a unos metros de Elyon; cerca, para que pudieran escuchar las conversaciones, pero lejos, para que no les vieran las caras. Se acercó al barco de aquel hombre y se aclaró la garganta—. Disculpe, ¿me podría decir si alguno de estos barcos se dirigirá a Breia en breve?

Breia y Amnia eran las únicas otras dos islas en Ilardya de las que Elyon recordaba el nombre.

El hombre ni siquiera despegó su vista de la lista que traía en sus manos.

—Hoy en la noche zarpará el *Tevaris* y hará parada en Breia; puede comprar los boletos al otro lado del muelle —respondió, sin mucho interés.

Elyon decidió guardar esa información en el espacio de su cerebro destinado a cosas útiles.

—Oh, muchas gracias —respondió, juntando sus manos—. No sabía si los barcos continuaban con su ruta habitual; se están escuchando rumores de que hay algunos dirigiéndose a los mares que se encuentran en el territorio de Alariel.

Tal vez había ido al grano demasiado rápido, podía jurar que había oído a Emil atragantarse unos metros detrás. Pero su impertinencia había resultado efectiva, pues ahora el ilardiano había alzado la cabeza y la estaba mirando.

—¿Dónde escuchó esos rumores, señorita? —preguntó, alzando una ceja.

—Oh, ya sabe. Por aquí y por allá... —dijo, meneando una mano para restarle importancia.

El ilardiano la observó por un buen rato antes de responder.

—Sólo puedo decirle que esos rumores son falsos. No hay barcos saliendo para Alariel.

—Eso me tranquiliza. —respondió Elyon, tratando de ocultar su decepción. O este hombre no sabía nada o le estaba mintiendo. Debían buscar a alguien más a quien preguntar—. Muchas gracias por su tiempo, iré a comprar mi boleto.

Elyon dio la vuelta, pero oyó que el hombre bajaba de su barco de un salto.

—Espere, señorita —dijo, plantándose frente a ella—. Necesito que me diga exactamente quién está esparciendo esas mentiras.

—No creo que eso sea muy importante; usted mismo lo ha dicho, sólo son mentiras —respondió Elyon, regalándole una sonrisa falsa.

—Precisamente por eso. No puedo permitir que los ciudadanos piensen que estamos haciendo cosas indebidas; eso mancha la reputación de nosotros, los marineros.

Elyon se estaba quedando sin salidas fáciles.

—Es una lástima que no lo recuerde —respondió, dispuesta a irse—. Si me disculpa, ahora sí debo marcharme.

Se hizo a un lado para continuar con su camino, pero el hombre la tomó del hombro, apretando con fuerza.

—Lo siento, pero no puedo permitir que se vaya.

Ahora Elyon estaba casi segura de que la reacción del hombre no era normal. Si tan sólo fuera un rumor, la dejaría ir, ¿no? O tal vez sospechaba algo. Tal vez no había logrado aparentar ser una ilardiana.

Elyon pudo ver que Emil y Gavril ya se estaban acercando a ella para actuar en caso de que fuera necesario. El marinero no parecía haberlos visto. Sólo esperaba que no tuvieran que hacer una escena; no podían usar sus poderes aquí, o todos iban a descubrirlos.

—Le pido amablemente que me suelte. Me está lastimando —Elyon habló lo más calmada que pudo.

—Ya le dije que... —Pero no pudo terminar lo que iba a decir, pues un chorro de agua salió del mar a toda propulsión y le pegó directo en la cara. El hombre la soltó para intentar cubrirse del agua, que no dejaba de golpearlo—. ¡Basta!

—¿No escuchaste que te pidió que la soltaras? —exclamó una voz femenina detrás de Elyon.

El chorro de agua cesó, haciendo una pequeña explosión de gotas.

—¡Tú! —bramó el hombre, reconociéndola—. Malditos lunaris, siempre abusando de su magia —esto último lo dijo más como un susurro, mientras exprimía su ropa.

—Sigue haciendo tu inventario, Sven. Yo me encargo —ordenó la mujer.

Elyon había volteado para mirarla, y con sólo verla se podía deducir fácilmente que no era una simple marinera, sino la capitana de un barco. Era alta y voluptuosa, de unos veinticinco años, con la piel igual de blanca que la de todos los ilardianos, razón por la cual sobresalían sus labios rojos. Llevaba el cabello negro recogido en una trenza y una bandana color azul rodeaba su cabeza. Su atuendo consistía en una blusa de botones blanca y unos pantalones también azules, con unas botas altas. Pero lo que la hacía destacar del resto de los marineros que se encontraban cerca era su porte, su confianza en sí misma. Además, era una de las mujeres más hermosas que Elyon había visto (Gianna siempre iba a ser la más bella).

—Quieres comprar boletos para el *Tevaris*, ¿no? —preguntó la capitana—. Acompáñame. Y tus amigos también pueden venir.

Elyon se sorprendió de que hubiera notado que Emil y Gavril venían con ella, pero decidió no decir nada y seguirla. Los dos chicos corrieron hacia ella.

—Valensey, ¿estás bien? —preguntó Emil, susurrando mientras caminaba a su lado.

—Quiero regresar a freírlo vivo —agregó Gavril.

—Estoy bien, no se preocupen —contestó en voz baja—. Gavril, no vas a freír a nadie.

Caminaron detrás de la mujer un rato. Todos parecían conocerla y guardarle respeto. No muchos la miraban a los ojos, y los que lo hacían, era con reverencia.

—Disculpe, ¿es la capitana del *Tevaris*? —preguntó Elyon.

La mujer soltó una risa melódica.

—No, mi barco no es el *Tevaris* —respondió y se detuvo, dando la vuelta para mirar a Elyon—. La venta de boletos es aquí.

Estaban frente a un local de madera, que por supuesto tenía un enorme letrero que decía «Boletos».

—Oh, claro; gracias por traernos.

—Fue un placer, pero algo me dice que ustedes no tienen intenciones de comprar boletos —dijo, cruzándose de brazos—. Podemos ir a mi barco para hablar.

Elyon no sabía qué responder, pues su parte curiosa le pedía a gritos que fuera con ella, pero su parte racional le estaba diciendo que no podía confiar en esa perfecta extraña, que, además, ¡era una lunaris con afinidad al agua! Ir a su barco, que era su territorio y que estaba sobre el agua, que era su elemento, no era la mejor combinación.

Aunque considerando que era de día y que el sol brillaba en total plenitud, podría decirse que ellos tenían algo de ventaja, ¿no?

—Está bien —dijo Elyon, mirando de reojo a Emil y a Gavril. Ninguno dijo nada.

—Síganme —respondió la mujer, asintiendo.

Caminaron durante unos minutos hasta que llegaron a donde se encontraban los barcos más grandes atados al muelle y en el horizonte sólo se veía mar abierto. La mujer los guió hacia uno de los más ostentosos; en el costado decía *Victoria*.

Al no ser muy fanática del agua, Elyon no tenía especial interés en los barcos, pero como su padre era un mercader de los mares, sabía un poco sobre ellos. La embarcación era una maravilla para los ojos de cualquiera. Totalmente de madera, sus velas eran inmensas y contaba con tres mástiles sobre una cubierta de varios niveles y, elevado sobre esta, se encontraba el castillo de popa. Los niveles de la cubierta parecían ser el techo de las cabinas y camarotes de la tripulación. También se avistaban redes y cañones y un sinfín de cosas. Quería prestar atención a cada detalle, pero pronto llegaron al puente que conectaba al barco con el muelle, y se concentró en subir.

Pudo ver que la tripulación se percataba de la presencia de extraños, y aunque de inicio los miraban con sospecha, al ver que iban con la mujer de cabello negro se relajaban. Otra cosa que notó es que sólo había mujeres a bordo. Una tripulación exclusivamente femenina.

—Bienvenidos al *Victoria* —dijo la mujer de labios rojos, mirándolos—. Soy Rhea, la capitana, y esta es mi tripulación.

Siguieron a Rhea por el barco hasta llegar a una cabina que parecía ser una oficina. Mientras caminaban, las chicas de la tripulación saludaban a su capitana y otras la actualizaban de algunas cosas que habían ocurrido mientras ella había estado ausente. Elyon miraba fascinada, preguntándose qué se sentiría vivir así, navegando en el mar. No estaba segura de que ella pudiera hacerlo, pues era *demasiada* agua, pero observando a esta tripulación, no podía dejar de pensar en todas las aventuras que seguramente vivían a diario.

Al entrar a la oficina, una mujer baja de estatura y muy delicada de facciones saludó a Rhea e intercambió unas cuantas palabras con ella. Era una típica ilardiana, con la piel pálida, cabellos grises y ojos negros.

—Ella es Ali, mi primer oficial —la presentó.

—Mucho gusto —dijo Elyon.

—¿Y tus amigos no hablan? —inquirió Rhea, mirando a Emil y a Gavril, que seguían totalmente encapuchados.

—Eh... sí, mucho gusto —respondió Emil. Gavril simplemente asintió.

Rhea alzó una ceja.

—Tomen asiento —ella ya se había sentado a la cabeza de la mesa.

—Te veo en un rato —Ali posó su mano en el hombro de Rhea antes de salir.

Tomaron asiento, como la capitana lo había indicado, todos a un mismo lado de la mesa. Primero Elyon, luego Emil y luego Gavril.

—No les voy a pedir que me cuenten su historia y yo no les pienso contar la mía —dijo la mujer—, pero es evidente que no son de aquí. Afuera no podía distinguir nada bajo sus capas, pero de cerca... o son rebeldes de Lestra o son de Alariel.

Nadie dijo nada.

—Como dije, no tienen que contarme —continuó, alzando su mano al aire con desinterés—. Es normal que no confíen en mí, así como yo no confío en ustedes.

—Entonces ¿qué quiere de nosotros? —preguntó Emil.

La capitana sonrió de medio lado. Una sonrisa confiada.

—Creo que podemos hacer intercambio de información. Escuché que dijeron algo sobre un barco ilardiano por las costas de Alariel.

Los tres intercambiaron miradas.

—¿Y qué información nos darás tú? —preguntó Gavril.

Rhea lo miró, desafiante.

—Sólo le soy leal a mi tripulación. La Corona piensa que domina cada barco que zarpa de este puerto, pero no es así —respondió—. Han estado llegando barcos que sólo reportan a la Corona y son muy misteriosos con lo que transportan. Creo que pueden estar yendo a las costas de Alariel por algún recurso secreto.

—¿Están tomando un recurso de Alariel a escondidas? —preguntó Emil—. Eso es extraño, todo lo necesario ya está estipulado en el Tratado.

Además, Elyon había visto el barco en la costa de su ciudad, y sabía que los recursos de Valias eran transportados a Zunn por su propio padre; y los barcos de Ilardya recogían en Zunn todo lo que se juntaba en las distintas regiones de Alariel. Esos barcos ilardianos no tendrían que estar haciendo nada por allá, tan lejos de la frontera.

—¿Eso quiere decir que ustedes no saben de algún recurso especial en Alariel por el que la Corona se arriesgaría a romper el Tratado? —preguntó Rhea.

Emil negó con la cabeza.

—¿Y desde cuándo comenzaron a llegar esos barcos que sólo reportan a la Corona? —preguntó Gavril.

—Desde hace un poco más de tres meses.

Elyon casi salta de su asiento, pero se contuvo. Pudo ver que las manos de Emil comenzaban a temblar. Estaba segura de que bajo la capucha, su rostro se había descompuesto. La respuesta de Rhea coincidía con el tiempo que la reina llevaba desaparecida.

—¿Sabe algo más? —preguntó Elyon.

La capitana se cruzó de brazos.

—Creo que yo ya di suficiente información. No soy una caridad —respondió, tajante—. Así que si no tienen nada que decirme, les aconsejo que se vayan. No sólo de mi barco, sino de Ilardya.

Gavril azotó su mano contra la mesa. También había notado la expresión de Emil.

—Cuidado con mis muebles —espetó la capitana—. Y cuidado con tus manos, o podrías perderlas.

Elyon miró cómo Rhea ya sostenía una daga. No se había dado cuenta de en qué momento la sacó. Emil puso una mano sobre el brazo de Gavril, pidiéndole silenciosamente que se calmara.

—No entiendes. De verdad necesitamos esa información —siseó Gavril, esforzándose por no gritar.

—Pues cuando ustedes tengan información útil, podemos hacer un intercambio —respondió la mujer, guiñándole un ojo—. Ahora, salgan de mi barco. ¡Silva!

Ante el llamado de la capitana, una de las marineras entró. Era alta y tenía el cabello rubio, casi al ras de la cabeza.

—¿Sí, mi capitana?

—Escolta a los muchachos al muelle.

—Entendido.

Elyon se levantó de su silla sin poder quitar los ojos de Emil, y se juró a sí misma que esta no iba a ser la última vez que vería a Rhea. Fuera como fuera, iba a conseguir información para intercambiar con ella.

Capítulo 13
EMIL

Salieron del barco algo desorientados y sin hablar mucho, y caminaron por el puerto por unos minutos hasta llegar al puente de la entrada de Pivoine. Emil estaba completamente ensimismado en sus pensamientos, tratando de unir las piezas de información que Rhea les acababa de dar con lo poco que ellos ya sabían.

Era un hecho que el barco que Elyon vio en aquella ocasión era de Ilardya, y no sólo eso, le reportaba directamente a la Corona. ¿Qué significaba?

Lo que más lo atormentaba era que no tenía idea de cómo eso se conectaba con la desaparición de su madre. Tal vez no tenía nada que ver.

—Oye, todo va a estar bien. —Elyon sonrió débilmente—. Conseguiremos más información con o sin Rhea.

La sonrisa de su amiga lo calmó un poco.

—Todavía quedan muchas horas de sol, creo que podemos quedarnos otro rato a ver si descubrimos algo más —sugirió Emil.

Elyon aplaudió una vez y el príncipe pudo ver en los ojos emocionados de la chica que ella misma había querido hacer esa sugerencia, pero no la había hecho por él.

—¿Tienen hambre? No hemos comido nada en todo el día —dijo ella—. Y, por experiencia de Ezra, sabemos que en las tabernas hay mucha gente con la boca suelta.

—Puede ser una buena opción; tenemos que ver si alguien sabe más de esos barcos que van a Alariel —respondió Gavril y luego sonrió de medio lado—. Además, he escuchado que el pescado en Pivoine es superior al de cualquier otro lugar.

De pronto, al estómago de Emil le parecía una buena idea eso de comer.

—Esperen, esperen —habló Elyon, alzando ambas manos a la altura de su pecho—. No tenemos monedas ilardianas. No podemos simplemente llegar y pagar con nuestro dinero.

Emil podía jurar que su estómago maldijo.

No él, *su estómago.*

Gavril sí soltó una maldición audible.

—Tal vez podríamos intercambiar servicios por comida, no sé, ¿y si lavamos los platos de algún establecimiento? —sugirió la chica, pensativa.

—No creo que la gente les vaya a tener mucha confianza a dos individuos encapuchados. Recuerda que eres la única aquí que puede pasar por ilardiana —dijo Gavril.

—Algo se nos tiene que ocurrir. —Había decisión en los ojos de Elyon—. Nos voy a conseguir comida.

Desde que pusieron un pie en Pivoine, no se habían adentrado en la ciudad, y Emil estaba más y más impresionado con cada paso que daba. Siempre había pensado que no necesitaba más que los bellos paisajes de Eben, pero mientras sus ojos se maravillaban con la vista que esta nueva ciudad le regalaba, sentía inquietudes en su mente que antes no había tenido. Quería ver más. Quería conocer más. ¿Así era como siempre se sentía Elyon?

Desde niño se había encerrado en los muros de su ciudad flotante… Y ahora se preguntaba… ¿qué pasaría si se armara de valor? Tal vez… tal vez todo podría estar bien.

Siguieron caminando por Pivoine, que realmente no tenía una vereda, todo eran escaleras y pequeños pasillos entre casas y edificios. La ciudad subía y subía y subía. Llegaron a un punto donde ya no había escaleras, sino un área cuadrada que parecía ser una plaza. Desde ahí se podía ver la ciudad para abajo y para arriba. Todavía había áreas con más escaleras, sólo que no se podía acceder a ellas desde allí.

—Chicos, ¿ven eso? —dijo Elyon, haciendo un movimiento con su cabeza hacia la izquierda.

Emil alzó un poco el rostro para poder ver mejor, pues la capucha le obstruía gran parte de su visión. En la esquina de la plaza había personas que parecían estar dando una especie de espectáculo a cambio de dinero, como una obra de teatro. Tenían varios recipientes en los que las personas dejaban monedas.

—Creo que podemos hacer algo así, ¡la gente paga por entretenimiento! —prosiguió Elyon.

—Valensey, no podemos llamar tanto la atención; alguien nos va a descubrir —dijo Emil, que estaba seguro de que Rhea ya sabía exactamente de dónde venían. Si llamaban la atención de más personas, quién sabe qué podría pasar.

—¡Son ellos!

Emil tardó valiosos segundos en reconocer esa voz, y cuando su cerebro reaccionó y supo que pertenecía al marinero del muelle, Sven, este ya venía corriendo hacia ellos, seguido de tres hombres más.

—Nuevo plan, hay que correr —susurró Elyon, tomando a Emil con una mano y a Gavril con la otra, avanzando en dirección opuesta a la de sus persecutores.

Emil notó que las personas de la plaza no hacían nada; algunos los miraban con desinterés y otros con curiosidad, pero la mayoría simplemente se quitaba del camino para no estorbar. Demonios, definitivamente tenían que correr. Empezaron a bajar las escaleras a toda velocidad. Ahora Gavril guiaba y Elyon estaba en medio, sin soltarlos.

—¡Hay que saltar! —exclamó Gavril, mirando hacia un lado. Emil al instante entendió a lo que se refería: a una distancia que parecía menor a un metro, se encontraba el techo plano de un edificio—. ¡Vamos, ustedes primero!

Elyon apretó las manos de ambos y no hizo preguntas, los soltó y tomó la falda de su vestido para subirla un poco. Entonces retrocedió lo más que el estrecho pasillo de los escalones se lo permitió y corrió para tomar impulso. Emil no respiró mientras su amiga estaba en el aire.

—¡Corran, corran, ya nos vieron! —gritó Elyon, quien había caído de rodillas y ya se estaba poniendo de pie.

—Emil, tú sigues. Rápido —indicó Gavril.

Emil decidió moverse antes de que los marineros estuvieran sobre ellos, así que imitó las acciones de Elyon y saltó sin pensarlo. Una adrenalina extraña se apoderó de su pecho con el impulso, y se sorprendió a sí mismo cuando aterrizó sin problemas. Gavril se disponía a saltar, cuando se dio cuenta de que los ilardianos estaban a pocos pasos de ellos. Entonces, los miró a los ojos.

—¡Sigan corriendo, voy a distraerlos! —exclamó, y luego bajó la voz—. Nos vemos antes de que oscurezca en donde dejamos a los pegasos.

Dicho esto, Gavril se abalanzó contra los sujetos y derribó a uno de ellos con la fuerza de su puño, y luego siguió corriendo para dirigirse al otro lado, con uno de los marineros tras él. Emil estaba a punto de regresar para auxiliar a su amigo, pero vio que los dos marineros que restaban corrían hacia ellos con toda la intención de saltar también.

Sin decir nada, tomó la mano de Elyon y volvieron a correr.

Emil podía escuchar los estruendosos pasos de sus persecutores tras de ellos; estaba seguro de que también habían saltado, y sin perder tiempo se dirigió a la orilla del techo para saltar al contiguo, que estaba casi pegado. Siguieron corriendo sin parar por los techos de Pivoine, que, para su fortuna, estaban muy cerca los unos de los otros.

—¡No podemos seguir así! —exclamó Elyon entre respiraciones agitadas—. ¡Tenemos que intentar perderlos!

—¡Allá! —Emil podía ver a unos dos techos de distancia unas escaleras que subían a otro nivel de casas y edificios. Se dirigieron hacia ellas y las subieron; ya arriba fueron recibidos por tres direcciones distintas de escalones que seguían subiendo. Se miraron por un segundo y Elyon ladeó el rostro ligeramente hacia la izquierda, para no gritar su ruta.

Subieron por la izquierda y en la primera esquina en la que pudieron doblar, dieron la vuelta y se detuvieron, pegándose al muro.

—¿Crees que los perdimos? —preguntó Elyon en un hilo de voz.

Emil estaba asomando su cabeza un poco.

—Están decidiendo qué camino tomar. Rayos —susurró y dejó de asomarse—, uno de ellos viene para acá.

Elyon apretó su mano e hizo la cabeza hacia un lado, indicándole que siguieran; lo mejor sería irse alejando sin hacer ruido. Estaban en una especie de pasillo estrecho, y al llegar al final, vieron que había dos opciones, unas escaleras que bajaban hacia la izquierda y unas que subían hacia la derecha. Frente a ellos había otro techo, pero este se veía a un par de metros de distancia; era muy riesgoso saltar.

Emil caminó hacia el borde del techo y miró hacia abajo, estaban a unos veinte metros de altura, y debajo sólo se veían más escaleras, no un suelo firme. Pero algo más llamó su atención.

Justo bajo de ellos, tal vez a unos tres o cuatro metros, había un pequeño balcón.

—Valensey... —le susurró a Elyon.

La chica miró hacia abajo y abrió los ojos de par en par.

—Miren a quiénes acabo de encontrar... —La voz de un tercero los hizo voltear. Era uno de los compañeros del tal Sven.

—¿A quién le dices que mire si no hay nadie más contigo? —preguntó Elyon, cruzándose de brazos.

—Chiquilla impertinente —masculló el sujeto—. Es sólo una expresión; pero no importa, pues ya los teng...

Uno de los zapatos de Elyon lo golpeó fuertemente en la cara. El marinero soltó un alarido de dolor y no pudo reponerse cuando le lanzó aún con más fuerza el otro zapato. El persecutor cayó al piso, maldiciendo.

Emil decidió que debían actuar rápido, por lo que, sorprendiéndose a él mismo, saltó del techo hacia el balcón, golpeándose la rodilla derecha al caer. Se olvidó del dolor que sentía y se puso de pie, alzando los brazos para indicarle a Elyon que saltara. La chica ya lo estaba mirando, asintió y saltó sin pensarlo.

Cayó directo a los brazos de Emil de forma brusca y atolondrada, y su rodilla aterrizó justo en el estómago del príncipe, haciendo que se retorciera silenciosamente. De todos modos, Elyon le tapó la boca con las dos manos mientras él la abrazaba con fuerza, para evitar los retortijones.

—Maldición, maldición, chiquillos del demonio.

Escucharon los pasos del marinero en el piso de arriba, seguramente preguntándose qué camino habían tomado. Sus pisadas se empezaron a alejar y ya sólo las escuchaban a la distancia, hacia la derecha.

Hasta ese momento, Emil pudo respirar y dejar ir la tensión que recorría su cuerpo. Oh, por Helios; todo esto se estaba tornando peligroso y no entendía por qué tenía tantas ganas de reír. Intentaba aguantar la risa cuando las manos de Elyon abandonaron su boca y ella comenzó a reír en alto.

Emil ya no pudo contenerse, así que también se soltó a reír. Permanecieron así unos cuantos segundos o minutos, no los contó, pero estaban extasiados. Elyon ahora respiraba agitadamente sin dejar de reír, apoyando su cabeza en el hombro del príncipe.

Y entonces Emil pensó que le gustaría que el tiempo se congelara justo en ese momento, entre risas y entre ellos.

Pero sabía que no era posible.

—Ay, fue divertido —comentó Elyon, separándose un poco.

Emil la soltó de su abrazo.

—Y peligroso —agregó él.

—Pero logramos perderlos. Tenemos derecho a reír y a celebrar las pequeñas victorias.

Emil analizó un poco las palabras de su amiga, digiriéndolas lentamente. Era cierto que, aunque lo que habían hecho era riesgoso, habían conseguido librarse. Y su cuerpo se sentía vivo y lleno de adrenalina, como nunca antes. ¿Era tonto pensar que hasta se sentía un poco más valiente?

—Te quedaste sin zapatos —dijo entonces, mirando los pies de Elyon.

Ella sonrió ampliamente.

—Fueron buenas armas mortales.

Eso hizo reír a Emil. Y se dio cuenta de que, últimamente, cuando reía así, siempre estaba con Elyon. Le gustaba estar con ella, aunque fuera totalmente opuesta a él.

Miró hacia arriba, el sol estaba ya en su punto máximo y cada vez había menos gente en las calles. Suponía que pronto sería hora de que todos en Ilardya durmieran.

—Habría sido más sencillo escapar si pudiéramos usar nuestros poderes —dijo Elyon de pronto, y notó que ella también estaba mirando hacia el sol—. ¿Te imaginas si Sven y su pandilla fueran lunaris? Nos habrían acabado en segundos.

Emil sonrió de nuevo al escuchar el nombre que Elyon les había asignado a los marineros. Y sí, era una suerte que ninguno de ellos pareciera ser un lunaris.

—Deberíamos irnos ya —dijo él—. No sabemos si estos sujetos se rendirán. Y hay que encontrarnos con Gavril.

Elyon tardó un poco en responder.

—Bien, bien, tienes razón. —Miró hacia arriba—. ¿Me subo en tus hombros?

Emil se percató en ese momento de que, cuando se le ocurrió saltar, no había pensado en cómo saldrían de ahí. La caída hacia abajo era muy profunda, así que la opción de Elyon le pareció viable; debían subir. Ella se quitó su capucha y la arrojó al suelo.

—El vestido también va a estorbar un poco, pero ese no me lo puedo quitar —bromeó, y luego se colocó detrás de Emil, tomando sus hombros con ambas manos—. ¿Listo?

Como respuesta, Emil se agachó para que ella pudiera trepar por su espalda. Elyon subió una de sus piernas a su hombro y él la tomó para sostenerla, y así lo hizo con la otra. Ahora que estaba sentada y segura, el príncipe se puso de pie lentamente.

—Creo que no hacíamos esto desde que éramos pequeños... —dijo Emil, acostumbrándose al peso de Elyon, que realmente no era demasiado. Tal vez sí podrían subir sin problema.

—Pues todavía lo tenemos dominado, ¿eh? —respondió ella—. Ahora a subir, ¡no vayas a mirar! —le advirtió, sonando divertida. Emil no había pensado en eso, pero cuando la chica comenzó a subir sus pies a sus hombros, se sonrojó, ¡por supuesto que no iba a mirar!

Emil se pegó lo más que pudo al muro y tomó las manos de Elyon para que usara las suyas de soporte mientras se ponía de pie, y una vez que lo logró, su vestido quedó ligeramente levantado en la cabeza del príncipe. Claro que él tenía sus ojos fijos en la pared frente a su cara.

Elyon lo soltó y Emil pudo escuchar que apoyaba sus manos contra el muro.

—¿Sí alcanzas?

—Sí, sólo me tengo que impulsar un poco.

—Usa mi cabeza como escalón.

—¿Seguro?

—Sólo no seas muy brusca.

Elyon posó uno de sus pies sobre la cabeza de Emil, y el chico ahora sí que resintió su peso, pero duró tan sólo unos segundos, pues con esa altura extra, Elyon lo había logrado y ya no se encontraba sobre él.

—¡Sí! —susurró para sí mismo.

—¡Pásame ambas capas para amarrarlas y usarlas de cuerda! —dijo Elyon ya de pie, mirándolo desde arriba.

Emil se quitó la suya y la enrrolló para lanzarla, Elyon la atrapó. Luego recogió la de ella e hizo lo mismo. Entonces perdió de vista a la chica por unos minutos y de pronto la tela cayó, llegando hasta un poco más arriba de su cabeza. Tendría que saltar para alcanzarla.

—¡Listo! Pude amarrarlas a los barrotes de una ventana. De todos modos, la voy a sostener.

Emil pensó que no sería de gran ayuda si las capas se desataban, pues su peso se llevaría de pasada al de Elyon. No quiso pensar mucho y saltó para tomar la tela con ambas manos y empezar a escalar; sus pies subían cuidadosamente por el muro. Una vez que estuvo cerca de la cima, su amiga le ofreció la mano, y él la tomó con firmeza, impulsándose con sus pies para subir por completo.

—¡Lo logramos! —exclamó Elyon, abrazándolo fugazmente. Fue tan rápido que él ni siquiera alcanzo a devolverle el gesto—. Hay que salir de aquí, esos sujetos seguro siguen buscándonos.

Ambos se pusieron sus capuchas y siguieron.

Llevaban varios minutos caminando sin estar seguros de a dónde ir. Obviamente querían regresar a la entrada de la ciudad para reunirse con Gavril, pero estaban tan dentro de un laberinto de escaleras y techos, todos tan similares, que ya se estaban desesperando.

O por lo menos, Emil sí que se estaba desesperando. Lo bueno era que todavía faltaban bastantes horas para que anocheciera, y cada vez había menos ilardianos despiertos.

Entonces su estómago hizo un ruido de agonía.

—Me parece que ya pasamos por aquí antes... —dijo, posando una de sus manos en su abdomen. Ahora sí moría de hambre.

—Pero creo que ya estamos más cerca del lugar por donde vinimos, ¡mira! —exclamó, señalando al frente con su dedo índice—. Es la plaza a la que llegamos al principio.

Ambos caminaron casi corriendo hacia ese lugar, subiendo unas últimas escaleras para llegar al gran cuadro que, en efecto, era la plaza. Ahora había menos personas que antes y la mayoría de los puestos ya se encontraban cerrados.

—Bien, sólo debemos recordar cómo fue que llegamos hasta aquí —dijo Emil.

—Según yo, bajamos por... oh.

¿Oh?

Entonces, Emil pudo ver que Elyon se había callado porque tenía un cuchillo muy cerca de su cuello. Lo invadió un pánico sin igual y lo dejó paralizado. Ese sujeto, Sven, la había rodeado por atrás y la tenía atrapada.

—¡Valensey! —gritó, sintiendo fuego en sus manos; pero sabía que no podía usarlo frente a todos estos ilardianos. No podía permitirse dejarlo salir, tenía que haber otra alternativa...

—Nada de trucos o se muere —amenazó Sven, su tono era triunfal—. Ahora ambos vendrán conmigo silenciosamente y...

—¡Te dije que no volvieras a seguirme! —gritó Elyon, interrumpiéndolo—. ¿No tuviste suficiente con haberme engañado con otra?

El silencio se hizo en la plaza, y Emil notó que los pocos presentes que quedaban los estaban mirando; algunos susurrando, otros muy atentos.

—¿Qué dices? ¡Estás loca! —rugió Sven, pegando el cuchillo a la piel de la chica.

—¡Tú eres el desquiciado! —Elyon volvió a gritar, ahora con más fuerza—. ¡No voy a volver contigo ni aunque me amenaces de esta forma!

Ahora los murmullos de la gente eran más audibles. Emil estaba atónito mirando la escena.

—Oye, déjala en paz —espetó una mujer, dando un paso hacia ellos.

—No le hagan caso, está inventando cosas... —dijo Sven, mirándolos a todos.

Ahora Elyon estaba llorando.

—¡Mi papá me advirtió que me alejara de ti! Déjame, déjame ya —exclamó entre sollozos muy exagerados.

En ese momento, el cuchillo de Sven salió disparado directamente hacia la mano de un ilardiano. Emil supuso que era un lunaris con afinidad a la telequinesia. Fue entonces que Elyon aprovechó para darse la vuelta y propinarle un fuerte rodillazo en sus partes bajas. Sven soltó un alarido y cayó al suelo, sobándose.

Toda la plaza comenzó a aplaudir.

Vaya, al final sí habían dado un espectáculo, tal y como Elyon había sugerido antes.

—Los acompaño a su casa —dijo el lunaris que los había ayudado; era un joven unos cuantos años mayor que ellos, de larga cabellera rubia. Tenía una cicatriz cerca del ojo derecho—. ¿Dónde viven?

Elyon se limpió las lágrimas.

—Gracias, hoy íbamos a tomar el último barco a Breia, así que sólo vamos al muelle.

El lunaris asintió y comenzó a caminar hacia donde Emil suponía que estaba el muelle. No quería confiar ciegamente en un ilardiano, pero los había ayudado y era mejor irse con él que quedarse a ver la reacción de Sven. Tomó la mano de Elyon sin pensarlo, para mantenerla cerca, y siguieron al hombre que los sacaría de ese laberinto de escalones.

Emil volvió a meterse por completo en sus pensamientos, reviviendo la escena que acababa de ocurrir. ¿Ese tipo de verdad habría matado a Elyon? El sólo pensarlo lo llenaba de un horror que no era capaz de concebir. Su corazón no dejaba de latir con fuerza por el susto, y por nada del mundo quería soltar la mano de su amiga, que esta vez se sentía diferente a las otras en las que se habían tomado de la mano. Era una sensación que desconocía.

—Tranquilo, todo está bien —susurró Elyon.

Fue hasta ese momento que Emil recuperó su voz.

—Lo sé, pensaste muy rápido.

Elyon se había salvado a sí misma.

—Sin duda fue un gran espectáculo.

—Eres una buena actriz; todos se creyeron tus lágrimas.

Elyon se quedó callada por unos segundos.

—El llanto fue real —rio sin ganas—. Estaba aterrada.

Emil volteó su rostro para mirarla, asombrado. Elyon seguía caminando con la cabeza hacia el frente. Eran muy pocas las veces que ella dejaba ver sus miedos e inseguridades, y justo en esos momentos estaba siendo totalmente sincera con él. Quería detenerse y verla a los ojos y abrazarla, y por una vez ser él quien le dijera que todo estaría bien.

Apretó la mano de Elyon con la suya, y ella le devolvió el apretón.

Por ahora tendría que bastar.

Capítulo 14
GAVRIL

Había logrado derribar a uno de los maleantes, pero este se había levantado y al parecer ahora buscaba venganza, pues no dejaba de perseguirlo, al igual que otro sujeto más. Esperaba que Emil y Elyon pudieran con los otros dos. Por ahora, él se estaba cansando de huir, tenía que encontrar un lugar encubierto para poder usar fuego en caso de que fuera necesario. Todo apuntaba a que ninguno de estos tipos era lunaris, pues de ser así, ya lo habrían atacado con sus poderes. La otra opción era que ya habían agotado su reserva y no les quedaban más poderes hasta que la luna volviera a salir.

No tenía idea de cuántas escaleras había subido y bajado, pero en ningún momento había dejado de escuchar los pasos de sus persecutores; incluso uno iba gritando que le iba a romper la nariz.

Que lo intentara.

Subió por unas escaleras y dio vuelta en un pasillo que estaba a la derecha, y para su sorpresa, era un callejón sin salida. Se detuvo, acomodándose bien la capucha, y se dio la vuelta para recibir a los ilardianos.

—Parece que se te acabaron las salidas —rugió el hombre que había golpeado, todavía sangraba de la nariz.

Gavril sonrió con arrogancia y no dijo nada, simplemente se lanzó contra el ilardiano, dándole un fuerte cabezazo en el cráneo. Este sólo gritó antes de caer al suelo, inconsciente. Comenzó a caminar hacia el otro tipo, que no parecía tan valiente, pues se cubrió la cara con ambas manos.

—P-podemos hacer esto de forma pacífica, sólo tienes que acompañarme —dijo el sujeto, casi tartamudeando.

—O puedo partirte la cara a ti también —respondió Gavril, acercándose más a él. Suponía que la capucha lo hacía ver aún más intimidante.

—¡No! Espera. —El ilardiano retrocedió y se tropezó con sus propios pies, cayendo de sentón hacia atrás.

A Gavril no le parecía divertido pelear con alguien que no estaba dispuesto a defenderse, pero tampoco podía simplemente irse y dejarlo ahí. Dio otro paso hacia él, tal vez un golpe estratégico para noquearlo y...

—¡Te lo advertí! —rugió el hombre.

Y lo siguiente lo dejó momentáneamente pasmado.

El ilardiano, que definitivamente era un ilardiano, creó una bola de fuego de su mano derecha y se la lanzó. Gavril apenas pudo esquivarla cuando el sujeto ya le había lanzado otra. Tuvo que tirarse al suelo para que no le pegara en la cara. ¿Qué mierda? ¿Acaso este tipo sí era un lunaris después de todo? No había otra explicación, seguro tenía afinidad a las ilusiones y este fuego ni siquiera quemaba.

Pero su teoría fue descartada cuando una llamarada prendió en su capa, comenzando a incendiarla. Gavril no lo pensó, se puso de pie de un salto y se la quitó, arrojándola al suelo para pisarla con sus botas. El fuego se había apagado, pero la parte de abajo estaba chamuscada.

—¡Si vienes conmigo no tendré que hacerlo de nuevo! —gritó el ilardiano.

Gavril se encontraba de espaldas. Con lentitud tomó lo que quedaba de su capa y se la puso, la parte de arriba estaba casi intacta.

Si ese idiota quería jugar con fuego, que así fuera. Se dio la vuelta e hizo que un tornado de fuego envolviera al sujeto, sin tocarlo, solamente impidiéndole hacer cualquier movimiento.

—¿C-cómo lo conseguiste? —fueron las palabras del hombre.

¿Conseguir qué? ¿De qué estaba hablando?

—Ahora mismo me vas a decir cómo es que tienes poderes de sol —espetó Gavril, parándose frente al ilardiano.

—¡De la misma forma que tú! —gritó, aterrado.

Eso Gavril lo dudaba, pero debía aprovechar la situación para sacar más información. Se cruzó de brazos.

—Tienes que ser más específico.

—Sabes que no podemos hablar al respecto, n-nos matarían —balbuceó el ilardiano, y ahora estaba mirando las llamas a su alrededor con algo de fascinación—. ¿Cómo lograste esto?

Gavril se estaba hartando de no saber de qué estaba hablando el ilardiano, pero decidió seguir jugando.

—Me matarían si te lo dijera, ¿no? —Fue su respuesta. ¿Quién lo mataría? No tenía idea.

—Es increíble, yo apenas puedo hacer el truco de las bolas de fuego…

Este imbécil lo estaba confundiendo cada vez más. Nadie llamaba *truco* a los poderes del sol. Ni a los de la luna tampoco. Aquí había algo extraño y tenía el presentimiento de que era grande. Le pasó por la mente la idea de noquear al hombre y secuestrarlo para llevarlo a la casa del lago, pero ¿eso no sería muy drástico? Decidió seguir interrogándolo.

—¿Por qué nos están persiguiendo?

—Sólo sigo órdenes.

—¿De quién?

El ilardiano no dijo nada.

Gavril hizo que las llamas crecieran.

—¡No voy a hablar! —exclamó con necedad—. ¡Si debo morir aquí será con honor!

Por Helios, este idiota era un dramático, pero un dramático leal, y suponía que eso era admirable. Aunque Gavril conocía de lealtad, y si este tipo prefería ser cocinado vivo que hablar, sabía que no iba a poder obtener más información de él.

En un último intento, hizo que el tornado fuego se cerrara más y quedara casi pegado al cuerpo del ilardiano. Este se puso rígido y ya estaba sudando.

—Si no hablas, me temo que tendré que tomar medidas.

—Y-ya te dije mi postura.

Gavril suspiró. El tipo era realmente terco. En casos así le gustaría ser de esas personas capaces de torturar a alguien a cambio de información, pero él no era así. Y nunca iba a serlo. Eliminó su pensamiento inicial, porque definitivamente tampoco le *gustaría* ser así.

No le quedaba de otra, rápidamente extinguió el fuego y, sin darle tiempo de reaccionar, le propinó un golpe en la sien. El ilardiano se desplomó en el suelo.

En el camino de regreso analizaría lo que acababa de presenciar. Por ahora, lo más importante era reunirse con sus amigos. Comenzó a correr.

Capítulo 15
ELYON

El lunaris que los había ayudado se había mantenido en silencio durante todo el camino y, cuando al fin llegaron a los muelles, simplemente les dijo que los niños no deberían estar despiertos a esas horas (Elyon odiaba que le dijeran que era una niña) y que tuvieran cuidado. Después de eso había regresado a la ciudad y pronto desapareció de su campo de visión.

—Creo que lo mejor será irnos ya —dijo Emil—, Gavril debe estarnos esperando.

Elyon sabía lo mucho que Gavril se preocupaba por ellos, y aunque él nunca nunca lo iba a admitir en voz alta, sus acciones decían más.

—Diría que voy a extrañar Ilardya —respondió, estirando sus brazos—. Pero no creo que sea la última vez que vengamos.

Emil suspiró y comenzó a caminar hacia el gran puente que conectaba Pivoine con el Bosque de las Ánimas. Elyon mantenía el paso a su lado mientras pensaba en todo lo acontecido durante el día, y después de su rápido repaso mental, se dio una idea de por qué el príncipe había suspirado con tanta pesadez.

No había sido una excursión tranquila y vaya que había sido una gran aventura.

Pero el día había resultado divertido, ¿no? Bueno, no diría que esa era la palabra adecuada para describirlo, pero ninguno de los dos podía negar las risas. Oh, Emil había reído tanto como ella y, gracias a eso, Elyon había podido deleitarse con los hoyuelos que se marcaban en las mejillas del príncipe. Le sentaban muy bien.

De todos modos, no era por diversión que tuvieran que volver a Pivoine, sino porque aún no lograban obtener información útil que los llevara a descubrir dónde estaba la reina Virian... ya fuera viva o muerta.

No podían conformarse hasta encontrar algo.

Cruzaron el puente cuando prácticamente ya no había ni un alma en las calles y el sol brillaba en todo su esplendor. Vaya, iban a lograr regresar antes de que cayera la noche, tal y como lo habían prometido. Siguieron caminando y no tardaron mucho en llegar a la orilla del bosque, específicamente a donde habían dejado a los pegasos. Fue un alivio ver que se encontraban ahí mismo, completamente dormidos.

—Gavril no está.

Emil soltó las palabras justo cuando Elyon se percató de lo mismo.

—¿Crees que se haya perdido como nosotros? —preguntó.

—No lo sé. Sólo espero que esté bien.

—Verás que sí. Sabe cómo defenderse.

Él asintió, pero no dijo nada.

Elyon miró hacia donde se veía el puente, esperando ver la figura encapuchada de su amigo en cualquier momento, pero los minutos pasaban y pasaban, y no había señal alguna de él. Se rehusaba a dejar que la preocupación la invadiera. Podía ver que Emil estaba tenso y no serviría de nada ponerse igual. Además, realmente pensaba que Gavril estaba bien. Era, junto con Mila, el mejor guerrero que conocía.

Ambos se habían sentado y miraban hacia el puente. No sabía cuánto tiempo habían esperado ya. El sol seguía en el cielo y, a juzgar por su apariencia, todavía le quedaban unas horas más allá arriba, pero... ¿y si anochecía y Gavril no llegaba? Estar de noche entre el Bosque de las Ánimas y Pivoine no parecía la mejor de las ideas. Claro, era emocionante, pero también era demasiado arriesgado. Y Elyon no era tonta, o por lo menos eso le gustaba pensar.

Y, por si fuera poco, si no regresaban pronto, Mila y Gianna se iban a morir de los nervios. Y quién sabe qué harían los guardias.

—Espero que llegue antes de que se meta el sol —dijo Elyon, más que nada para matar el silencio.

—No me voy a ir sin Gavril.

Ante eso, Elyon miró a Emil, que seguía con su vista enfocada hacia el puente. El príncipe de Alariel era valiente, el problema era que ni él mismo se había dado cuenta. Quería decírselo, pero sospechaba que hacerlo no sería suficiente para que él lo creyera. Tenía que darse cuenta por sí mismo.

«Yo creo en ti», quería decirle; y sentía unas ganas inmensas de tomarlo de la mano y transmitírselo.

Hacía tiempo que no sentía ganas de tomar la mano de Emil.

Es decir, lo tomaba de la mano a menudo y nunca lo pensaba. Pero en este momento la idea la ponía nerviosa.

—Por supuesto que no nos iremos sin Gavril —respondió para escapar de sus pensamientos. Pero también lo decía en serio: ella tampoco pensaba dejar a Gavril.

Emil la miró.

—Quiero pensar que está bien, pero ¿por qué no llega?

—Insisto, las calles de Pivoine son un laberinto, probablemente se perdió.

—Espero que sólo sea eso, pero ¿y si los que lo siguieron eran lunaris? Los poderes de la luna son… aterradores.

—¿Eso piensas?

Recordó que Emil había luchado frente a frente con un lunaris hacía poco.

—No sé si sea la palabra correcta pero… su alcance es desconocido para nosotros. Eso me aterra.

Elyon asintió. Era muy común que los ciudadanos de Alariel pensaran eso de los poderes de la luna. Eran terribles porque eran desconocidos. Claro que había muchos rumores, como que sus poderes se veían afectados de distintas maneras por las fases lunares. También había leyendas como la de Avalon. Pero hacía siglos que no sucedían enfrentamientos entre Alariel e Ilardya, y debido al Tratado, no estaba permitida la convivencia entre reinos. Era muy poco habitual que un alariense viera los poderes de la luna en acción.

Y, sin embargo, Emil los había visto y le habían parecido aterradores.

—Mi profesora de Historia me contó que los ilardianos no les llaman *poderes* —dijo Elyon, porque no sabía qué decir—, le llaman *magia*.

—Ah, creo que también me lo llegaron a decir alguna vez —respondió el príncipe—. Suena muy distinto, ¿verdad? Poderes y magia.

En efecto, a Elyon siempre le había parecido que ambas cosas sonaban completamente diferentes, sin embargo... sentía que no había tanta diferencia entre los poderes del sol y la magia de la luna. Ambos tenían limitantes y ambos funcionaban mejor cuando su astro estaba sobre el cielo. Tal vez la forma en que eran llamados sólo era cuestión de cultura.

—Valensey —Emil interrumpió sus pensamientos—, mira, ¡creo que es él!

Elyon miró hacia el puente y pudo divisar una silueta que venía corriendo a toda velocidad hacia ellos. Reconocería esa forma de correr donde fuera, definitivamente era Gavril. Ambos se pusieron de pie y caminaron un poco hacia él, sin separarse mucho de la orilla del bosque. Mientras más se acercaba, más evidente era que algo había pasado. La mitad de abajo de su capa prácticamente había desaparecido.

Por fin llegó con ellos.

—¿Dónde estabas? —preguntó Emil—. Pensábamos que ya estarías aquí y no estabas y...

—Nos tenías muy preocupados —completó Elyon, al ver que a Emil le estaba costando.

—A mí también me alegra que estén bien, pero será mejor que nos vayamos —respondió Gavril—. Tengo mucho qué contarles.

Decidieron no interrogarlo más, pues lo mejor sería volver a Alariel. Ahí podrían hablar con más tranquilidad en la casa del lago, además de que Mila y Gianna también tenían que escuchar todo lo que había pasado en Pivoine. Los tres montaron los pegasos y emprendieron la marcha por encima del Bosque de las Ánimas, esta vez con mucha más cautela que antes.

Y esta vez nada salió de sus árboles.

Aun así, Elyon no podía deshacerse de la sensación de que el bosque los observaba.

Cruzaron el Río del Juramento y llegaron sin mucha dificultad a la casa del lago. Estaban exhaustos, y aunque Elyon sólo podía hablar por ella misma, podía sentirlo en el ambiente. Este había sido un día agitado y, ahora que la adrenalina había disminuido, les había pegado el cansancio. Llegaron volando desde la dirección en la que los habían visto irse y fueron directo al establo para dejar los pegasos. La soldado los miró de arriba abajo y arqueó ambas cejas.

—¿Se... *divirtieron*? —preguntó, haciendo evidente a qué clase de diversión se refería.

—¿Disculpa? —soltó Emil, genuinamente consternado.

Elyon ahogó una carcajada.

—Eh, nada, su alteza. Disculpe, su alteza —respondió rápidamente la mujer, haciendo una pequeña reverencia.

No se dijo nada más y los tres comenzaron a caminar hacia la casa, donde suponían que estaban Gianna y Mila. Varios guardias los veían pasar y hacían una pequeña reverencia, a la cual Emil asentía. Apenas se acercaban al lugar cuando vieron que las chicas venían corriendo hacia ellos.

—¡Hasta que llegaron! —exclamó Mila, tomando de la cara a Elyon para examinarla—. ¿Están todos bien?

—Parece que mi hermano tuvo un accidente con fuego —dijo Gianna, que había tomado la capa de Gavril.

—Estamos bien, pero tenemos que hablar —respondió Emil.

—Preferiblemente mientras comemos —agregó Gavril.

Elyon no podía estar más de acuerdo.

Onna había preparado carne hacía un rato, y tanto Mila como Gianna ya habían comido, así que se sentaron en la gran mesa del comedor mientras los recién llegados lo hacían como si nunca antes hubieran sido alimentados. Durante ese rato, Emil y Elyon contaron todo lo que había sucedido con Rhea, con Sven y con la persecución. Para cuando fue el turno de Gavril, ya habían terminado de comer, pero ninguno se movió de sus lugares mientras su amigo relataba lo que había pasado cuando se separó de ellos.

Elyon no podía creer lo que estaba escuchando. ¿Sería posible que...?

—Pero... eso no puede ser, ¿un ilardiano con poderes de fuego? ¿Seguro que no era un alariense? —preguntó Gianna; lucía desconcertada.

Gavril negó con la cabeza antes de responder.

—No, sus facciones eran totalmente las de un ilardiano común: ojos rasgados y color negro, cabello blanco, piel más pálida que la de Elyon...

—Oye —se quejó Elyon en broma, dándole un codazo en las costillas. Qué bueno que estaba sentada a su lado.

—¿Y no habrá sido un lunaris con afinidad a la ilusión? —preguntó Emil.

—No, dice Gavril que quemó su capa —respondió Mila, siempre analizando—. Era fuego real.

—Exacto. Además, cuando me vio usar mis poderes, sólo me preguntó: «¿Cómo lo conseguiste?».

Todos se quedaron en silencio por unos segundos.

—Y después ¿qué pasó? —preguntó Mila.

Y Gavril se los contó. Mientras más avanzaba en su historia, más inquietos se ponían. Entonces, Sven y ese tipo trabajaban para alguien. Alguien importante, si preferían morir antes que revelar algo. ¿Sería para la Corona?

Pero eso no era lo más extraño, sino el hecho de que un ilardiano tuviera poderes de sol. Eso era lo que más inquietaba a Elyon. Incluso, comenzó a sentirse ansiosa con el solo hecho de considerar la posibilidad. Miles de preguntas más estaban dando vueltas por su cabeza. Esto era algo grande. Tenía que descubrir más.

—¡Hay que volver! —exclamó Elyon, chocando ambas manos contra la mesa—. Hay que descubrir cómo es que ese ilardiano podía usar fuego. ¿Qué tal que no es sólo él? ¿Qué tal si hay algo más grande detrás de esto?

—Pero ¿cómo vamos a encontrar específicamente a ese hombre? —respondió Gianna.

—Estaba con Sven; seguro es de su tripulación —dijo Elyon—. Y nosotros sabemos cuál es su barco.

—Espera, esto es más peligroso de lo que imaginamos —intervino Emil. Se notaba que estaba luchando por no alterarse—. No sé si volver sea conveniente.

—¡Pero esto podría llevarnos con tu mamá! —Elyon no se iba a dejar.

Emil frunció el ceño.

—¿Esto qué podría tener que ver con ella? Son cosas sucias de ilardianos. Hoy no encontramos absolutamente nada que tuviera que ver con su desaparición.

—¿Y si todo se conecta?

—Tal vez podrían intercambiar esta información con la capitana —sugirió Mila.

—Sí, cuando sepamos un poco más —secundó Gavril—. Apoyo la idea de volver y buscar en el barco de esos sujetos. No me gusta nada que un ilardiano pueda usar poderes de sol.

Emil se pasó ambas manos por el cabello.

—No sé ni para qué intento convencerlos de no ir —susurró el príncipe—. Podríamos decirle esto al Consejo y ellos se encargarían de investigar.

—Ni hablar, ellos hacen todo muy político y van a tardar años en obtener una respuesta, si es que la obtienen —respondió Elyon. Sabía que Emil pensaba que sólo eran un grupo de chiquillos incapaces de resolver asuntos de importancia, pero ella no se sentía así. Tal vez aún no eran adultos, pero eso no les impedía intentarlo. Siempre había que intentarlo—. Vamos, Emil; sé que en el fondo sabes que debemos volver.

Sé que tienes miedo. Sé que tienes ganas. Que las ganas venzan.

Tal vez se lo habría dicho si estuvieran solos.

—Está bien, volvamos en tres días —dijo al fin.

Elyon quería lanzarse a abrazarlo, pero se contuvo.

—Y esta vez iremos todos —agregó Mila.

—Pues habrá que idear otra manera de distraer a los guardias —señaló Emil.

—De hecho… hoy lo estuvimos hablando y ya tenemos un plan. No estoy muy orgullosa de él, pero creo que puede funcionar —respondió Gianna, mirando a Mila.

—Cuéntales tú, Gi; eres la mente maestra —la animó.

Gianna asintió.

—Hoy fui a buscar hierbas medicinales y me encontré con unas muy raras. Sólo las he usado una vez y son un somnífero muy fuerte; el efecto es de un día entero, a veces dos —les contó—. Puedo preparar una infusión y poner un poco en el desayuno antes de irnos.

—Oh, por Helios, ¡eres brillante! —aplaudió Elyon.

—Es lo mismo que yo le dije —secundó Mila.

—Pues... entonces supongo que tenemos un plan —dijo Emil, no muy animado.

Gianna sonrió.

—Lo tenemos.

Capítulo 16
EMIL

Habían pasado tres días desde aquella noche en la que decidieron que debían volver a Pivoine. Emil podía ver que Gianna se sentía algo dividida respecto a lo que había hecho. Por una parte parecía que sentía culpa, pero, por otro lado, se notaba que estaba orgullosa. Después de todo, era gracias a ella que los cinco podrían emprender este nuevo viaje a Ilardya, pues, en efecto, tan sólo una hora después del desayuno, los guardias se habían quedado plácidamente dormidos por todas partes. Incluso Onna había caído.

Luego habían esperado un par de horas a que el sol estuviera en el cielo, brillando con todo su esplendor, para entrar al territorio de la luna, cuando todos los ilardianos, o por lo menos la mayoría, estuvieran dormidos. Tomaron los pegasos, esta vez empacaron una bolsa con fruta tanto para los animales como para ellos, y emprendieron la marcha. Emil agradecía infinitamente el poder volar. Jamás quería poner un pie en el Bosque de las Ánimas; además, presentía que ir por tierra sería mucho más tardado que por cielo.

—Es increíble —dijo Mila cuando ya estaban acercándose al puente que daba a la entrada de Pivoine.

Habían dejado a los pegasos en el mismo lugar.

—Es... muy diferente —agregó Gianna.

—Vengan, hay que aprovechar que no hay ningún alma en la calle —dijo Elyon, comenzando a caminar.

Todos la siguieron. Llevaban sus capuchas puestas por precaución, pero era cierto que no parecía haber nadie despierto a esa hora del día. Qué extraño dormir cuando hay luz y estar despierto en la oscuridad. Tal vez los ilardianos podían ver bien en la noche; ese era un rumor que se escuchaba bastante en Alariel.

Llegaron hasta el muelle y Emil enseguida reconoció el barco de Sven. Estaba atado a uno de los postes y parecía que no había nadie, pero era imposible saberlo con certeza, pues tenía una cabina de buen tamaño sobre su cubierta, aunque el barco en sí no era de los más grandes.

—Es este —señaló Elyon para Gianna y Mila.

—Entonces... ¿vamos a subir? —preguntó Gianna, insegura.

Oh, Emil entendía ese sentimiento, pero ya estaban ahí, y lo mejor sería irse lo más pronto posible.

—Vamos —dijo él, comenzando a caminar hacia el barco. Gavril lo siguió y tomó la cuerda que lo ataba al muelle para atraerlo lo más posible. Con un salto bastaría, y así lo hizo. Todos los demás lo siguieron—. No hay que hacer ruido hasta asegurarnos de que no haya nadie a bordo.

—Pues revisemos la cabina, es el único lugar en donde podría haber alguien y también en el que con probabilidad podremos encontrar alguna pista —sugirió Mila, caminando hacia allá.

—No creo que esté abierta —dijo Gianna.

Pero Mila sólo empujó y la puerta se abrió, permitiéndole entrar.

Vaya, esto estaba siendo demasiado sencillo, y eso a Emil no le daba buena espina. Además de que, si no cerraban bajo llave, seguramente no había nada importante ahí.

—No hay nadie, es como una oficina —dijo Mila, asomándose por la puerta y colocando en el piso lo que parecía ser una estatuilla de alguna deidad ilardiana, que era lo suficientemente pesada como para mantener la puerta abierta.

Todos la siguieron y entraron a la cabina, que era bastante más espaciosa de lo que aparentaba. Tenía un montón de mapas pegados a la pared. Uno enorme de Fenrai completo, además de varios de Ilardya y todas sus islas. Todo el lugar era madera; piso, pared y muebles. Había una mesa redonda al centro, con seis sillas, y varias estanterías que no contenían libros, más bien tenían... ¿objetos de valor? Emil no sabía si eran tesoros o simples pertenencias de la tripulación. Había brújulas, un reloj de arena, muchísimas joyas depositadas en alhajeros...

—Pues a buscar —sentenció Elyon, que ya se encontraba inspeccionando los objetos de la primera estantería.

Todos se pusieron a esculcar en distintos lugares de la cabina, y Emil optó por buscar anotaciones en los mapas, tal vez habría alguna ubicación marcada. Tal vez la ubicación en donde estaba su madre. Pero no, los mapas estaban intactos, si acaso algo amarillentos por el paso de los años. No tenían ni una sola marca.

Siguió buscando entre todas las cosas que se encontraban en la cabina, pero no veía nada que llamara su atención, no había documentos importantes o algún objeto revelador. Y sus amigos parecían estar en la misma situación, todos buscaban, pero nadie encontraba nada.

Entonces escucharon un ruido no muy lejano. Como un golpe, ¿o era que algo se había caído?

Todos dejaron de moverse por un momento, pero no pasó nada.

—Quédense aquí, revisaré los alrededores —dijo Gavril con cautela—. No hagan ruido. Voy a cerrar la puerta por si acaso.

Quitó el objeto que la sostenía y la cerró, y ahí fue cuando todos se dieron cuenta de que, detrás de ella, había una hoja sostenida por un cuchillo. Emil se acercó sin pensar y pudo ver que los demás estaban detrás suyo. Parecía ser un poema, ¿una especie de rima? No tenía mucho sentido.

Lo que con el sol no se mira,
con la luna tiene vida.
Donde el océano llega a su fin,
frente a la arena de marfil.

La luna es la única consejera,
entre las aguas traicioneras.
Pero debes guardar el secreto,
pues hay oscuridad al acecho.

—¿Es un acertijo? —preguntó Elyon, hablando muy bajito.

—Eso creo... o tal vez es alguna leyenda o canción de Ilardya —dijo Mila.

Elyon la arrancó de la puerta.

—¡Elyon! —chilló Gianna—. Ahora definitivamente se darán cuenta de que alguien estuvo aquí.

—Pero ya nos vamos a haber ido —respondió, guardando la hoja en alguna parte de su ropa—. Además, esto es lo único que está escrito en puño y letra, todo lo demás son objetos genéricos. Tal vez sirva de algo, tal vez no, pero hay que llevárnoslo.

Emil no sabía qué responder, pero lo que sí sabía era que no iba a hacer cambiar de parecer a Elyon, y tal vez ella tenía razón y en un futuro les serviría. Su hilo de pensamientos fue interrumpido por Gavril, que abría la puerta.

—No vi nada sospechoso —informó, rascándose la cabeza—. ¿Ustedes encontraron algo?

—No exactamente —dijo Emil—. Pero tengo un mal presentimiento, hay que irnos.

Todos asintieron. El príncipe podía ver que estaban algo decepcionados de que su misión no hubiera sido más productiva, pero... ¿qué más podían hacer? No tenían ninguna otra pista de en dónde buscar, solamente el barco de Sven, y allí no había nada útil. No tenía sentido caminar por las calles de Pivoine sin rumbo o sin plan.

Salieron de la cabina y sin mucha dificultad volvieron al muelle, el sol seguía brillando. Entonces volvieron a escuchar el mismo ruido de antes, ahora más fuerte.

—Por allá —susurró Mila, apuntando con discreción a un pasillo al lado de lo que parecía ser un restaurante, varias cajas estaban apiladas y dos de ellas se habían caído. Las cajas estaban llenas de platos y vasos que ahora estaban rotos.

—Esto no es bueno, ¿y si alguien se despertó? —preguntó Gianna.

Pero Emil no estaba preocupado por eso, sino por las cuatro figuras que estaban saliendo del pasillo. Eran animales grandes y peludos, y cuando emergieron completamente de su escondite, se dio cuenta de que eran lobos.

Ya los habían visto y parecían furiosos.

—Creo que los despertamos a ellos... —susurró Elyon.

Los lobos eran el animal emblemático de Ilardya, y era bien sabido que muchos ilardianos los utilizaban como guardianes e incluso como mascotas y compañeros. Estos parecían ser los guardianes del muelle... o algo así, pues ahora caminaban amenazantemente hacia el grupo.

—Bien, creo que debemos correr —agregó Elyon.

—O atacar —sugirió Gavril.

—¡Son animales, no queremos lastimarlos! —exclamó Mila, mirando a su amigo con horror.

—¡No quiero lastimarlos! —respondió Gavril, ofendido—. Elyon puede atacar con luz, cegarlos momentáneamente para escapar.

Elyon asintió y de inmediato lanzó una ráfaga de luz directo a los ojos de los lobos. Al parecer dio el efecto deseado, pues cerraron sus ojos y comenzaron a sacudir sus cabezas.

Ahora sí.

—¡Corran! —bramó Emil y se sorprendió de que eso había sonado como una orden.

Comenzaron a correr en dirección al puente de la entrada, pero los lobos no tardaron mucho en recuperarse y ahora los estaban persiguiendo. Oh, Helios; eran demasiado grandes y rápidos, no iban a poder escapar de ellos. Y claro que estaba en contra de atacar animales, pero sabía que ellos no dudarían en atacarlos.

Elyon volvió a lanzar una ráfaga de luz y les compró más tiempo, pero no el suficiente.

—¡Esto no está funcionando!

Gavril ya había comenzado a correr en dirección contraria, hacia los lobos. Se colocó frente a ellos, extendiendo sus brazos como escudo.

—¡Sigan y yo los alcanzo! Los voy a distraer con esto. —Y una pared de fuego apareció detrás de él, logrando así que los lobos dejaran de correr.

—Voy a ayudarlo. —Mila se dirigió hacia él, pasando a un lado de la pared de fuego.

Emil, Elyon y Gianna seguían corriendo, pero él simplemente no podía dejar a sus amigos ahí, tenía que estar con ellos y ayudarlos. El príncipe se detuvo.

—Salgan de aquí, nos reuniremos en donde están los pegasos —les dijo a las chicas.

—¡Pero Emil! —exclamó Elyon, deteniéndose.

—Por favor —insistió, mirándola directo a los ojos. Sabía perfectamente que a Elyon le costaría aceptar sin reprochar, así que se sorprendió cuando asintió y tomó la mano de Gianna; ambas corrieron hacia el puente.

Las vio alejarse y después emprendió la marcha a paso veloz hacia donde se encontraban Gavril y Mila tratando de detener a los lobos. Realmente eran criaturas muy bellas, magníficas incluso. Tenían el pelo tan plateado que sus puntas parecían las de una daga.

Eran criaturas bellas, sí, y totalmente aterradoras.

La batalla con los lobos se estaba librando dentro del callejón, Emil supuso que Gavril y Mila la habían guiado allá para estar menos expuestos a ojos ilardianos. Apresuró su paso y vio que un lobo estaba a punto de llegar a su amiga por detrás, ya que ella estaba distraída encerrando a los demás dentro de barreras de fuego.

Emil tomó su espada sin desenvainarla y la azotó con fuerza contra el lobo, antes de que su mordida se clavara en el cuello de su amiga. El lobo cayó al suelo, pero de inmediato se recuperó y se lanzó contra el príncipe, quien imitó a sus amigos y lo envolvió en un torbellino de fuego.

Eso hizo enfurecer al animal y no parecía que lo fuera a detener por mucho tiempo. Emil pegó su espalda con la de Mila.

—Hay que irnos de aquí —le dijo.

—Lo sé, pero algo me dice que si corremos, ellos nos perseguirán sin importar el fuego.

Y, como si las palabras de Mila hubieran sido una predicción, uno de los lobos que Gavril tenía cautivo pasó de un salto por el torbellino, dando varias vueltas en el piso para apagar las llamas. Su pelaje no parecía muy afectado. Los otros lobos lo imitaron de inmediato.

—¡Vamos a tener que atacar! —rugió Gavril, dándole a la criatura un puñetazo prendido en fuego que lo mandó a volar con un aullido de dolor—. ¡Son ellos o nosotros!

Sin necesidad de hablarlo, los tres entendieron que iban a atacar con fuerza y fuego, no con armas, pues no habían venido a Ilardya a matar. Los lobos que Emil y Mila habían estado deteniendo ahora los rondaban, y justo cuando uno de ellos saltó para atacar, la chica se abalanzó hacia este con fuerza y, sin miedo, lo tomó con ambas manos de la cabeza para estamparla contra la pared. La bestia cayó inconsciente.

Emil no era tan fuerte como sus amigos, pero su fuego sí lo era, así que hizo que salieran llamaradas directamente del suelo en el que estaba parado el lobo, el cual chilló, pero no retrocedió. Más bien avanzó hacia él y clavó sus colmillos directamente en su antebrazo.

Eso lo hizo soltar un alarido de dolor. La filosa mordida del animal estuvo apenas dos segundos en su brazo, pues Emil no se dio cuenta del momento en el que había puesto su mano libre en la cabeza del lobo y la había prendido en fuego. Ahora fue la bestia la que gimoteó de dolor y, como el fuego no se apagaba, comenzó a embestir su cráneo contra el muro repetidamente hasta que cayó inerte al suelo.

Emil sostenía su brazo herido y temblaba como una hoja. ¿El lobo estaba muerto? ¿Él había hecho eso? Hacía mucho que no perdía el control de sus poderes. El dolor lo había hecho reaccionar sin pensar, y eso lo aterraba.

—¡Emil! —Gavril apareció frente a él y lo sujetó de los hombros—. Está bien. Te atacó, tenías qué defenderte.

—Oh, por Helios, estás herido. —Mila tomó su brazo con cuidado—. Es mucha sangre, Emil, hay que volver.

Pero Emil no podía responder y no paraba de temblar. Miró a su alrededor y notó que dos de los lobos estaban inconscientes, pero sólo eso. El que lo había atacado no parecía respirar y tenía la cabeza calcinada. Porque reaccionó sin pensar. Porque por un segundo su fuego actuó por sí solo y él no pudo controlarlo.

Sentía que no podía respirar.

Sentía que iba a darle un ataque de pánico.

—Emil —Gavril volvió a llamarlo, apretando más sus hombros y hablando de una forma más gentil, tratando de tranquilizarlo.

Levantó la mirada para verlo a los ojos, pero al hacerlo, pudo ver cómo el cuarto lobo se lanzaba del techo del restaurante directo hacia Gavril. El príncipe abrió la boca para gritar, pero todo pasó en cuestión de segundos. Su amigo alcanzó a ver la expresión de terror de Emil y pudo darse la vuelta, aunque la bestia ya estaba sobre él y había clavado su mordida directamente en su cuello.

No supo si el grito desgarrador que se escuchó en ese momento fue de él, de Mila o de Gavril mientras caía al suelo, o si los tres habían gritado.

Gavril golpeó con puño cerrado al lobo y así logró que este despegara su hocico, pero volvió a echársele encima dispuesto a morderlo, cuando Mila lo embistió con todo el peso de su cuerpo. Emil cayó de rodillas a un lado de su amigo y pudo ver que apenas estaba consciente y respiraba con dificultad. Había tanta sangre que no podía saber exactamente dónde lo había mordido el animal. Tomó su daga con algo de torpeza y cortó un pedazo de su capa para presionar contra la herida y frenar el rojo fluido. Tenía que sacarlo de ahí lo más pronto posible.

—¡Mila!

La voz de Elyon hizo que Emil levantara la cabeza. La chica venía corriendo y el príncipe pudo ver cómo varios pedazos de vidrio de distintos tamaños se levantaban en el aire y arremetían hacia donde estaban Mila y el lobo.

El grito de Elyon había sido para advertir a Mila, quien se había quitado del camino al tiempo en que varios trozos se impactaban contra el lobo, enterrándose en su piel. Pero ni siquiera eso iba a detenerlo.

Entonces aparecieron Rhea y tres miembros de su tripulación, y la que parecía tener afinidad con la telequinesia estiró el brazo y una especie de silbato salió disparado desde la ventana del restaurante, rompiendo el vidrio y cayendo en su mano. La marinera se lo puso en la boca y sopló. Un agudo sonido apenas perceptible para los oídos de Emil aturdió al lobo por completo e hizo que trepara por las pocas cajas que seguían apiladas por los techos de Pivoine, escapando.

—¿Qué han hecho? —exclamó con horror otra chica de la tripulación, mirando a los lobos.

—Será mejor que se vayan ahora mismo —dijo Rhea con firmeza—. Nosotras nos encargaremos de este desastre.

Emil no lo pensó dos veces y, con ayuda de Mila, levantó a un Gavril apenas consciente, acomodando sus brazos en los hombros de cada uno, mientras él seguía presionando la herida. El dolor de su antebrazo había pasado a segundo plano.

—Oh, Gav —susurró Elyon, más pálida que nunca. La escena la había aterrado.

—¿Gianna? —preguntó Mila, siempre pensando en la seguridad de todos.

—Nos está esperando con los pegasos listos donde los dejamos —dijo Elyon, reaccionando y comenzando a moverse. Miró a Rhea una última vez—. Gracias.

La mujer asintió, mirándolos con severidad.

Elyon comenzó a caminar a paso rápido hacia el puente que daba a la salida de Pivoine, seguida por Emil y Mila, que cargaban casi todo el peso de Gavril.

Si su amigo no salía de esta, nunca se lo iba a perdonar.

Capítulo 17
ELYON

El camino de regreso había sido demasiado borroso para Elyon. Su mente parecía estar consciente sólo en partes y algo cercano a la histeria la estaba invadiendo. No se suponía que las cosas salieran así. El grito de Gianna al ver a su hermano era algo que no la iba a dejar en paz en mucho tiempo.

Había ayudado a Emil y a Gianna a subir a Gavril al pegaso en donde iría Mila, sosteniéndolo. Después, todos se habían montado en el propio y habían emprendido la marcha de vuelta a la casa del lago.

Sólo esperaba que las horas de sol que quedaban fueran suficientes para Gianna.

Si el sol se metía, Elyon temía lo peor.

Llegaron al lago y Mila se quedó con Gavril mientras los otros tres corrieron al interior de la casa para tomar las mantas y almohadas de todas las camas que pudieran. Tenían que sacarlas para que la sanadora pudiera estar en contacto directo con el sol. De hecho, todos los sanatorios de Alariel tenían un área en el exterior para los casos más graves.

Gianna y Elyon comenzaron a colocar las mantas sobre el pasto mientras Emil corría a auxiliar a Mila a bajar a Gavril del pegaso. Con cuidado lo colocaron en las mantas y se alejaron sólo un poco para dejar a su amiga trabajar.

Elyon miraba un poco más a lo lejos, implorándole a Helios que lo de Gavril no fuera fatal. A mitad del camino había perdido la consciencia por completo y había llegado demasiado pálido.

Los poderes de un solaris con afinidad a la sanación eran los menos escandalosos. Es decir, no hacían ruido ni tampoco podían verse con facilidad. Tal vez uno que otro destello, pero muy tenue. Ahora Gianna tenía ambas manos situadas sobre la herida de su hermano y lucía muy concentrada.

—Siguen dormidos —dijo Mila, quien ahora estaba al lado de Elyon. No la había visto llegar hasta ella.

Y tampoco había caído en cuenta de que, en efecto, todos los guardias seguían plácidamente dormidos. Los había olvidado por completo y no los había visto hasta ese momento. Algunos dormían a la orilla del lago, otros recargados en los establos y los otros en lugares que no se veían desde donde estaba parada.

El menjurje de Gianna los mantendría así tal vez hasta el día siguiente.

—¿Estás bien? —preguntó Mila, poniendo una mano en su espalda.

—¿Yo? ¡Pero si ni siquiera estuve en la batalla! Yo soy quien debería preguntarte si estás bien —exclamó, sintiendo la impotencia correr por su cuerpo—. Lo siento, lo siento. No debí dejarlos ahí.

Su amiga la abrazó con fuerza, y Elyon al fin pudo cerrar los ojos y respirar hondo. Típico de Mila, siempre se preocupaba por los demás antes de por ella misma.

—Estuvo bien que se fueran —respondió después de unos segundos—. No hubiera podido soportar que alguien más resultara herido.

Elyon se separó de Mila para mirarla. Su amiga tenía varios rasguños superficiales, pero algunos eran bastante grandes y seguían frescos.

—Deberías ir a lavarte y a vendar tus heridas —dijo, sabiendo que no podían pedirle a Gianna que se encargara también de Mila.

Ella asintió.

—Justo eso iba a hacer, pero quería asegurarme de que estuvieras bien. —Mila revolvió los cabellos de Elyon. Ella era la única persona a la que le permitía tal gesto—. ¿Puedes intentar convencer a Emil de que haga lo mismo? Uno de esos lobos lo mordió en el brazo y necesita cuidados, pero no se quiere despegar de Gavril.

Cierto, Elyon había visto el brazo de Emil bañado de sangre, pero la herida de Gavril se había apoderado de la mente de todos. Asintió y Mila le sonrió débilmente antes de entrar a la casa.

Miró al príncipe. Estaba de rodillas a un lado de Gianna, dándole su espacio, y no le quitaba los ojos de encima a Gavril. Podía ver que sostenía su brazo herido con la mano libre y no se había preocupado por vendarlo ni revisarlo. Ya no seguía brotando sangre y la que antes lo había hecho ya estaba seca, así que supuso que la herida no era tan grave. Por Helios, eso esperaba.

Se acercó a él y le tocó el hombro. Emil la miró de reojo rápidamente y volvió a posar sus ojos en Gavril.

—Oye… —le susurró—, debemos encargarnos de tu brazo.

Él negó con la cabeza.

—Estoy bien, la herida es menos profunda de lo que pensé.

—Emil —Elyon dijo con severidad; se sorprendió ante su tono y lo suavizó un poco—, si no te atiendes eso ahora, luego le darás más trabajo a Gianna.

—Pero no…

—Ve a lavarte, Emil —interrumpió Gianna sin mirarlos, muy concentrada con lo que hacían sus manos—. Dejé unas cuantas hierbas en una cesta en nuestra habitación. Rodea tu brazo con ellas y luego véndalo. Eso va a prevenir una infección.

Elyon pudo ver que ya había limpiado la herida de Gavril y que la mordida estaba más en el hombro que en el cuello, eso la tranquilizó un poco. Incluso ya se encontraba respirando a un ritmo más regular, aunque seguía inconsciente.

Calculaba que sólo quedaban unos cuantos minutos de sol, por lo que esperaba que Gianna pudiera ponerlo fuera de peligro pronto.

Miró bien a su amiga. Estaba sudando y se notaba que estaba asustada, pero en su semblante sólo había decisión. Gianna iba a darlo todo para salvar a Gavril.

La admiraba muchísimo.

—Emil, ya la escuchaste —dijo Elyon, volviendo a dar una palmada en el hombro del príncipe.

—¿Gavril? —el príncipe se dirigió a Gianna.

—No le tocó la yugular, quedó inconsciente por la pérdida de sangre —respondió, pasándose una mano por la frente para retirar algunas gotas de sudor.

—¿Entonces...? —Elyon no se atrevía a hacer la pregunta.

—Necesito cerrar la herida y... creo que va a estar bien.

Era imposible describir el alivio que Elyon sintió al escuchar esas palabras, y notó que el cuerpo de Emil se había relajado visiblemente. Con las palabras de Gianna, el príncipe al fin asintió y se puso de pie.

—Gi, cualquier cosa que necesites, nos avisas —dijo Elyon.

—Gracias —respondió Gianna algo ausente, pues su concentración estaba puesta en su hermano.

Ambos caminaron hacia la casa, y Emil se dirigió a la cocina, donde tenían baldes llenos de agua. Por su parte, Elyon corrió hacia la habitación para tomar las hierbas que Gianna les indicó. Sólo había de un tipo, por lo que no podía confundirse. Luego buscó entre las pertenencias de la sanadora hasta dar con unas vendas.

Notó la puerta del baño cerrada y supuso que Mila estaría ahí. Tocó varias veces para asegurarse de que todo estaba bien con ella.

—¿Mila?

—Todo bien aquí, salgo en un momento —respondió la mayor—. ¿Cómo va Gavril?

—Gianna dice que cree que va a estar bien. Y se veía mejor que cuando llegamos.

—Ella lo va a salvar, estoy segura —aseguró Mila, y Elyon sonrió al saber que su amiga pensaba exactamente igual que ella.

Pasaron unos cuantos segundos.

—¿Y Emil?

—Se está lavando la herida.

—Ve con él, yo de verdad estoy bien.

Elyon volvió con Emil, quien ya se había despojado de la parte de arriba de su vestimenta, que estaba totalmente arruinada por la mordedura del lobo. Él estaba de espaldas, y Elyon se detuvo un poco para mirarlo, sintiendo algo de calor subir a sus mejillas.

Hacía muchos años que había superado su enamoramiento infantil y ahora no era el momento para pensar en ello. Sacudió la cabeza y caminó a paso firme hacia su amigo, deteniéndose justo a su lado para mirar la herida.

—¿Puedo? —preguntó.

El chico le extendió su brazo y Elyon lo tomó con cuidado. Ya había lavado la sangre seca y se podía apreciar mejor. Parecían dos medias lunas encontrándose, y aunque eran bastante grandes en cuanto a tamaño, no se veían muy profundas.

—¿Duele mucho?

—No. Cuando sucedió, yo... creo que nunca había sentido dolor físico tan fuerte. Vi todo rojo y mi mente se bloqueó. —Trazó el borde de la herida con su dedo índice—. Pero después pasó lo de Gavril y el dolor físico se fue. Ahora sólo siento una molestia.

Elyon tomó las hierbas y comenzó a colocarlas delicadamente sobre la herida de Emil para después envolverlas con el vendaje.

—¿No lo dejé muy apretado?

—No, está muy bien, muchas gracias.

—¡Menos mal! No soy muy buena con estas cosas.

Pero Emil no respondió. Elyon levantó la mirada para toparse con sus ojos miel que la miraban con una intensidad con la que nunca antes la había mirado. Era como si estuviera intentando descifrarla. Era inquietante.

—¿Pasa algo? —se aventuró a preguntar; no iba a tolerar por mucho más tiempo esos ojos sobre los de ella.

—Elyon.

La forma en la que dijo su nombre la puso alerta. Emil nunca la llamaba por su nombre. Siempre era sólo Valensey.

—¿Qué? —retrocedió un paso.

—Fuiste tú quien usó telequinesia para lanzar esos vidrios rotos, ¿verdad?

Elyon se quedó sin aire.

Capítulo 18
EMIL

La reacción de Elyon bastaba más que mil palabras o explicaciones.

Estaba muy pálida y había desviado la mirada al instante, aterrada. De verdad parecía tener miedo. Por un momento, Emil se arrepintió de haber sido tan directo con la pregunta, odiaba verla así.

—Quisiera saber —dijo en un tono más suave—, pero si no estás lista para contármelo, esperaré.

Fue entonces que Elyon subió la mirada, y Emil pudo ver que sus ojos estaban cristalinos. Estaba luchando por no dejar salir lágrimas. El príncipe no tenía idea de cómo reaccionar ante aquello y, antes de que pudiera hacer o decir algo, ella habló.

—Vamos al lago.

Se dio la vuelta y salió por uno de los arcos laterales de la casa, Emil la siguió. El sol ya se había metido y un manto sombrío comenzaba a cubrir el cielo, iluminado por la luna. Todavía no estaba lo suficientemente oscuro como para que se vieran las estrellas.

Emil esperaba que Gianna ya hubiera terminado con Gavril, o por lo menos con la parte que sólo un solaris podía hacer; los poderes de sanación del sol eran todo un misterio.

Elyon seguía caminando por delante, y él decidió que lo mejor sería darle esa distancia. Se detuvo justo frente a la orilla del lago y se quedó de pie, mirando hacia el frente. Emil llegó a su lado y esperó a que la chica hablara; le tomó unos cuantos minutos, en los que estuvo moviendo sus dedos de forma inquieta.

—¿Cómo supiste que fui yo quien lanzó los vidrios? —fue lo primero que salió de su boca—. Rhea y su tripulación venían conmigo, pudo haber sido cualquiera de ellas.

Cuando ocurrió, el cerebro de Emil no estaba funcionando del todo bien y asumió por lógica que alguna de las chicas de la tripulación los había lanzado, pero la imagen no había dejado de repetirse en su mente.

Los ojos de Elyon habían guiado los trozos de vidrio hasta el lobo.

Entre todo el caos, pudo ver eso con claridad.

Es decir, si le aseguraba que ella no había sido, sabía que se podría convencer a sí mismo de ello, pues no tenía sentido. Pero Elyon no lo había negado. Aunque tampoco lo había aceptado exactamente.

—Tus ojos. Guiaste los vidrios hacia el lobo —respondió al fin—. Pero de todos modos tenía mis dudas. Esto es...

—Imposible —dijeron ambos al mismo tiempo.

Ella suspiró y de nuevo guardó silencio. Estaba jugueteando ausentemente con uno de los mechones de su cabello. Era extraño verla tan nerviosa.

—Nunca se lo he contado a nadie —comenzó a decir, y volteó para mirarlo a los ojos. Emil le sostuvo la mirada.

—Pero no lo entiendo, te he visto usar tus poderes de sol, ¿cómo es posible que también puedas usar los de la luna? No ha habido un solo caso así en toda la historia de Fenrai.

Claro, estaban las leyendas de siempre, cuentos para niños que hablaban sobre Avalon, la creadora de la noche, capaz de dominar el sol y la luna... pero eran sólo eso. Aunque también estaba lo que Gavril les había contado que vio en Pivoine...

—Quisiera tener la respuesta a tu pregunta, pero no sé nada, y eso es lo que más me aterra —respondió Elyon, haciendo una pausa prolongada—. ¿Recuerdas cuando éramos niños y desaparecí por tres días?

Él asintió. Cómo olvidarlo, todo Alariel había estado buscándola sin descanso. Incluso recordaba que él casi había logrado escapar de Eben para buscarla por sus propios medios. Era cuando todavía era pequeño y no conocía el miedo ni las inseguridades. El Emil de siete años era valiente y pensaba que tenía el mundo en sus manos. Sus poderes de solaris acababan de surgir y creía ciegamente en que él iba a encontrar a su mejor amiga.

Pero no había podido escapar, y tres días después, Elyon había aparecido en las playas de Valias totalmente empapada, pero completa y sana. Como si nada hubiera ocurrido.

—Algo pasó durante esos días. No sé qué y no sé dónde estuve, pero cuando regresé a mi hogar... ya tenía magia lunar. —Su voz era casi un susurro, débil y vulnerable. Se oía como si fuera a romperse en cualquier momento—. De lo que estoy segura es de que no volví por mi propia cuenta, alguien me llevó a casa, pero no recuerdo quién. Es como si mi mente hubiera bloqueado por completo esos tres días.

Emil estaba atónito, y si no hubiera visto con sus propios ojos a Elyon usando telequinesia, no lo creería. Además de que su amiga había sido apenas una niña de seis años cuando desapareció... Regresar con esos poderes y no recordar nada debió haber sido algo muy extraño para ella. Incomprensible, casi. Y si no le había dicho a nadie... también muy solitario.

Tenía tantas preguntas, pero a la vez, no tenía idea de qué decir.

—¿Tus padres lo saben?

Elyon tardó otro poco en responder. Era como si le costara soltar cada pieza de este secreto que había estado guardado por tanto tiempo.

—Sí. Ellos se dieron cuenta unos días después de que volví. Me vieron jugando en el pequeño lago de la casa. En ese entonces no era capaz de controlar nada, pero recuerdo tanto como ellos que estaba formando olas en el agua...

Emil la miró, escuchando con atención.

—Estaban aterrados. Me sacaron del agua y me hicieron prometer que nunca le diría a nadie. Ha sido nuestro secreto durante años. Ha sido mi más grande secreto —dijo Elyon, quien ahora levantó la cabeza y miró al cielo. No, a la luna—. Y también ha sido mi perdición. Esta magia me quitó el amor de mis padres. Mi mamá ya no me habla, ni siquiera puede verme a la cara. Desde el día que hice aquellas olas... Es como si fuera invisible para ella.

Y mi papá... Él hace lo que puede, pero ya no es lo mismo. Me mira con tristeza. Ya no hay abrazos ni palabras de amor. Ambos me temen.

Él sabía que el padre de Elyon no era precisamente el más cariñoso y que su madre siempre estaba ausente; pero hasta ahora no había sabido la razón. No recordaba cómo eran antes, cuando ambos eran pequeños, pero la melancolía en la voz de su amiga lo decía todo. Antes eran distintos. Antes había amor.

—Y con el tiempo yo también comencé a temerle a esta magia, ¿sabes? —Elyon continuó, sonriendo con amargura—. Conforme fui creciendo, me di cuenta de todo el odio que hay hacia Ilardya y hacia los lunaris; del terror que causan los poderes de la luna, de todos los prejuicios. Y pensaba: ¿cómo aceptarme a mí misma cuando sé que nadie lo hará? Ni siquiera mis padres pudieron. Me ha tomado tiempo aprender a vivir con ello y aceptarme poco a poco. Todavía no lo logro del todo, pero lo intento.

Emil no podía quitarle los ojos de encima y su mente estaba luchando por digerir lo que le decía. Era extraño, siempre había sentido que conocía bien a sus amigos y ellos siempre encontraban formas de sorprenderlo. Pero el secreto de Elyon era algo mucho más grande.

Y se notaba que le había pesado por muchos años. Él sabía lo que era guardar un secreto durante tanto tiempo. Llegabas a sentir que nunca podrías escapar de él. Aparecía en tus sueños. Siempre estaba acechando en tu alma.

Admiraba a Elyon por su valentía; él no sabía si algún día sería capaz de decir su secreto en voz alta.

—¿Tienes miedo? —preguntó Elyon, y eso lo sacó de sus pensamientos. La chica ya no miraba a la luna, ahora lo miraba a él. Su boca era una línea recta, una expresión muy poco común en ella.

—¿Miedo de qué? —Estaba genuinamente confundido.

—De mí.

¿Qué?

—¿Por qué habría de temerte?

—Cuando estábamos a las afueras del Bosque de las Ánimas, me dijiste que los poderes de la luna te aterraban.

Eso alarmó a Emil.

—¡No! —se apresuró a contestar sin pensar mucho en su respuesta, sólo quería que eso le quedara claro a Elyon—. No te tengo miedo. No pienses que esto cambia nada.

—Y sin embargo, yo creo que lo cambia todo —respondió ella, comenzando a caminar hacia el lago, sumergiendo sus pies por la parte menos profunda—. Voy a mostrarte.

Se quedó sin palabras y sólo pudo mirar a Elyon alejarse hasta que el agua sobrepasó sus rodillas. La chica miró a la luna y esta pareció mirarla de vuelta. El cielo ya estaba oscuro por completo; pequeñas y grandes estrellas se asomaban curiosas, ansiosas por presenciar lo que estaba por suceder.

Emil no podía describir lo que estaba sintiendo en estos momentos, su pulso se había acelerado y su garganta estaba seca. Sabía que estaba a punto de contemplar algo que jamás dejaría su memoria, algo de lo que no podría regresar. Y de pronto ya estaba ocurriendo; sus ojos estaban presenciando magia lunar.

Magia lunar de Elyon.

Ella no se movió ni un solo milímetro, pero gotas de agua empezaron a subir como si danzaran a su alrededor, y con la luz de la luna dándoles directamente, estas parecían brillar por sí mismas. Entonces volteó su cuerpo y miró a Emil con una expresión indescifrable para él, mientras más gotas y corrientes de agua se elevaban y bailaban y volaban.

Era como un espectáculo de luces.

Emil quiso acercarse, pero estaba paralizado en su sitio. Su corazón palpitaba como nunca y sus ojos se estaban humedeciendo. Quería llorar. Quería llorar porque eso era lo más hermoso que había visto jamás.

Elyon era, repentinamente, lo más hermoso que había visto jamás.

Y al darse cuenta de eso, una placentera calidez invadió su pecho y sintió cómo las palpitaciones de su corazón se intensificaban al grado de que pareciera que iba a explotar dentro de él. Nunca había escuchado a su corazón gritar tan alto.

No supo cómo es que había llegado al agua, pero ya estaba frente a Elyon. Y se quedó allí.

—Elyon... tú...

Pero esa frase no tenía continuación. No sabía cómo continuarla.

—Esta soy yo, Emil —dijo Elyon, y las corrientes de agua seguían brillando a su alrededor, dispersas.

Y al escuchar esas palabras y ver lágrimas bajando por sus mejillas, cayó en cuenta de lo que esto significaba para ella. Se estaba mostrando por completo ante él. Toda ella. Y le estaba entregando su confianza absoluta. Siempre había estado sola, con miedo de sus propios poderes. Con miedo al rechazo. Y ahora estaba expuesta, vulnerable.

No lo pensó más, simplemente acabó con la poca distancia que había entre ellos y la abrazó con todas sus fuerzas. En ese instante las gotas y las corrientes de agua cayeron, salpicándolos. Y Elyon empezó a sollozar en el pecho de Emil, devolviéndole el abrazo.

Se quedaron así unos minutos, sin decir nada. Pudo haber sido una eternidad y no habría sentido el pasar del tiempo. Era como si hubieran entrado a una burbuja donde sólo existían ellos y nada más.

Cuando al fin salieron del lago para sentarse en la orilla, Elyon ya lucía más tranquila. Había dejado de llorar y ya no tenía ese semblante rígido. Estaba incluso relajada; se había quitado un peso de encima.

—No se lo voy a decir a nadie —dijo Emil de pronto, porque no quería estar en silencio.

—Lo sé —respondió con total seguridad.

—Y lo que dije hace días sobre los poderes de la luna… siguen pareciéndome un enigma, pero hoy me demostraste que pueden ser muy bellos.

Elyon lo miró.

—También son un enigma para mí. No conozco el alcance que tengo con ellos. Antes solía practicar a escondidas, pero mientras más crecía, menos lo hacía —respondió, acomodándose un mechón de cabello por detrás de la oreja—. Lo único que sé… es que no se siente igual a cuando uso mis poderes de sol.

Eso picó la curiosidad de Emil.

—¿A qué te refieres?

—Cuando uso mi luz… siento mucha calidez en mi pecho, como si esta viajara por todo mi cuerpo y lo iluminara por dentro. Es una sensación llena de paz. —Hizo una pausa, pensativa—. En cambio, con los poderes de la luna siento un vacío.

Y mucho poder. Es aterrador, ¿sabes? Pero a la vez lo siento tan... natural.

Emil no sabía cómo interpretar eso. Cuando él llamaba a su fuego también sentía poder, pero la sensación que dominaba era adrenalina pura. Y sí, había una calidez, pero era más intensa que eso, a veces sentía que se quemaba por dentro.

Y ahora tenía más preguntas, pero tampoco quería abrumar a Elyon con todas sus dudas. Si ella quería hablar, lo haría a su tiempo. Solamente había una cosa que lo inquietaba sobremanera.

—Tienes afinidad lunar con el agua y la telequinesia. —No fue una pregunta, lo soltó más como una afirmación.

—Sí.

—¿Y con las ilusiones?

Elyon negó con la cabeza, aunque luego pareció meditarlo y se encogió de hombros.

—No lo sé. Jamás he podido conjurar una ilusión conscientemente, pero cuando era pequeña a veces veía cosas que realmente no estaban ahí...

—No sé mucho sobre Ilardya, pero los escritos señalan que ellos, al igual que nosotros, sólo tienen afinidad con un poder, y tal vez tú la tengas con los tres —dijo Emil. Si la situación ya le parecía inverosímil, esto lo era aún más—. ¿Te pasa también con los poderes del sol?

—No. Sólo tengo afinidad con la luz.

Vaya... Qué confusión.

—¿Te das cuenta? Podrías ser la única lunaris con afinidad a los tres poderes de la luna. Y la única persona en todo Fenrai con poderes de luna y sol.

—Y, sin embargo, eso no me emociona. ¿De qué sirve si nadie puede enterarse? No quiero saber lo que sería de mí si el mundo lo supiera.

Tenía razón. Sus poderes eran todo un misterio, y Alariel estaba lleno de prejuicios, es decir, ¡hasta él estaba lleno de prejuicios! Toda su vida le habían enseñado que Ilardya era el enemigo y que los lunaris eran oscuros y peligrosos. Además, Elyon no sabía cómo es que había obtenido esos poderes, y él estaba seguro de que no muchos le iban a creer su historia.

Pero él le creía. Y en su mente no dejaba de repetirse el espectáculo de agua, luces y magia que Elyon le había permitido ver. Y se sentía privilegiado de haber presenciado algo tan magnífico. Su corazón no dejaba de latir y no podía dejar de verla. No podía dejar de ver a Elyon.

Y ella también lo miraba a él.

¿Qué estaría pasando por la cabeza de la chica en esos momentos?

Los labios de Elyon se separaron un poco, y Emil pudo ver que sus mejillas se habían tornado de un color rosado. Una de las manos de la chica se movió sobre el pasto y su cuerpo se inclinó ligeramente. De pronto el rostro de Elyon estaba muy cerca del suyo y...

De pronto ya no.

—¿Escuchaste eso? —preguntó ella, repentinamente tensa.

Los sentidos de Emil se dispararon al instante, y efectivamente, se escuchaban pasos detrás de ellos. Ambos se pusieron de pie y voltearon con expresiones similares de pánico, y vieron cómo de los árboles salía Gianna.

—Los estaba buscando —dijo la recién llegada.

—Gi —respondió Elyon, cambiando su expresión alterada por una sonrisa amigable. Pero Emil podía notar que seguía tensa—. Llevamos ya un rato acá, olvidamos avisarles.

Emil reaccionó un poco más lento que Elyon. ¿Gianna los habría visto? Es decir, no es que estuvieran haciendo algo malo... pero el momento sí se había sentido muy privado.

Esas preguntas fueron opacadas por una preocupación mayor: si Gianna había venido a buscarlos, significaba que algo había pasado con Gavril.

—¿Gavril está bien? —se apresuró a preguntar.

—Precisamente por eso los buscaba. —Una sonrisa se formó en sus labios—. Gavril despertó.

Capítulo 19
ELYON

Elyon se encontraba sola, sentada en el pasillo fuera de la habitación en la que Gavril estaba descansando. Después de que Gianna había ido a buscarlos, habían corrido a ver a su amigo, quien, con ayuda de Mila, había subido al segundo piso para recostarse en una cama.

Al verlo despierto, recargado sobre la cama, Elyon había sentido una felicidad infinita. Gavril estaba bien, solamente un poco débil por la pérdida de sangre, pero Gianna había conseguido cerrar la herida con sus poderes, y al día siguiente, cuando volviera a ponerse el sol, seguiría administrándole cuidados.

En esos momentos, Emil se encontraba con Gavril dentro de la habitación. Sabía que Gianna y Mila estaban en la que compartían con todos, pero Elyon tenía que despejarse antes. Su cabeza le daba muchas vueltas, y todavía no terminaba de creer todo lo que había acontecido en un solo día. Especialmente en los últimos momentos, que no la dejaban en paz.

No podía creer que le había mostrado su magia lunar a Emil.

Tampoco podía creer que había estado a punto de besarlo.

Oh, por Helios, ¡estuvo a punto de besarlo! Se talló los ojos con ambas manos y después hundió su cabeza entre las piernas. Había mil cosas más importantes en las cuales concentrarse, y su cuerpo hormonal sólo podía pensar en Emil. Su corazón parecía querer explotar, querer gritar. Y una parte de ella se sentía frustrada por no haber tocado sus labios.

Ella no quería esto. No quería pensar en amor cuando tenía tantas aventuras por delante y tantas cosas por vivir. Y sin embargo, estar con Emil la hacía feliz. Oficialmente podía decir que se estaba enamorando del príncipe. Otra vez. O tal vez nunca había dejado ese sentimiento por completo, sólo había decidido ignorarlo y fueron las circunstancias actuales las que lo habían hecho salir a flote.

—Malditas hormonas —susurró en voz alta, aunque sabía que esto no era cosa de hormonas solamente.

¡Pero no era momento de lamentarse! El día había resultado exitoso después de todo, ¿no? Habían obtenido una especie de pista del barco de Sven, Gavril estaba bien y, por si eso no fuera suficiente, le había confesado su mayor secreto a Emil, y este no había huido. No le había dado la espalda.

Eso le daba confianza para contarles, algún día, a todos sus amigos.

Se levantó de su sitio y abrió levemente la puerta del cuarto en el que estaban los chicos para desearles buenas noches, pero no habló al darse cuenta de que ambos ya se habían dormido. Gavril en la cama, con vendajes que le cubrían el cuello, y Emil en una silla a un lado de él, con su cabeza recostada en sus brazos sobre el colchón.

Elyon sonrió al ver la escena.

Todo iba a estar bien.

Cerró la puerta y se dirigió hacia la habitación en la que estaban sus amigas, y al entrar vio que Gianna y Mila estaban recostadas en la misma cama, mirando al techo y charlando en voz baja. Elyon tomó vuelo y corrió hacia ellas, saltando con fuerza y aterrizando justo en medio de ambas.

—¡Ely! —chilló Gianna.

—¿Y esa euforia? —preguntó Mila, riéndose a la vez que se movía un poco para que Elyon pudiera recostarse. No era precisamente una cama para tres, pero funcionaba si se quedaban muy juntas.

Elyon suspiró y tomó la mano de sus dos mejores amigas.

—Estoy feliz de que estemos juntos —respondió—. Gi, estuviste increíble.

Pudo ver que Gianna sonrió ante el cumplido, mas no dijo nada. De las tres, a Gianna siempre le había costado más aceptar un cumplido.

—Justo eso le estaba diciendo —comentó Mila, dirigiéndose a Gianna—. En la academia no se nos prepara para cosas como estas y, sin embargo, tú no dejaste que nada te detuviera, salvaste el día.

—Estaba aterrada. No sé qué hubiera hecho si Gavril... —Decidió no terminar esa frase—. Lo bueno es que el sol estuvo de mi lado.

—Pero cuando el sol se fue, tú seguiste trabajando, ¡no te quites mérito! —dijo Elyon, apretando la mano de Gianna—. No me imagino toda la energía que gastaste, ¿te encuentras bien?

Gianna asintió.

—En estos momentos estoy sin reserva y totalmente exhausta, pero bien.

—Mañana nos va a tocar consentirte —dijo Mila.

—Oh, ¡eso definitivo! —Elyon la secundó—. Te prepararemos el desayuno, te daremos un masaje y después tú eliges la actividad del día.

Gianna rio.

—¿Puedo elegir dormir?

—Si quieres dormir, nos aseguraremos de que nadie te moleste —dijo Elyon.

—Sería demasiado bueno, pero mañana debo seguir atendiendo a Gavril —respondió Gianna—. Además de que debo ver si las heridas de Emil necesitan de mis poderes. También las tuyas, Mi.

—¿Las mías? Sólo son unos cuantos rasguños. Ninguno de esos lobos pudo acercarse demasiado —aseguró Mila—. Aunque el último era más grande; de no haber sido por la ayuda que llegó, no sé si hubiera podido sacarnos de ahí a tiempo.

—¿Qué ayuda? —preguntó Gianna, quien se había quedado con los pegasos y no había visto la batalla.

—Una tripulación de chicas; las conocimos la primera vez que fuimos a Pivoine —explicó Elyon, ya antes les habían contado un poco sobre ellas—. Sabía que era un riesgo pedirles ayuda, pero ni siquiera hicieron preguntas. La capitana dijo que si una mujer necesitaba ayuda, ellas estarían ahí.

—La capitana era la de cabello negro, ¿cierto? —preguntó Mila—. ¿Sabes su nombre?

—Rhea.

—Rhea —repitió Mila despacio, como saboreando el nombre—. Espero poder agradecerle algún día.

¿Era la imaginación de Elyon o la voz de Mila sonaba como... anhelante? La miró de reojo, sus ojos estaban cerrados y una pequeña sonrisa se había formado en su boca.

Interesante.

—Creo que le agradarías mucho —dijo entonces.

Ante eso, Mila abrió los ojos.

—¿Tú crees? —Pero rápidamente negó con la cabeza y suspiró—. De todos modos eso no importa, hay que enfocarnos en descifrar lo que encontramos y en mantenernos a salvo.

La voz de la razón volvía a hablar. Elyon había dejado la hoja que se encontraron en el barco de Sven metida en uno de los bolsillos interiores de su capa, que en esos momentos yacía tirada en la esquina del cuarto. La recogería, pero la verdad es que no tenía ninguna intención de levantarse.

Recostó su cabeza en el hombro de Mila y soltó la mano de Gianna para darle dos palmadas al colchón e indicarle que hiciera lo mismo. Gianna se movió hacia Elyon y se acurrucó en su brazo.

Elyon cerró los ojos, se sentía completamente segura al lado de sus mejores amigas. ¿Era normal pensar que al lado de ellas nada malo podría pasarle? Porque esa era la sensación que estaba teniendo justo esa noche. Y no era la primera vez, desde pequeña siempre había gravitado hacia donde ellas estuvieran. Y al ser ella la menor, siempre las había visto como modelos a seguir. Eso no había cambiado.

Pasaron unos cinco minutos en silencio en los que Elyon ya se estaba quedando dormida, pero la voz de Gianna le habló casi en un susurro.

—¿Elyon?

—¿Sí? —respondió soñolienta, sin abrir los ojos.

Pero Gianna no habló de inmediato, pasó tal vez otro minuto.

—Hace rato, en el lago...

Eso sí que la hizo abrir los ojos de golpe. Levantó la cabeza del hombro de Mila y se apoyó en su codo. Mila ya parecía estar completamente dormida. Miró a Gianna, y esta se había separado sólo un poco de ella para poder verla a la cara.

«¿Viste algo?», quería gritar. «¿Escuchaste algo?», moría por preguntar. Pero prefirió esperar a que Gianna hablara. Parecía que estaba batallando por encontrar las palabras adecuadas.

—Tú... —comenzó, y luego pareció arrepentirse de lo que iba a decir—. Confías en mí, ¿cierto?

—Sí, claro que sí —respondió con cautela, pero con toda sinceridad.

—¿Y sabes que puedes contarme lo que sea?

Elyon temía el rumbo que podía tomar la conversación. Claro que lo sabía y quería contárselo todo. No sólo a ella, también a los demás. Pero ese no era el momento. Estaba drenada. No creía tener la fuerza suficiente para mostrarse a sí misma por segunda vez en un día. Ni siquiera se atrevía a preguntarle directamente si la había visto en el agua, por lo que optó por desviar su atención.

Les contaría a todos, pero cuando estuviera lista.

—Supongo que me viste con Emil, ¿verdad? —Soltó una risita que ni ella misma se creyó.

Gianna suspiró. Elyon se sintió algo culpable.

—Sí, los vi —respondió al fin—. Creo que le gusta estar contigo.

—Yo creo que le gusta la compañía de todos nosotros por igual.

Pero Gianna no daba tregua.

—¿Te gusta Emil?

Oh, vaya. Le sorprendía un poco la pregunta por parte de Gianna, pues su amiga no solía ser tan directa, pero suponía que ella misma se lo había buscado. El problema era que no sabía si estaba lista para admitir en voz alta sus sentimientos recién descubiertos.

—No lo sé —dijo, y por reflejo preguntó—. ¿Y a ti?

—No lo sé —respondió de inmediato.

Elyon sintió algo extraño en el pecho al escuchar esa respuesta. ¿Sería posible que Gianna también se estuviera enamorando de Emil? Es decir, el príncipe también había pasado bastante tiempo con ella últimamente.

Cuando comenzó el Proceso jamás se imaginó que sus sentimientos resurgirían y menos que alguna de sus amigas fuera a enamorarse de Emil. Nunca le puso mucho cuidado al asunto, ya que sabía que la amistad que todos tenían era más fuerte que cualquier protocolo de la realeza.

—Ya tendremos tiempo para aclarar nuestra mente cuando todo esto termine —dijo Elyon. Se recostó de nuevo y extendió su brazo para que Gianna volviera a acurrucarse, cosa que hizo.

—¿De verdad crees que vamos a encontrar a la reina? —preguntó Gianna.

—Creo que somos un gran equipo —respondió, porque realmente creía que eran capaces de lograr todo lo que se propusieran. Y quería decirle que estaba segura de que encontrarían a la reina, pero en el fondo, no lo estaba.

—Yo también lo creo.

—Te quiero muchísimo, Gi. Lo sabes, ¿verdad?

—Lo sé —respondió—. Yo también te quiero, Ely.

Una pesadilla, hacía mucho tiempo que Elyon no soñaba con la oscuridad. Era de noche y no había estrellas, sólo estaba la luna y todo era frío. Ella estaba bajo el agua, luchando por salir, luchando por respirar. Pero no podía, algo la retenía y, por más que pataleaba, no podía soltarse.

De pronto, una silueta apareció de pie sobre el agua y, aunque no podía verle la cara, sabía que la estaba mirando. Era una mirada que la atraía, pero más que eso, la aterraba. Y ahora lo único que quería era dejarse hundir hasta lo más profundo del agua. Lo que más quería era alejarse de esa presencia. Y no podía. Nunca podía. Siempre era lo mismo, esa presencia se acercaba a ella y la tomaba del cuello con sus dos manos. Y Elyon gritaba y gritaba. Los gritos se escuchaban con claridad a pesar de que estaba bajo el agua.

Y en ese momento, siempre abría los ojos. Y ya no se escuchaban gritos.

Sólo que en esa ocasión los gritos se seguían escuchando.

Se sentó de golpe en la cama y notó que Mila ya se encontraba poniéndose las botas y Gianna estaba tallándose los ojos. Alguien gritaba. Una mujer.

—¿Qué está pasando? —exclamó Gianna, también sentándose.

—No lo sé, justo iba ir a...

Pero antes de que terminara de hablar, la puerta de la habitación se abrió con un azote. Mila, al instante, se puso en posición de ataque y con ambas manos creó dos orbes de fuego.

—Onna. —Al identificar quién había entrado, Mila dejó que su fuego se extinguiera—. ¿Por qué estabas gritando? ¿Qué pasó?

Elyon se levantó de la cama y pudo ver que la anciana estaba temblando y tenía los ojos llenos de lágrimas.

—Están muertos —respondió Onna en un hilo de voz—. Ellos... ¡están muertos!

Elyon dejó de respirar y por poco cae al suelo, tuvo que apoyar una mano en el hombro de Mila para balancearse. ¿Muertos? ¿Quiénes? Su mente se había bloqueado y no era capaz de pensar en lo peor.

Mila estaba completamente pálida, pero como siempre, pudo mantener la compostura.

—¿Quiénes?

—Los soldados... ellos... —chilló Onna entre sollozos apenas comprensibles.

Y entonces, Emil y Gavril entraron a la habitación; el verlos le ocasionó un alivio tan grande, que Elyon casi rompe a llorar. Estaban bien. Sus amigos estaban bien. ¡Incluso Gavril ya estaba de pie! Gianna no pudo aguantar más y se abalanzó a abrazar a su hermano. Ella también había temido lo peor.

—Escuchamos gritos, ¿qué sucedió? —preguntó Emil.

Onna volvió a explotar en llanto y explicó poco a poco que esa mañana había despertado recargada en la puerta de la habitación de servicio. Estaba entumecida, como si hubiera dormido más de la cuenta; además, tampoco recordaba cómo había sido que se quedó ahí dormida. Había decidido ir por agua para llenar su tina y darse un baño, y al salir de la casa vio al primer soldado. Estaba desparramado cerca de una de las entradas, con la garganta desgarrada.

Gavril y Mila no se quedaron a escuchar el resto de la historia y bajaron a ver lo que había pasado. Gianna había tomado delicadamente a Onna de los hombros para sentarla en la cama mientras ella seguía llorando e intentando relatar lo que había visto.

Gianna comenzó a hacer un movimiento circular en los hombros de la anciana y Elyon se dio cuenta de que estaba utilizando sus poderes para tranquilizarla. El sol brillante entraba por la ventana abierta. En pocos segundos, Onna dejó de llorar histéricamente y su respiración volvió a la normalidad.

—Quédate aquí. Nosotros iremos a ver —le indicó.

Lo que pasó en los siguientes minutos fue borroso. Los tres salieron de la casa y miraron con horror lo que estaba frente a sus ojos. Elyon se cubrió la boca con ambas manos mientras caminaba por los alrededores. Cerca del lago, en los establos, en el área de entrenamiento... Los miembros de la Guardia Real yacían muertos en el suelo, todos asesinados de la misma forma. Alguien les había cortado la garganta.

Pero ¿cómo había sido posible?

Y como si hubiera hecho la pregunta en voz alta, de pronto un chillido salió de lo más profundo del pecho de Gianna, quien se dejó caer hasta quedar en cuclillas, cubriéndose los ojos con ambas manos. Había comenzado a hipar.

—Oh, por Helios —susurró Elyon para sí misma, entendiéndolo al instante. Los soldados no habían tenido posibilidades; todos habían estado profundamente dormidos cuando los asesinaron.

¿Qué clase de monstruo había hecho eso? ¿Y por qué?

—Gi, levántate, ven —la voz de Mila la sacó de sus pensamientos. La mayor se había hincado a un lado de Gianna y le estaba sobando la espalda.

—Fue mi culpa, fue mi culpa —repetía Gianna una y otra vez.

—Nada de eso; el plan fue de todos —aseguró Mila, entendiendo perfectamente—. Por ahora lo importante es salir de aquí. No sabemos quién hizo esto y si nos quedamos, seremos un blanco fácil.

Entonces Gavril, quien venía de los establos, llegó con más malas noticias.

—Los pegasos no están.

Emil estaba tras él, totalmente callado. Parecía estar pasmado, como si no estuviera asimilando la situación.

—Maldición —respondió Mila—. Tenemos que irnos de inmediato, si nos dejaron sin transporte lo más probable es que vuelvan.

—No podemos dejar a los soldados así. Necesitan una despedida digna —intervino Gianna, aún sin atreverse a alzar la cabeza.

Elyon se estaba desesperando y, además, tenía muchísimas ganas de llorar. No conocía bien a ninguno de esos soldados, pero definitivamente no se merecían esa muerte.

—Pero es que no entiendo, ¿qué ganaban con asesinar a los soldados si ni siquiera intentaron llegar a nosotros? —preguntó.

Porque era cierto. Por lo que podía ver, la casa estaba intacta, completamente en orden. Ninguna puerta estaba forzada y ninguna ventana estaba rota.

—Tal vez fue una advertencia —respondió Gavril.

¿Advertencia? ¿De quién? No estaba segura de quién era el enemigo en ese caso. Es decir, ese lugar era famoso por haber sido atacado por los rebeldes de Lestra hacía muchos años, pero dadas las circunstancias actuales, lo más probable es que hubiera sido alguien de Ilardya, no necesariamente un lunaris. Tal vez de la tripulación de Sven.

Oh, no.

—Elyon... ¿dónde está el papel que encontramos? —preguntó Mila, quien al parecer estaba pensando lo mismo que ella.

Elyon no dijo nada y corrió con todas sus fuerzas de regreso a la casa; subió las escaleras de dos en dos, y cuando llegó al cuarto, lo vio tal y como lo habían dejado. Onna se encontraba sentada en la cama y parecía estar rezando. Y su capa seguía tirada en una esquina, justo como el día anterior. Se abalanzó hacia la prenda, la esculcó con frenesí y soltó un sonoro suspiro cuando sintió el papel entre sus manos. Lo sacó y lo miró; estaba intacto.

Volvió con sus amigos, quienes se encontraban en el mismo lugar, discutiendo. Elyon podía escuchar desde lejos que pensaban incinerar los cuerpos de los guardias con fuego solaris. Llegó con ellos y les mostró el papel.

—Guárdalo muy bien. Algo me dice que es más importante de lo que pensábamos —dijo Mila.

—¿Crees que hayan hecho esto en venganza porque lo tomamos? —preguntó Elyon.

Mila negó con la cabeza.

—No tengo idea. No puedo pensar con claridad —admitió, abatida—. Lo único que quiero es que salgamos de aquí; tenemos que encontrar un lugar seguro.

—No podemos ir muy lejos sin los pegasos —agregó Gavril—. Lo más prudente sería caminar al pueblo más cercano y enviar un mensaje a Eben.

—¿Qué? —exclamó Elyon, tratando de no alterarse—. No estarán pensando en volver a Eben, ¡esto no se puede quedar así! Tenemos que descubrir quién hizo esto y por qué. ¡No podemos simplemente...!

—¡Basta, Elyon! —gritó Emil. Era la primera vez que hablaba desde que salieron de la casa. La miró fijamente a los ojos; su rostro estaba descompuesto con un gesto cargado de enojo. No, de furia—. Ya fue suficiente de tus malditas aventuras, ¿no te das cuenta de que esto se nos salió de las manos?

—Emil. —Mila utilizó su voz conciliadora, advirtiéndole en esa sola llamada de atención que se calmara.

Por primera vez, Emil la ignoró por completo.

—No sé en qué estaba pensando cuando accedí a esto, nunca debí hacerte caso. ¡Ayer casi nos matan y hoy asesinaron a doce miembros de la Guardia Real! ¡A algunos los conocía desde que tengo memoria! —bramó, alzando la voz al grado de que sonaba desgarrada, y había lágrimas saliendo de sus ojos—. ¡Sólo somos unos niños! ¡No podemos con esto!

Elyon también había comenzado a llorar, pues sentía que algo en su interior se estaba rompiendo en mil pedazos. No solamente Emil jamás le había hablado así, con tanta rabia, con tanto dolor; sino que también estaba aplastando toda su esencia con sus palabras. Todo lo que era ella.

—Vamos a volver a Eben y les vamos a decir a los mayores lo que pasó —espetó Emil, contundente, y después se volteó para darle la espalda. Fue como si un muro se hubiera alzado entre ellos, uno indestructible—. Ellos se van a encargar de ahora en adelante, como siempre ha sido y siempre debió ser. Esto se acabó.

¿Un corazón podía acabarse?

En esos momentos, Elyon podía jurar que sí.

Capítulo 20
EMIL

Respirar.

Tenía que respirar hondo para calmar esa explosión de emociones. Esto no podía estar pasando, era una pesadilla. Entró a la casa para salir del campo de visión de sus amigos y golpeó la pared con tanta fuerza que lastimó sus nudillos. Ahogó un grito y puso su cabeza contra la pared.

Respirar.

Caleb, Quinn, Rydia, Xintos... Todos muertos. Esas eran personas que habían estado con él desde niño. Siempre habían sido parte de su guardia personal y no podía creer que ya no los iba a volver a ver. ¡Habían sido asesinados de la manera más cobarde! Y todo era su culpa. Era su culpa por traerlos hasta acá. Por pensar que podría ir y venir a Ilardya como si nada, sin consecuencias. Por querer demostrarle a Zelos que era digno de ser el futuro rey de Alariel. Por intentar ser valiente. Por haberse permitido creer que podía encontrar a su madre.

Por todo eso y más, era su culpa.

¿Cómo se había dejado convencer? Toda la guardia de Alariel había estado buscando a la reina sin resultado alguno, ¿por qué un grupo de niños iba a hacer una diferencia?

Desde un inicio, esta misión había estado condenada a fracasar. Y era su responsabilidad darla por terminada. Tenía que volver a Eben, de donde nunca debió salir.

Y ahora debía cargar con el dolor de la muerte de su gente. Con la culpa.

Otra vez.

Golpeó la pared de nuevo, pero esta vez no lo hizo con fuerza, y comenzó a sollozar. No podía dejar de llorar, y respirar no estaba sirviendo de nada. Sentía que estaba cayendo en un abismo.

—Emil.

La voz de Mila lo hizo levantar la cabeza. Intentó secarse las lágrimas antes de mirarla.

—Ven acá —dijo con cariño, abriendo sus brazos.

Emil terminó de quebrarse y se lanzó a abrazarla con todas sus fuerzas, rompiendo en un llanto aún más fuerte.

—No sé qué hacer, yo... no quería que nada de esto sucediera —balbuceó, sintiendo cómo Mila acariciaba su espalda. La mayor de sus amigas siempre había sido la que los cuidaba y consolaba, la que asumía la culpa cuando ellos hacían travesuras. Pero esto no era una travesura infantil y, por más que necesitara ese abrazo, su pesar no se iba a ir.

—Sólo quiero que sepas que esto no es tu culpa, ¿sí? —susurró Mila—. Si nos ponemos a buscar un culpable, todos tenemos parte de responsabilidad, y ya no podemos hacer nada.

Otro sollozo.

—No se merecían este final —respondió Emil, cerrando los ojos.

—No —concedió Mila—. Empezamos a reunir los cuerpos en un mismo lugar para comenzar pronto con la ceremonia de despedida.

Era lo menos que podían hacer.

—Quiero ir a casa.

Y entonces, el grito de Gianna los hizo separarse de inmediato. A Emil se le fue la sangre hasta los pies; ya había tenido suficiente de gritos, sólo traían cosas malas. Mila había reaccionado más rápido y ya había salido por la puerta. Él corrió tras ella y sus ojos se abrieron de par en par al ver la escena que tenía enfrente.

Lobos.

Eran cinco y estos eran más grandes que los del puerto de Pivoine. Por Helios, ¡eran casi del tamaño de un pegaso!

Emil vio que Gavril ya estaba corriendo hacia ellos con sus puños envueltos en fuego. Y entonces Elyon se abalanzó y se plantó frente a él, dándole la espalda a los lobos, ¿defendiéndolos?

—¡Espera! —chilló Elyon. Gavril apenas alcanzó a detenerse.

—¡Muévete, Elyon! —respondió, alterado.

En ese momento, Emil las vio. Tres de los lobos tenían jinetes, y eran nada más y nada menos que Rhea y las dos chicas de su tripulación que ya había visto antes. Y no sólo eso, los lobos ni siquiera estaban en posición de ataque. Los que no tenían jinete ya se habían sentado.

—¿Qué están haciendo aquí? —exclamó Emil, se había acercado a la escena sin darse cuenta.

Rhea bajó de su lobo de un salto y sus chicas la imitaron. La capitana lucía imponente con su cabello negro alborotado y su semblante serio y confiado.

—Veo que llegamos tarde. —No respondió la pregunta de Emil, más bien miraba a los guardias caídos.

Gavril aún seguía con los puños arriba, pero había dejado que el fuego se apagara. Parecía listo para atacar en cualquier momento.

—Responde la pregunta que te hicieron —bramó.

Rhea miró a Gavril con fastidio.

—Vaya, pensé que estarías muerto —dijo, cruzándose de brazos.

Gavril estaba a punto de soltarle una grosería como respuesta, pero Mila le ganó la palabra.

—Nuestra amiga, Gianna —comenzó a decir, señalando a la aludida—, es una sanadora.

—Ya veo —Rhea miró a Mila, registrándola por primera vez. Sus ojos se quedaron ahí por unos segundos, y después los puso sobre Emil—. Luego del desastre que ocasionaron en el puerto, no hemos podido descansar. Esos lobos pertenecían a la seguridad del lugar y sólo hacían su trabajo, ya que ustedes eran intrusos. Luego me enteré de que *alguien* —dijo esta última palabra con una nota diferente en su voz—, entró al barco de Sven y tomó algo.

Nadie dijo nada, por lo que Rhea continuó.

—Ese hombre no sabe mantener la boca cerrada y todo el puerto se enteró. No tardé en unir un punto con el otro y supe que habían sido ustedes —dijo la mujer—. Pero al verlo partir a plena luz de la luna con toda su tripulación, me di cuenta de que eso que tomaron era importante. Se dice por ahí que Sven ha estado trabajando para la Corona, y tengo el presentimiento de que todo esto tiene que ver con los barcos ilardianos que van a Alariel.

—Entonces sí fueron ellos... —dijo Elyon más para ella misma—. ¿Y por qué ni siquiera intentaron buscar lo que nos llevamos?

Rhea alzó ambas cejas; parecía no esperar esa nueva información. Esta vez habló la chica a su derecha, si mal no recordaba, su nombre era Silva.

—Tal vez sólo vinieron a advertirles que dejaran de meterse en lo que no les incumbe —dirigió su mirada a uno de los soldados—. Eso parece.

—Pero no entiendo, ¿cómo supieron dónde encontrarnos? —preguntó Emil.

—Los lobos ilardianos son excelentes rastreadores. Había mucha sangre en el callejón, su olor estaba en el aire —habló la otra chica, Ali—. Nosotras también llegamos así.

—Son enormes... —dijo Gianna, era la única que todavía no se acercaba al grupo.

Rhea sonrió.

—Están entrenados; no atacarán a menos que nosotras demos la orden.

—Muy bien, muy convincente su historia —intervino Gavril, con una nota de sarcasmo en su voz—. Pero ¿cómo sabemos que dicen la verdad? Tal vez fueron ustedes las que vinieron por la noche.

—En otras circunstancias, poco me importaría si me creen o no —dijo Rhea, inclinando un poco la barbilla—. Pero esta vez tienen algo que me interesa, así que les doy mi palabra. Y deben saber que mi palabra vale más que todo el oro de Fenrai.

Para Emil eso sonaba convincente. Y de hecho, desde que conoció a la tripulación del *Victoria*, le habían inspirado algo parecido a la confianza; aunque, después de todo lo que había ocurrido, debía tener cuidado.

—Entonces, lo que quieren saber es qué fue lo que tomamos del barco de Sven —concluyó Elyon. Emil la miró mientras ella se concentraba en Rhea; la chica tenía los ojos rojos e hinchados, pero ya no estaba llorando.

—Pienso que esta vez podemos hacer un intercambio más enriquecedor —respondió Rhea, y asintió una vez.

—Pero ¿qué ganan ustedes con esa información? —preguntó Mila.

—No es normal que barcos ilardianos estén yendo a escondidas a las lejanías de Alariel cuando sólo tenemos permiso oficial de pisar el puerto de Zunn —ofreció Rhea—. Algo hay allá que hace que el rey Dain arriesgue el Tratado, y creo que es un recurso que nadie conoce. Lo queremos para nosotras.

Entonces, Elyon les dedicó una mirada a cada uno de sus amigos, como preguntándoles silenciosamente cómo debían proceder. Mila asintió, seguida por Gianna. Gavril se encogió de hombros y ahora sólo faltaba Emil.

Emil, que sólo quería volver a casa.

—Bien, les mostraremos lo que encontramos en el bote de Sven —dijo el príncipe, alzando la cabeza—. Y a cambio queremos que nos lleven al puerto de Zunn en su barco.

Emil sabía que no todos sus amigos, especialmente Elyon, estaban totalmente de acuerdo con el intercambio que le acababa de ofrecer a Rhea. Pero no iba a cambiar de opinión, no estaba en discusión. No iban a seguir navegando en terrenos peligrosos y desconocidos. Eran niños jugando a ser adultos y había resultado mal.

Era hora de volver a su hogar.

Invitaron a pasar a las ilardianas a la casa porque al aire libre no se sentían seguros. Onna las miraba con desconfianza, pero no dijo absolutamente nada, sólo se retiró a su habitación.

Todos tomaron asiento en la gran mesa del comedor principal y estuvieron unos minutos en un silencio incómodo. Elyon se removía en su asiento y no daba señales de querer sacar la hoja que habían robado. Emil se dispuso a hablar, pero Mila le ganó la palabra.

—Entonces, si les mostramos lo que tenemos, ¿prometen llevarnos al puerto de Zunn? —preguntó seria, mirando primero a Rhea a los ojos y luego a sus dos acompañantes.

—Lo haremos. Si esperamos al anochecer puedo controlar mejor la marea y llegaremos en cuestión de horas —respondió Rhea, sonriendo de medio lado.

—Elyon —dijo Mila, indicándole silenciosamente que era hora de mostrar ese papel.

Pero Elyon miró a Rhea con ojos desafiantes.

—Quiero poner otra condición.

Emil no sabía qué estaba tramando, pero no podía ser nada bueno. De todos modos tenía curiosidad, y al parecer, Rhea también, pues había alzado una ceja con interés.

—Eres una chiquilla con agallas —respondió la mujer—. Voy a considerarlo, dependiendo si tu condición me parece justa o no.

—Lo que tomamos del barco de esos monstruos fue un escrito —dijo Elyon, sacando el papel doblado para que Rhea pudiera verlo—. Te lo daré si prometes que nos vas a decir lo que sabes cuando lo leas.

—Vaya que eres impertinente —gruñó Silva.

—Me agradas. Elyon, ¿verdad? —La aludida asintió y la capitana extendió su mano hacia el papel—. Está bien, acepto esa condición.

Elyon no lo pensó más y le entregó el papel. Todos observaron con ojos expectantes mientras Rhea leía el contenido. Con una seña de su mano les indicó a sus acompañantes que hicieran lo mismo, y estas se pusieron de pie para leer por encima del hombro de la capitana.

—¿Podrá referirse a...? —susurró Ali cuando terminó de leer.

—¿Tiene algún significado para ustedes? —preguntó Elyon; sus ojos brillaban con curiosidad y pasión. Si Emil no estuviera tan molesto, se permitiría perderse en ellos.

Rhea parecía seguir analizando las líneas del escrito y, después de unos segundos, levantó la cabeza.

—Creo que son instrucciones —informó.

¿Instrucciones? Emil había pensado que tal vez era un acertijo o incluso tal vez una profecía. Jamás se le había cruzado por la mente esa posibilidad.

—Instrucciones... —repitió Mila, pensativa—. Son para llegar a un lugar, ¿cierto?

Todos la miraron.

—¿Cómo lo sabes? —preguntó Gianna en voz baja, sólo dirigiéndose a Mila, pero como estaban todos en silencio, pudieron escucharla.

—No sabía que eran instrucciones, pero desde que lo leí supe que se refería a un lugar —respondió ella—. No recuerdo las líneas exactas, pero decía algo de una playa de marfil, donde el océano llega a su fin...

Rhea miraba a Mila con aparente curiosidad.

—Estás en lo cierto. Hay una leyenda que se susurra en los mares ilardianos de una isla que sólo aparece bajo el encanto de la luna —contó la capitana—. Se dice que es imposible llegar de día, porque no se puede ver. La llaman la Isla de las Sombras, pero siempre ha sido un mito.

—Por algo será. ¿Una isla que sólo aparece de noche? Eso suena absurdo. —Era la primera vez que Gavril hablaba desde que habían entrado a la casa.

—No, espera, ¿dijiste playa de marfil? —intervino Elyon, mirando a Mila y luego a Rhea—. ¿Podrías leerlo en voz alta?

Rhea asintió y con voz clara comenzó a recitar el escrito:

Lo que con el sol no se mira,
con la luna tiene vida.
Donde el océano llega a su fin,
frente a la arena de marfil.

La luna es la única consejera,
entre las aguas traicioneras.
Pero debes guardar el secreto,
pues hay oscuridad al acecho.

—Oh, por Helios, ¡arena de marfil! —exclamó Elyon, levantándose de su asiento—. La playa de la costa de Valias es famosa por su arena blanca. Se dice que su color es parecido al de los colmillos de varios animales, casi como un hueso. Y el mar de Valias es conocido como el Último Océano. ¿Saben lo que eso significa?

—El barco que viste aquella noche cerca de la costa de Valias probablemente se dirigía a esa isla —respondió Mila, y colocó una mano sobre su barbilla.

Emil estaba completamente atónito.

—Valias, ¿eh? —preguntó Rhea, quien ahora también se había puesto de pie—. Con eso nos ahorras el trabajo de investigación. Si ya viste un barco ilardiano por allá y además el lugar coincide con la descripción del escrito, es la dirección que debemos tomar. Creo que podemos encontrar la isla.

—¡Tenemos que ir con ustedes! —exclamó Elyon con ahínco.

—No —sentenció Emil, imitándolas y poniéndose de pie—. Nosotros no iremos a ningún lado que no sea Zunn.

—Pero ¡piénsalo! Si Sven tenía estas instrucciones en su barco y está trabajando para la Corona, allí podremos encontrar respuestas —Elyon no pensaba rendirse—. Según la información que Ezra le pudo sacar al lunaris, hay mucha probabilidad de que el rey Dain haya tenido que ver con la desaparición de tu madre. Además, la han buscado por todo Fenrai, ¿no crees que tiene sentido que tal vez esté en una isla que no está en el mapa?

Emil ya no quería escucharla. No quería escucharla porque todo lo que decía sí tenía sentido y una parte de él todavía no quería rendirse. Pero no podía seguir con esto. Porque él no era la persona valiente que Elyon quería pensar que era. Porque ni siquiera creía en él mismo. Porque no iba a volver a poner en peligro la vida de nadie.

—No —dejó de mirarla, le era muy difícil ser tan firme; más cuando algo en su interior le pedía a gritos que fueran a esa isla—. Le pediré al Consejo que mande una cuadrilla en busca de la isla, pero nosotros no iremos.

—Emil...

—He dicho que no —espetó con toda la autoridad que pudo poner en su voz—. Nos vamos a casa.

Capítulo 21
ELYⓄN

Iban a partir enseguida, antes de que se metiera el sol, pues tenían que cruzar el Bosque de las Ánimas y esta vez no podrían hacerlo volando. Rhea les había dicho que lo mejor era hacerlo de día, pues la mayoría de las tenebrosas criaturas del bosque salían cuando oscurecía.

La gente de la luna tampoco se acercaba al Bosque de las Ánimas si podía evitarlo.

¿La ventaja? Los lobos tenían los sentidos agudizados y un excelente olfato, por lo que podían rastrear el camino por el que habían llegado. Era prácticamente imposible perderse.

Elyon había tomado sus armas y se había puesto su capa, lista para dejar el Lago de la Inocencia. Justo antes de partir harían la ceremonia de despedida para los soldados caídos. Suspiró, sintiéndose impotente y llena de rabia por lo acontecido. Nada de eso debía haber ocurrido, y sin embargo, así había sido y ya no podían hacer nada.

La ceremonia había sido breve, pues no podían arriesgarse a que anocheciera. Los cuerpos de los soldados estaban en una hilera frente al lago, y fueron Emil, Mila y Gavril quienes usaron su fuego de sol para incinerarlos. En este tipo de ceremonias se canalizaba un fuego que hacía que el proceso fuera rápido. Emil condujo el ritual, dedicando unas palabras a los fallecidos y deseándoles paz en los brazos de Helios.

Elyon no era la persona más religiosa, solía soltar mucho el nombre de Helios, el dios de la religión del sol, pero no era que creyera fervientemente en él. Conocía las historias, como cualquier niño de Alariel, pero no era devota. En la religión del sol se creía que, cuando una persona dejaba este mundo, se reunía con el mismísimo Helios en el sol, y se decía que, si morías sin haber completado tu misión en la vida y Helios te lo permitía, podías reencarnar y tener una vida nueva. Tal vez diez años después, tal vez mil años después; pero existía la posibilidad.

Miró con curiosidad a Rhea, Silva y Ali, que se encontraban alejadas del grupo, pero observando atentas. No podía descifrar la mirada de las ilardianas, ¿qué estarían pensando? No creía que alguna vez hubieran visto un ritual de despedida de Alariel, ¿los de Ilardya serían muy diferentes?

—... y que encuentren el camino hacia el sol —finalizó Emil.

Todos bajaron sus cabezas, solemnes, y después se alejaron del lugar, pues el olor iba a ser insoportable. Si estuvieran en alguna ciudad, podrían haber realizado la ceremonia en una cabina especial destinada para ello, pero dadas las circunstancias, así tenía que ser.

Una vez que el fuego se extinguió y los cuerpos ya eran sólo ceniza, Onna salió con una caja de madera para recolectarlas, y todos ayudaron. La anciana se quedaría con la caja, por ahora. El plan era ir a Zunn a bordo del *Victoria* (Onna se rehusaba a poner un pie en él), y cuando pudieran hablar con el Consejo, pedirían que enviaran a alguien a recogerla, y ella traería consigo la caja a la capital para esparcir las cenizas en los Campos del Honor, junto a sus demás compañeros caídos.

Emil justo acababa de hablar con Onna, seguramente discutiendo los últimos arreglos, y ahora estaba a la orilla del lago y miraba el agua. O tal vez simplemente estaba cabizbajo. Lucía como si hubiera empequeñecido, como si hubiera perdido toda la confianza en sí mismo.

A Elyon le dolía verlo así. Le dolía más de lo que era capaz de soportar. En esos momentos, Emil probablemente la odiaba, pero eso no hacía que sus sentimientos disminuyeran; al contrario, cada vez estaba más segura de que estaba enamorada, y su corazón todavía estaba destrozado.

Tenía grabado en su mente el recuerdo de los ojos de Emil llenos de rabia. Rabia dirigida hacia ella.

Y una parte de Elyon quería estar molesta con el príncipe pero, ¿la verdad?, sólo estaba triste. Su pesar era aplastante. Sólo esperaba que las cosas no se quedaran así. Le iba a dar tiempo; tal vez Emil daría el primer paso, pero si no, ella no se iba a quedar con los brazos cruzados; no pensaba perder a su mejor amigo.

—Es hora de irnos —anunció Mila, acercándose a Elyon.

Entonces miró al sol, que brillaba en lo alto del cielo. Quedaban pocas horas para que se ocultara y abriera paso a la luna. En efecto, ya era hora.

Elyon nunca había montado un lobo, por lo que la idea de hacerlo le emocionaba. Podía ver a su lado que Gianna lucía muy nerviosa, especialmente porque los animales eran enormes y letales. En Alariel no era muy común ver lobos; en algunas zonas boscosas había unas cuantas manadas, pero eran considerados animales salvajes y de la luna, por lo que nadie se les acercaba.

Estos lobos frente a ella parecían en total sintonía con Rhea y su tripulación, era algo increíble. Le recordaba un poco a su propio vínculo con Vela.

Era momento de irse, y había cinco lobos y ocho personas, por lo que Mila iría con Elyon, Gianna con Gavril, y Emil con Rhea. Silva y Ali iban a flanquear.

Tan pronto Rhea silbó, los lobos emprendieron la marcha a toda velocidad. Elyon tuvo que abrazar con fuerza a Mila para no irse hacia atrás. La capitana iba un poco adelante, guiando a los demás. La destreza de estas bestias era asombrosa, cruzaron el Río del Juramento saltando de piedra en piedra sin perder el ritmo en ningún momento, y pronto ya estaban en la entrada del Bosque de las Ánimas.

Elyon pensaba que se detendrían antes de pasar al tenebroso lugar, pero no fue así, los lobos entraron como si nada, desplazándose a una rapidez sin igual, era casi como volar.

En un abrir y cerrar de ojos ya estaban dentro del bosque y no se podía ver el cielo, lo que se debía a una combinación entre la neblina y la altura de los árboles; Elyon ni siquiera podía calcularla. El ambiente se sentía pesado, incluso respirar costaba más trabajo. Y a pesar de que estaba consciente de que el sol todavía brillaba arriba, era como si los hubiera abandonado. El bosque era oscuro y lúgubre. Como salido de un cuento de terror.

Y mientras más se adentraban, más frío comenzaba a sentirse. ¿Y el olor? Insoportable, era como si algo se estuviera pudriendo y hubiera impregnado todo el lugar. Los árboles estaban secos y sus cortezas grises, y el suelo no parecía simple tierra, pues grandes cantidades de polvo se levantaban con cada pisada de los lobos. No, no era polvo, eran cenizas.

El silencio era brutal, solamente interrumpido por el correr de los lobos. Era como si no hubiera vida en el bosque, pero sabía que eso era imposible, pues un sinfín de criaturas inimaginables vivían ahí.

Lo peor de todo era la sensación de que, en todo momento, algo los estaba observando, y su mirada era tan intensa, que el corazón de Elyon comenzó a martillar contra su pecho.

—¿Estás bien? —preguntó Mila sin quitar la mirada del camino—. Tu respiración está muy agitada, trata de calmarte.

Las palabras de Mila la desconcertaron.

—¿Tú no sientes el aire pesado... como difícil de respirar?

—Sí se siente distinto, pero creo que es por toda la ceniza que está saltando —respondió Mila—. Tal vez está tapando tu nariz.

—Sí, eso debe ser... —respondió, no muy convencida.

Y es que estaba segura de que no era eso. No era la espesa neblina, ni la ceniza que cubría como manto todo el suelo. Era el aire, había algo en el aire y cada vez era más insoportable.

Un escalofrío recorrió su espalda cuando juró que escuchó a alguien que le llamaba por su nombre. No había sido una voz familiar, fue más como un susurro que venía desde los árboles secos. Era un sonido ancestral y áspero, como si llevara milenios sin hablar.

Se abrazó más fuerte de la cintura de Mila y comenzó a mirar hacia todos lados, pero a simple vista sólo había troncos y sombras. Estaba segura de que alguien más estaba con ellos, una presencia extraña, y tenía la sensación de que era el mismísimo bosque. Como si el lugar tuviera vida propia y pudiera sentirla tanto como ella lo sentía a él.

«Elyon. Elyon. Elyon».

La voz que empezó como un susurro aislado ahora era más insistente y más fuerte, como si estuviera gritando con urgencia.

—¿Escuchaste algo? —preguntó con un hilo de voz, aunque ya había anticipado la respuesta.

—No, nada.

Elyon decidió no decir más y hundió su cabeza en la espalda de su amiga, tratando de ignorar esa voz que parecía estar dentro de su mente; pero ella sabía que no era así. El bosque le estaba hablando, pero ¿por qué a ella? ¿Y por qué sentía tanto frío y tanto miedo?

Lo que más le asustaba ya no era la voz en sí, sino que se estaba sintiendo atraída hacia ella. Sentía que le acariciaba la espalda, invitándola, ¿a qué?, no tenía idea y no quería averiguarlo, pero algo dentro de su ser estaba inquieto, despierto, y quería dejarse llevar por aquella voz.

«Elyon».

Levantó la cabeza. Esta vez la voz no había venido de todo el bosque, la había escuchado claramente detrás de ella. Temía voltear, pero a la vez no podía evitarlo. Lo hizo ligeramente para ver por encima de su hombro, y ahogó un grito al ver que unos ojos grandes y amarillos la observaban de vuelta por entre los árboles. No podía distinguir la silueta con claridad, pero no parecía del todo humana. Y se encontraba ahí, sin moverse, simplemente mirándola.

—Elyon, estás temblando, ya casi llegamos; cierra los ojos y respira hondo.

La voz de Mila sonaba lejana, como si ya no estuviera con ella. Y, ¿era su imaginación o la criatura había avanzado y ahora estaba más cerca? No la había visto moverse y, sin embargo, su presencia estaba embriagando todos sus sentidos. Era asfixiante y helada y no la dejaba respirar.

Las voces de sus amigos estaban en segundo plano.

—Chicos, algo le pasa a Elyon.

—No podemos detenernos, falta poco.

—¡Creo que está teniendo un ataque de pánico!

Y entonces alguien tomó su mano y una calidez inmediata invadió su cuerpo. Fue como si un hechizo se rompiera, pues los ojos amarillos se habían ido y con ellos la voz que la llamaba.

—Elyon.

Ahora la voz era familiar y cercana. Volteó a un lado y lo primero que sus ojos vieron fueron los de Emil. El lobo de Rhea corría justo a un lado del de ella y el príncipe la había tomado de la mano con fuerza. Fue entonces que Elyon tomó una prolongada bocanada de aire y pudo respirar de nuevo. Tenía unas tremendas ganas de llorar, pero se sentía seca por dentro.

—Quiero salir de aquí —dijo, y su voz sonaba rasposa.

—Lo sé —respondió Emil—. Falta poco.

Pero algo le decía a Elyon que, aunque salieran del Bosque de las Ánimas, una parte de ella se iba a quedar ahí.

Capítulo 22
MILA

Mila estaba preocupada.

Siempre trataba de ser optimista y mostrar confianza en que todo iba a salir bien, pero era cierto que en este viaje habían estado ocurriendo cosas que se escapaban de su control. ¿De qué le servía ser la mejor guerrera de la academia si no tenía práctica real? Claro, en la academia ganaba todos los torneos y dominaba las pruebas de fuego, combate físico y con armas, pero nada de eso la había preparado para los peligros reales. Ni siquiera las misiones locales que hacía de vez en cuando con la Guardia Real la habían preparado para esto.

Habían salido del Bosque de las Ánimas, y Elyon ya se había tranquilizado casi por completo. No había sido un trayecto agradable: todo estaba oscuro y el ambiente era terroso. Y era extraño que, a pesar de que a simple vista parecía totalmente muerto, diera una sensación tan intensa de vida. Mila lo atribuía a todas las criaturas que vivían allí, aunque no podía sacudirse la sensación de que tal vez era el mismo bosque en sí.

En un inicio no había estado muy convencida de la decisión de Emil de volver a casa. Las decisiones tomadas en momentos de furia nunca eran las más acertadas, pero no había dicho nada. No iba a cuestionar sus decisiones, no cuando Emil estaba aprendiendo a ser un líder.

Y ahora que no podía quitarse esa sensación de preocupación del pecho; pensaba que tal vez sí era mejor volver a Eben. Lo principal era la seguridad de sus amigos, y aunque ella pensara más como Elyon, las cosas sí se estaban poniendo más y más peligrosas.

Estaba segura de que esa isla era la clave para encontrar las respuestas que buscaban, pero era arriesgado ir. Sin embargo, si Emil les decía que había cambiado de opinión y que irían a la costa de Valias, Mila no lo cuestionaría.

Seguiría a sus amigos hasta el fin del mundo.

Habían llegado a Pivoine con el sol bajando del cielo; pronto los ilardianos despertarían para hacer su vida de forma normal. Ya había unas cuantas personas en el muelle, pero no les prestaron atención, pues venían encapuchados y montando lobos, lo cual, al parecer, era algo normal en el lugar.

Rhea los guio hacia su barco, el *Victoria*. Las ciudades costeras de Alariel eran Zunn y Valias, por lo que Mila no estaba acostumbrada a ver navíos tan imponentes como los que tenía frente a sus ojos en esos momentos. Vintos, su ciudad, se especializaba en la producción de madera y sus derivados.

Subieron al barco junto con los lobos, quienes viajarían con ellos. Iban a partir tan pronto la luna apareciera en el cielo, así que se encontraban esperando. Gianna les había indicado a Gavril y a Elyon que debían descansar, y estaba curándole por completo la herida del brazo a Emil, por lo que los cuatro se habían ido a un camarote ofrecido por Rhea. Mila se había quedado en la cubierta, mirando hacia las lejanías del mar de Ilardya, recargada en la barandilla de la nave.

—Es hermoso, ¿verdad?

La voz de la capitana la tomó por sorpresa y se reprendió a sí misma, pues no debía bajar la guardia. A pesar de que la tripulación del *Victoria* le inspirara confianza, nunca debía olvidar que eran personas que no conocía.

—Sí... muy pocas veces tengo la oportunidad de ver el océano —decidió responder.

—Y yo no podría vivir un solo día sin él —dijo Rhea, recargando también sus codos en la barandilla, a un lado de Mila.

—¿Llevas mucho tiempo en esto?

—¿En los mares? Toda mi vida —respondió—. Mis padres eran piratas. Robaban de los barcos ricos de Ilardya y Alariel para dar a las islas de Daza y Gila, que son las más pobres del reino.

Mila no sabía por qué le estaba contando estas cosas, pero no se sentía incómoda con la capitana, al contrario.

—¿Y estás siguiendo sus pasos? —preguntó.

—Oficialmente trabajamos en el puerto de Pivoine, pero no por mucho tiempo más...

Oh.

—¿Es por eso que quieren ir por ese recurso a la isla? —preguntó. Tenía sentido si Rhea quería seguir los pasos de sus padres... Tal vez con ese recurso misterioso al fin conseguiría los medios para independizarse y ayudar a los más necesitados.

Rhea sonrió y miró a Mila a los ojos.

—Eres rápida.

Mila no pudo evitar devolverle la sonrisa.

—De todo corazón, espero que logren lo que se proponen. Tu tripulación es... increíble. Nunca había visto a tantas mujeres tan unidas y tan libres —le dijo—. Seguro tus padres están orgullosos.

—Mis padres fueron capturados y condenados a muerte por sus actos —reveló Rhea—. Es mi deber continuar con su misión.

Sintió una punzada en el pecho ante dicha revelación, aunque tampoco se sorprendió. Y la voz de Rhea no estaba cargada de tristeza, sino de decisión y fuerza. Se notaba el amor que aún sentía por ellos sin importar que ya no estuvieran ahí.

—Lo siento mucho —dijo Mila—. Puedes estar segura de que, estén donde estén, ellos siguen contigo.

Rhea se quedó callada durante unos segundos.

—En Ilardya se dice que nuestros difuntos se convierten en estrellas. Cada noche las miro y sé que están allí.

Vaya, en Alariel era totalmente distinto.

Qué maravilloso debía de ser tener la certeza de que las estrellas te cuidaban desde arriba.

—¿Y cuál es tu historia? —preguntó la capitana, mirándola. La brisa hacía que su largo cabello negro revoloteara sin dar tregua. Toda ella olía a sal.

Mila no estaba acostumbrada a hablar mucho de su vida. Sus mejores amigos la conocían desde hacía nueve años y habían vivido gran parte de su historia con ella, por lo que nunca había tenido la necesidad de contarla.

—No tengo una historia extraordinaria —respondió al fin, evasiva, pasándose una mano por el cabello. En esos días le había crecido un poco, ya le rozaba los hombros.

—Ah, pero todos tenemos una historia que contar.

Todavía no confiaba del todo en Rhea, pero algo dentro de ella la impulsaba a hablar. Le contó de todo un poco. De cómo su familia nunca había sido de dinero y ella había pasado gran parte de su infancia ayudando a su papá en su taller de madera y cuidando a sus hermanos menores. De cómo a los cinco años sus poderes de lanzallamas surgieron y empezaron sus estudios en la academia de Vintos, su ciudad natal. De cómo a los diez años fue trasladada a la academia de Eben, pues según todos sus profesores, era una solaris prometedora, la mejor en varias décadas. De cómo ahí conoció a sus mejores amigos.

Mila se sentía completamente a gusto. Estaba fuera de su elemento, pero no era incómodo. Siempre había sido de las que escuchaban a los demás, así que hablar sobre ella era incluso terapéutico. Y aunque no contó nada muy íntimo o trágico y se concentró sólo en lo básico, Rhea la escuchó con atención en todo momento.

—Has tenido una buena vida —concluyó la capitana.

Mila sonrió levemente.

—No siempre ha sido buena, pero me considero muy afortunada —respondió. Esta siempre había sido su filosofía de vida—. Cuando amas lo que tienes, tienes todo lo que necesitas.

A pesar de que Rhea la había contemplado en todo momento, era como si ahora el peso de su mirada se hubiera intensificado. La estaba observando con genuino interés, analizando las palabras que acababa de decir.

—Me agradas, Mila —dijo sin más, como si hubiera llegado a esa conclusión después de la plática que habían tenido—. De verdad espero que esta no sea la última vez que nuestros caminos se crucen.

Mila se sorprendió al darse cuenta de que ella esperaba lo mismo.

—Rhea. —Una de las chicas de la tripulación se acercó a ellas. Ali, le parecía que se llamaba—. Es hora de zarpar.

—¿Ya prepararon todo?

—Sí, todo listo.

—Dile a Silva que tome el timón, voy en un segundo.

Ali asintió y se fue a hacer lo que la capitana le había indicado. De nuevo estaban solas.

—Vaya, ni siquiera nos dimos cuenta de que la luna ya estaba en el cielo —dijo Mila, mirando hacia arriba. Apenas estaba oscureciendo, pero el astro ya se encontraba allí, deslumbrante. Estuvo tan inmersa en la plática, que no puso mucha atención a sus alrededores. Se hizo una anotación mental de que no podía distraerse de ese modo.

—De hecho, lleva algunos minutos allí —contestó Rhea con simpleza—. La vi desde que salió.

Eso la hizo voltear a verla.

—Oh, ¿por qué no dijiste nada? —preguntó.

—La plática estaba muy interesante. Además… me intrigan las mujeres bellas e inteligentes —respondió, guiñándole el ojo.

Ante eso, Mila no pudo evitar sonrojarse. Intentó formular alguna clase de respuesta, pero Rhea ya se había dado la vuelta y se encontraba caminando hacia el timón.

Tardaron unas cuantas horas en llegar al puerto de Zunn. Ya se avistaban las luces de la ciudad y en cuestión de minutos tendrían los pies en tierra firme. Ver los poderes de la luna en acción continuaba siendo una experiencia increíble para Mila. Rhea y otras dos chicas de la tripulación eran lunaris con afinidad al agua, por lo que podían impulsar el barco para que fuera un poco más rápido que uno convencional.

Era extraño cómo un acuático podía controlar el agua a su antojo y, además, invocarla. Los poderes de un lanzallamas eran distintos. Sí, podían crear fuego y controlarlo, pero sólo el propio.

—No creo que sea conveniente que los vean bajar de un barco ilardiano —dijo Rhea. Todo el grupo se encontraba dentro de una cabina con una mesa y varias sillas. La capitana los acababa de convocar minutos antes de que arribaran en el puerto.

—¿Y ustedes no tendrán problemas al llegar? —preguntó Gianna.

—No. Teníamos un encargo para dentro de dos días; sólo diremos que nos adelantamos —respondió—. Lo importante aquí es que bajen del barco sin que los vean. Mi tripulación y yo distraeremos a los encargados durante la inspección. Mientras, ustedes deberán escabullirse.

—Bien. Gracias —respondió Emil—, por todo.

La capitana lo miró durante unos instantes.

—Así que, príncipe Emil —enunció Rhea.

Mila notó que Emil apretó los puños.

Era la primera vez que Rhea reconocía en voz alta a Emil como el heredero al trono de Alariel, pero no debería ser una sorpresa que lo supiera, pues no habían cuidado nada de lo que decían a su alrededor.

Gavril ya se había levantado de su silla.

—Sé que piensas que tu madre puede estar en la isla —continuó la capitana.

Emil la miró cuidadosamente.

—No podemos estar seguros —dijo al fin.

—Una posibilidad es mejor que nada —señaló ella—. Sólo quiero decirte que nosotras partiremos para allá dentro de veinticuatro horas, que es el tiempo máximo que se nos permite estar en el puerto de Zunn, y tenemos suficiente espacio a bordo.

Nadie respondió. Mila suponía que todos se habían sorprendido con la oferta; Rhea les estaba insinuando que les daba la opción de ir con ella a la Isla de las Sombras.

—No sé para qué me dices esto —respondió Emil.

—Yo creo que lo sabes perfectamente. —Rhea se cruzó de brazos, sus ojos negros seguían clavados en él—. Aquí voy a estar si cambias de opinión. Recuérdalo, sólo veinticuatro horas.

Capítulo 23
EMIL

La legada al puerto fue menos complicada de lo que esperó; al parecer, era más que común recibir barcos ilardianos durante la noche. Rhea y sus chicas bajaron del barco con unas cuantas cajas y guiaron a los marineros con ellas para la inspección. Después de eso, Emil y los demás habían bajado, acompañados de otros miembros de la tripulación.

Silva los guio lo más lejos que pudo y después se despidió con una simple seña de mano, diciéndoles que los vería en un rato. Ante eso, Emil frunció el ceño, pero no respondió nada.

Siguieron caminando lo más lejos del puerto que pudieron; había poca gente en las calles, puesto que ya era de noche, y Emil observaba con algo de fascinación el lugar. Zunn era el área comercial más grande de todo Alariel y, por lo tanto, una de las ciudades más ricas; pero aquí, cerca del puerto, estaba viendo cosas que no le gustaban para nada. Había niños durmiendo en las calles y personas sin calzado y con ropa rasgada; en un estado muy lamentable.

Siempre había sabido que había pobreza en Alariel, pero en sus diecisiete años jamás la había visto de primera mano. Cuando salía de Eben con sus padres, los recibían en las áreas más elegantes de cada ciudad. Esto... era nuevo para él, y lo llenaba de una impotencia enorme. ¿Cómo era posible que él tuviera tanto y hubiera otros que tuvieran tan poco?

Cuando fuera el rey, ¿sería capaz de acabar con la pobreza de su nación?

En esos momentos no se sentía capaz de nada.

Al fin llegaron a los límites del área comercial, donde se encontraba la estación de la Guardia Real asignada a Zunn. Emil tomó aire y sin pensarlo mucho, tocó la puerta. Se escuchó movimiento dentro y pasó casi un minuto antes de que abrieran.

—Estas ya no son horas de servicio, lo siento mucho —dijo el oficial.

—Esta vez tendrán que hacer una excepción —intervino Gavril, posicionándose al lado del príncipe.

Emil se quitó la capucha que llevaba cubriéndole la cabeza.

—¿S-su alteza? —balbuceó el oficial, nervioso—. ¿Qué puedo hacer por usted? Será un honor servirle.

—Necesito que se comuniquen con el castillo y que manden pegasos para que podamos subir.

Y así, en poco tiempo, ya habían montado a los pegasos y estaban siendo flanqueados por dos miembros de la Guardia Real. El oficial había salido disparado en su propio pegaso para avisar a Eben que el príncipe se encontraba a las afueras del mercado de Zunn.

Llegar a la ciudad flotante no fue como Emil lo imaginó. Había pensado que, al poner un pie ahí, se sentiría en casa y en completa paz, pero no fue así. Ya había cruzado el Gran Muro y se sentía intranquilo e incompleto, como si no estuviera haciendo lo correcto. Pero tenía que olvidarse de esa sensación y enfocarse en lo importante.

—Su alteza —dijo uno de los soldados que cuidaban la puerta—, Lord Zelos quiere verlo en la sala del Consejo. De hecho, a todos.

Emil tragó saliva; no tenía ganas de lidiar con su tío en estos momentos, pero sabía que era necesario. Tenía explicaciones que dar, una responsabilidad que asumir, y una importante petición que hacer.

—Todo va a estar bien —susurró Mila, cerca de él. Emil odiaba que todos supieran lo vulnerable que se sentía ante su tío, así que no dijo nada.

Se dirigieron hacia la Sala del Consejo y, al entrar, notaron que todos los miembros estaban ahí, sentados en su respectivo lugar, incluido su padre, el rey Arthas. Sólo había dos cosas fuera de lugar: habían traído más sillas para que los recién llegados pudieran tomar asiento, cosa que hicieron; y su tío Zelos estaba ocupando el lugar a la cabeza de la mesa. El lugar que se suponía era de Emil.

El príncipe se sentía diminuto en el asiento que había tomado.

—Hijo… —dijo Arthas, mirándolo de pies a cabeza—. ¿Qué ha pasado?

—Sí, su alteza, ¿podría explicarnos por qué regresa en medio de la noche sin los pegasos que le asignamos? Oh, y sin la Guardia Real —inquirió Zelos, cruzado de brazos.

Emil estaba luchando por no bajar la cabeza.

—La Guardia Real fue atacada —dijo, y su voz salió temblorosa—. Todos están muertos.

Eso hizo estallar murmullos de consternación por parte de todos los miembros del Consejo, y cuando Zelos exigió una explicación, Mila fue quien alzó la voz y relató, sin mencionar las partes en las que fueron a Ilardya, que alguien había asesinado a los guardias de noche, cuando todos dormían. Y no sólo eso, sino que también se habían llevado a los pegasos, dejándolos sin medio de transporte.

Zelos no parecía creer del todo esa historia.

—Es muy grave lo que nos cuentan, y hay muchos cabos sueltos —respondió la cabeza del Consejo—. ¿Por qué la Guardia Real no se defendió? ¿Por qué no entraron a la casa a atacarlos a ustedes también?

Esta vez fue Elyon quien habló.

—Si supiéramos esas respuestas, Milord, créame que se las comunicaríamos con precisión —dijo, y su voz salió firme—. Pensamos que tal vez los atacantes venían en grupo y el embate fue rápido y sorpresivo.

Gianna estaba totalmente paralizada, pero nadie iba a decir que los soldados no se habían defendido por una infusión para dormir. Todos tenían un silencioso acuerdo de lealtad.

—Ya veo —respondió Zelos, nada convencido—. Y sin pegasos, ¿cómo es que volvieron?

—El ataque fue hace tres días. —La mentira salió de los labios de Elyon con naturalidad—. Vinimos caminando y estamos exhaustos y hambrientos.

—Oh, por Helios —exclamó Lady Minerva, llevándose ambas manos al pecho—. ¿Cómo se les ocurrió hacer eso? ¡No saben lo peligrosos que pueden ser esos caminos!

—No se preocupe, Lady Minerva. Estamos bien —aseguró Emil, esforzándose por mostrar más seguridad de la que sentía—. Las cenizas de los soldados caídos se encuentran allá todavía, resguardadas por la anciana que enviaron para nuestro cuidado. Ella está a la espera de que la traigan de vuelta al castillo. —Hizo una pausa y tomó aire, inflando su pecho—. Y asumo la responsabilidad de lo que pasó, debí haber estado más alerta y es con mucho pesar con el que traigo esta noticia.

—Su alteza, si me permite decirlo, la pérdida de los valiosos miembros de la Guardia Real es lamentable, pero era su deber protegerlos a ustedes —dijo Lord Mael—. No tiene ninguna responsabilidad que asumir.

—Me atrevo a diferir con usted, Lord Mael —soltó Lord Anuar; sus manos estaban sobre la mesa, con los dedos entrelazados—. Creo que el joven príncipe hace bien en tomar la responsabilidad de lo que ocurrió.

—¿Habrán sido los rebeldes? —preguntó entonces Lady Seneba.

—Es una posibilidad —respondió Lady Jaria, cruzándose de brazos—. Con la cantidad de reportes que se han hecho en los últimos días, lo lógico es pensar que se trata de un ataque de Lestra también en este caso.

Eso llamó la atención de Emil.

—¿Ha habido más ataques de rebeldes? —preguntó.

—Ah, ¿ahora te interesas por tu nación? —exclamó Zelos, altivo—. Eso es nuevo, pues te fuiste de vacaciones sin siquiera pensar en todos los problemas actuales, ¿crees que ese es el comportamiento adecuado para un futuro rey?

—Zelos —dijo Arthas, como advertencia.

Emil apretó la mandíbula. Si su tío supiera realmente todo lo que había pasado, no se atrevería a decir que ese viaje había sido para vacacionar. Emil nunca se había sentido tan útil como en esos días en los que estuvo fuera. Al final las cosas habían resultado mal, pero no se había quedado con los brazos cruzados y había ido en busca de su madre. Y por si fuera poco, habían encontrado información valiosa sobre los ilardianos. Eso era lo más importante, tenía que avisar al Consejo para que enviaran gente a buscar esa isla.

—Tengo otras noticias qué dar. —Eso llamó la atención de todos los presentes. Era ahora o nunca—. Creo que encontramos un lugar en donde podría estar la reina.

—¿Qué dices? —exclamó su padre, poniéndose de pie.

Emil no se iba a molestar en explicar cómo había conseguido la información, pero se memorizó las instrucciones para poder comunicárselas al Consejo. Necesitaba que fueran a esa isla.

—Hay una leyenda sobre una isla que aparece sólo a la luz de la luna... —comenzó a decir.

Eso ocasionó un bufido de parte de Lord Anuar, pero Emil no se dejó intimidar.

—Hace tiempo, alguien vio un barco ilardiano navegando por las costas de Valias en la noche, y se dice que la isla aparece en esa ubicación —habló con rapidez, usando sus manos para hacer énfasis en lo que decía—. ¿No es sospechoso? ¿Por qué un barco de Ilardya iría hasta allá cuando está fuera de los límites? Además, han buscado a mi madre por cada lugar que está en el mapa, ¿qué tal si todo este tiempo ha estado en un lugar que no lo está?

—Eso es ridículo, ¿te estás escuchando? —bramó Zelos. Su rostro no delataba nada, pero su voz sonaba ofendida, como si lo hubieran insultado—. Esas son historias para niños, no son reales.

—Todas las historias tienen algo de verdad en ellas —dijo Elyon, mirando de forma desafiante a Zelos.

—¿Cuáles son sus fuentes para asegurar esta información, su alteza? —preguntó Lady Jaria—. No hemos tenido reportes de barcos ilardianos en la costa de Valias.

Emil no pensaba decirles que Elyon era quien lo había visto, pero al parecer a ella no le importaba.

—Yo lo vi con mis propios ojos, Milady —respondió con seriedad—. Y nadie los reporta porque no los han visto. No dudo que muchos utilicen ilusiones para navegar invisibles. Además, era de noche; no hay nadie en las playas de Valias cuando la luna está en el cielo.

—Insisto, esto es absurdo y no se va a discutir más —espetó Zelos. Por su tono de voz parecía molesto, pero su rostro permanecía imperturbable—. Mi hermana no está atrapada en una isla inexistente.

—¿Y cómo lo sabe, Lord Zelos? —habló Gavril por primera vez—. Parece muy seguro de ello.

—No voy a permitir que un chiquillo arrogante insinué que soy capaz de cometer traición a la Corona. Esa es una gravísima falta de respeto hacia la cabeza del Consejo Real —respondió Zelos, sin alterarse. Sus ojos azules parecían un témpano de hielo—. Retírese de la sala, Lord Gavril.

—¡No! —exclamó Emil, sobresaltado—. Gavril se queda.

Zelos alzó una ceja.

—No estás en posición de retarme, príncipe Emil.

Emil quería gritar. Quería decirle que siempre iba a estar en tal posición porque él era el futuro rey de Alariel. Pero no se atrevía. Simplemente no podía enfrentarse a Zelos, y menos cuando se sentía completamente derrotado e indigno de la Corona.

—Zelos, deja que el chico se quede. Estoy seguro de que no lo dijo con intención de insinuar nada; todos estamos muy alterados —dijo Arthas entonces.

Su padre, que siempre entraba a defenderlo.

—Bien. De todos modos no importa, porque esta reunión se acabó, no tenemos nada más que discutir aquí —respondió Zelos—. Mañana enviaré a un escriba con cada uno de ustedes para que se redacte un informe.

—Disculpe mi atrevimiento, Milord, pero no hemos terminado de hablar —dijo Elyon.

—¿Quieren seguir soltando estupideces?

—No, esa isla existe y deben enviar una cuadrilla para buscar a mi madre. Estoy consciente de que tal vez no se encuentre allí, pero existe una gran posibilidad —exclamó Emil. Zelos ya había dejado de verlo, haciendo evidente su desinterés.

«Mírame cuando te hablo», quería gritar.

—No haremos tal cosa —respondió su tío, y después soltó un suspiro exagerado, para que todos en la sala lo escucharan—. No vamos a perder el tiempo con estas tonterías.

—Pero ¿no le parece sospechoso que haya barcos ilardianos yendo a la costa de Valias? —preguntó Mila. Se podía ver que no le estaba gustando nada el rumbo que había tomado la reunión—. Eso es digno de investigación.

—Bien, vamos a revisar los reportes para ver si alguien ha visto tal cosa.

El tono de Zelos indicaba que no revisarían nada; simplemente había respondido así para no hacer la reunión más larga.

—¡Les estoy diciendo que yo lo vi con mis propios ojos! —ahora sí, Elyon estaba alterada; puso ambas manos sobre la mesa, dando un pequeño golpe con las palmas extendidas.

Los miembros del Consejo comenzaban a indignarse por la impertinencia de los jóvenes, eso se notaba claramente en sus rostros. Pero Zelos seguía sin expresión alguna, e ignoró por completo a Elyon.

—Oficialmente, doy esta reunión por concluida —la voz de Zelos no daba lugar a más objeciones, era fría y contundente.

Y antes de que alguien dijera algo más, Zelos chasqueó la lengua y posó sus ojos sobre Gianna, que había permanecido en silencio y cabizbaja durante toda la reunión, seguramente aterrada de quedar mal ante el Consejo. Pero Emil la conocía, Gianna también quería hablar. También quería luchar por sus amigos.

—Señorita Lloyd, su madre me pidió que la escoltara a sus aposentos cuando la reunión terminara. Quiere hablar con usted; afuera la esperan dos guardias —comentó como si nada, comenzando a ponerse de pie a la par que sacudía suciedad imaginaria de su ropa.

Gianna se puso pálida y respondió con una afirmación apenas audible. La sombra de su madre, Marietta Lloyd, la acechaba en cada pensamiento.

Todos los miembros del Consejo imitaron a Zelos y se pusieron de pie para ir saliendo de la sala, murmurando entre ellos. Emil y sus amigos seguían sentados, claramente abatidos. El Rey Arthas observaba a su hijo con compasión y dolor.

Zelos iba caminando con la cabeza en alto hacia la puerta y, justo antes de salir del lugar, volteó para mirar a Emil de lleno a los ojos. Frío contra calor.

—Basta de juegos, su alteza —exclamó—. Nadie lo va a tomar en serio como rey si sigue con ese comportamiento.

Dicho esto, se fue.

Emil se encontraba solo en su habitación, tumbado sobre su cama. ¿Cuánto tiempo llevaba ahí? Unas cuantas horas tal vez, no estaba contando. No estaba haciendo nada.

En estos momentos ni siquiera estaba seguro de cómo se sentía. Enojado, impotente, fracasado, humillado. No podía creer lo que acababa de ocurrir en la sala del Consejo. No podía creer que su tío Zelos lo tratara de esa manera. ¿Por qué siempre se empeñaba en hacerlo sentir como un inútil? Como un niño insulso que no era digno de ser el rey de Alariel.

¿Y lo peor de todo?

A veces él mismo se lo creía.

Eso era lo que había pensado cuando vio a toda su Guardia Real asesinada. Cuando los lobos atacaron a Gavril. Ese día, con el Consejo. Todavía era un niño que no era capaz de hacer cosas grandes. Que no era capaz de proteger a los suyos. Que no era capaz de portar una responsabilidad tan enorme como la Corona de su nación.

Tal vez Zelos haría un mejor trabajo que él.

—No —dijo, sentándose.

Zelos podía pensar lo que quisiera de él, pero eso nunca le daría el poder de quitarle lo que por derecho de nacimiento era suyo. Y no sólo eso, Emil realmente sentía que su destino era ser el rey de Alariel. Un rey justo, fuerte y bondadoso, como su madre.

Recordaba que, cuando era pequeño, se la pasaba gritando a los cuatro vientos que él sería el rey, y la simple idea no hacía nada más que emocionarlo. Siempre había sido un niño valiente, lleno de vitalidad y confianza en sí mismo. ¿Qué fue lo que pasó con él?

Oh, lo sabía perfectamente.

Nunca iba a olvidar el día en que todo cambió.

Pero ¿no era hora de superarlo? Si seguía aterrado por el pasado no iba a poder avanzar hacia el futuro. Había estado atrapado mucho tiempo en medio de todos sus miedos e inseguridades.

Y estaba harto.

Tal vez Zelos no creía en él. Tal vez ni siquiera él mismo creía, pero era hora de que comenzara a hacerlo. Tenía que luchar por lo que quería y demostrarse a sí mismo que era el digno heredero de la nación del sol.

¿El Consejo no pensaba hacer nada? Mal por ellos, pero Emil no se iba a quedar con los brazos cruzados. Todavía podía sentirse como un niño, pero no iba a permitir que eso lo frenara. Ya no iba a ser una excusa.

Se levantó de su cama para tomar un papel y una pluma, luego corrió a su escritorio y la bañó de tinta para comenzar a redactar una carta. No era muy larga, más bien era concisa y directa. La firmó con su nombre y la dejó en el mismo lugar. Después se levantó. Iba a encontrar a sus amigos para informarles su decisión.

Pero justo en ese momento, como si estuvieran conectados, escuchó dos piedras que golpeaban su balcón. Sonrió mientras corría a recibirlos. Todos estaban allí: Gavril, Gianna, Mila y Elyon. Ya estaban encapuchados y listos.

—¿Cómo lo supieron? —preguntó Emil, tomando su propia capa para comenzar a ponérsela.

—Te conocemos, Emil —respondió Elyon.

Tal vez sus amigos lo conocían más de lo que él mismo se conocía.

—Y Zelos es un idiota —añadió Gavril. Tenía una capa nueva—. Vamos a demostrarle que no puede subestimarte.

—Por primera vez estoy de acuerdo con mi hermano —Gianna asintió—. Eres el futuro rey de Alariel y ni ese hombre ni nadie puede quitarte eso.

—Te lo hemos dicho siempre, estamos contigo —dijo Mila.

Emil los miró. Los miró a todos y sintió que su corazón iba a explotar. No había lugar para más dudas. Sus amigos creían en él y ya era hora de que él también lo hiciera.

—¿Están listos? —preguntó.

Todos asintieron.

—Salgamos de aquí.

Capítulo 24
ELYON

—Sabía que volverían.

Esas habían sido las palabras de Rhea cuando los recibió en su barco. Incluso había asignado a una chica para que vigilara el puerto en caso de que regresaran. Era de madrugada y todavía faltaba tiempo para el amanecer, y la tripulación estaba preparando el barco para zarpar. Ali les estaba contando que querían empezar el viaje con luna aún en el cielo, para alejarse lo más que pudieran de Zunn. Cuando el sol salía, preferían no gastar su reserva de magia en mover las aguas, sino guardarla para cualquier inconveniente.

Escapar del castillo no había sido muy complicado, usaron la vieja técnica de Ezra y tomaron sus pegasos para volar por encima del muro en el punto ciego donde ningún guardia solía estacionarse. Elyon llevó a Mila sobre Vela, Gavril llevó a Gianna sobre Lynx, y Emil viajó solo sobre Saeta.

Habían buscado a Ezra antes de irse para contarle lo ocurrido y compartir sus hallazgos; estaban seguros de que el mayor de los Solerian accedería a acompañarlos. Pero no lo encontraron, no había rastro de él en el castillo.

Ni siquiera eso los había detenido y ahora estaban aquí, a bordo del *Victoria*. Los pegasos descansarían en cubierta y serían alimentados, pero podrían volar siguiendo el barco si se estresaban por viajar en el agua.

Elyon estaba emocionada, una parte de ella todavía no podía creer que hubieran llegado a ese punto. Sentía que iban a lograr algo importante.

—Si mis cálculos son correctos, tardaremos tres días en llegar a Valias, será la tercera noche en la que buscaremos la isla.

Elyon siguió escuchando cómo Rhea le contaba a Mila acerca del camino que iban a tomar, y que tal vez lo más adecuado sería que intentaran ajustarse a un horario ilardiano y durmieran de día, pues llegarían a la isla en la noche y necesitaban estar completamente alertas; lo mejor era empezar a acostumbrarse. Desde que habían subido al barco, hacía aproximadamente una hora, su amiga y la capitana habían permanecido juntas. ¿En qué momento habían conectado tanto? Al verlas hablar, parecía como si llevaran años siendo amigas.

Mila se veía especialmente radiante, le brillaban los ojos.

Elyon sonrió. Oh, en cuanto estuvieran solas le esperaba un interrogatorio intensivo.

—Tres días —susurró para sí misma, caminando hacia algún otro lado del barco. Ya lo había explorado casi por completo cuando viajaron a Zunn, así que no había nada nuevo qué descubrir, por lo que decidió ir al área de la cubierta donde estaban los pegasos. Se sentó a un lado de Vela y comenzó a acariciar su melena.

Tres días no eran demasiado, no si los comparaba con los seis que tomaba viajar de Zunn a Valias por tierra. De todos modos, no le encantaba viajar en barco, y evitaba mirar hacia el mar si no tenía por qué hacerlo. No le temía; sólo que no le gustaba estar rodeada de agua. Sabía que normalmente un barco tardaba unos cuatro días en hacer este viaje, pero en esa ocasión tenían la ventaja de la magia de luna. Elyon frunció el ceño, pensando en que le gustaría ayudar con su propia magia afín al agua.

Obviamente, no lo haría.

Si todavía no confiaba en que su propia gente del sol la aceptaría, menos podía mostrársela al enemigo. Aunque sabía que Rhea y su tripulación no eran el enemigo; simplemente eran ilardianas. Pero ¿no le habían enseñado toda su vida que esas palabras eran un sinónimo?

«Una abominación». Eso le había dicho su madre cuando recién descubrió su afinidad con la luna. Elyon era pequeña e impresionable, y esas palabras nunca habían abandonado su mente. Ni su corazón. Ocultaba su magia porque era *mala*. Porque las personas no la aceptarían. Porque su propia familia le había dado la espalda.

¿Y lo peor? Cada vez era mayor su deseo de dejar salir su magia lunar.

Eso la aterraba.

Esa noche, Elyon se había quedado despierta para poder seguir el consejo de Rhea y dormir durante el día. Sus amigos habían hecho lo mismo, aunque no estaban completamente convencidos, ya que de noche sus poderes eran limitados y no tenían cómo defenderse en caso de un ataque.

La segunda noche todos hicieron trabajos sobre cubierta con la tripulación para no quedarse dormidos y terminar rendidos cuando saliera el sol. Elyon había hecho equipo con Mila para encargarse de los lobos: debían alimentarlos y cepillarlos. Eran criaturas fascinantes cuando no atacaban.

Elyon también aprovechaba cuando los pegasos tenían que volar para subir con Vela y seguir el barco desde arriba, como ahora. Hacía tiempo que no volaba por placer, y eso la hacía sentir plena y dichosa. Desde arriba podía ver a sus amigos. Gianna se encontraba cosiendo una red junto a dos chicas de la tripulación. Mila estaba en uno de los camarotes con Rhea, ordenando unos papeles (o eso habían dicho, Elyon no estaba muy segura de la veracidad de esa declaración). Gavril se encontraba en la cofa, mirando hacia el océano; le gustaba pasar allí el tiempo. Esa noche le había tocado a Emil ayudar en la cocina, y lo pudo ver cargando un enorme costal de papas antes de que entrara con la cocinera.

En el barco, ni siquiera el príncipe del sol se libraba del trabajo.

Elyon rio; estaba segura de que en el castillo de Eben jamás le habían pedido a Emil ayuda en la cocina. O en ningún otro lado. De todos modos, él no se había quejado y acataba todas las instrucciones que Rhea le daba.

Una sensación amarga se apoderó de ella y su sonrisa se volvió triste. Emil y ella no habían hablado desde lo que sucedió en el Lago de la Inocencia, desde que él había explotado y le había gritado con rabia. Y le dolía y lo extrañaba como nunca había extrañado a alguien. ¿Así se sentía el amor?

Ella no había buscado eso y, sin embargo, ahora pasaba gran parte de su tiempo pensando en Emil y en que quería estar con él, ¡pero ninguno hacía nada! Elyon suponía que tendría que dar el primer paso, pues no quería dejar pasar más tiempo.

Y es que nunca estuvo enojada; tal vez al principio sintió el orgullo herido y el corazón roto, pero ahora sólo estaba afligida y algo desolada. En ese momento, Vela relinchó, sacudiendo un poco a Elyon.

—¡Está bien! Hablaré con él —respondió ella. A veces pensaba que Vela podía leer su mente.

Estaba decidida, hablaría con Emil.

Esa segunda noche todos fueron convocados a una reunión con la capitana, en la que pusieron el papel con las instrucciones para llegar a la isla invisible sobre la mesa, al lado de un mapa de todo Fenrai, y comenzaron a idear teorías sobre dónde podría estar exactamente ubicada.

—La noche que vi el barco iba en esta dirección —dijo Elyon, y con su dedo trazó una línea imaginaria señalando el camino que el barco había tomado desde la costa de Valias, donde ella lo había visto.

—Bien, entonces podemos deducir que está cerca de la península. Podemos llegar exactamente ahí y luego seguir hacia el norte —respondió Rhea, marcando ese camino con tinta.

—¿Y después? —preguntó Emil, acercándose al mapa.

—Las instrucciones dicen que la luna nos va a guiar —dijo Rhea.

Emil alzó una ceja.

—Eso es muy vago.

—Es lo único que tenemos —respondió la capitana—. Empezaremos con lo que sabemos y luego vamos a improvisar.

La reunión siguió durante unos minutos más y después todos fueron enviados a sus labores correspondientes. Esa noche, Elyon no pudo hablar con Emil, pero la tercera sería la vencida. Sí o sí.

La tercera noche fue una tortura, pues antes de hacer lo que tenía en mente, Elyon debía terminar con sus deberes a bordo, y esa vez le había tocado pulir el piso de toda la cubierta junto con Gavril y Gianna. Los tres tenían cara de pocos amigos mientras lo hacían. Estaba segura de que sus brazos le dolerían mucho después de eso.

Más tarde, Rhea los llamó a todos para avisarles que entrarían en la costa de Valias dentro de unas horas. La luna llena estaba enorme en el cielo, y aunque las instrucciones no decían nada sobre alguna fase específica de la luna, los ilardianos consideraban la luna llena como un buen augurio.

El problema era que si quedaban pocas horas para llegar a la costa, Elyon debía intentar hablar con Emil cuanto antes, y todavía le faltaba una sección entera de la cubierta por pulir... Y el primero que se cruzó en su camino fue Gavril.

—¡Gav, mi gran amigo! —exclamó, corriendo hacia él.

Gavril alzó una ceja y la miró, curioso.

—¿Ahora qué hiciste?

—¿Por qué piensas que hice algo?

—Siempre haces algo.

—Esta vez no.

—Bien.

—Bien.

Ambos se quedaron callados por tres segundos, hasta que Elyon no aguantó más.

—Es que necesito que me cubras y termines de pulir el área que me falta porque pronto llegaremos a Valias y ya no voy a tener tiempo de hablar con Emil y no sé si lo notaste pero no hemos hablado mucho y no puedo estar así con él porque lo extraño y no quiero que sigamos peleados aunque realmente no creo que estemos peleados sólo necesitamos hablar para que las cosas vuelvan a ser como antes —Elyon había dicho todo eso sumamente rápido y sin tomar aire una sola vez; sólo había dejado de hablar porque perdió el aliento.

—¿Eso es todo?

—¡Es muy importante! —exclamó, todavía respirando con dificultad—. Y sí, es todo.

—Está bien.

—¿Lo harás?

Gavril simplemente asintió y Elyon se lanzó a abrazarlo, soltando un pequeño grito de felicidad. Amaba a sus amigos con todo su ser.

—¡Gracias, gracias, gracias! —dijo, y lo soltó—. Te debo una.

—No me debes nada, sólo arregla las cosas con Emil —respondió, y apuntó hacia arriba—. Está en el observatorio.

Elyon sonrió de oreja a oreja y asintió.

—Lo haré —sonaba confiada, pero en el interior se estaba muriendo de miedo. ¿Qué tal si Emil todavía no quería hablar con ella? ¿Qué tal si seguía molesto? ¿Qué tal si ahora la odiaba? Eso último sonaba poco probable, pero Elyon ya se había planteado todos los escenarios posibles.

Se dirigió al observatorio, que era la parte más alta de la cubierta; lo habían llamado así porque era el lugar perfecto para ver las estrellas. Elyon subía las escaleras tratando de ocupar sus pensamientos en todo, menos en Emil, para no ponerse nerviosa. Justo en ese momento pensaba en que el viaje había estado muy tranquilo y asumía que era porque muy pocos barcos tenían permitido navegar por ahí (aunque ahora sabían que había barcos ilardianos infiltrados).

Llegó al observatorio y de inmediato lo vio. Ahí estaba, dándole la espalda, sentado y mirando las estrellas. Elyon hizo lo mismo antes de hacerse notar. El cielo estaba precioso; no era negro en su totalidad, más bien estaba teñido en distintas tonalidades de azul, y las estrellas que lo adornaban se veían tan cerca, que parecía que en cualquier momento caerían hacia ellos. Como una lluvia de estrellas.

Caminó lo más silenciosa que pudo y, al llegar al lado del príncipe, se sentó. Emil no volteó a verla, pero Elyon pudo sentir sus ojos sobre ella. La miraba de reojo.

—Hola —saludó él primero.

Eso era una buena señal, ¿no?

—Hola —respondió.

Elyon estaba jugando con sus dedos, armándose de valor para hablar. Bajó la cabeza y sus ojos se posaron en el mar. Las olas se movían en un vaivén casi hipnótico y, curiosamente, las aguas sí se veían negras ese día. Oscuras y misteriosas. Un escalofrío la recorrió entera.

Dejó de observar el mar.

—Lo siento —dijeron los dos al mismo tiempo, sorprendiéndose.

Al fin se dignaron a mirarse a los ojos.

—No, yo...

—Espera, es que...

—Tú no...

—Yo no quise...

Elyon no pudo evitar soltar una risilla ante lo absurdo de la situación. Emil también estaba riendo un poco, negando con la cabeza.

—Hablaré primero —se apresuró a decir ella, alzando un poco la mano. Su pecho iba a explotar si no sacaba todo lo que tenía dentro—. Jamás me pasó por la mente que tantas cosas malas sucederían cuando salimos de Eben. Si te sentiste presionado por mi insistencia, lo lamento, Emil.

—Yo también lo siento; no estaba pensando cuando te dije todas esas cosas —continuó el príncipe—. Tú sólo querías ayudar.

Elyon tardó un poco en responder.

—Ya ni siquiera estoy segura. Pensaba que sólo intentaba ayudarte a encontrar a tu mamá, pero... ¿y si sólo quería salir a la aventura y demostrar que podía lograr algo grande?

—Te conozco bien, Elyon. Sé que deseas conocer lugares nuevos y vivir aventuras inimaginables y lograr un mundo de cosas, pero lo más importante es que lo darías todo por tus amigos. Puede que hayas tenido más motivaciones, pero la principal era ayudar.

Elyon sintió cómo un nudo se formaba en su garganta. ¿Cómo era que Emil podía ver tan dentro de su alma?

—Entonces ¿ya no estás molesto conmigo? —preguntó en un hilo de voz.

—Nunca estuve molesto contigo; estaba furioso conmigo mismo y lo descargué en ti —aseguró, serio—. He querido hablarte, pero estaba muy apenado por cómo te grité. Pensé que tú estarías molesta conmigo.

—Debo admitir que tenía sentimientos encontrados. Estaba dolida y con el orgullo magullado, pero ya estoy mejor —dijo, y sonrió.

—Odio haberte hecho sentir así, en verdad lo lamen...

—Ya te disculpaste, ya fue suficiente de caras tristes, ahora todo está bien —lo interrumpió.

Ahora sí, Emil le devolvió la sonrisa.

—Te extrañé, Elyon.

Su corazón dio un vuelco.

—Yo también te extrañé.

Ambos se miraron de frente, y Elyon estaba segura de que no iba a poder resistirse a esos ojos durante mucho tiempo más sin sonrojarse, por lo que optó por contemplar nuevamente el cielo. ¿Era posible que las estrellas estuvieran más cerca que la última vez que las vio, hacía apenas unos minutos?

Emil se aclaró la garganta.

—Con todo esto que pasó, no había podido darte las gracias.

—¿Gracias por qué? —preguntó, mirándolo nuevamente. De verdad no tenía idea de a qué podría referirse.

—Ninguno de nosotros estaría aquí de no ser por ti.

—No puedes darme todo el crédito, tú has puesto mucho de tu parte para que estemos aquí —respondió, muy segura—. Y sé que ha sido difícil. Has sido muy valiente.

Él soltó una risa sin ganas.

—Eso no es verdad. Todo el tiempo tengo miedo.

—Ser valiente significa que aunque tengas miedo, sigues adelante —dijo Elyon, depositando toda su sinceridad en esas palabras—. Y eso hiciste al salir de Eben. Eso hiciste al ir a Ilardya. Eso hiciste al subir a este barco. Eres valiente, Emil.

Él la miró, guardando silencio por unos segundos. Parecía debatirse entre hablar o no. Al final, lo hizo.

—Cuando era pequeño pensaba que iba a ser el mejor rey que Alariel hubiera tenido jamás. Y no le tenía miedo a nada.

Elyon lo recordaba. El pequeño príncipe Emil con fuego en la mirada y completamente temerario. Había notado el cambio de un verano a otro. Un año se había despedido de un fuego intenso y al año siguiente había vuelto para encontrarse con una llama tenue.

Antes solía preguntarse dónde había quedado ese pequeño Emil; pero, con el tiempo, se dio cuenta de que seguía siendo él mismo. Tal vez había cambiado, pero nunca había dejado de ser él.

—Yo todavía pienso que vas a ser el mejor rey que Alariel pueda tener, si eso te sirve de algo —aseguró Elyon.

—A veces creo que Zelos tiene razón.

—No. Eso no.

Pero Emil ya no la miraba, ahora se frotaba los ojos con las manos. Lucía contrariado. Elyon decidió no presionarlo, y tuvo que esperar un par de minutos hasta que el príncipe decidiera volver a hablar.

—Quisiera poder recuperar la confianza que tenía antes.

—¿Y qué te lo impide?

Emil suspiró con pesadez. Parecía inquieto, estaba jugueteando con su anillo sin darse cuenta.

—Cuando tenía nueve años, Gavril y yo estábamos aburridos y decidimos robar uno de los pegasos del establo para bajar a Zunn a divertirnos. Nos disfrazamos con la ropa de los cocineros; nos quedaba enorme, pero nos sentíamos invencibles —comenzó a contar—. Dejamos al pegaso en las afueras del mercado y estuvimos ahí durante algunas horas.

Elyon estaba digiriendo la información. Jamás había escuchado esa historia.

—¿Nadie del castillo notó su ausencia?

—Gavril y yo nos la pasábamos escondidos en el laberinto y jugando en los jardines por horas y horas. Era normal que volviéramos a aparecer hasta que cayera la noche —respondió, ausente—. No estábamos preocupados por eso. Ni por nada. Íbamos caminando por el mercado y recuerdo bien que quería una manzana; la tomé y el señor exigió que le pagara. Lo único que traía era una moneda real, así que se la di.

Las monedas reales valían diez monedas de oro y eran muy poco comunes. Elyon sabía cómo eran, por los libros, pero nunca había visto una. Sólo las usaba la familia real.

—Esto captó la atención de muchas personas y todos empezaron a mirarnos, por lo que Gavril dijo que lo mejor sería regresar a Eben. Decidimos irnos y... —Al parecer aquí venía la parte difícil, pues Emil tardó un poco en continuar—. No sé cómo pasó, pero de pronto ya estaba sobre el hombro de un sujeto, como si fuera un simple costal. Recuerdo mis gritos y los gritos de Gavril; y cómo corrió, intentando detenerlo. Pero no pudo.

—Oh, por Helios, Emil —exclamó Elyon, horrorizada. ¿Habían intentado secuestrarlo? Porque sólo había sido un intento, ¿verdad? Si lo hubieran logrado, todo Alariel se habría enterado.

—Eso no es lo peor, yo...

Pero no pudo continuar, se revolvió el cabello con brusquedad y enterró la cabeza entre sus piernas, abrazándolas.

—Oye —Elyon puso una mano sobre su hombro, tratando de mostrarle apoyo—, ya pasó.

Emil negó con la cabeza antes de levantarla nuevamente; en sus ojos había dolor. Un dolor tan intenso que no podía ser reciente. Era de esos que llevaban una eternidad allí, dentro de uno, infestando todo su ser.

—No es tan simple. Yo estaba aterrorizado, jamás en mi vida había sentido un miedo similar. Empecé a llorar mientras el hombre sólo me gritaba que cerrara la boca. Cuando ya no escuché los gritos de Gavril, entré en pánico y perdí el control —dijo el príncipe, cada vez hablando más bajito—. Haz las cuentas, esto fue hace ocho años.

¿Hace ocho años? En un inicio no entendía la petición de Emil, pero pronto su cerebro empezó a atar los cabos y una terrible sensación se apoderó de ella.

No.

Emil pudo notar el cambio en su mirada.

—Yo ocasioné el Atardecer Rojo de Zunn.

Capítulo 25
EMIL

Nunca olvidaría ese día.

El terror absoluto. El pánico. Cómo de pronto perdió el control y su fuego actuó por sí solo. Fue como una explosión de llamaradas que tomó todo a su alrededor. Y se esparció. La misma ropa de su secuestrador se incendió y eso hizo que lo soltara y se tirara al suelo, intentando apagarla.

Emil cayó al piso y miró a todos lados. Sólo había fuego. Muros y muros de fuego. Podía oír los gritos de las personas, eran desgarradores; pero lo que más escuchaba eran los latidos desenfrenados de su propio corazón, martilleándole la cabeza. Los puestos del mercado se estaban cayendo a pedazos y todos corrían por sus vidas.

Y era su culpa.

Había sentido cómo su poder escapaba de él y no lo pudo detener. Su llanto se hizo más fuerte y empezó a temblar. Tenía que apagarlo. Debería de ser tan simple como pensar en extinguirlo para que esto sucediera, pero el fuego se había salido de proporción; todo era de madera y todo estaba ardiendo. No podía apagarlo, por más que lo estuviera gritando por dentro, ¡no podía apagarlo!

En su desesperación se quitó la camisa que llevaba puesta y comenzó a sacudirla sobre uno de los establecimientos, sabiendo que no lograría nada, pero intentándolo sin dar tregua.

De pronto sintió unos brazos que lo rodeaban por la cintura y lo alzaban.

—Ya te tengo.

Esa voz lo hizo llorar aún más fuerte. Era Ezra. Su hermano estaba con él, y Emil no pudo evitar taparse los ojos para darle rienda suelta a su llanto. Ezra había empezado a moverse mientras le susurraba que todo iba a estar bien... una y otra vez.

Pero Emil sabía que no iba a ser así.

Sabía que, después de eso, jamás volvería a ser el mismo.

—¿Y cómo fue que Ezra estaba ahí? —preguntó Elyon. Era la primera vez que hablaba en un rato.

Su voz lo hizo volver a la realidad. De pronto ya no estaba viendo las llamas arder en Zunn, y frente a él se encontraban el océano y las estrellas.

—Al llegar a Eben, me contó que nos había seguido a Gavril y a mí. No le dijo a nadie, solamente decidió vigilarnos para asegurarse de que no nos metiéramos en problemas. Iba volando —respondió, eran recuerdos que dolían—. Vio cuando ese hombre me agarró, y sin pensarlo bajó y le dio el pegaso a Gavril; entonces corrió hacia mí y lo presenció. Ezra vio cómo dejé salir todo el fuego.

—Por Helios...

—Gavril nos estaba esperando en el aire a unos cuantos metros. Los tres subimos al pegaso. Todo está borroso para mí; recuerdo vagamente que regresamos por el pegaso que dejamos a las afueras —le había costado sacarlo, pero ahora las palabras fluían como agua—. Cuando volvimos a Eben nadie se percató de nosotros porque el humo había subido y se habían dado cuenta del incendio. Gran parte de la guardia ya estaba abajo. Mi madre se estaba preparando para ir también.

—Entonces ¿sólo Ezra y Gavril lo saben?

Emil asintió.

—Gavril no me vio hacerlo y nunca preguntó. Pero sé que lo sabe —respondió, sonriendo con tristeza—. Y ahora tú.

Elyon lo miraba con unos ojos que no podía descifrar. No era odio, y eso lo aliviaba. Tampoco era pena. Era como si lo estuviera descubriendo por primera vez.

—Eso explica tantas cosas —dijo en un susurro, más para ella que para él—. Por eso no querías salir de Eben. Por eso entrenabas tus poderes más que cualquier otro, para no volver a perder el control. Por eso desapareció la llama de tus ojos...

Emil no podía creer que alguien estuviera diciendo eso en voz alta. Todas sus verdades. Todo lo que había sentido durante años.

—Desde ese día comencé a dudar de mí mismo.

—Oh, Emil...

—Y por mucho tiempo viví con miedo, nunca supe quién fue la persona que intentó secuestrarme, ni por qué. Sé que fui irresponsable y yo mismo me lo busqué. Pero ¿qué quería hacer conmigo? ¿Sabía que era el príncipe o tal vez pensaba que sólo era miembro de la familia real?

Tantas dudas. Tanto miedo. Tanta culpa.

—Y la culpa. Yo fui el responsable de todas las vidas perdidas. De toda esa destrucción —continuó, sintiendo ardor en sus ojos. Estaba luchando por no llorar—. ¿Qué pensarían las personas si se enteraran de que su futuro rey fue el culpable de esa tragedia?

—No, Emil, eras un niño y fue un accidente —dijo Elyon, alzando la voz—. Y me duele que hayas crecido con esa culpa comiéndote el corazón; eras apenas un chiquillo... debió haber sido muy duro para ti.

Ahora era Elyon la que parecía estar a punto de llorar.

—Tal vez haya sido un accidente, pero eso no quita que fui yo quien lo ocasionó. Y no pude pararlo; era mi propio fuego y no pude detenerlo —respondió, frustrado. Apretó los puños con tanta fuerza, que sus uñas estaban dejando marcas en su piel—. Lo único que pude hacer fue rogarle a mi mamá que donara todo el capital que fuera necesario para la renovación. Ni siquiera pude acompañarla en sus visitas periódicas; tenía mucho miedo de bajar. Cuando volvía al castillo la atosigaba con todas mis preguntas... pero no hice nada.

—Emil, estabas aterrado y es comprensible. Tienes que perdonarte —Elyon lo reprendió.

—Ezra siempre me dice lo mismo.

—Ezra siempre ha sido el más sabio de los dos.

Emil suspiró. Una parte de él quería creerle a Elyon y a su hermano, pero la parte más oscura le decía una y otra vez que él era el único culpable. Pero contarlo había hecho que se sintiera más liviano. Jamás había hablado de esta historia y nunca imaginó que hacerlo lo libraría, por lo menos un poco, del peso que había cargado durante todos esos años.

—Tengo algo más que decir —anunció Elyon, de pronto.

Él la miró.

—Eso ya pasó y no puedes hacer nada para cambiarlo, pero ¿sabes? Lo que realmente importa es lo que haces después —dijo, y Emil pudo notar pasión en sus palabras—. Cuando seas el rey podrás ayudar a los ciudadanos de Zunn, podrás hacer una diferencia, ¡y sé que lo harás, Emil! Esto no cambia mi forma de pensar, vas a ser un gran rey.

Emil quería dejarse convencer, quería que las palabras de Elyon fueran su realidad absoluta. Apenas había decidido que iba a dejar todo atrás y de pronto sus temores volvían de golpe a atacar sus inseguridades. Pero ya no podía permitirlo. Tenía que prometerse a sí mismo que no se iba a dejar dominar por el miedo.

Se lo debía al pequeño Emil.

Se lo debía a toda su nación.

—Ya estoy harto de vivir así. Ya no quiero tener miedo —respondió entonces, como si al decirlo en voz alta lo estuviera decretando—. Y quiero dejar ir el pasado, quiero construir un mejor futuro no sólo para mí, sino para Alariel.

—Eso es lo que quería escuchar —dijo Elyon, esbozando una sonrisa.

—Y creo que era lo que necesitaba escuchar —respondió él.

—Cuando éramos pequeños no dejabas de repetir lo mucho que querías ser el rey. ¿Todavía sientes lo mismo?

Había dejado de repetirlo porque había dejado de sentirse digno, pero nunca lo dejó de desear. Amaba Alariel con todo su ser y quería recuperar esa seguridad que antes tenía.

—Sí. —Y le sorprendió la honestidad con la que esa palabra estaba cargada.

—Naciste para serlo —respondió ella, y luego tomó la mano del príncipe—. Cuando dudes de ti mismo, recuerda que las personas que más te conocen son las que más creen en ti. Tus padres, Mila, Gavril, Gianna, Ezra. Yo creo en ti, Emil.

Miró sus manos unidas. En ese momento, Emil sintió unas ganas enormes de acercarse más a Elyon. Quería abrazarla, y se sorprendió a sí mismo al darse cuenta de que eso no sería suficiente. ¿Qué era esa sensación? Era algo que no había sentido antes y había llegado como de golpe.

Solamente que eso no era cierto.

Más bien, no se había dado cuenta de que ya lo había estado sintiendo desde antes. Así tuvo que haber sido, pues era la única explicación para esta fuerza tan aplastante de querer. Esto no era repentino, tenía que haber estado allí por mucho tiempo.

¿Y por qué se estaba dando cuenta hasta ahora? Tal vez era porque había desnudado su corazón ante ella y este se había quedado sin defensas, haciéndolo experimentar la sensación como nunca. Era demasiado. Recordó aquella noche en el lago... cómo Elyon se había acercado a él.

Y ahora era Emil quien estaba acercándose a ella. Elyon lo miraba con sus ojos de cristal y él sentía fuego en los suyos.

Era curioso, nunca había notado que Elyon tenía tenues pecas salpicadas por todo su rostro. Parecían estrellas. Su corazón amenazaba con salírsele del pecho mientras más acercaba su boca a la de ella. Se detuvo a escasos centímetros.

—¿Puedo...?

Fue entonces cuando Elyon posó sus labios en los de él. Cerró los ojos y sintió un suspiro escapar de la boca de ella cuando hicieron contacto. ¿Qué estaría sintiendo Elyon en esos momentos? Porque lo que estaba ocurriendo dentro del pecho de Emil era algo que no tenía palabras para describir. Sólo podía pensar que ese beso se sentía como el sol.

¿Y cómo se podía vivir sin sol?

Se separaron tan sólo un poco y se miraron, y esta vez fue Emil quien unió sus labios con los de Elyon.

La besó nervioso, con añoranza, sin saber cómo se hacía, pero con todo su ser. Y la besó despacio, bajo el manto de las estrellas y entre el vaivén las olas. Y la besó con el corazón, con el descubrimiento de un nuevo sentimiento, con la confirmación. Y la besó y quiso que durara para toda la vida.

Esa noche se quedaron tumbados sobre el suelo del observatorio, tomados de la mano. No hablaron del beso, más bien hablaron de todo lo demás. De cuando eran pequeños y pasaban todo el verano jugando en el castillo. De las mascotas que habían tenido. De los profesores de la Academia para Solaris que no soportaban. De la madre de Emil. De la magia de Elyon.

—Es complicado, por mucho tiempo fue la parte de mí que más odié. Te lo dije aquella vez, la magia de la luna me hizo vivir sin poder aceptarme a mí misma y me quitó el amor de mis padres —Elyon estaba hablando en voz baja—. Nunca olvidaré cuando mi madre me dijo que una abominación como yo no debía existir.

La mano de Emil apretó la suya. ¿Cómo una madre podía pensar así de su hija? ¿Cómo podía haberle dicho esas palabras a una niña? Él siempre había tenido el amor incondicional de la suya, y le dolía en lo más profundo que la madre de Elyon no la hubiera tratado como cualquier ser humano lo merecía. Como ella lo merecía.

—Espero que sepas que eso no es cierto —dijo él.

—Tardé mucho en entenderlo. Durante muchos años le creí y pensaba que tal vez no debía existir, pero ¿sabes? Eso me hizo darme cuenta de que el simple hecho de existir ya es algo grandioso. Si el universo es tan infinito y aun así yo estoy aquí para descubrirlo, tiene que ser porque mi existencia es importante.

Qué maravilla.

—Elyon… eso es… —Sus palabras lo habían dejado sin aliento. Y le gustaba decir su nombre. *Elyon, Elyon, Elyon.* ¿Cómo era que había vivido tantos años conformándose con llamarla sólo Valensey?

—¿Cierto y absolutamente extraordinario? —completó ella—. Ese es el pensamiento que me ha llevado a ir aceptándome poco a poco. Y todavía no descubro por qué estoy aquí, pero lo haré. Por eso no puedo quedarme en un solo lugar, por eso quiero descubrir, por eso quiero aventuras. Es una necesidad que viene desde lo más profundo de mi ser.

—Eres asombrosa.

—A veces creo que sí lo soy —respondió, riendo bajito.

Emil también rio, y Elyon volvió a hablar.

—Tienes que recordarlo siempre, Emil. El universo te puso en donde estás por algo; tal vez todavía no lo puedes ver, pero algún día lo harás. No me voy a cansar de repetirlo, tú naciste para ser el rey de Alariel.

Habían abandonado el observatorio cuando Elyon se percató de que ya estaban llegando a la costa de Valias; eso era importante. Ambos se pusieron de pie y bajaron de prisa a cubierta. Toda la tripulación corría de un lado a otro; Rhea estaba al timón junto a su primer oficial, Ali. Cerca de ellas se encontraban Mila, Gianna y Gavril.

Corrieron hacia allá y escucharon que Mila estaba leyendo las instrucciones de nuevo. Esta vez con detenimiento, como tratando de analizarlas.

—Ya estamos frente a la arena de marfil —dijo Ali, mirando la arenosa costa de Valias, que se podía ver a la distancia—. El Último Océano es enorme, podríamos tardar noches enteras en encontrar la isla.

—Pero para eso están las instrucciones —señaló Rhea, frunciendo los labios—. ¿Cuál era la siguiente línea?

—La luna es la única consejera entre las aguas traicioneras —leyó Mila.

—Bien, eso es algo críptico —concedió la capitana.

—Lo único que sabemos es que la respuesta está en la luna; hay que pensar —dijo Elyon, uniéndose a la conversación.

—¿Dónde han estado? —preguntó Gianna al percatarse de los recién llegados.

—Eso no importa, tenemos que concentrarnos en la isla —dijo Gavril, antes de que cualquiera de los dos pudiera responder.

—¿Tienen alguna idea? —agregó Mila, mostrándoles el papel.

Todos se quedaron callados, pensando. Ya estaban donde tenían que estar, pero ahora, ¿qué seguía? La frase daba vueltas en la cabeza de Emil una y otra vez: «La luna es la única consejera entre las aguas traicioneras. La luna es la única consejera. La luna».

Emil miró al cielo y ahí estaba, deslumbrante y misteriosa. Llena de magia. Era la primera vez que la veía con tanto detenimiento, y se regañó a sí mismo cuando su mente se desvió y comenzó a pensar en que la luna le recordaba los ojos de Elyon, que siempre reflejaban tanto.

Pero una palabra resaltó en ese pensamiento.

Reflejo.

Sin decir nada, caminó rápidamente hacia la barandilla del barco y miró el océano frente a él. Y ahí, en el agua, la luna dibujaba el reflejo de un camino. Era recto, pero las ondas del mar lo hacían irregular. Y se extendía hasta que sus ojos lo perdían de vista. ¿Sería posible que...?

—Hay que seguir el reflejo de la luna en el agua —dijo en voz alta. No sabía si era más para él o para que todos lo escucharan, pero tenía que dejarlo salir.

—Oh, por Helios. —Ahora Elyon estaba junto a él, mirando el mismo reflejo—. ¡Emil, creo que lo descifraste!

—Pero... ese es un reflejo normal de la luna contra el agua —dijo Ali, no muy convencida.

—Lo es, pero hay que tomar en cuenta que estamos en el lugar que las instrucciones indican. Estoy comenzando a pensar que la isla no se encuentra en una ubicación exacta; tiene sentido que aparezca sólo si seguimos el camino que señala la luna —respondió la capitana.

—Emil, ¡eres un genio! —exclamó Mila, dándole una palmada en la espalda.

Oh, si sus amigos supieran cómo había llegado a esa conclusión, se burlarían de él. Lo bueno era que no tenían por qué saberlo; estaba conforme con quedarse con el título de *genio*.

Rhea se hizo cargo del timón y el barco tomó la ruta que la luna les indicaba. Las lunaris de la tripulación con afinidad al agua mantenían la velocidad de la nave a un ritmo constante y por encima del promedio. Estaban avanzando rápido sobre las aguas del Último Océano, todos atentos y en silencio.

Elyon no se había movido del lado de Emil, cosa que él agradecía. Estaba muy nervioso y no quería esperanzarse, pero no podía evitarlo.

¿Y si encontraban la isla?

¿Y si allí estaba su madre?

Pero la luna era inalcanzable y el camino interminable, llevaban ya tal vez una hora siguiéndolo y no podían divisar nada; y entonces otras dudas azotaban su cabeza: ¿Y si la isla no existía? ¿Y si todo esto había sido una pérdida de tiempo? ¿Y si jamás volvía a ver a su mamá?

Entonces algo fuerte azotó el barco, tan brusco, que Emil y Elyon cayeron al suelo. El príncipe pudo ver que muchos habían caído también.

—¿Qué demonios fue eso? —bramó Gavril. Era de los pocos que seguían de pie.

—¿Todas se encuentran bien? —Emil escuchó que Silva gritaba desde la cubierta inferior.

Otro golpe los azotó, pero esta vez del otro lado, y ahora hasta el barco se había inclinado por unos segundos.

—¡Todos alerta! —ordenó Rhea, alzando la voz—. Ali, toma el timón.

La aludida hizo lo que se le ordenó y Rhea corrió hacia el lugar de donde había venido el segundo golpe, sacando un pequeño telescopio de su gabardina. Emil se levantó del suelo y se agarró de la baranda con fuerza, buscando a sus amigos con la mirada; todos parecían estar bien. Elyon seguía justo a su lado.

Miró hacia abajo; hacia el mar que ahora lucía incluso más negro que antes.

Y esos... ¿esos eran unos tentáculos?

—O-oigan —el príncipe trató de hablar, pero su voz salió entrecortada.

—¡TODOS AGÁCHENSE Y SOSTÉNGANSE DE ALGO! —el grito de Rhea fue ensordecedor.

Emil giró su rostro y sintió como si toda la sangre abandonara su cuerpo al ver una ola de un tamaño incomparable formándose ante ellos, amenazante. Parecía crecer y crecer y crecer y cada vez estaba más cerca de comerse el barco entero.

—¡Emil! —Elyon lo tomó de la mano y lo guio corriendo hacia el mástil más cercano; ambos lo abrazaron y no soltaron la mano del otro.

El rostro aterrado de Elyon fue lo último que vio antes de que la ola los golpeara. Jamás había sentido algo con tanta fuerza y agresividad caer sobre él. La corriente quería arrastrarlo y él estaba haciendo uso de todas sus fuerzas para no soltarse y para no soltar a Elyon. Agua salada entraba por su boca y por su nariz y sentía que se ahogaba. El barco parecía danzar bruscamente sobre el mar, inclinándose de forma peligrosa.

Emil pensaba: «Así es como voy a morir».

Pero no fue así.

La ola había pasado y el barco seguía de pie. Elyon tosía y tosía a su lado, y él estaba en la misma situación. Estaban empapados, pero parecía que ya había pasado lo peor.

—¿Todos están bien? —preguntó Rhea, quien ya se estaba moviendo y buscaba con su mirada los daños ocasionados. Una de las cofas había desaparecido, quedando sólo el palo de madera con filosas puntas descubiertas; pero fuera de eso, todo lo demás parecía haberse salvado. Emil esperaba que la tripulación también hubiera salido intacta; él ya se había cerciorado de que todos sus amigos estuvieran en una pieza.

Gavril ayudó a Gianna a levantarse. Mila también se encontraba de pie, retirándose el cabello de la cara. Elyon no había soltado a Emil y él tampoco la había soltado a ella.

—Nunca había visto una ola tan monstruosa —soltó alguien de la tripulación, había asombro en su voz. Asombro y miedo.

—Eso no fue normal, mucho menos cuando no hay ni siquiera indicios de tormenta —respondió Rhea.

—¡Esperen, miren allá! —gritó Ali desde el timón.

Emil se levantó rápidamente del suelo y volteó hacia donde la mujer apuntaba.

Su corazón dio un vuelco.

Ahí, frente a sus ojos, casi como una ilusión, estaba una isla con una enorme cueva en el centro. La luna parecía estar justo encima del lugar, como vigilante. Y no había una sola estrella en el cielo, era como si no brillaran en ese lugar.

—Vaya, vaya —canturreó Rhea, la escuchaba cerca de él—. Miren lo que hemos encontrado.

¿Así había sido? Porque parecía que la isla los había encontrado a ellos. Esa ola los había terminado de empujar hasta allí y ahora la isla los esperaba. Las últimas palabras de las instrucciones vinieron a su mente: *Pero debes guardar el secreto, pues hay oscuridad al acecho.*

Eso era.

El lugar parecía emanar oscuridad.

Pero aquí estaban ya.

Habían encontrado la Isla de las Sombras.

Parte 3
UNIÓN

Habían sido advertidos.
¿Cómo no lo vieron venir?
Aquí no había más que oscuridad.

Capítulo 26
ELYⓒN

La isla no era muy grande, Elyon pensaba que en cosa de uno o dos días podrían recorrerla en su totalidad, aunque eso no sería necesario, pues la enorme cueva no se veía muy lejos de la orilla, y algo le decía que era allí a donde tenían que ir.

Habían bajado del *Victoria* acompañados de Rhea y Ali. El resto de la tripulación se quedaría en la orilla, vigilando la nave y esperando el regreso de sus compañeras, que volverían una vez que encontraran algo. Los lobos y los pegasos también permanecerían en el barco; estos últimos estaban notablemente alterados tras la sacudida de la ola, y ahora descansaban en la cubierta. Volverían por ellos si era necesario.

Por ahora debían explorar.

Observaron el lugar antes de moverse. Elyon no sabía bien cómo describirlo, parecía inhóspito, pero no era exactamente tenebroso. Estaba rodeado por completo de arena y abría paso a una especie de selva; había muchos árboles con formas que jamás había visto. Se preguntaba si también habría especies extrañas de animales o criaturas. No sabía si le emocionaba o le aterraba descubrirlo.

Sabiendo que la única manera de llegar a la cueva sería cruzando la selva, comenzaron a caminar hacia su destino en silencio y alertas, pues era inquietante toda esa tranquilidad. Entre los árboles el terreno no era plano y debían andar con cuidado para no tropezar. Hacía calor y el ambiente era húmedo. Habían llegado a tan altas horas de la noche, que pronto el sol saldría a brillar en el cielo con todo su esplendor.

Había demasiada maleza; Elyon estaba segura de que ya se habrían perdido de no ser porque podían ver la cueva frente a ellos, cada vez más cerca. Tal vez llevaban una hora caminando y todavía no lograban llegar. Estaba más lejos de lo que inicialmente pensó.

Luego de un rato, al fin llegaron a las afueras de la selva, y decidieron quedarse ocultos entre el manto de los árboles para poder observar a qué debían enfrentarse antes de entrar a la cueva, si es que debían enfrentarse a algo o a alguien. Hasta ese momento, no habían visto ningún alma.

—Oigan... —fue Gianna quien habló—, esto no es una cueva, creo que... son ruinas.

Apenas Gianna lo dijo, Elyon lo vio. Desde lejos parecía una simple caverna, pero de cerca podía ver pilares y símbolos antiguos que no reconocía. Efectivamente, parecían las ruinas de una especie de templo.

—Tienes razón, Gi —dijo Mila.

—Parece que no hay nadie vigilando —añadió Gavril.

—Esperen, deben recordar que son barcos ilardianos los que han estado viniendo. Los vigilantes en Ilardya suelen ser ilusionistas, engañan a los intrusos haciéndose invisibles —explicó Rhea, susurrando, sin perder de vista la entrada del lugar.

—Entonces podemos esperar a que el sol termine de salir; no creo que desperdicien su reserva manteniéndose así durante el día —dijo Mila.

Rhea le sonrió.

—Justo lo que iba a decir. ¿Te han dicho que eres brillante, Mi?

¿Mi? ¿Ahora Rhea la llamaba con un apodo cariñoso?

Elyon le lanzó una mirada insinuante a Mila y alzó las cejas.

—De hecho, se lo decimos constantemente, ¿verdad, Mi? —dijo, sonriendo de oreja a oreja.

Mila casi se atraganta, por lo que sólo atinó a responder:

—Hay que ponernos serios, tenemos que vigilar la entrada.

—¡Miren! —susurró Emil, apuntando a un ilardiano que había aparecido como por arte de magia cerca de las ruinas. De pronto apareció otro, luego otros dos. Por ahora sólo eran cuatro y llevaban vestimentas que parecían ser de soldado, armaduras plateadas con toques azules.

—Llevan el uniforme de la Guardia Real ilardiana —les susurró Ali.

—Desde el inicio tuviste razón, Elyon —dijo Emil.

Sintió un pequeño triunfo en su interior. ¡Sabía que su información resultaría valiosa! Desde que vio ese barco en las costas de Valias, había sospechado que era de Ilardya. No podía creer que eso los hubiera traído hasta aquí.

—¿Cómo vamos a proceder? —preguntó Ali, mirando a Rhea.

—Aguarden, apareció otro —dijo Gianna, ladeando la cabeza.

Otro ilardiano había entrado a escena, pero este no estaba con los demás; de hecho, iba caminando tranquilamente hacia ellos. ¿También era parte de la Guardia Real? No traía su misma vestimenta, la suya era negra y más relajada; lo único llamativo era la espada que descansaba envainada a su costado. Además, lucía bastante más joven que los que cuidaban la entrada.

—Gavril, ¿no te parece familiar? —preguntó Emil. Su voz de pronto sonaba peligrosa, eso desconcertó a Elyon.

El aludido afiló la mirada para observar mejor y después maldijo en voz baja.

—Es el lunaris que entró al castillo —confirmó.

—¿Están hablando en serio? —preguntó Gianna, abrazándose a sí misma.

—¿Qué estará haciendo aquí? —inquirió Mila.

Cuando el recién llegado estuvo cerca de los guardias, estos se tensaron, tal vez preguntándose si debían atacarlo o escucharlo primero. Al parecer, optaron por escucharlo. O tal vez lo estaban amenazando, no lucían muy contentos; pero desde donde ellos se encontraban, no se podía distinguir nada de lo que decían.

Entonces, una enorme piedra salió volando por el aire y, como si fuera un *boomerang*, golpeó en la cabeza a los cuatro soldados, dejándolos noqueados al instante. Elyon casi deja salir un grito de sorpresa, pero se tapó la boca a tiempo. Por más impresionada que estuviera con las habilidades de ese lunaris, no podía dejar de pensar en que esperaba que no los hubiera matado con el golpe.

Por otro lado, se preguntaba si ella algún día sería capaz de hacer algo así con su telequinesia. En el fondo sabía que, si no practicaba, no podría pasar de levantar y lanzar cosas muy ligeras.

—Está llamando a alguien —anunció Ali, alerta.

—Oh, por Helios, es... —Gianna levantó la cabeza para mirar mejor.

Ahora sí, la sorpresa de Elyon se sintió como un balde de agua fría. Detrás de uno de los pilares salió otro hombre, y estaba caminando hacia el psíquico. Pero el recién llegado no era un lunaris, ni siquiera era un ilardiano. Era...

—Ezra. —La voz de Emil sonaba dolida.

¿Qué significaba esto?

—Debe haber alguna explicación —se apresuró a decir Mila.

—¿Ah, sí? —respondió Emil, sarcástico—. Pues que él mismo me la dé.

Sin dejarlos reaccionar, el príncipe salió de su escondite y corrió hacia su hermano, soltando su nombre como un grito de guerra. Elyon no tardó en salir tras él, sin fijarse si los demás la seguían o no.

Ezra y el lunaris ya habían volteado hacia donde venía el príncipe, y se podía ver la sorpresa en la cara del mayor. El ilardiano solamente había alzado una ceja.

—Emil, ¿qué estás haciendo aquí? —Fueron las palabras de Ezra cuando su hermano plantó sus pies frente a él.

Elyon se quedó unos cuantos pasos atrás.

—¿Es en serio, Ezra? ¿Qué estás haciendo tú aquí... con él? —preguntó Emil con frustración, dedicándole una mirada despectiva al lunaris.

—Es tal y como lo recordaba. Lo reitero, no se parece en nada a ti —le dijo el ilardiano a Ezra.

Emil miró al chico como si quisiera desaparecerlo.

—¿Me van a decir que ahora son amigos?

—Oh, si yo te contara —dijo el lunaris.

Ezra alzó una mano conciliadora a la altura de su pecho.

—Sé que ya se conocían, pero haré las presentaciones oficiales. Emil, él es Bastian. Bastian, él es mi hermano Emil.

Elyon estaba mirando el intercambio completamente fascinada y confundida. No sabía dónde poner sus manos para tenerlas quietas. El resto del grupo ya se encontraba también ahí; pero esa conversación era de tres.

—¡No me interesa que me presentes al lunaris que casi nos mata!

—¡Yo no iba a matar a nadie, sólo quería escapar!

—¿Y sí escapaste, o Ezra te dejó escapar? —bramó Emil.

—Basta —reprendió Ezra, situándose en medio de ambos—. Vamos a tener una conversación civilizada, ¿está bien? Los demás también acérquense.

Todos se veían algo incómodos, pero decidieron que lo mejor sería formar parte de esa plática, o por lo menos eso creía Elyon, pues la verdad, eso era algo que también les concernía.

—¿Y bien? —preguntó Emil, cruzándose de brazos—. Pon el ejemplo.

Ezra suspiró con pesadez.

—Estoy con Bastian porque nos encontramos en Valias hace varios días. Fui a investigar lo del barco ilardiano que vio Elyon; eso se los dije en el castillo —explicó.

—¿Y qué hacías tú en Valias? —preguntó Gavril, viendo al ilardiano con algo parecido al desprecio. Se notaba que, igual que Emil, no estaba nada contento.

Bastian miró a Gavril por unos segundos, sin contestar, y luego volteó a ver a Ezra.

—Es difícil ser civilizado con el sujeto que incendió mi capa favorita —se quejó.

—Es difícil verte y tener que aguantar las ganas golpearte —contestó Gavril.

El ilardiano clavó los ojos en él y sonrió, desafiante.

—Puedes intentarlo.

—¿Podrían comportarse, por favor? —fue Mila quien habló.

Bastian la miró, tal vez pensando en alguna respuesta inteligente qué darle, pero vio algo en ella (lo que todos los demás siempre veían) y simplemente chasqueó la lengua.

—Vine porque mi investigación me trajo hasta acá. Tengo fuentes en el castillo de Pivoine y escucharon al rey Dain hacer mención de Valias y de una isla —respondió, cruzándose de brazos—. Me escabullí en un navío ilardiano que llegó a Zunn y esperé ahí a que algún barco se dirigiera a Valias, luego me escondí allí para llegar a la costa.

—Sabía que tu rostro me parecía familiar, te he visto en el puerto de Pivoine varias veces —habló Rhea, con una mano situada sobre su barbilla. No había dejado de mirar al chico.

—Pero si es la mismísima Rhea de Amadis —dijo Bastian, sonriendo de medio lado, para luego proceder a hacer una reverencia exagerada—. Toda una leyenda en Océano Medio.

Rhea alzó la ceja y puso ambas manos sobre sus caderas.

—¿Y nos van a explicar cómo llegaron a esta isla o qué? —preguntó, ignorando las palabras de Bastian.

Precisamente esa misma duda tenía Elyon, pues ellos habían tardado muchísimo tiempo en descifrar las instrucciones que más bien parecían un acertijo. Moría de ganas por escuchar todas las hazañas y aventuras por las que seguramente pasaron esos dos para encontrar la Isla de las Sombras.

—Llegamos en mi pegaso —contestó Ezra, pasándose una mano por su melena ondulada—. Volábamos todas las noches esperando a que algún barco ilardiano apareciera. Cuando al fin vimos uno, lo seguimos a lo lejos, y así fue como encontramos esta isla.

Vaya. Eso sonaba tan... simple.

Elyon no sabía si estaba decepcionada o asombrada.

—Y bien —continuó Ezra—, ahora quisiera escucharlos a ustedes.

—Espera, aún hay algo que quisiera terminar de entender —dijo Elyon, y posó sus ojos en Bastian—. ¿Qué es lo que estás investigando?

El ilardiano miró a Elyon con desconfianza y luego procedió a mirar a Ezra, como si estuviera preguntándole algo silenciosamente. Todos observaron el intercambio sin decir nada, pero con un mismo sentimiento de intriga. ¿Qué era lo que esos dos se comunicaban sólo con los ojos?

Ezra asintió.

Bastian suspiró.

—Esto no me agrada en lo más mínimo.

—Recuerda que nuestro fin es distinto al tuyo —dijo Ezra.

—No confío en ellos.

Gavril soltó una risotada.

—¿Y crees que nosotros confiamos en ti?

—Eso me importa muy poco —respondió Bastian.

—Oigan, nos guste o no, estamos juntos por ahora y debemos actuar como una unidad —dijo Mila, y miró directamente a Bastian—. Creo que lo justo sería que nosotros contáramos qué hacemos aquí y cómo llegamos. Después, tú decides si nos cuentas tus planes o no.

Bastian le echó un segundo vistazo a Mila y, luego de pensarlo durante unos segundos, simplemente se encogió de hombros.

Mila lo tomó como una respuesta afirmativa, así que entre Elyon y ella explicaron todo lo sucedido; desde que decidieron que iban a buscar a la reina Virian y se fueron a la casa en el Lago de la Inocencia, sus desventuras en Ilardya, las instrucciones que encontraron, lo que ocurrió con la Guardia Real, su alianza con Rhea, la vuelta a Eben, la negativa del Consejo y, por último, la travesía.

Todo ese tiempo Ezra estuvo mirando a Emil, pero el príncipe se rehusaba a ver a su hermano.

—Y así es como terminamos aquí —dijo Elyon, poniéndole fin a la historia—. Sólo estamos buscando a la reina.

—Todo lo que hicieron fue muy arriesgado; no debieron... —empezó a decir Ezra.

Pero Emil lo interrumpió.

—Es muy tarde para arrepentirnos, ¿no te parece? —bufó. Seguía bastante dolido—. Terminemos con esta plática de una vez. No podemos seguir perdiendo el tiempo, hay que entrar a las ruinas.

—Y es peligroso estar afuera, podrían llegar más guardias —advirtió Gianna, quien había estado bastante callada.

—Bastian —dijo Ezra.

—Bien —respondió, y metió la mano por el cuello de su vestimenta, sacando una pequeña bolsa de la que tomó una piedra de cristal; era como un cuarzo sin color—. Hace un mes le robé varios de estos cristales a un marinero que trabaja para la Corona.

Todos miraron el pequeño objeto con curiosidad.

—¿Qué es? —preguntó Elyon.

—Lo interesante es lo que hace.

Bastian apretó la piedra en su puño izquierdo y luego alzó su mano libre frente a él. La estaba mirando, completamente concentrado, y después de casi un minuto sin que nada ocurriera y de que una gota de sudor escapara de su frente, sucedió lo inimaginable.

Una pequeña flama salió de su mano.

Pudo escuchar los suspiros de sorpresa que todos soltaron. A Elyon la invadió un rayo de esperanza que desapareció en cosa de segundos. Su corazón quería pensar que tal vez existían más personas como ella, pero sabía que esto era diferente; esto tenía que ver con el cristal que Bastian sostenía. En su mente estaba el recuerdo de Gavril contándoles del ilardiano que usó fuego en Pivoine; en aquel momento, la misma esperanza la había invadido, pero no había querido ilusionarse.

La flama de Bastian se extinguió.

—¿Qué fue eso? —preguntó Rhea, completamente intrigada—. ¿Cómo puede ser que poseas poderes de sol?

—No los poseo, el cristal me los brinda.

—Gavril —dijo el príncipe.

Este maldijo en voz no tan baja.

A esas alturas, todos sus amigos estaban pensando exactamente lo mismo que ella. Gavril ya les había contado que se había topado con un ilardiano con poderes de sol y que le había hecho una pregunta extraña: «¿Dónde lo conseguiste?».

Ese ilardiano había pensado que Gavril también tenía un cristal.

—Entonces, este es el recurso que el rey Dain está ocultando en la isla —dijo Rhea; no había perdido de vista la pequeña piedra. Parecía cautivada—. Es fascinante, ¿cómo funciona?

Bastian bajó el cristal, escondiéndolo de la vista de todos.

—Por experiencia propia, sé que funcionan absorbiendo la energía del sol o de la luna, dependiendo de a cuál lo dejes expuesto —comenzó a explicar. Cada palabra salía de su boca con sumo cuidado—. Si los expones todo un día al sol, se recargan de energía solar y podrás usar poderes de sol durante un día, no importa si hay luna en el cielo; y viceversa.

Todos escuchaban con atención, completamente alucinados. Si lo que Bastian decía era cierto, esos cristales eran un arma sumamente poderosa... y peligrosa.

—También he aprendido que cada cristal funciona solamente una vez. Se vuelve una piedra inservible cuando se agota la energía que absorbió —continuó Bastian, alzando la bolsa de la que había sacado el cristal para que todos la vieran—. Aquí ya sólo me quedan tres.

Elyon tenía una pregunta importante, quería saber...

—¿Qué... qué sientes cuando utilizas un cristal?

Bastian tardó un poco en responder.

—Cuando uso mi magia lunar y tengo que llegar a ella, esta viene a mí de forma natural —explicó el ilardiano, pensativo. Parecía estar tratando de encontrar las palabras adecuadas—. Esto es similar, tengo que llegar a la magia del sol, pero es difícil, porque no nací con ella. Tengo que pensarla. Es una sensación constante de intentar alcanzar algo que no quiere ser alcanzado.

Elyon había estado considerando la posibilidad de que tal vez ella tuviera alguna relación con esos cristales. Pero no parecía ser así, pues para ella, tanto el sol como la luna llegaban de forma natural, como si vivieran en su interior.

—¿Dices que tienes más? —preguntó Ali, acercándose.

Bastian le dedicó una mirada un tanto cautelosa, como si no le gustara la forma en que Ali observaba la bolsa de cristales: con anhelo, con deseo.

—Sí, y todo apunta a que hay aún más en las ruinas. Vine para destruirlos.

Esa revelación los impactó a todos de una forma distinta, y durante unos segundos, nadie habló.

—¿Qué estás diciendo? —exclamó Rhea, con más confusión que otra cosa—. ¿No te das cuenta de que esos cristales son un tesoro?

—Son la perdición. El rey Dain ya los descubrió y está armando a su ejército con ellos. No sólo a los lunaris —respondió Bastian—. Ezra, todo tuyo.

El ilardiano le lanzó el cristal a Ezra, quien lo atrapó sin problema. Lo envolvió en su puño y lo pegó a su pecho, y tardó menos que Bastian en producir una orbe de fuego frente a él. Era grande y brillante y emanaba calor.

—¡Ezra! —exclamó Emil.

Ese fuego también desapareció a los pocos segundos.

Elyon miró al príncipe, tenía la boca abierta en sorpresa total. Ezra había nacido sin afinidad al sol, sin poderes; verlo hacer eso era impactante. Era como si Emil apenas estuviera entendiendo lo que esos cristales eran capaces de hacer.

—Como pueden ver, no importa si eres lunaris, solaris o una persona sin poder alguno. Los cristales responden a cualquiera que los toque —dijo el ilardiano.

—La primera vez que Bastian me lo mostró, no lo podía creer. Luego lo hice yo mismo y… fue una sensación extraña —explicó el mayor de los Solerian, observando el cristal con una mezcla de sentimientos que Elyon no podía descifrar—. Son sumamente poderosos y no sé cuántos más haya en existencia, pero sí sé que son un peligro para la humanidad.

—Pero si el Rey Dain los ha estado reuniendo, entonces los rumores son ciertos… —comenzó a decir Mila.

—Quiere romper el Tratado y declarar la guerra a Alariel —completó Gianna.

Oh, por Helios.

—Él sabe que sin la reina, Alariel está vulnerable —dijo Bastian; su semblante era serio—. Por eso creo que la tiene encerrada. No en Ilardya, porque sabía que ahí la buscarían, pero ¿qué hay de este lugar sin ubicación?

Elyon meditó las palabras de Bastian, temiendo lo peor. ¿El rey Dain quería declarar la guerra? ¿Cuántos cristales tenía ya en su poder? Y si era cierto que él era el responsable de la desaparición de la reina Virian, como ya lo sospechaban… ¿sería posible que ya la hubiera asesinado?

No. No podía permitirse pensar así.

No cuando estaban tan cerca de la posibilidad de encontrarla.

—Te ayudaremos —dijo Emil, dando un paso hacia el ilardiano—. Primero buscaremos a mi madre y, la encontremos o no, después te ayudaremos a destruir esos cristales.

Bastian lo miró con detenimiento antes de asentir lentamente.

—Oh, entonces este viaje ha sido en vano para nuestra tripulación —habló Rhea, fingiendo fastidio—. Vinimos en busca de ese recurso y ahora no sólo nos iremos sin él, sino que ayudaremos a destruirlo.

—¡Rhea, no estarás hablando en serio! —exclamó Ali.

—Fenrai no necesita una guerra. Y si esos cristales salen a la luz, el rey Dain no será el único que intentará usarlos para hacer el mal —dijo la capitana—. El chico tiene razón, tienen que ser destruidos.

Elyon no podía estar más de acuerdo. No quería siquiera imaginarse de lo que sería capaz un ejército que pudiera controlar las distintas afinidades del sol y la luna. Además, ni siquiera conocían el verdadero alcance de los cristales. Su mente le planteó escenarios espantosos en los que el ejército de la luna llegaba a Alariel con ilusiones y telequinesia y fuego, sin importar si había luna o sol en el cielo... Serían invencibles.

—Como todos queremos lo mismo, habrá que comportarnos como un equipo, ¿está bien? —dijo Mila.

—Por ahora —añadió Gavril, mirando a Bastian.

—Por ahora —concedió él.

—Entonces... es hora de entrar a las ruinas.

Capítulo 27
EMIL

Las ruinas parecían ancestrales, como si llevaran más de un milenio existiendo. Por fuera parecía un templo sostenido por cientos de pilares, pero la entrada estaba sellada por una enorme puerta de piedra. Al parecer, los ilardianos habían cavado un túnel desde afuera y por allí era por donde habían estado entrando. Este bajaba y tenía escaleras, y luego daba paso a un pasillo no muy extenso, iluminado por antorchas de fuego. Caminaron en silencio y con cuidado hasta llegar al otro extremo, el cual también tenía unas escaleras. Cuando al fin las subieron, llegaron a lo que parecía ser el área central de las ruinas.

Era toda una visión.

Arriba no había techo, más bien unas vigas gruesas que parecían hechas de piedra y estaban bastante separadas la una de la otra; esto permitía que el sol de la mañana entrara con todo su esplendor. Emil tomó nota mental de que, si tenía que volver, entraría volando, con Saeta.

El área era amplia y redonda. Sus paredes de piedra brillaban en algunos puntos, como si tuvieran magia. Había cinco entradas de igual tamaño dispersas por el lugar, pero no eran el detalle principal; al centro se encontraba lo que parecía ser un pozo cubierto en su totalidad por un manto grueso de cristal. Sus ángulos eran afilados y peligrosos, y parecía bañarse en la luz que el sol le brindaba.

—¿Todo ese cristal...? —Elyon fue la primera que habló.

—Eso creo. Este templo parece ser el origen de los cristales —respondió Ezra.

Entonces Emil se percató de que el brillo de las paredes no era simplemente eso, eran pequeños cristales incrustados.

—Hay que buscar a mamá —dijo el príncipe, pues esa era su prioridad. Ya después se concentrarían en el otro problema.

Miró a Bastian, como desafiándolo a que se opusiera.

Pero el ilardiano asintió.

No estaba seguro de si Bastian le agradaba. Definitivamente no confiaba en él, pero suponía que no era su enemigo.

—Iremos juntos —añadió Emil, sin saber de dónde estaba saliendo esa confianza—. No creo que sea conveniente que nos separemos.

Todos asintieron y se dirigieron a la primera entrada a su derecha, y al instante fueron bañados por una oscuridad total. Este lugar estaba techado, al contrario de la sala principal. Elyon produjo varias orbes de luz, ocasionando que todos dieran un paso atrás ante lo que se había revelado frente a ellos.

Era un cuarto que no tenía piso, tan sólo un fino puente hecho de tablones de madera, sin protección a los lados, que cruzaba hasta el otro extremo. Rhea sacó una moneda de cobre y la arrojó hacia el oscuro abismo. Todos esperaron en silencio para escuchar el impacto, pero este nunca llegó.

—Supongo que tendremos que ir con cuidado —dijo Elyon, encogiéndose de hombros. Puso un pie en el primer tablón de madera, y este crujió. Empezó a cruzar el puente poco a poco.

—Vamos de uno en uno —habló Mila.

Todos accedieron silenciosamente y así lo hicieron. Una vez que Elyon cruzó, la siguió Gianna, y poco a poco los demás fueron llegando hasta el otro extremo del cuarto, donde una puerta los esperaba; esta se encontraba cerrada.

Solo faltaban Emil y Ezra de cruzar.

Emil intentaba controlar el temblor de sus piernas al caminar por el puente, pero le era imposible. No era que le temiera a las alturas, pero jamás había tenido que hacer algo como eso. Cuando estaba a dos tablones de llegar al otro lado, Elyon le tendió la mano.

Emil sonrió y la tomó, sintiendo una descarga de calor fluir por su cuerpo. Cuando todo esto acabara, quería seguir descubriendo sus sentimientos junto a Elyon. Y si todo salía bien, serían sólo él y ella. Sin el Proceso de por medio.

—Es un acertijo —dijo Ezra, quien acababa de cruzar y ya estaba mirando la puerta. Había algo escrito en ella.

—No, son instrucciones —corrigió Gavril.

Elyon y Emil se unieron al grupo para leerlas.

Con tu mano llena de mar, sólo debes tocar.

—Se refiere a un lunaris con afinidad al agua —dijo Mila, muy segura—. Rhea, ¿nos haces los honores?

Rhea le dedicó una gran sonrisa a Mila antes de poner su mano sobre la puerta. Ni siquiera tuvo que dejar fluir su magia, esta simplemente se abrió.

—Vaya, nos estamos haciendo buenos en esto. —Elyon estaba gratamente sorprendida.

Entraron al otro cuarto; este tampoco tenía luz, pero las orbes de Elyon aún los seguían, y cuando alumbraron el lugar, todos se quedaron sin habla. Frente a ellos estaba lo que parecía ser un cementerio, pues toda la pared estaba llena de cajones que más bien parecían ataúdes.

—Bastian, espera —comenzó a decir Ezra, pero el ilardiano lo ignoró por completo y abrió uno de ellos.

Gianna ahogó un grito ante los restos de esqueleto que se encontraba en este.

—Tal y como lo sospeché, es un cementerio ilardiano, pero no uno cualquiera —dijo Bastian, apuntando hacia el techo. Ahí estaba grabado un símbolo circular que parecía ser una luna menguante dentro de un sol—. Aquí yacen los cuerpos del ejército de Avalon.

Emil creyó no haber escuchado bien.

—¿Avalon? —preguntó Gianna, con temor en su voz—. ¿Qué no es un cuento para niños?

—¿Eso les dicen en Alariel? —respondió el ilardiano.

—No es eso; lo cierto es que no hay ningún escrito que demuestre su existencia. Ninguna prueba —aclaró Mila, mirando el símbolo—. En Alariel, su nombre es sólo una leyenda.

—En Ilardya es más que eso —habló Rhea—. Muchos la ven como una heroína, tiene bastantes fanáticos. No es considerada una diosa, pero sí tiene seguidores; llevan años esperando su regreso.

Emil sabía que los ilardianos no tenían un dios como ellos, que adoraban a Helios. Por lo que había estudiado en sus clases, en Ilardya tenían religiones diversas, y todos seguían a diferentes dioses.

—¿Tú crees que Avalon existió? —le preguntó Elyon a Bastian.

—Tenía mis dudas... pero creo que esto dice más que cualquier escrito —respondió, cerrando el cajón que acababa de abrir.

—Si su ejército está enterrado aquí, tal vez la misma Avalon también lo esté —dijo Ezra, contemplativo, pasando su mano por uno de los cajones.

—Esto no me da buena espina —susurró Gianna.

—Sea como sea, aquí no hay nada más que ver. Tenemos que continuar con nuestra búsqueda —dijo Gavril, comenzando a salir del cuarto.

En la habitación del puente de madera decidieron cruzar como lo habían hecho al principio, de uno en uno. Ya habían pasado todos; atrás sólo quedaban, nuevamente, Emil y Ezra, y el mayor le indicó a su hermano que lo hiciera primero.

Así lo hizo, con sumo cuidado, tratando de poner atención en sus pasos. Apenas iba a mitad del camino cuando escuchó el fuerte crujido de la madera y de pronto ya no sintió nada bajo sus pies.

La tabla se había roto.

—¡Emil! —escuchó la voz de Ezra.

Emil no tuvo ni tiempo de gritar, su reacción inmediata fue alzar las manos para intentar sujetarse de otro tablón, pero este se partió a la mitad con el brusco contacto. El príncipe vio su mano en alto, sin poder sostenerse de nada. Sentía cómo la oscuridad lo absorbía al caer.

Y de pronto ya no caía.

—¡Lo tengo!

¿Esa era la voz de Bastian?

Emil sintió como si una fuerza lo hubiera rodeado; algo invisible y completamente envolvente y, ante su total confusión, comenzó a subir. Cuando estuvo al nivel de la tierra, se topó de lleno con los ojos de preocupación de sus amigos. Gavril ya se encontraba varios tablones sobre el puente y Elyon estaba arrodillada al borde del abismo.

Bastian lo miraba completamente concentrado, sin siquiera parpadear, y con un ligero movimiento de cabeza de su parte, el príncipe salió disparado hacia ellos, chocando de lleno contra Gianna, que cayó al suelo con él encima.

—¡Oh, por Helios! Casi nos matas del susto —exclamó Gianna, alzando sus manos hacia los brazos de Emil—. ¿Estás bien?

Pero Emil todavía no se recuperaba del impacto de lo que acababa de ocurrir, todo su cuerpo estaba temblando y sentía un frío que amenazaba con congelar su cuerpo de adentro hacia afuera. Podía escuchar a sus amigos llamándolo, pero eran voces de fondo. Sintió un par de manos en sus hombros y estas lo ayudaron a levantarse.

—¿Emil? —Era Gavril.

Él parpadeó varias veces, y las sensaciones comenzaron a volver a su cuerpo lentamente. Lo primero que hizo fue voltear a ver a Bastian, quien se encontraba arrodillado en el suelo, respirando agitadamente. Ezra estaba con él, con una mano en su espalda.

—Estoy bien —contestó Bastian a una pregunta que Emil no escuchó—. Pero con esto me quedé sin magia hasta que la luna salga. Se acabó mi reserva.

—No sabía que la telequinesia lunar era capaz de mover cuerpos... —dijo Ezra.

—No es común. —Se acercó Rhea, mirando con curiosidad al ilardiano—. Sólo los lunaris más poderosos pueden hacerlo.

—¿Sorprendida? —Bastian le dedicó una sonrisa arrogante, alzando ambas cejas.

Ezra entonces miró a su hermano y se dirigió hacia él, posando una mano sobre su hombro. Los ojos del mayor expresaban todo sin necesidad de palabras: la posibilidad de haberlo perdido, el alivio de que no le hubiera pasado nada, el amor que siempre le había tenido. Emil sintió como si soltara aire de sus pulmones por primera vez desde que la tabla se había roto, y apoyó la cabeza en el hombro de Ezra, enfocándose en respirar rítmicamente. El mayor no lo soltó.

Su hermano siempre había tenido la habilidad de calmarlo, desde que Emil era un niño. Además, era una de sus personas favoritas en todo el mundo y, sin duda alguna, a quien más admiraba. Le había dolido verlo con el lunaris, mas no estaba exactamente enojado, era más una cosa de orgullo herido.

Pero eran hermanos, y eso siempre iba a tener más peso.

—Ezra, eres el peor —dijo, alzando la cabeza.

Eso hizo que su hermano mayor le regalara una sonrisa, una que llegaba hasta sus ojos. Hacía muchos años que no le decía aquello, y Ezra parecía estar pensando lo mismo. Lo que ellos tenían venía de años de travesuras, juegos, risas, llanto, amor... y era irrompible.

Emil entonces miró a Bastian, quien ya estaba de pie.

—Gracias —el príncipe habló con sinceridad—. Te debo la vida.

—No querrás tener esa clase de deudas conmigo —respondió el ilardiano.

—Salgamos de aquí, ¿quieren? —habló Rhea, impaciente—. Nos queda mucho por revisar.

Comenzaron a salir del cuarto, pero Elyon se quedó atrás y tomó la mano de Emil para que él también se quedara. Cuando todos se fueron, se lanzó hacia él en un abrazo que lo tomó por sorpresa. Fue fugaz, pero lleno de calidez y de fuerza.

—No vuelvas a asustarme así —dijo, dándole un golpecito en el brazo—. Casi me lanzo al abismo por ti.

—¿Es en serio?

—¿Lo dudas?

—No —respondió de inmediato.

Elyon suspiró.

—No lo pensé, mi mente sólo gritaba que tenía que salvarte y eso quería hacer, pero sólo hubiera terminado cayendo contigo —admitió, frustrada—. Viendo a Bastian hacer eso... yo... creo que quiero intentar desarrollar mi magia lunar. Siempre la he resentido y temido, pero si terminara de aceptarla, creo que lograría grandes cosas.

—Yo creo que ya eres capaz de lograr lo que sea que te propongas —respondió Emil, dedicándole una pequeña sonrisa—. ¿Te imaginas si aprendieras a utilizar tu magia? No sólo lograrías grandes cosas, serías la más grande.

Elyon apenas iba a responderle cuando Gianna los llamó desde afuera. Por más que quisiera continuar con esta conversación, debían seguir. Ambos salieron del cuarto y se reunieron en la cámara central con los demás, quienes se encontraban frente a la siguiente entrada.

Al contrario del primer cuarto, este era un largo pasillo y sí tenía luz; eran antorchas de fuego como las del túnel por el que entraron. Esa era una buena señal, ¿no? Si se habían molestado en iluminar el lugar, era porque alguien lo necesitaba. Caminaron en línea recta y con cautela, todos mirando a sus alrededores en busca de algo.

Después de unos cuantos minutos, al fin divisaron una puerta al final del pasillo. Esta no era de piedra, sino de madera, y se veía completamente fuera de lugar, pues parecía recién tallada, sin un solo rasguño o signo de antigüedad. Era como si la hubieran colocado ahí hace poco.

Y en la esquina, tirado en el suelo, había un arsenal de armas: una maza de púas, flechas, varias espadas; definitivamente había guardias por aquí.

—¿Tendrá instrucciones también? —preguntó Gianna, y todos se acercaron a la puerta para revisar si ese era el caso.

—No parece haber nada escrito —dijo Mila.

—¿Tal vez si la empujamos? —sugirió Elyon, recargándose en la puerta para intentar moverla con el peso de su cuerpo, pero esta no cedió siquiera un poco.

—Déjame intentarlo —dijo Gavril, indicándole con la mano a Elyon que se apartara, cosa que hizo sin protestar. Entonces dio unos pasos hacia atrás y después corrió hacia la puerta, embistiéndola con una fuerza tan brutal, que se escuchó en el crujido de la madera. Pero no se había roto ni tampoco se había abierto.

—¡Quién anda ahí!

Todos se alarmaron al escuchar la voz de un desconocido del otro lado de la puerta, y la inquietud se hizo más grande cuando esta se abrió desde adentro. Del otro lado había otros cuatro soldados de la Guardia Real de Ilardya, mirándolos aún más atónitos que ellos.

—Maldición —susurró Bastian, y con una rapidez impresionante, se agachó para tomar la maza de púas del suelo y golpeó a uno de los guardias en la cabeza. El impacto habría sido fatal de no ser porque los guardias llevaban cascos protectores.

Lo que sí logró con el impacto fue hacerlos reaccionar a todos, y el caos se desató.

Era de día, pero sin ningún espacio por donde entraran los rayos del sol, Emil prefirió luchar con su espada. La desenvainó justo a tiempo, ya que uno de los guardias se lanzó a él con la suya propia, y los metales chocaron con vigor.

Empezaron a batirse en combate, y con una estocada pudo rasgarle el brazo al enemigo, quien ni se inmutó y arremetió con su arma hacia la cabeza del príncipe. Este alcanzó a esquivarla por poco, pero sintió cómo el metal rozó su mejilla lo suficiente como para abrir una herida. El dolor no era insoportable, toda su concentración seguía en la batalla.

El guardia ahora atacaba sin piedad mientras Emil se enfocaba en defenderse, bloqueando sus impactos con su espada, pero pronto se encontró acorralado contra la pared. El ilardiano le sonrió con prepotencia y alzó su arma, pero entonces una flecha le atravesó el brazo, anclándolo contra la pared. Esa había sido Elyon.

El hombre soltó un alarido de dolor para después dejar salir todas las palabras sucias que parecía conocer. Ali apareció y lo dejó inconsciente con un golpe en la mandíbula.

Emil se tocó la mejilla y sintió la sangre correr con lentitud; fue entonces que al fin miró a su alrededor y vio a los otros tres guardias caídos. Rhea tenía su bota sobre la cabeza de uno, era el que Bastian se había lanzado a atacar. Mila estaba cortando pedazos de su capa para amarrar a otro, mientras Ezra lo sostenía; y el último parecía que acababa de ser derribado por el hacha de Gavril, y una de las dagas de Gianna estaba clavada en su hombro. Elyon estaba agachada robándole un juego de llaves a uno de los inconscientes.

—Esos guardias no habrían dudado en asesinarlos —dijo Bastian, limpiando el arma que había utilizado—. Ninguno de ustedes peleó para matar.

—No somos asesinos —respondió Emil de inmediato.

—¿No matarías para salvar tu vida o la de tus seres queridos? —arremetió el ilardiano—. Esta vez tuvimos una ventaja muy grande, los superábamos en número por mucho.

Emil se quedó callado.

—Chicos, tienen que ver esto... —dijo Mila, entrando al lugar del cual habían salido los guardias.

El príncipe agradeció la distracción, pues realmente no sabía qué contestarle a Bastian. Todavía le atormentaba el recuerdo de ese lobo que había asesinado accidentalmente en Pivoine, y no sabía si podría matar a alguien con la intención de hacerlo.

Caminaron a la siguiente área, que tampoco contaba con ventanas y tenía dos antorchas de fuego en la entrada; hacia el fondo se veía penumbra. Los ojos de Emil alcanzaban a divisar solamente lo que parecía ser una serie de cuartos con barrotes. Oh, por Helios, ¿eran celdas?

—Elyon.

No tuvo que decir nada más: varias orbes de luz ya danzaban en la oscuridad.

El grupo comenzó a recorrer el lugar; las celdas eran pequeñas y decadentes, muy sucias. Todas parecían estar vacías. El corazón de Emil estaba latiendo desbocado ante la creciente posibilidad de que su madre estuviera ahí, pero esa esperanza moría un poco cada vez que avanzaban hacia otra celda sin ocupante.

—¿Mamá? —se atrevió a preguntar en alto. No un grito, más bien una súplica.

No hubo respuesta.

—Avancemos más —dijo Ezra, posando una mano en la espalda de su hermano.

¿Cuánto habían caminado ya? Este lugar tenía espacio para muchísimos prisioneros, y mientras más se adentraban, más frío se sentía todo. Después de unos minutos, al fin se pudo ver un muro; ahí terminaba la habitación, y en las celdas que se encontraban a sus extremos tampoco había algún prisionero.

—No está —susurró Emil, apretando los puños y sintiendo la desilusión apoderarse de él. Si su madre no estaba ahí, entonces ¿dónde? Había creído que ya estaba tan cerca...

—Todavía nos queda mucha ruina por recorrer, aún hay esperanza —lo animó Mila.

—Esperen... —La voz de Rhea sonaba pensativa—. ¿Dejaron a algún guardia consciente?

—Sí, lo atamos de manos y pies. Está muy débil para escapar —respondió Ezra.

—Oh... —Fue lo único que salió de la boca de Bastian.

—Exactamente —dijo Rhea, acercándose al muro y posando su mano sobre este. La mano traspasó la pared—. Es una ilusión.

Emil no lo esperaba, pues aunque supiera cuáles eran las afinidades de la luna, no estaba acostumbrado a ellas; pero no dejó que su sorpresa lo paralizara, más bien corrió con todo lo que tenía hacia ese muro. Con todo ese miedo. Con toda esa esperanza. Con todo él.

No lo pensó, no esperó, simplemente lo hizo.

Y ahí, al otro lado, había una sola celda, un poco más grande que las demás. La única fuente de luz era una antorcha de fuego.

Las piernas de Emil casi lo dejan caer cuando sus ojos se posaron en un cuerpo acurrucado en el suelo, dando la espalda. Un largo cabello castaño oscuro caía a su alrededor. Reconocería ese tono donde fuera, pues era exactamente igual al suyo.

De pronto le dolía el pecho.

Le dolía por el torbellino de emociones que estaba chocando contra su corazón.

—Mamá —su voz salió quebrada.

Tenía miedo de parpadear. Sentía que si la perdía de vista tan sólo un segundo, podría esfumarse de nuevo. Todavía no terminaba de creer que estaba frente a él, a sólo unos cuantos pasos.

Se acercó lentamente a los barrotes y los agarró con ambas manos para sostenerse, ¿era patético que quisiera ponerse a sollozar como si fuera un niño pequeño? Pero ahí estaba, ¡ahí estaba su mamá! Después de tanto tiempo sin saber nada de ella, sin verla. ¿Estaría dormida o...?

No.

El solo pensamiento lo descompuso.

—¡Mamá! —Esta vez su voz salió como un grito desesperado.

—Se está moviendo —fue Rhea quien habló. Todos se encontraban unos cuantos pasos detrás de él, guardando distancia.

Emil sintió a Ezra colocándose a su lado, pero no volteó a verlo, no podía apartar los ojos de la reina Virian, quien al parecer había escuchado el llamado del príncipe, pues se estaba incorporando poco a poco. Se veía delgada, tal vez demasiado. Su piel tostada había perdido brillo y lucía pálida. Y el olor, el olor era penetrante y nada placentero. De pronto se sentía furioso, ¿cómo se habían atrevido a tenerla en esas condiciones?

—¿Madre? —fue Ezra quien habló cuando la mujer al fin se sentó y los miró con desconfianza.

Pero la reina no contestaba, sólo los observaba en silencio con un semblante serio e inquebrantable.

La compostura de Emil estaba a punto de romperse. Todo él estaba tembloroso. Ni siquiera podía respirar de forma regular.

—Vinimos a sacarte de aquí, vamos a llevarte a casa —dijo el príncipe, aunque su voz apenas fue audible.

La mujer apretó la mandíbula y se abrazó a sí misma. En sus ojos había dolor.

—Esta vez cayeron muy bajo. ¿Mis hijos? —fueron las primeras palabras que les dijo. Su voz se oía rasposa, como si llevara tiempo sin usarla—. No me importa lo que vayan a hacer conmigo, pero no metan a mis hijos en esto.

Por un momento, Emil se quedó sin habla, completamente pasmado, pero no tardó en entender que su madre pensaba que estaba siendo engañada por ilusionistas. A juzgar por cómo hablaba, ya lo habían hecho antes.

—No es una ilusión, somos nosotros —dijo Ezra, quien también había captado. Emil no podía entender cómo podía mantenerse tan centrado; él estaba hecho un desastre.

—Basta —respondió ella.

—Mamá, míranos bien, estamos aquí de verdad —suplicó Emil, apretando sus manos en los barrotes.

—¿Tienen la llave? —preguntó Ezra al grupo.

No se fijó quién le pasó el juego, pero empezó a probar las llaves en la cerradura.

—¡No se acerquen! —exclamó la reina cuando vio sus intenciones.

Emil no podía soportar ver a su madre así. La tenían en condiciones precarias y no sabía si la habían torturado. Quería correr hacia ella y abrazarla con todas sus fuerzas para demostrarle que no era un truco de magia lunar, que era su hijo de carne y hueso. Quería correr hacia ella y abrazarla con todas sus fuerzas porque, aun después de todo ese tiempo, no había dejado de necesitarla.

—¿Recuerdas cuando tenía cinco años y quería que Saeta durmiera en mi habitación? Cómo el tío Zelos no me dejó, y en la noche tú misma lo trajiste desde mi balcón y dijiste que sería nuestro secreto —comenzó a decir, tratando de abrazarla, por lo menos, con recuerdos—. O esa vez que tomé tu corona sin permiso y se me cayó en el lago; todo el Consejo se volvió loco, pero tú sólo te reíste.

La postura de la reina cambió al escuchar esas palabras. Sus ojos se abrieron más, como si estuviera mirando a Emil por primera vez, en vez de a una sucia ilusión.

—Tú me regalaste a Aquila y me enseñaste a montar —dijo Ezra en voz baja, casi sólo para ella—. Y siempre me diste mi lugar, a pesar de que todos te aconsejaban que no lo hicieras.

Los ojos de la mujer estaban cristalinos y sus labios se habían entreabierto. Su cuerpo se había inclinado hacia ellos.

Emil necesitaba que los viera.

Que realmente los viera.

—La última vez que te vi, me dijiste que fuera valiente.

Y eso hizo que la reina estallara en lágrimas.

Fue entonces que Ezra abrió la puerta, y Emil se apresuró a correr hacia ella. Su madre ni siquiera espero a que llegara, se levantó como pudo y trató de ir a él, tropezando en sus brazos. Emil la rodeó con todo. Con todo el alivio y con todo el amor y con toda la incredulidad, porque no podía creer que la tuviera de vuelta.

—Mamá —dijo Ezra tras de ellos.

La reina lo miró y extendió sus brazos para rodear con uno a Emil y con el otro atraer a Ezra al abrazo. La mujer estaba hipando y sus lágrimas no dejaban de salir. Nunca antes la había visto llorar. Era más de lo que el príncipe podía soportar. Sintió la primera lágrima caer por su mejilla y las demás ya no pudo contenerlas. Ni siquiera lo intentó.

—Mi Emil... mi Ezra —dijo entre sollozos.

Emil apenas se estaba acostumbrando a la sensación de ella, cuando un fuerte estruendo se escuchó a lo lejos; como si algo hubiera estallado.

—¿Qué fue eso? —chilló Gianna.

—Mierda —soltó Bastian—. Estamos en problemas.

Eso hizo que el príncipe se alarmara.

—Creo que fue porque la celda se quedó abierta, es una alarma —explicó, mirando hacia atrás, alerta, por si alguien venía—. Lo más probable es que haya barcos ilardianos vigilando cerca de la isla y que ahora mismo vengan para acá.

—Pero es de día —dijo Elyon, no muy segura de sus palabras—. La isla sólo aparece de noche, ¿no? No van a poder entrar.

—¡Es cierto! Debemos aprovechar para escapar —exclamó Gianna.

—No podemos irnos hasta que salga la luna. —La voz de la reina hizo que todos guardaran silencio. Se había separado sólo un poco de sus hijos, pero no los había soltado, tenía sus manos posadas en el brazo de cada uno. Sus ojos estaban hinchados y había lágrimas acumuladas en el borde—. La isla sólo existe en nuestro mundo por la noche; si intentamos irnos de día, simplemente regresaremos al mismo lugar; es como un ciclo infinito.

Emil se sorprendió con la claridad y lucidez de su madre. Él todavía no podía controlar sus emociones, y ella estaba luchando por mostrarse compuesta. Podía sentirla temblando en sus brazos, pero su semblante había cambiado por uno más firme. Esa era la mujer que conocía. Esa era la reina de Alariel.

Y lo que acababa de revelar lo impactó por completo.

—Entonces estamos aquí varados hasta que la luna salga… —dijo Mila, quien parecía seguir analizando las palabras de la reina.

—El problema es que cuando eso pase, también llegarán los barcos ilardianos —señaló Bastian.

Ahora fue el turno de Gavril de maldecir.

—Ali, tenemos que volver al *Victoria* y prepararnos para una posible batalla —anunció Rhea, dirigiéndose a su primer oficial—. Va a ser lo primero que los barcos vean al llegar.

—Hay que darnos prisa —respondió la aludida, comenzando a correr hacia la salida.

—Volveremos por ustedes cuando el barco sea seguro para ser abordado, no se acerquen si no envío a alguien de mi tripulación —les indicó la capitana.

—Rhea. —Mila miró a la mujer a los ojos. Parecía que quería decirle muchas cosas, pero no frente a todos. Algo sólo para ellas dos—. Ten cuidado.

Rhea le regaló una sonrisa y asintió, colocando dos dedos en su frente a modo de despedida, y después corrió detrás de Ali, hacia su tripulación.

—Yo también debo irme. Voy revisar cuántos vienen —dijo Bastian, más para Ezra que para los demás.

—Toma a Aquila —respondió Ezra.

Bastian no volvió a responder, simplemente se dio la vuelta y se fue por donde Rhea y Ali ya habían desaparecido. Emil no había soltado a su madre, pero esa sensación de alivio y paz había desaparecido; en ese lugar no estaban seguros. Tal vez aún no podían salir de la isla, pero tenían que irse de las ruinas y esconderse en alguna parte de la selva.

—Salgamos de aquí.

Capítulo 28
ELYON

La reina Virian estaba demasiado débil para caminar por su cuenta, por lo que Ezra la llevaba en brazos. Elyon iba al frente guiando a todos con sus orbes de luz para salir del oscuro cuarto de las celdas. Todavía no terminaba de creer que en verdad habían encontrado a la reina, ¡y estaba viva!

No tenía idea de qué le habían hecho en todo ese tiempo, pero se veía completa y cuerda. De lo que sí estaba segura era de que no la habían alimentado bien ni le habían permitido ver un solo rayo de sol. Estaba completamente desnutrida, débil y sin poderes.

El paso número uno era llevarla al sol.

Estarían seguros durante algunas horas mientras nadie más pudiera entrar a la isla.

Llegaron al cuarto principal de las ruinas y pudo escuchar que la reina suspiró con alivio cuando sintió el sol en su piel, sobre ella, llenándola. No permanecieron demasiado tiempo ahí, pues el plan era alejarse un poco y esconderse entre los árboles.

Salieron de las ruinas por el túnel y se apresuraron a adentrarse en la selva hasta que encontraron un espacio donde pudieron sentarse. Había suficientes árboles para cubrirlos, y por arriba entraban los rayos del sol. La reina había permanecido con la cabeza levantada en todo momento, como si quisiera absorber toda la energía de la que había sido privada, todo el calor. El tener su poder de vuelta dentro de ella debía ser una sensación reconfortante. Su cuerpo lucía ya con mucha más vida que cuando estaban en las ruinas.

Una vez que todos se sentaron, Ezra sacó de su bolso una cantimplora y un poco de fruta, y se los ofreció a su madre. Esta bebió el agua sin tomar un solo respiro; luego comenzó a comer una manzana lentamente.

—¿Cuántos días llevo aquí? —Fue su primera pregunta.

—Desapareciste hace cuatro meses —respondió Emil. Todavía se veía bastante conmocionado.

La mandíbula de la reina se tensó, pero no dijo nada.

—¿Recuerdas cómo fue que terminaste aquí? —preguntó Ezra—. Desapareciste sin dejar rastro alguno.

—Vinieron al castillo. Era de noche y eran invisibles, dos lunaris —relató con la mirada perdida, recordando—. Estaba en mi biblioteca privada; ya saben que me gusta pasar ratos a solas allí. Esa noche escuché un ruido que venía del jardín, salí y sólo sentí un fuerte golpe en la cabeza. Cuando desperté estaba a bordo de un barco. Bajamos en esta isla y me llevaron a las ruinas, luego a los calabozos...

—No lo entiendo, ¿qué ganaban con secuestrarte y encerrarte aquí? —preguntó Emil.

—Fueron órdenes del rey Dain. Él mismo me recibió en las ruinas —respondió con pesar, dejando la manzana de lado—. Ese hombre está enfermo de poder, se está volviendo loco. Quiere revivir la Guerra del Día y de la Noche. Está planeando utilizar el poder de los cristales y se le metió en la cabeza que va a liberar a Avalon.

¿Otra vez con lo de Avalon? Cada vez dudaba más que sólo fuera un cuento de niños. Pero había otro asunto más importante.

—Espere... ¿sabe de los cristales? —preguntó Elyon, y se apresuró a agregar—: Su majestad.

La reina asintió y miró con detenimiento al resto del grupo. Era como si apenas se hubiera percatado de la presencia de los demás.

—No sabía de ellos hasta que llegué aquí. Los guardias hablan mucho y he estado reuniendo información de los cristales, de la isla, y de Avalon. —Hizo una pausa un tanto prolongada—. Sé que el rey Dain no ha logrado abrir su tumba y por eso no ha podido

271

liberarla, para hacerlo debe romper el cristal que la cubre; cuando lo logre, va a declarar la guerra. Planeaban asesinarme en Pivoine públicamente, para que Alariel no tuviera otra opción más que pelear.

Elyon estaba horrorizada escuchando las palabras de la reina. Sabía que el soberano de Ilardya no tenía la mejor reputación, pero jamás se imaginó que fuera capaz de algo así. La paz en Fenrai había reinado durante generaciones, por un milenio entero...

—No podemos permitir que se salga con la suya —dijo Mila con urgencia; su mano estaba descansando en el pomo de su espada—. Tenemos que detener esta locura.

—Mamá, tienes que decirnos todo lo que sepas sobre el rey, la isla y los cristales —pidió Ezra—. Necesitaremos estar enterados si queremos tener alguna oportunidad. Nosotros te diremos lo que sabemos.

Entonces Ezra procedió a proporcionarle a la reina toda la información que ellos tenían, que no era mucha. Sobre los cristales sí pudo extenderse un poco más, pues ya había tenido experiencia utilizándolos, aunque fuera poca, además de que Bastian ya les había hablado de ellos con más detalle.

—Oh, por Helios; cuánto han crecido —dijo Virian, tomando las manos de sus hijos. Los miraba con un amor infinito. Con los ojos de una madre orgullosa—. Quisiera decirles que esto es muy peligroso, pero llegaron hasta acá y me sacaron de mi encierro. No me imagino todos los obstáculos a los que se tuvieron que enfrentar y, sin embargo, no se rindieron.

Elyon notó que las palabras de la reina habían tenido un fuerte impacto en Emil. Pudo ver cómo su postura cambió y cómo apretó la mano de su madre.

—Creo que incluso saben más de esos cristales que yo —continuó la reina, esforzándose por dejar de lado el sentimentalismo en su tono de voz—. Puedo aportar que, según el rey Dain, la tumba de Avalon tiene un abasto ilimitado de cristales. No sólo quiere abrirla para liberarla, sino para tomarlos todos y asegurar su victoria.

—¿Y dónde se encuentra la tumba de Avalon? —preguntó Emil; todavía no soltaba la mano de su madre—. Supongo que está en las ruinas, pero ¿la has visto?

La reina asintió.

—Ustedes también la vieron, es ese enorme pozo cubierto de cristal que está al centro de la cámara central. De hecho, ese cristal que cubre la tumba tiene las mismas propiedades que los demás. Al destruirlo, Dain obtendría miles de piezas más. Es lo que ha estado intentando hacer todo este tiempo.

Un escalofrío recorrió la espalda de Elyon.

—¿Y por qué no ha podido destruirlo? —preguntó Ezra—. ¿Será imposible?

—Escuché a los guardias decir que el cristal está sellado por una magia de sol y luna muy antigua —respondió la reina—. Creo que eso ha impedido su destrucción, pero esa magia se ha ido debilitando. Hace poco, esos mismos guardias celebraban porque habían logrado hacerle una grieta.

—Entonces debemos apresurarnos. Parece ser que destruir el cristal no está en nuestras opciones, pues tendría el efecto contrario a lo que queremos. Tal vez deberíamos optar por destruir las ruinas por completo y así sepultar la tumba —dijo Mila, pensativa—. Eso detendría al rey Dain. Los cristales y la posibilidad de liberar a Avalon quedarían bajo los escombros.

Gavril resopló.

—No me van a decir ahora que todos creen en Avalon. Y bien, supongamos que sí existió, es absurdo pensar que puede ser liberada. Murió hace un milenio. —Luego miró a la reina—. Con todo respeto, su majestad.

—No te preocupes, Gavril —respondió ella—. No sé si Avalon exista o si pueda ser liberada, lo realmente primordial es impedir que el rey Dain ponga sus manos en los cristales. Ese sería el fin de nuestro mundo como lo conocemos.

Antes de que alguien pudiera decir algo más, sintieron una ráfaga de viento pasar por encima de ellos. Por un momento, Elyon se alarmó, pero luego recordó que nadie podía entrar a la isla mientras el sol estuviera arriba, por lo que supuso que se trataba de Bastian. Miró hacia el cielo y, en efecto, pudo divisar a Aquila con un jinete de largo cabello blanco.

—Es tu amigo, creo que no nos puede ver entre tanto árbol —le dijo Gavril a Ezra.

—Yo me encargo. —Elyon alzó sus manos para enviar chispas de luz hacia el cielo y así revelar su ubicación.

Eso surtió efecto y, en menos de un minuto, Aquila ya estaba aterrizando y Bastian había bajado frente a ellos en un ágil salto.

Lo que sucedió enseguida nadie lo previno, y es que la reina se exaltó tanto al ver al lunaris, que formó una enorme bola de fuego con su mano y se la lanzó con una rapidez impresionante.

—¡Bastian! —gritó el mayor de los Solerian.

El ataque tomó al ilardiano desprevenido y reaccionó muy tarde, apenas alcanzando a moverse para esquivar. Si no hubiera sido por Ezra, que se había lanzado para tirarlo al suelo, la llama hubiera pegado en alguna parte de su cuerpo.

—¿Qué significa esto? —exclamó la reina, intentando ponerse de pie. El sol podía estar alimentando sus poderes, pero su cuerpo todavía no se recuperaba. Emil tuvo que sostenerla—. Ezra, aléjate de ese ilardiano.

—Mamá, él es Bastian, nos ayudó a encontrarte —se apresuró a explicar Emil—. Y también quiere detener al rey Dain.

Pero la reina parecía no haber escuchado.

—Ezra, aléjate de él.

Ezra seguía cubriendo a Bastian con su cuerpo.

—Lo haré si prometes no volver a atacarlo.

—¿Qué dices?

—Sólo te pido que nos escuches antes de hacer cualquier cosa —respondió Ezra.

La reina Virian lucía incrédula, pero al parecer confiaba completamente en sus hijos, pues se volvió a sentar y se cruzó de brazos, resignada, aunque expectante. Una de las cualidades más admiradas de la soberana de Alariel era precisamente que era justa y siempre escuchaba a todas las partes antes de tomar una decisión.

—Bien —dijo al fin.

Ezra asintió y lentamente se apartó de Bastian, quien se levantó del suelo y se sacudió la ropa. No lucía muy feliz con el recibimiento que había tenido, pero no dijo nada al respecto.

—¿Pudiste ver algo? —le preguntó Ezra.

—Su reina —respondió, mirando por unos segundos a la aludida—, tenía razón. Intenté salir de la isla para ver cuántos navíos venían en camino, pero no pude. Avanzaba fuera del perímetro y volvía al mismo lugar. Subí lo más alto que pude con Aquila y alcancé a ver dos barcos. No sé si vengan más, pero con eso nos superarían en número, y por mucho.

—Tal vez no —dijo Emil.

Todos lo miraron como si no supiera contar.

—Antes de irnos le dejé una carta a mi padre en mi habitación —se apresuró a explicar—. Escribí las instrucciones y todas nuestras deducciones. También le pedí refuerzos. Le dije que probablemente necesitaríamos más ayuda y que viniera lo más pronto posible, con o sin la aprobación de Zelos.

—¿Arthas viene? —preguntó la reina, su voz sonaba llena de añoranza.

—Sí, eso espero —respondió el príncipe.

—¡Emil, eso fue brillante! —exclamó Elyon, aplaudiendo una vez—. Si le entregaron esa carta a tiempo y se apresuró a venir, probablemente sólo les llevemos unas horas de ventaja.

—O tal vez un día entero, recuerden que avanzamos más rápido gracias a Rhea y su tripulación —dijo Mila.

Bastian lucía pensativo.

—Entonces, tal vez lleguen aquí esta noche —miró a Emil directamente—. ¿Crees que tu padre te haya hecho caso?

El príncipe asintió.

—Confío en él.

—Sólo esperemos que Lord Zelos no se haya puesto difícil —dijo Gianna.

—¿Qué está pasando con mi hermano? —preguntó la reina.

—Eh… nada importante —respondió Emil.

—No, Emil, tienes que decirle a tu madre la verdad —intervino Gavril. Él no solía meterse en los asuntos de otras personas, pero, como todos, estaba harto de que Zelos tratara tan mal a su amigo—. Que desde que desapareció, Zelos asumió su lugar y no te toma en cuenta para nada. Y no sólo eso, se negó a enviar soldados a esta isla cuando le contamos de su existencia.

La reina lucía decepcionada, pero no sorprendida. Seguramente conocía bien a su hermano.

—Zelos no cree hasta no ver; no me extraña que no enviara a nadie —respondió, y después suspiró con pesadez—. Pero, hijo, no permitas que te excluya de los asuntos de la nación, tú vas a reinar Alariel un día y...

La mujer dejó de hablar al darse cuenta de algo.

—¿Dijeron que llevo cuatro meses desaparecida? —preguntó, pero ya sabía la respuesta—. Por Helios, entonces el Proceso ha comenzado.

—Pero ahora que vas a volver, podremos detenerlo —se apresuró a decir el príncipe.

—¿Eso es lo que quieres? Porque yo estoy segura de que, sea hoy o sea mañana, serás un gran rey.

Emil se quedó callado durante algunos segundos, sin duda conmovido por las palabras de su madre.

—Quiero serlo. Y cuando llegue el día, voy a darlo todo por Alariel —aseguró; su rostro reflejaba decisión—. Pero ahora no sólo yo te he recuperado, sino toda la nación, y todavía te quedan muchos años en el trono. Todos te queremos de vuelta.

La reina acarició la mejilla de su hijo, mirándolo con orgullo. Todos observaron la escena y se quedaron callados. El silencio no era incómodo, por lo menos no para Elyon. Pero había otras personas que pensaban diferente.

—¿Qué ese tal Zelos no es quien me contaste que te encarceló, Ezra? —soltó Bastian casualmente.

Elyon casi se atraganta con el puro aire, y pudo ver que el aludido también.

—¿Que hizo qué? —exclamó la mujer, totalmente atónita, y luego miró a Ezra—. Él sabe que no puede meterse contigo, ¡y tú también lo sabes! ¿Qué fue lo que sucedió?

—Eso ya no importa, tenemos que concentrarnos en lo que está ocurriendo aquí —respondió Ezra, evadiendo el tema—. Hay que hacer algo respecto a esa tumba antes de que llegue la flota ilardiana.

Fue en ese momento que Gianna soltó un grito de sorpresa. Uno de los guardias que habían dejado en las ruinas se había librado de sus ataduras y ahora había aprisionado a la chica con sus brazos, utilizando una de sus propias dagas como amenaza, pegándola a su cuello.

Todo el grupo se puso de pie, y Gavril parecía estar buscando una forma de incinerar al sujeto sin afectar a su hermana. En sus ojos había rabia y miedo. Elyon también sentía terror, no podía concebir que algo le pasara a Gianna.

—Entréguenme a la reina y no le haré daño —exclamó el guardia, sosteniendo todavía con más fuerza a Gianna.

—¡No lo hagan! —chilló ella. Elyon podía ver que su amiga tenía miedo, pero se estaba mostrando serena y digna.

—¡Cállate! —bramó el hombre, colocando la punta del cuchillo contra la piel del cuello de Gianna.

—Si la tocas, te mueres —sentenció Gavril. Jamás había escuchado su voz tan letal.

La reina Virian alzó sus manos.

—Iré contigo, pero suelta a la chica —dijo, comenzando a caminar lentamente hacia él.

—Mamá —habló Emil, queriendo detenerla, pero sin intentarlo. La vida de Gianna estaba en riesgo.

El guardia pareció relajar un poco la postura mientras veía cómo la reina se acercaba. Elyon miró a sus amigos y pensó en las posibilidades. Las armas no eran opción, pues cualquier movimiento exaltaría al hombre. El fuego solaris era demasiado riesgoso, pues también quemaría a Gianna.

Entonces clavó sus ojos en Bastian, quien se veía completamente impotente al no poder usar su telequinesia en pleno sol; había agotado su reserva salvando a Emil. Las manos de Elyon comenzaron a temblar al darse cuenta de lo que debía hacer. Tenía miedo de exponerse así ante todos, pero al ver que la reina estaba a punto de tomar el lugar de Gianna, supo que sus miedos no importaban si la vida de sus seres queridos estaba en juego.

Recordó aquella ocasión en Pivoine, cuando Sven la había aprisionado de la misma forma y un lunaris la había salvado, arrebatándole el cuchillo con telequinesia.

Elyon se armó de valor.

Llamó a su reserva de magia lunar y, sintiendo frío en sus venas, concentró toda esa energía en el objetivo y la liberó. La daga salió disparada de la mano del guardia, enterrándose en el tronco de un árbol.

Emil entendió lo que había pasado al instante y miró a Elyon, sorprendido.

Gavril fue el primero que reaccionó y se lanzó hacia el hombre para apartarlo de su hermana y después tirarlo con un puñetazo en la cara. Gianna se dejó caer de rodillas al suelo, respirando profundamente. La reina Virian se agachó junto a ella y comenzó a sobarle la espalda para intentar tranquilizarla.

Después, Gavril se apresuró a llegar a Gianna para revisar que estuviera bien, y una vez que lo comprobó, miró a Bastian.

—Gracias —le dijo.

Pero Bastian ya estaba negando con la cabeza.

—Yo no usé mi magia. Recuerden que la agoté en las ruinas —respondió.

Y su respuesta ocasionó un pequeño caos. Todos empezaron a hablar al mismo tiempo. *¿Qué? ¿Entonces qué ocurrió? Eso fue telequinesia. ¿Hay más Lunaris cerca? ¿Qué está pasando? ¿Alguien más tiene un cristal? Esto es muy extraño.*

—Elyon. —Entre todo el alboroto, Emil había llegado hasta ella y había susurrado su nombre.

La estaba mirando con esos ojos del color del sol y de ellos tomó la valentía que necesitaba. Si Emil sabía sobre su magia y era capaz de mirarla así, podía confiar en que los demás lo entenderían.

Tragó saliva.

—Fui yo —dijo, alto y contundente.

Las voces callaron y ahora todos la miraban como si no hubieran escuchado bien. Se preparó para dar el siguiente paso y lo dejó salir.

—Yo usé telequinesia. Tengo magia lunar.

Capítulo 29
EMIL

No podía dejar de mirar a Elyon. Ahí estaba ella, frente a todos, y acababa de confesar su mayor secreto. Emil quería estudiar la reacción de cada uno de los presentes, pero sus ojos sólo la miraban a ella. Antes de la revelación, su cuerpo había estado tenso y en su semblante había terror, pero ahora que lo había soltado se veía un poco más relajada, como si hubiera dejado ir un gran peso. Y en parte, eso había hecho.

Pero el miedo prevalecía. Miedo a no ser aceptada por las personas que más quería.

—¿Esto es alguna clase de broma? —exclamó Bastian, cortando el silencio. Nadie más se había atrevido a hablar.

—No —respondió Elyon.

—Pero ¿cómo es posible? —preguntó Mila; en sus palabras no había acusación, sólo genuina curiosidad.

—No lo sé. Algo me sucedió en esos tres días en los que estuve desaparecida, pero mi memoria está bloqueada —respondió, asumiendo que todos recordaban aquel suceso—. Cuando volví a Valias, ya sentía la magia dentro de mí. Era muy pequeña para comprenderla, pero ahí estaba. Y no se ha ido.

Otro silencio de unos cuantos segundos se hizo presente.

—Increíble —dijo Ezra, casi en un susurro—. Y lo es aún más porque esa magia lunar no anuló tus poderes solares.

Elyon miró a Ezra, sorprendida por sus palabras. Seguro, ni en un millón de años, habría definido su situación como *increíble*. Sólo había esperado rechazo y miedo, tal y como lo obtuvo de sus propios padres.

—¿Por qué no nos lo habías contado? —preguntó Gianna. No sonaba ofendida, pero tal vez sí un poco dolida.

—Tenía miedo de que me rechazaran y se alejaran. Toda mi vida he escondido esta parte de mí —respondió, bajando la cabeza momentáneamente; pero, al darse cuenta de su acción, la volvió a levantar.

—Nunca —aseguró Gianna, acercándose a Elyon—. Jamás te dejaríamos sola; somos tus mejores amigos.

—Esta vez estoy de acuerdo con mi hermana —agregó Gavril. Mila asintió.

—Puede que esto haya sido sorpresivo y que no lo comprendamos del todo, pero tienes que saber que, cuando estés con nosotros, no tienes que volver a esconderte —dijo, y le dedicó una sonrisa.

Emil pudo ver que había lágrimas acumuladas en las comisuras de los ojos de Elyon, y que estaba luchando por no dejarlas salir. La chica cerró los ojos y asintió en repetidas ocasiones, aceptando las palabras de sus amigos.

—Te lo dije, esto no cambia nada —dijo Emil en voz baja, más para ella que para los demás.

—Oigan, lamento interrumpir este momento, pero ¿soy el único que está completamente impactado? —intervino Bastian, cruzándose de brazos—. ¿Se dan cuenta de que Elyon es la única persona en todo Fenrai con poderes de sol y luna? Antes de ella, sólo estuvo Avalon.

Gavril puso los ojos en blanco.

—No empieces con lo mismo —dijo, tajante.

—Oh, por Helios —exclamó la reina de pronto, mirando a Bastian como si le hubiera dado la solución a todos sus problemas. Era lo primero que decía desde la confesión de Elyon—. Creo que esta es la clave de todo, ¡ya sé cómo detener al rey Dain!

Todas las miradas se dirigieron a ella.

—¡Hay que sellar la tumba! —dijo emocionada, y comenzó a explicar—: Avalon era la única guerrera que podía controlar la magia del sol y la luna, y el rey Dain piensa que sus poderes no han muerto del todo y por eso mantienen la tumba irrompible; pero estos ya están muy débiles. Si Elyon usara sus propios poderes sobre la tumba, estos la fortalecerían, podrían sellarla nuevamente.

Emil consideró las palabras de su madre y sintió esperanza. Por lo que les había contado, los ilardianos ya habían logrado agrietar el gran cristal; pero si esa magia volvía, nueva y poderosa, no habría forma de que pudieran romperlo.

Debían hacerlo antes de que el enemigo llegara a la isla.

No quedaba mucho tiempo.

—Eso tal vez funcione —dijo Mila, situando una mano sobre su barbilla. Luego miró a Elyon—. Podríamos intentarlo, si tú estás de acuerdo.

—Sí, creo que puedo hacerlo —respondió, aunque no lucía del todo segura.

—Pero no sabemos qué cantidad de energía va a requerir eso —dijo Bastian, también mirando a Elyon—. Creo que lo mejor será hacerlo cuando el sol se esté metiendo y la luna esté saliendo, así tomas energía directamente de ambos.

Elyon asintió.

—Sí, bien.

—Entonces debemos acercarnos a las ruinas para esperar el momento. También quisiera verificar si vienen barcos de Alariel, porque, sin ellos, no tendremos oportunidad contra los ilardianos que lleguen en la noche —dijo Ezra, mirándolos a todos.

—Hay que poner manos a la obra. —La voz de Mila sonaba fuerte y clara—. Bastian y tú pueden cubrir los cielos en busca de los barcos. Los demás deben de ir a las ruinas y, mientras esperan, Gianna podría revisar las heridas de todos y el estado de la reina; hay que aprovechar el sol. Yo iré con Rhea para intentar detener a los ilardianos que vayan llegando.

Gianna tomó el brazo de Mila, notablemente preocupada.

—Rhea dijo que no fuéramos si no enviaba a alguien; la batalla se va a poner brutal en el barco, ¡es muy peligroso!

—Ella ha hecho mucho por nosotros; no puedo abandonarla —respondió, tomando por un segundo la mano que Gianna había puesto en su brazo—. Prometo que volveré a ustedes, no permitiré que nada les pase.

—Mi, somos nosotros quienes estamos preocupados por ti —dijo Emil, y luego miró a su mejor amigo—. Gavril, deberías ir con ella.

El aludido no parecía muy contento con la indicación del príncipe.

—No voy a dejarlos solos —se limitó a responder.

—No somos unos niñitos indefensos, Gav —añadió Elyon, mostrándole una pequeña sonrisa—. Además, ya no queda ningún guardia que pueda atacarnos. La alarma habría alertado a cualquier otro.

Pero Gavril no iba a ser fácil de convencer.

—No puedes estar segura.

—Sólo enviaban cuatro guardias a cuidar mi celda y los rotaban cada tres días. No había mucha seguridad; jamás se imaginaron que alguien encontraría esta isla —ofreció Virian.

Gavril miró a la reina con unos ojos que decían: *¿Usted también?* Ella soltó una risa melodiosa.

—Lo digo para que no te preocupes, vamos a estar bien.

—No lo sé...

—¿Y si te lo ordeno como tu príncipe? —dijo Emil, en tono bromista.

—Eso sería jugar sucio.

—Si con eso logro que vayas...

Gavril alzó las manos en señal de derrota.

—Está bien, iré. —Su voz sonaba resignada—. Pero volveré lo más pronto que pueda.

Y así fue como el grupo se dividió. Ezra y Bastian subieron a los cielos en Aquila, Gavril y Mila salieron corriendo hacia el barco de Rhea, y el resto comenzó a caminar hacia las ruinas. No era difícil encontrarlas, ya que que sobresalían entre los árboles.

Al llegar, bajaron por el túnel que los llevaba a la cámara principal y, una vez ahí, se acercaron a la tumba de Avalon, contemplándola con una mezcla de cautela e intriga.

—Ahora que sé lo que es, me causa escalofríos. —Elyon se abrazó a sí misma.

—Oye, no tienes que hacerlo si no quieres —dijo Emil.

Y hablaba en serio, si Elyon no se sentía preparada para ello, buscarían otra forma.

—No, lo haré. Tenemos que detener al rey Dain.

La reina posó una mano en el hombro de Elyon.

—Lamento tener que dejarte esta responsabilidad; te conozco desde que eras una pequeña y te quiero como a una hija, al igual que a Gianna, a Gavril y a Mila —dijo, regalándole una sonrisa llena de ternura—. Como reina de Alariel, debería haber sido capaz de detener al enemigo, pero no pude hacer nada contra él. Y ahora sé que yo nunca estuve destinada a hacerlo, todo este tiempo has sido tú.

Elyon miró a la mujer con los ojos bien abiertos, y ella pasó un mechón del cabello de la chica por detrás de su oreja, con un gesto maternal.

—Sé que te has esforzado por mantener tus poderes en secreto, pero no son algo que debas ocultar —continuó la reina, alentándola—. Eres muy especial, Elyon. Muéstrale al mundo de lo que eres capaz.

Elyon se quedó sin palabras por unos segundos, hasta que de su boca salió un casi inaudible «gracias», y luego se lanzó a abrazar a la reina Virian, quien le devolvió el abrazo.

La escena ocasionó que las emociones de Emil se desbocaran. Su madre siempre sabía qué decir, siempre tenía las palabras correctas, siempre lograba hacer sentir mejor a todos. Y ahora le había dicho a Elyon eso que él ya sabía, pero que no había podido expresar. En estos momentos, el príncipe sólo podía pensar en lo mucho que las amaba.

Escuchó un sollozo a su lado y se percató de que Gianna estaba llorando mientras veía la escena. Emil tomó su mano y le dio un apretón. Ella rio, tratando de secarse las lágrimas con su otra mano.

—Creo que estoy algo sentimental —dijo, apenada—. Si mi madre me viera, me diría que soy un desastre.

—Ella no está aquí —respondió Emil—. Y tus amigos no te juzgamos.

—Y podemos ser un desastre juntas, Gi —añadió Elyon, quien ya había roto el abrazo y también tenía los ojos rojos y algo hinchados. Estaba sonriendo.

Gianna se apresuró a correr hacia Elyon para abrazarla también, y ella correspondió el gesto, gustosa. Después de unos segundos, la menor estiró su brazo y le indicó a Emil que se uniera, y él no dudó en envolver a ambas en sus brazos.

Y a pesar de que el peligro estaba acechando, podía jurar que ese momento se sentía como felicidad. Tenía a su madre de vuelta, sus amigos y su hermano estaban con él, y no sólo eso, estaban a punto de truncar los planes del rey Dain.

No estaba ignorando que esto aún no se terminaba. El miedo estaba ahí, palpable y presente, pero no iba a dejar que lo dominara. Recordaba bien las palabras de Elyon: «Ser valiente significa que, aunque tengas miedo, sigues adelante».

Y hoy iba a ser valiente.

Capítulo 30
ELYON

Gianna había tratado rápidamente las heridas superficiales de Emil y Elyon, y ahora se concentraba en darle una revisión completa a la reina Virian. No parecía tener heridas a la vista, pero su cuerpo se encontraba en un estado deplorable. Ambas estaban sentadas en el punto donde el sol pegaba más fuerte, para que la sanadora pudiera hacer su trabajo con mayor facilidad.

Mientras, Elyon miraba la tumba de Avalon de cerca. No se había atrevido a tocarla; estaba esperando a que fuera el momento.

Por afuera intentaba dar la impresión de que todo estaba bien, pero la verdad era que tenía miedo, y ni siquiera sabía por qué. Su magia de luna siempre había sido un misterio para ella; no terminaba de comprenderla, y sin embargo, fluía en sus venas de forma natural. Tal vez eso era lo que le daba miedo...

Si usaba su magia y lograba sellar la tumba, temía que terminara de aceptarla por completo.

Y si ella lo hacía, ¿todos los demás lo harían? Desde pequeña, esa magia lunar había sido sinónimo de rechazo, había significado la destrucción de su familia. Eso la había quebrado desde que era una niña, la había hecho sentirse invisible por muchos años. En Valias, su vida era solitaria; no la dejaban salir mucho y no tenía ningún amigo, estaba aislada. Sólo tenía a Vela.

Tal vez no todos la aceptarían, pero sus amigos ya lo habían hecho y eso era suficiente. Casi. Sólo faltaba ella misma.

Y algo le decía que este era el momento.

Mientras más miraba el cristal impenetrable, más se convencía de que por esto existía. Esto tenía que ser lo más importante que iba a hacer en su vida, iba a salvar a Fenrai de una segunda Guerra del Día y la Noche. Por eso estaba aquí y por eso tenía sus poderes de luna. No habían sido un error ni tampoco una mala jugada del destino. Se los habían dado para que, cuando llegara el momento, *este momento*, pudiera usarlos para algo más grande que ella.

—¿Estás bien?

La voz de Emil la sacó de sus pensamientos.

—Creo que ahora estoy mejor —respondió, dedicándole una sonrisa.

—Lo repito, si no quieres, podemos buscar otra forma.

—No. Quiero hacerlo. Ya estoy cansada de tener que ocultarme. Esta noche va a marcar un nuevo comienzo para mí.

—Te dije que serías la más grande —aseguró el príncipe, sonriéndole con tanto orgullo, que Elyon tuvo que dejar de mirarlo por un segundo.

—¿Cómo es posible que cada día te quiera más? —dijo entonces en tono bromista, pero sus palabras no podían ser más ciertas, e hicieron que Emil se sonrojara.

—Elyon… yo… —comenzó a decir, y la tomó de ambas manos—. Cuando todo esto acabe y volvamos a casa, tal vez podríamos intentar… Tú sabes, sin el Proceso de por medio. Sólo tú y yo.

Ahora fue el turno de Elyon de sonrojarse. Primero, porque todavía no se acostumbraba a escuchar su nombre salir de los labios de Emil. Desde niño la llamaba Valensey, y ella nunca le había puesto demasiada atención; pero llevaba algunos días llamándola por su nombre y era el sonido más bello que había escuchado.

De hecho, Emil pronunciaba su nombre como si fuera el más bonito del mundo.

Cuando todo esto había iniciado, jamás imaginó que terminaría redescubriendo su primer amor, ni mucho menos que él le correspondería. Su corazón estaba danzando de felicidad en su pecho. Helios, ella misma se quería poner a bailar en esos momentos.

Con la reina Virian de vuelta, el Proceso quedaría anulado. Emil podría disfrutar de muchos años más de libertad y juventud. Y si lo intentaban y las cosas funcionaban, ella podría seguir descubriendo el mundo durante mucho tiempo. Y ¿quién sabe? Tal vez el príncipe aceptaría acompañarla a algunas de sus aventuras.

Y, en un futuro, ella podría aceptar ser la reina de Alariel, si eso significaba pasar su vida al lado de Emil. Su mejor amigo y su primer amor.

—Eso suena bien —dijo, odiando la timidez en su voz, ¡ella no era así! Pero la verdad es que en eso del amor apenas estaba descubriendo cómo era.

Estaba segura de que la sonrisa que Emil le dedicó podría derretir glaciares. Se sentía completamente boba e irresponsable. Podría decirse que el destino de Fenrai estaba en sus manos, y ella, en vez de concentrarse en eso, estaba perdida en los ojos de Emil Solerian. *Bravo, Elyon.*

Concéntrate.

No necesitó otra reprimenda, pues en ese momento se escuchó en la lejanía el sonido de un... ¿cañón? Eso parecía. La expresión de ambos cambió a una sombría, y miraron el cielo. El sol estaba a punto de meterse, la luna no tardaría en salir. Ya iba a ser la hora.

—¿Creen que ya hayan llegado los barcos ilardianos? —inquirió Gianna en voz alta, para que la escucharan. Estaba ayudando a la reina Virian a levantarse.

—Eso parece. ¿No se supone que no podrían entrar hasta que la luna saliera? —preguntó Emil, caminando hacia ellas. Elyon lo siguió.

—No han llegado, es imposible. Creo que están lanzando proyectiles porque saben que están cerca del lugar y quieren que los escuchemos —dijo la reina.

Bien, eso la tranquilizaba un poco. Sólo tenía que sellar la tumba de Avalon antes de que llegaran los ilardianos, y ya se preocuparía por lo demás después. Tenía algo de tiempo como ventaja, y para cuando ellos pudieran entrar, ella ya habría hecho su trabajo.

—Espero que la ayuda de Alariel llegue pronto. Ojalá hayan podido descifrar las instrucciones —dijo Gianna.

—No me preocuparía por eso; seguro van a ver los barcos ilardianos —respondió la reina—. Sea como sea, no nos será fácil salir de esta isla; el enemigo no nos dejará escapar sin luchar, y debemos estar preparados.

Elyon asintió, sabía que lo que venía no sería sencillo, pero estaba dispuesta a enfrentarlo. Los cañones se seguían escuchando a lo lejos, y todos se estaban poniendo más y más nerviosos, esperando el momento indicado para hacer el ritual. No podía dejar de observar el cielo: el sol estaba bajando y en cualquier momento se vería la luna.

Se acercó a la tumba de Avalon, y los demás le dieron su espacio. Estando tan cerca, el cristal parecía más iridiscente que incoloro. Era una visión muy hermosa. Elyon se preguntaba si realmente el espíritu de Avalon estaba atrapado en el pozo. Se preguntaba qué sucedería si fuera liberada. ¿Tendría cuerpo o sólo sería un alma? Según los cuentos, ella había sido la guerrera más poderosa sobre la faz de Fenrai, y había traído tantas muertes, tanto odio, tanta oscuridad...

Y luego estaban los cristales. Estos eran algo palpable y que ya había visto con sus propios ojos. Era muy triste que fueran vistos como herramienta para la guerra, cuando bien podrían servir como vínculo entre Alariel e Ilardya. Como un instrumento de unión.

Desde que nació, como a todos, se le había inculcado la idea de que Ilardya era el enemigo, y creció sin cuestionarlo. Claro, le daba curiosidad ese reino lejano, pero nunca había considerado la posibilidad de que coexistieran de forma amistosa... hasta ahora. En Ilardya había personas malas, pero también las había con buen corazón. Rhea y su tripulación. Bastian...

La loca idea de buscar la paz entre ambos reinos de pronto no le parecía una fantasía tan poco probable. Si Elyon llegaba a convertirse en reina al lado de Emil, lo haría su misión de vida.

—Es hora —la voz de la reina Virian la sacó de sus pensamientos.

Miró arriba y pudo confirmar que, efectivamente, la luna ya estaba presente en el cielo y el sol estaba a punto de desaparecer. No sabía cuánto tiempo tenía, así que tomó aire para agarrar valor, y dio los últimos pasos que le faltaban hacia el cristal.

Entonces, lo tocó.

Y sintió como si todo se desvaneciera a su alrededor.

Sólo eran ella y el cristal. Y una oscuridad total rodeándola. Ya no había sol ni luna *ni nada*. Nada. La temperatura había bajado drásticamente y podía ver el vaho saliendo de su boca. Trató de controlar su naciente miedo, pero le fue imposible cuando sintió *esa* presencia.

Era la misma que la acechaba en sus pesadillas, y estaba al otro lado del cristal, esperándola. En ese momento se dio cuenta de que ya había estado aquí antes. No lo recordaba, pero *lo sentía* en todo su ser. Esos tres días en los que estuvo desaparecida...

Todo era tan familiar y tan espantoso, y sólo quería alejarse cuanto antes.

Pero no lo iba a hacer. Cerró los ojos y trató de concentrarse en dejar fluir sus poderes. No podía fallar. No se lo iba a permitir.

Llamó al sol y a la luna que tenía dentro y, a pesar de la desesperación que sentía, estos comenzaron a brotar. Por un momento pensó que todo iba a salir bien, pero tal y como en sus pesadillas, la presencia al otro lado del cristal comenzó a asfixiarla. Era como si dos manos invisibles la estuvieran estrangulando, tratando de impedir que sellara la tumba.

En sus pesadillas siempre se dejaba vencer por el miedo, pero esta vez iba a luchar. Con sus manos temblorosas presionó con más fuerza el cristal, y fue como si su magia chocara con este, pues hubo una explosión de destellos a su alrededor.

No iba a ser suficiente, necesitaba más magia lunar y más poder solar, pero era como si su cuerpo no pudiera soportar tanta energía al mismo tiempo. Aunque no podía verlos, estaba consciente de que ambos cuerpos celestiales la estaban alimentando, pero era demasiado. Iba a desmayarse antes de lograr sellarla.

Estaba sudando frío y casi no podía mantenerse de pie, pero no iba a soltar el cristal. Iba a darlo todo de ella. Todo.

Sin importar las consecuencias.

Elyon.

Esa voz. Esa voz era como un rayo de calidez entre la oscuridad total. Intentó responder, pero nada salió de su boca.

Elyon, estoy aquí.

¿Dónde?

—¡Elyon!

Fue como si despertara de la pesadilla. De nuevo estaba en las ruinas y el sol y la luna se encontraban en el cielo. Emil estaba a su lado, cerca de ella, pero no la estaba tocando. Las manos de Elyon seguían pegadas al cristal y su cuerpo brillaba, emanando luz propia.

El príncipe habló.

—El cristal necesita sol y luna para ser sellado. Vamos a hacerlo juntos.

—Pero...

Pero nada. Él pondría el sol y ella pondría la luna.

Emil entonces posó una de sus manos en el cristal y la otra se la extendió a Elyon. No estaba sola. No tenía que enfrentarse a sus pesadillas ella sola.

Tomó la mano de Emil.

Y esta vez todo se llenó de luz.

Podía sentir sus poderes conectados a través de sus manos. Vibraban con vida. Llenaban cada espacio.

Ahora Emil también brillaba, y ambos se miraron antes de tomar toda la energía que les brindaban el sol y la luna desde el cielo. Era arrolladora y brutal y no podía ser contenida. Toda la estaban canalizando hacia su objetivo, y aunque la presencia oscura intentaba acercárseles para detenerlos, no podía siquiera rozarlos.

Elyon pudo sentirla caer.

Y todo explotó.

El enorme cristal que cubría la tumba de Avalon explotó en mil pedazos.

No la habían sellado.

Acababan de abrirla.

Capítulo 31
EMIL

El estruendo fue ensordecedor.

Cuando los cristales salieron disparados en todas direcciones, el primer impulso de Emil fue ponerse de espaldas y rodear a Elyon para impedir que estos le hicieran daño. Podía sentir cómo rasgaban su ropa y hacían cortadas en su cuerpo. Eran pequeños y filosos, y uno se enterró de lleno en su hombro izquierdo, haciendo que su visión se volviera borrosa del dolor.

La tormenta de cristales cesó en cuestión de segundos, y Elyon ya se encontraba examinando la herida de su hombro, preocupada.

—¡Gianna! —exclamó Elyon—. Ya casi no hay sol.

Gianna lucía completamente atónita ante lo que acababa de suceder. También tenía unos cuantos rasguños, pero nada grave. Entendió al instante el llamado de su amiga y corrió hacia Emil para cerrar la herida lo antes posible.

—Esto te va a doler un poco —dijo antes de tomar el cristal y desenterrarlo de su hombro.

Emil podría jurar que había visto luces, y se mordió los labios con fuerza. No tardó en sentir los poderes de Gianna trabajando sobre él, pues el alivio fue inmediato. Estaba moviendo sus manos con destreza sobre su hombro, y cada nuevo toque que daba era cálido.

Mientras su herida estaba siendo tratada, Emil miró al cielo, el sol estaba por desaparecer y ya estaba oscureciendo; los ilardianos no tardarían en llegar.

Posó sus ojos en el desastre frente a ellos. Habían roto el cristal que cubría la tumba de Avalon, y ahora había mil fragmentos esparcidos por todo el lugar.

Habían fracasado.

El príncipe no podía evitar preguntarse si había sido su culpa. Tal vez realmente era Elyon quien lo debió hacer sola, ¡pero había parecido que el cristal iba a extinguir la vida de su cuerpo! Emil no lo pensó mucho antes de correr hacia ella. Y una vez que lo tocó, pudo sentir cómo su poder era absorbido de una forma casi insoportable; no se imaginaba lo que Elyon había sentido al hacerlo sola.

—Oh, por Helios —exclamó la reina, quien se había acercado al pozo recién abierto—. Era cierto, está lleno de cristales...

—¿Qué acaba de pasar? —fue Gianna quien se atrevió a preguntar.

—Tal vez fue demasiado poder —respondió Virian, ya se había alejado del pozo para agacharse y tomar uno de los fragmentos del gran cristal que acababa de romperse.

Elyon estaba más pálida que de costumbre y en sus ojos había devastación pura. Ella lo sentía tanto como él. El fracaso aplastante y el miedo. ¿Cuáles serían las consecuencias de esto? ¿Ahora qué iban a hacer?

—Tenemos que salir de aquí y encontrarnos con el enemigo a medio camino —exclamó la reina, como si hubiera leído sus pensamientos—. Hay que distraerlos y luchar hasta que lleguen los barcos de Alariel. Yo daré la orden a nuestros soldados para que entren a las ruinas y recojan todos los cristales que puedan. Debemos resguardarlos.

—Pero... —comenzó a decir Emil.

—Es la única forma de impedir que el rey Dain los obtenga —lo interrumpió, posando ambas manos sobre sus hombros para mirarlo de lleno a los ojos. En los de su madre también había desesperación.

—Está bien... —No se le ocurría ninguna alternativa mejor. Debían impedir que el rey de la luna obtuviera los cristales.

—Salgamos de aquí, y no se olviden de tomar algunos para uso propio —dijo la reina después de soltar a su hijo—. Son nuestra única esperanza de sobrevivir una batalla nocturna contra los lunaris.

Emil no quería utilizarlos, pero de nuevo, su madre tenía razón. El gran cristal había estado todo el día recargándose con energía solar, con un fragmento en su posesión podría usar su fuego sin necesidad de acceder a su reserva.

—Terminé —dijo Gianna entonces, dando una última palmada en el hombro de Emil—. La herida está cerrada; no fue profunda.

Entonces, escucharon el sonido de una explosión, y esta vez no fue tan lejano.

—Han llegado —dijo Elyon, mirando hacia la luna, que ahora brillaba en lo alto del cielo de la Isla de las Sombras.

—Hay que movernos. Ya —ordenó la reina, guardando cristales en la cantimplora que Ezra le había dado. Los demás comenzaron a imitarla, no muy convencidos, pero sabían que tenía razón. Iba a ser difícil recolectarlos todos, especialmente por los que había dentro del pozo, pero era su única esperanza.

Elyon, Gianna y Emil llevaban bolsos colgando, y ahí pudieron guardar varios. Salieron de las ruinas a toda prisa y de inmediato se percataron del caos. En la isla ya no había silencio, ahora todo eran gritos y cañones y confusión. Se veía humo a lo lejos.

Apresuraron el paso metiéndose al área selvática, corriendo sin saber exactamente lo que se iban a encontrar. Emil sólo esperaba que Mila y Gavril estuvieran bien. También Ezra, Rhea y su tripulación. Hasta Bastian.

Ya no había luz natural y estaban haciendo lo posible por no tropezarse entre la maleza. La reina era a quien más le costaba moverse, pues aunque Gianna le había administrado cuidados, su cuerpo necesitaba comida y descanso para reponerse por completo.

—Elyon, necesitamos luz —dijo la madre de Emil—. Usa uno de los cristales para que no agotes tu reserva.

Elyon iba delante y no miró a la reina. Como tardó un poco en responder, Emil pensó que tal vez no la había escuchado, pero luego sacó uno de los fragmentos de su bolso y lo apretó con su puño. Su cuerpo comenzó a emanar luz, y varias orbes brillantes salieron para guiar el camino.

Una exhalación de sorpresa salió de la boca de Elyon.

—Esto es... —comenzó a decir, mirando el cristal.

—¿Qué pasa? —le preguntó Gianna.

—No lo sé. Siento como si mis poderes no tuvieran límite... —respondió.

La reina lucía meditativa.

—Podría ser porque el cristal está amplificando tu poder —razonó después de unos segundos.

El príncipe procesó esa nueva pieza de información. Se suponía que los cristales le permitían a quien fuera utilizar poderes de luna o de sol, pero esto era algo más. Sería posible que si utilizaban el cristal para llamar al poder con el que habían nacido, ¿este alcanzara niveles aumentados?

—Vaya... entonces son aún más peligrosos de lo que imaginamos —respondió Elyon.

Emil no podía estar más de acuerdo.

—Hay que apurarnos; no podemos permitir que caigan en manos de los ilardianos —dijo la reina, y nadie objetó.

Los gritos todavía no cesaban, y era preocupante escuchar el sonido de explosiones a lo lejos, pero lo más alarmante era que ya comenzaban a oírse sonidos de pisadas. Muchas. Y venían hacia ellos. Bueno, no hacia ellos, hacia las ruinas.

—¡Veo algo ahí!

A unos cuantos metros escucharon una voz desconocida, y le pusieron cara cuando frente a ellos apareció un ilardiano de corto cabello grisáceo.

—¡Es la prisionera! —exclamó.

Y detrás de él comenzaron a llegar más y más. No estaban atacando, más bien los estaban rodeando. Emil no tenía cabeza para contarlos, pero por lo menos eran unos treinta. Desconocía cuántos eran lunaris y cuántos tenían cristales en su posesión.

Y de pronto llegaron otros dos ilardianos flanqueados por diez más. Emil jamás había visto a la familia real de Ilardya, pero no tardó en darse cuenta de que los recién llegados eran el rey Dain y la princesa Lyra. Tenían un porte refinado y caminaban con gracia y seguridad. De alguna forma resaltaban de entre los demás. Sabía que el rey tenía afinidad con la telequinesia y la princesa con las ilusiones.

El hombre llevaba puesto un complicado traje color azul lleno de lazos. Tanto su cabello como sus ojos eran plateados, y una barba del mismo color adornaba su severo rostro. La princesa Lyra también llevaba un traje similar, sin nada de faldas; sus piernas las cubrían un pantalón abombado y unas largas botas. Y su rostro dejó a Emil sin aliento, sin duda era la persona más perfecta que hubiera visto jamás, pero eso no la hacía bella, la hacía inquietante. Su cabello largo le llegaba hasta la espalda baja y su rostro era afilado. Y si pensaba que el rey tenía una mirada cruel, esta no se comparaba con la de su hija. Esos ojos reflejaban brutalidad.

Ella era la sucesora al trono de la luna y se rumoraba que no salía mucho del castillo.

¿Qué estaba haciendo aquí?

El rey Dain dio un paso al frente, flanqueado por sus soldados.

—Así que es cierto, pudiste escapar, Virian —dijo el rey, mirándola de arriba abajo. Luego le dedicó vistazo a los demás—. Veo que necesitaste ayuda, ¿es tu hijo?

La reina dio un paso al frente y extendió su brazo frente a Emil, de forma protectora.

—No te atrevas a acercártele.

—Es igual a ti.

—No tienes derecho a mirarlo siquiera.

El rey soltó una risotada sin ganas.

—¿Tan rápido recuperaste tu fuego? Creo que me gustaba más tu versión apagada en la celda.

Eso ocasionó que la sangre de Emil hirviera; intentó dar un paso al frente, pero su madre se lo impidió.

—Maldito… —susurró, pero el rey pudo oírlo.

—Oh, en verdad se parecen. Me agrada el muchacho; es una lástima que tuviéramos que conocernos en estas circunstancias.

—¿Qué piensas hacer? ¿Atacarnos? —exclamó la reina, y luego añadió con sarcasmo—. Eso es muy valeroso de tu parte, teniendo en cuenta que son un pequeño ejército contra cuatro. Nunca has jugado limpio, Dain.

—Si no se resisten, lo único que haremos va a ser llevarlos a los calabozos, y ya decidiremos qué hacer con ustedes después.

No.

Debía pensar en algo rápido. A pesar de que tenían bastantes cristales en su posesión, era una locura intentar luchar contra tantos lunaris; realmente los superaban en número. Por tanto, ¿qué podían hacer?

—Su majestad, ¡mire! —gritó un ilardiano, apuntando hacia el cielo.

Eso ocasionó que todos levantaran la cabeza. Emil casi cae de rodillas por el alivio que sintió al ver que arriba volaban docenas de pegasos, dirigiéndose a las ruinas. Probablemente no los habían visto entre los árboles y por eso iban hacia la estructura más grande de la isla.

Su padre había hecho caso a su carta, ¡la ayuda había llegado!

—¿Qué demonios...? —masculló el rey.

Y ahora fue el turno de la reina de soltar una risotada. Emil la desconoció por un instante.

—Has perdido, Dain —anunció, firme y confiada; con la barbilla en alto—. Mi guardia ha llegado y tenemos los cristales.

Eso ocasionó una conmoción entre los ilardianos; todos comenzaron a murmurar.

—¡Silencio! —los calló el rey. Luego le dedicó una mirada letal a la reina—. Eso es imposible.

—Ah, pero no lo es —respondió con simpleza, como retándolo.

—En estos momentos vas a explicármelo todo. —Y, con un chasquido de dedos, los soldados ilardianos ya estaban sobre ellos. Varios los estaban apuntando con sus flechas, y los lunaris habían usado sus poderes de telequinesia para situar dagas justo frente a sus caras—. O voy a comenzar a esculpir líneas en los rostros de los chicos.

Todos se quedaron callados por un momento, y eso fue suficiente para que el rey hiciera un movimiento de cabeza y uno de sus lunaris tallara una línea en la mejilla derecha de Elyon, sacándole un grito que cazaría a Emil por el resto de sus días. Vio la sangre deslizarse por su pálida piel y casi enloqueció. Quería incinerar al rey de la luna, incinerarlos a todos.

Empezó a sentir el fuego en sus manos y estaba luchando por no perder el control. La daga ahora flotaba sobre la otra mejilla de Elyon, y cuando estuvo a punto de tocarla, Gianna gritó.

—¡Fue un accidente! —Su voz salió estrangulada, una combinación de miedo y furia—. Queríamos sellar la tumba, p-pero explotó en mil pedazos.

—¿Qué dices? —exclamó el rey, y ahora sí había sorpresa en sus ojos. Una de las dagas se posó justo frente al ojo izquierdo de Elyon, de forma amenazante. Sabía que así iba a hacer a Gianna hablar.

—Uno de nosotros… tiene poderes de sol y de luna —confesó con cuidado, tratando de hablar con claridad a pesar de sus sollozos—. Íbamos a usarlos para sellar la tumba, pero sucedió lo contrario. El cristal se rompió.

—Pero ¿qué idioteces estás diciendo? —bramó el rey.

—¡Es la verdad! —respondió con desesperación.

Emil pudo notar que la princesa Lyra no le había quitado los ojos de encima a Elyon. No había dicho nada desde que llegó, y pareciera como si tampoco hubiera movido un solo músculo. Como si fuera una estatua.

—Es absurdo. Voy a necesitar una historia más creíble —dijo el rey, aunque ahora sonaba más interesado.

—¡Le dijo la verdad! ¡Íbamos a sellarla para que jamás pudiera obtener los cristales! —intervino Emil, comenzando a desesperarse. Si no llegaban los alarienses a ayudarlos pronto, temía que aquello no terminara bien.

—Sellarla… —Dain repitió la palabra como si le sonara extraña—. ¿Y cómo planeaban hacer eso exactamente?

—Ya lo dijimos, ¿no entendió? ¿Lo tenemos que explicar con dibujos o algo así? —bramó Emil. No le importaba faltarle el respeto a ese hombre. No merecía ni una pizca de este.

—Emil —lo llamó su madre en tono reprobatorio.

El príncipe no podía tranquilizarse cuando había flechas y cuchillos apuntándolos. No cuando este era el hombre que había hecho prisionera a su mamá. No cuando le había hecho daño a Elyon.

Quería lanzarse hacia él con todo su fuego.

El rey Dain ahora miraba a la reina y a Emil con curiosidad.

—Mil disculpas, joven príncipe, tienes razón; sólo me queda una duda —dijo con socarronería—. Podrías decirme… ¿de dónde sacaron la estúpida idea de que la tumba podía ser sellada con poderes de sol y luna?

—Basta, Dain. Tu problema es conmigo, no con mi hijo —exclamó la reina.

El rey Dain sonrió de una forma que heló la sangre de Emil.

—¿Fue tu madre quien les dijo eso?

Miró a su mamá, confundido. ¿Qué era lo que le causaba tanta gracia a ese hombre? De pronto tenía miedo de averiguarlo.

—Oh, Virian, eres más astuta de lo que imaginé —dijo el rey cuando Emil no respondió.

—Cállate —respondió ella.

—¿Qué está pasando? —exclamó Emil, comenzando a sentir que le faltaba aire.

La sonrisa del hombre se hizo aún más grande; era una mueca llena de malicia.

—Lo que sucede aquí es que han sido engañados —respondió con tranquilidad, escupiendo cada palabra con lentitud. Estaba disfrutando el momento—. Tu madre sabía perfectamente que se necesitaba a alguien con magia lunar y solar para destruir el sello de la tumba de Avalon.

No. Eso no podía ser cierto.

—¿Mamá? —preguntó en un hilo de voz.

Y el rostro descompuesto de la reina lo dijo todo.

—Emil, puedo explicarlo, ¡esos cristales siempre debieron ser para Alariel!

Si su madre siguió hablando, Emil ya no la estaba escuchando. Todo su mundo se estaba cayendo en mil pedazos. Estaba colapsando. Jamás se había sentido tan traicionado. Tan dolido. La persona en quien más confiaba le había mentido y los había utilizado.

—¿También les mentiste sobre cómo llegaste a la isla? —preguntó Dain, sin duda gozando.

Emil miró a su madre y, por primera vez en su vida, sintió como si no la conociera.

Su corazón se rompió.

—Esto es mejor de lo que esperaba. ¿Quieres que se los cuente yo? —siguió el rey.

—¡Eres un desgraciado!

Y ante la furia de la reina, un ejército de entes hechos de fuego apareció y comenzó a atacar, tomando por sorpresa a los ilardianos. Algunos eran lunaris de agua y estaban tratando de apagar a las criaturas, pero su fuego parecía inextinguible.

Emil no podía creer lo que veían sus ojos. Jamás había escuchado de un solaris que fuera capaz de producir seres de fuego. Fue entonces que se percató de que su madre tenía uno de los cristales en sus manos.

La escena era de pesadilla. El ejército de fuego estaba incinerando vivos a los ilardianos. El olor era horrible. Los lunaris no dejaban de luchar con su agua y su telequinesia, las armas eran inútiles. La reina se encontraba al centro de todo.

Varios lunaris se situaron frente al rey Dain, protegiéndolo y evitando que los monstruos llegaran a su soberano. Él no se había movido de su sitio, y estaba observando el espectáculo con una mezcla de fascinación y pánico.

—¿Por fin lo entiendes? He ganado, Dain —dijo la mujer, cautivada con lo que acababa de crear. Sus entes de fuego peleaban a su alrededor y ella parecía estarlo disfrutando.

No sonreía, pero su mirada lo decía todo.

Ella siempre había querido esto.

Emil ya no podía siquiera mirarla.

—Te equivocas, querida —respondió entonces el rey de Ilardya, alzando uno de sus propios cristales—. Esto apenas comienza.

Capítulo 32
ELYON

Elyon no lo pensó más, tomó las manos de Gianna y Emil y los sacó de la conmoción, mientras los entes de fuego acababan con los ilardianos. Todavía estaba aturdida por las recientes revelaciones, pero sabía que no se podían quedar ahí parados.

El príncipe lucía completamente apagado, y por un segundo, Elyon odió a Virian. ¿Cómo había podido engañar así a su hijo? Al ser que más la quería y admiraba en el mundo...

¿Y cuáles eran las verdaderas intenciones de la reina?

Al parecer, todo lo que les había dicho era una mentira. Los usó para su conveniencia. Se aprovechó de ellos, ¡y habían caído!

Las palabras que la reina le dijo en las ruinas habían significado todo para Elyon, pero esas también habían sido sólo un engaño. Había tocado sus fibras más sensibles sin remordimiento, sabiendo lo que eso ocasionaría en su corazón...

Y ella le había creído.

Emil le había creído.

¿Ahora qué iban a hacer?

—¿A dónde vamos? —preguntó Gianna, sin dejar de correr.

—A las ruinas —respondió Elyon. Podía no tener idea de qué hacer, pero en ese lugar estaba el ejército de Alariel y, por lo menos, ahí tendrían apoyo.

Y así corrieron a la velocidad que sus piernas lo permitían. Tras ellos todavía escuchaban conmoción y estallidos. Se preguntaba qué estaría pasando en el *Victoria*. ¿Cómo estaban Gavril y Mila?

Al acercarse al antiguo templo, pudieron ver pegasos rodeándolo en el cielo. Dado a que ellos no tenían al suyo, entraron por el túnel que ya conocían. Llegaron a la cámara central y se toparon de lleno con una buena parte del ejército solaris. Y no sólo eso, también estaban el rey Arthas, el general Lloyd y, contra todo pronóstico, Lord Zelos.

—¡Es el príncipe! —exclamó uno de los solaris.

—Hijo... —La voz del rey sólo reflejaba alivio. No esperó para correr hacia Emil y tomarlo de la cara para revisar que estuviera bien.

El príncipe se quebró un poco ante su padre y se lanzó a abrazarlo.

—Oh, menos mal que están aquí —dijo Zelos, acercándose—. Ahora mismo nos van a explicar qué es este lugar y qué está pasando.

Claro. ¿Con que ahora sí le interesaba? Cuando Emil había intentado explicárselo, lo había tratado como si fuera un niñito idiota e irresponsable. Por eso mismo, Elyon infló el pecho para revelar la noticia.

—Encontramos a la reina Virian —anunció.

El primero en reaccionar fue Arthas, quien se separó un poco de su hijo al escuchar lo que Elyon acababa de decir.

—¿Eso es cierto? —esa pregunta fue para Emil.

—Sí —dijo el príncipe con pesar.

—¿Y se puede saber dónde está? —preguntó Zelos, cruzándose de brazos. A Elyon le costaba mucho descifrar a ese hombre; en su rostro había un poco de sorpresa, pero no podía encontrar alivio o alegría, o alguna emoción fuerte.

—Está con el rey Dain —respondió Emil—. Peleando en la selva.

—¿Está sola? —preguntó Arthas, palideciendo—. Hay ilardianos por toda la isla, es muy peligroso.

¿Cómo les explicaban que no estaba precisamente sola?

Elyon al fin se permitió mirar el desastre que habían ocasionado en las ruinas. Habían abierto la tumba de Avalon y, con ello, una puerta a lo desconocido. El poder de esos cristales iba más allá de lo que cualquiera pudiera imaginar. Todavía podía ver frente a sus ojos a los entes de fuego calcinando a los lunaris. Era demasiado. Por algo habían estado sellados todo este tiempo en una isla que ni siquiera estaba en el mapa.

Salió de su trance al escuchar los gritos del general Lloyd. Estaba dando órdenes a la Guardia Real para que peinaran la selva y encontraran a la reina. Muchos ya estaban saliendo a la oscuridad de la noche, montados en pegasos. Incluso el rey Arthas había ido, flanqueado por su propia cuadrilla.

El general iba a ser el último en salir, pero antes se detuvo frente a Gianna.

—Tu madre está en uno de los barcos a la orilla de la isla.

—¿Mamá vino? —preguntó Gianna, tensándose.

Pero el hombre no iba a responder preguntas que ya tenían respuesta.

—Leida, lleva a mi hija con ella —ordenó, mirando a una de sus soldados.

La aludida asintió y montó en su pegaso, pero Gianna negó con la cabeza.

—Voy a quedarme con mis amigos.

—Gianna, esto no es un juego, este lugar no es seguro. Tenemos que empezar a montarnos en los barcos para salir de aquí cuanto antes. Luchar contra cientos de lunaris a estas horas de la noche no sería el movimiento más inteligente de mi parte.

—General Lloyd, yo me encargo de ellos —dijo Zelos, interviniendo—. Vaya a buscar a la reina.

El general asintió y, sin decir nada más, salió montado en su pegaso. Elyon estaba pensando en las últimas palabras del hombre. Ninguno de ellos sabía del poder de los cristales, por eso pensaban que esta era una lucha perdida. ¿Qué debían hacer? ¿Decirles para que tuvieran una oportunidad?

No.

Esos cristales eran capaces de destruir Fenrai por completo.

—Sigo pensando que nos deben muchas explicaciones —dijo Zelos, mirándolos con su típico aire de superioridad—. Pero el general Lloyd tiene razón, deben subir a uno de los barcos cuanto antes. En cuanto vuelva la Guardia Real, los escoltará a los tres al mismo tiempo. Por ahora, no se muevan de aquí.

Dicho esto, los dejó ahí y se dirigió hacia el resto de los soldados, quienes entraban y salían de cada cuarto de las ruinas. Otros recogían los cristales, pero aparentemente pensaban que no eran nada importante, pues los volvían a tirar con desinterés.

Debían aprovechar que nadie los había cuestionado aún.

—Tenemos que decidir qué vamos a hacer —dijo Elyon en voz no muy alta, sólo para sus amigos—. No sabemos cuánto tiempo tarden las tropas ilardianas en llegar a las ruinas, y seguramente ellos ya traerán órdenes de llevarse los cristales.

—¿No deberíamos decirles a los adultos? Así tendrían ventaja... —sugirió Gianna.

—No —dijeron Emil y Elyon al mismo tiempo.

Se sorprendió un poco ante la respuesta inmediata del príncipe. Por lo general, era él quien siempre sugería que dejaran que los adultos se encargaran de los asuntos serios.

—Esos cristales han corrompido incluso a mi madre —dijo Emil, apretando los puños. Sus ojos estaban enrojecidos—. Necesitamos destruirlos.

—Pero ¿cómo? No hay tiempo de idear algo, ¡hay una batalla allá afuera en este preciso momento! —exclamó Gianna.

Más bien varias.

—Tal vez no tengamos que idear nada —dijo Emil—. Ya sabemos que el gran cristal pudo ser destruido con magia de sol y de luna, ¿qué tal si los fragmentos también?

El príncipe sacó uno de los cristales que llevaba y lo tomó en su mano, extendiéndola.

—¿Elyon?

Ella entendió al instante y posó su mano encima de la de Emil, rodeando el cristal. Ambos cerraron los ojos para concentrar sus poderes en ese pequeño fragmento. En un principio no sintió nada, así que llamó más energía de la luna y la dirigió a su objetivo. Después de varios segundos, el cristal se rompió en pedazos tan pequeños, que casi parecían polvo.

¡Había funcionado!

—¡Bien! —celebró.

—No quiero ser la pesimista aquí, pero no hay forma de que logren hacer eso con cada uno de los fragmentos, ¡hay miles de ellos! —dijo Gianna.

—Podemos intentar destruir al mismo tiempo todos los que se encuentran en el pozo... Eso eliminaría la mayor parte de ellos —razonó Emil, mirando hacia la tumba de Avalon.

—Pero eso va a requerir mucha energía y ya es de noche... tu reserva... —comenzó a decir Elyon, pero luego entendió—. Vas a usar el poder de los cristales para amplificar tus poderes de sol.

Emil asintió.

—Y tú puedes absorber la energía directo de la luna. Sí tenemos oportunidad.

Eso tenía sentido, no perdían nada con intentarlo, y de verdad necesitaban hacer algo antes de que la batalla llegara hasta las ruinas.

—Voy a vigilar a Lord Zelos, y si es necesario, intentaré distraerlo —ofreció Gianna—. Pero, por favor, si sienten que es demasiado, aléjense de ese pozo. No me da buena espina.

—A mí tampoco; pero desde que se rompió el cristal... se siente distinto —respondió Elyon, recordando la sensación que le dio cuando todo explotó; como si esa presencia de sus pesadillas hubiera desaparecido.

—¿Creen que haya sido cierto lo de la liberación de Avalon? —preguntó Gianna.

—Pues no ha pasado nada. No veo a Avalon por ningún lado, no se ha manifestado de alguna forma —dijo Emil, restándole importancia—. Por ahora hay que concentrarnos en lo que podemos controlar.

Elyon y Gianna asintieron, y la segunda corrió hacia donde estaban los soldados. Zelos había desaparecido en alguno de los cuartos.

Caminaron hacia el pozo y miraron su contenido. Era ancho y profundo, y una cantidad inmensurable de cristales lo llenaba casi hasta arriba. ¿De verdad serían capaces de destruirlos? Se agachó y quedó de rodillas para tratar de alcanzar la cima de los fragmentos; su mano la rozaba, y esperaba que eso fuera suficiente. Sintió un escalofrío cuando se dio cuenta de que tal vez tendrían que entrar para estar en contacto directo. Lo que la tranquilizaba era que no había indicios de esa oscuridad. El pozo se sentía extrañamente... vacío.

El miedo comenzó a invadirla... ¿y si esa presencia siempre fue Avalon? ¿Y si, después de todo, sí la habían liberado?

Emil se agachó a su lado y tomó su mano. Eso la tranquilizó al instante. Su tacto. Y recordó lo que él mismo había dicho: tenían que concentrarse en lo que sí podían controlar. Ya luego tendrían tiempo de pensar en todo lo demás.

—¿Estás bien? —preguntó él.

Asintió lentamente.

—Gracias por no dejarme sola —dijo, y no se refería solamente a ese momento, sino también a todos los demás.

—No me pienso ir jamás —Emil apretó su mano con fuerza—. No volverás a estar sola.

Elyon no pudo controlar la ráfaga de amor que sintió en su pecho y se lanzó a besar a Emil. Cuando sus labios se unieron, se dio cuenta de lo mucho que había extrañado ese contacto. El príncipe correspondió al beso entregándose a este por completo, y aunque fue algo fugaz y que deseaba que hubiera durado más, ambos sabían que no era el momento.

Se miraron a los ojos y sonrieron.

Y luego colocaron sus manos libres en la superficie en la que descansaban todos los fragmentos. Elyon sintió la energía de la luna correr por sus venas y, como ya había hecho antes esa misma noche, la dirigió hacia los cristales. Sabía que Emil estaba tomando el poder directamente de estos; sólo esperaba que el plan funcionara.

Sintió que los cristales de la superficie se estaban tornando cálidos y lo tomó como una buena señal, pero no lograron concretar nada, pues en ese momento un estallido se escuchó en el cielo y varios soldados comenzaron a caer a las ruinas.

Un lunaris cayó frente a ellos y, al tomarlos desprevenidos, atacó directamente con una esfera de agua que los envolvió a ambos, intentando ahogarlos. Elyon podía sentir el líquido llenando sus pulmones.

Pero entonces, una flecha atravesó el cuerpo del lunaris, y este cayó al suelo sin vida. Emil y Elyon fueron liberados, y se arrodillaron para expulsar el agua que habían tragado. Mila apareció, también cayendo del cielo, con arco y flecha en mano. Acababa de saltar de un pegaso que le parecía familiar, estaba casi segura de que era Saeta.

Pudo confirmarlo cuando se acercó a Emil y este le acarició la melena para luego indicarle que hiciera guardia en el cielo. El pegaso se elevó.

—¡Más lunaris vienen en camino! Hay que prepararnos —exclamó Mila, ofreciéndole la mano primero a Elyon y luego a Emil, para ayudarlos a levantarse.

Mila lucía como toda una guerrera. La guerrera que había nacido para ser. Dejó el arco a un lado y desenvainó su espada, dispuesta a pelear. Tenía algunas heridas en el rostro y en el cuerpo, pero se veían superficiales. En sus ojos azules había furia y decisión. Su postura era recta y firme. Era todo un espectáculo.

Elyon posó sus ojos en el caos que se había desatado en las ruinas. Desde el cielo estaban saltando más y más soldados; la mayoría eran solaris y sus pegasos los llevaban por arriba. Y al parecer, algunos lunaris habían logrado secuestrar uno que otro pegaso, pues también llegaban desde el cielo, pero en menor cantidad.

Sintió pánico cuando vio que una ilardiana venía montada en Vela, pero la mujer simplemente la había usado para llegar a las ruinas y saltar. Su pegaso subió al cielo y se quedó revoloteando por encima de las vigas con Saeta y los otros. Ninguno se iba, todos parecían aguardar arriba por su dueño.

La guardia solaris estaba luchando con todas sus fuerzas, y lo único que jugaba a su favor era que superaban por mucho a los lunaris, así que tenían las de ganar. Parecía que tenían la situación bajo control. El verdadero problema sería si llegaban más lunaris, la luna brillando en lo alto del cielo era una gran desventaja.

Volvió a preguntarse si deberían decirles sobre los cristales...

—¿Qué demonios pasó aquí?

La voz de Gavril la hizo soltar un respiro de alivio. Había llegado sobre Lynx, su pegaso, y acababa de saltar. Llevaba su hacha en la mano y lucía tan feroz como Mila. Ambos ya habían luchado mucho.

—Es una larga historia... —respondió Emil, y lanzó un fragmento de cristal a cada uno de sus amigos—. Los van a necesitar, úsenlos para ampliar su poder. La tumba se abrió y debemos impedir que estos cristales salgan de la isla. Ni el rey Dain ni mi madre pueden llevárselos.

Los recién llegados admiraron el pequeño fragmento y asintieron, guardándose sus preguntas para después. Confiaban en Emil.

—Entonces tenemos un plan —dijo Gavril.

Emil asintió.

—Vamos a luchar por la paz de Fenrai.

Las palabras del príncipe fueron como una inyección de adrenalina para Elyon. Los cristales no podían caer en manos equivocadas y, ahora sabían, tristemente, que todas eran las equivocadas.

Hoy iban a pelear por lo que era correcto.

Capítulo 33
EMIL

Los solaris lograron incapacitar a los pocos enemigos que habían llegado, así que esta ola inicial de caos había terminado, pero debían prepararse para lo que venía. Y como si el destino quisiera ponerlo a prueba, antes de que pudiera hacer cualquier cosa, Zelos apareció montado en un pegaso, seguido de varios solaris que también volaban.

—Suban a los pegasos —ordenó cuando aterrizó. Los demás bajaron lo suficiente para que todos pudieran subir con ellos—. Volveremos al barco ya mismo, esto se ha salido de control.

Todos lo miraron por un segundo. Emil podía sentir su corazón desbocado dentro de su pecho. Allí estaba la figura de autoridad a la que le había temido durante toda su vida, a la que nunca se había atrevido a enfrentar. Su sola presencia lo hacía empequeñecer. Durante años había sido así. Pero ya no podía permitirlo.

Estaba harto y ya no iba a permitirlo.

Levantó la cabeza y dio un paso al frente. El paso más decidido que había dado en toda su vida. Invocó todo el valor que vivía dentro de él y lo proyectó en su postura, en su voz. Habló como un rey.

—No.

Esa fue su respuesta. Concisa e indiscutible.

Y esa simple palabra bastó para sentir como si se hubiera liberado de las cadenas imaginarias que lo habían tenido atado y que siempre lo sofocaban ante la mirada de Zelos Solerian.

Le había dicho que *no* y las había roto.

—No es hora de tus berrinches infantiles. Este lugar es realmente peligroso y vamos a irnos. Ahora —contestó Zelos con seriedad, y luego miró a los demás—. Suban todos.

Pero nadie se movió. Más bien se plantaron firmes detrás del príncipe, apoyándolo.

Era todo lo que Emil necesitaba.

—He dicho que no. No nos vamos a ir —contestó, saboreando esa nueva sensación.

Zelos suspiró con pesadez.

—¿Crees que esto es un juego? Esta isla no es lugar para un futuro rey —dijo, casi con fastidio—. No voy a seguir discutiendo contigo, cada segundo que pasamos aquí es un riesgo de seguridad, así que me vas a obedecer.

—Te equivocas. Creo que el futuro rey de Alariel debe estar aquí, luchando por su nación —declaró Emil, sin perder la firmeza. Se sentía grande y se sentía como lo que era y siempre había sido. Zelos ya no iba a hacerlo dudar de sí mismo—. No voy a escapar. Ya me cansé de permitirte decidir por mí. Ya me cansé de que me veas como si no sirviera para nada. Y ya me cansé de ser un cobarde.

Zelos se quedó callado por unos segundos, observando a Emil como si apenas se estuviera percatando realmente de su existencia.

Era la primera vez que el príncipe se enfrentaba a él.

—No digas estupideces —dijo al fin, aún más serio que antes. Luego miró a los soldados—. Guardias, suban a estos niños a los pegasos.

Los soldados bajaron rápidamente para obedecer las órdenes de Zelos. Emil pudo ver que sus amigos estaban preparándose para oponer resistencia.

Pero eso no iba a ser necesario.

—No se acerquen. Es una orden de su príncipe —espetó, alzando la voz.

Ya no más peticiones en voz baja. Ya no más dudas.

Ya no más.

Los guardias se detuvieron en donde estaban, confundidos. No parecían estar muy seguros de cómo proceder. Miraron a Emil y después a la cabeza del Consejo Real.

Zelos soltó una risotada cargada de incredulidad.

—¿Ahora también vas a dar órdenes?

—Vas a tener que acostumbrarte, Lord Zelos.

No era una amenaza, era un hecho.

—No estás en posición de retarme, príncipe Emil —repitió exactamente las mismas palabras que había usado la última vez que se vieron. Las palabras que lo habían dejado callado.

Nunca más se iba a quedar callado.

—De hecho, sí lo estoy. Siempre lo he estado. Mi puesto supera el tuyo. Tú eres el que no puede desobedecerme.

La sorpresa en los ojos azules de Zelos era poco evidente, pero ahí estaba. Por lo general era un hombre que enmascaraba sus emociones por completo, pero Emil parecía haberlo tomado desprevenido. El hombre guardó silencio, inmerso en sus pensamientos, y después de lo que pareció una eternidad, se resignó a decir:

—Espero que sepas lo que haces.

Emil asintió.

—Voy a luchar.

Por Alariel. Por Fenrai. Por la paz.

Fue entonces que el piso comenzó a vibrar bajo los pies de Emil, como si una estampida se acercara a gran velocidad. Gianna venía corriendo hacia ellos con horror plasmado en su rostro, gritando algo que no entendió hasta que estuvo más cerca.

—¡Vienen por el túnel!

Emil produjo esferas de fuego de sus manos.

—Todos prepárense —dijo, sin quitar la vista de la entrada.

Elyon sacó su arco y tomó una flecha. Gavril ya tenía su hacha en mano. Mila prendió fuego en su espada, y Gianna rápidamente se posicionó con sus dagas. Este viaje lo habían comenzado juntos y de la misma manera habían llegado a la culminación.

Era el momento.

Los lunaris entraron como una avalancha; eran cientos de ellos y algunos venían montados en sus enormes lobos. La guardia solaris ya los estaba esperando y se lanzaron a luchar con todo su armamento. Los poderes de la luna entraron a la acción de inmediato y había piedras volando, cañonazos de agua, incluso sombras oscuras que sin duda eran una ilusión, pero servían para distraer al adversario.

La batalla no tardó en llegar a ellos, y hasta Zelos comenzó a pelear. Emil vio a Elyon desaparecer y aparecer en cosa de segundos montada en Vela, para así alcanzar altura y poder disparar sus flechas.

Un lunaris se acercó al príncipe y al instante se multiplicó, rodeándolo por completo. Emil aprovechó que con el cristal podía usar sus poderes sin preocuparse, y como si él mismo fuera un cañón lanzallamas, dio una vuelta que ocasionó una ráfaga de fuego que golpeó a todos los lunaris falsos, pero también al verdadero, que comenzó a arder e inmediatamente se tiró al piso para revolcarse. No iba a darle el golpe final. A pesar de todo, todavía no quería luchar para matar.

Un siguiente oponente llegó y este parecía ser un ilardiano normal, pues lo atacó con espada. Emil no quería sacar la suya cuando había lunaris afines a la telequinesia por todos lados, por lo que optó por su fuego, aprisionando al oponente en un torbellino de llamas.

—¡Se están llevando los cristales! ¡No lo permitan!

Esa voz que conocía tan bien lo hizo voltear hacia arriba. Su madre venía llegando, montada en un pegaso y seguida por su padre, el general Lloyd, y aún más soldados.

Fue entonces que Emil se percató de que muchos lunaris no estaban concentrados en la lucha, sino que estaban usando su telequinesia para levantar los cristales del suelo y dirigirlos hacia ellos.

No. No podían permitirlo.

Se lanzó a embestir a un psíquico que estaba cerca, noqueándolo como Gavril le había enseñado. Era la primera vez que hacía algo así, pero había funcionado: los cristales que flotaban en el aire habían caído ruidosamente al suelo.

Su madre ya estaba al nivel de la tierra, todavía montada en un pegaso, y ahora gritaba órdenes.

—¡Todos tomen los cristales que puedan y úsenlos para amplificar su poder! —bramó.

Maldición.

Los solaris lucían un poco confundidos con lo que su reina les acababa de revelar. Otros lucían aún más sorprendidos de verla con vida y como toda una guerrera. Pero no dudaron en recoger los cristales que veían en el suelo para guardarlos en donde pudieran; sólo que no los estaban utilizando.

—¡Se usan en contacto directo con su piel! ¡No tomarán poder de su reserva! —continuó, y para demostrar su punto, alzó un cristal y volvió a llamar a sus aterradores entes de fuego.

Varios lunaris estaban tratando de llegar a ella, pero la guardia del general Lloyd la estaba protegiendo, y al parecer ellos ya tenían bien entendido cómo funcionaban los cristales, pues estaban usando su fuego de forma estratosférica, y los iluminadores estaban utilizando sus poderes de una manera que jamás había visto, finos rayos de luz salían de sus manos y cortaban cosas a la mitad. Cortaban *personas* a la mitad.

Y pensar que con los cristales, Emil también podría hacer eso. Sería capaz de usar todos los poderes del sol y todos los poderes de la luna y llevarlos a niveles sumamente peligrosos.

Cada vez le aterraba más la idea.

Un ilardiano apareció frente a él con una daga y lo tomó desprevenido, hiriéndolo en el brazo. Emil apenas pudo dar un salto hacia atrás para evitar el segundo ataque, y lanzó una bola de fuego a su agresor, golpeándolo directo en los ojos, cegándolo al instante. El hombre soltó un grito de dolor y se tiró al suelo, en agonía.

Emil se llevó una mano a la boca, horrorizado. Quería luchar por Alariel y por lo que era correcto, pero odiaba hacer daño. Cerró los ojos por un segundo y suspiró, repitiéndose una y otra vez que así tenía que ser. Que dejara de pensarlo tanto. Que esos ilardianos no dudarían en asesinarlo a la primera oportunidad.

Miró a su alrededor para buscar a sus amigos, pero entre todo el caos era imposible encontrarlos. A Elyon sí la podía ver, seguía arriba lanzando sus flechas. Su madre luchaba junto a sus entes de fuego, su padre estaba lanzando rayos de luz, los gritos del general Lloyd comandaban a sus tropas. A lo lejos creyó ver a Marietta Lloyd abriéndose paso entre la batalla, flanqueada por su guardia personal.

Pero lo que le heló la sangre fue ver a Lyra, suspendida en el aire. Nunca había escuchado de un lunaris que pudiera volar; ni siquiera los psíquicos, y además la princesa era afín a las ilusiones. No tenía sentido. A menos que...

Los ilardianos habían tenido acceso a los cristales desde hacía tiempo; seguro ella tenía uno, y estaba recargado con energía lunar.

Pero la princesa no estaba haciendo nada, simplemente estaba allí, mirando la batalla. No, no exactamente. Observaba a Elyon.

En ese momento, alguien o algo lo golpeó en la cabeza y lo hizo caer al suelo, era un lobo ilardiano que le había dado un zarpazo con su garra y ahora estaba sobre él, a punto de desgarrarlo. Emil apenas estaba reaccionando cuando escuchó otra voz familiar.

—Alto.

El lobo se detuvo al instante, pero no se quitó de encima.

Entonces apareció el rey Dain, montado en otro lobo, y este era gigantesco. Mucho más grande que cualquiera que hubiera visto, y estaba rodeado de varios más. Al parecer, todos lo obedecían y se aseguraban de acabar con cualquiera que se le acercara a su amo.

—Vaya, pero si es el pequeño príncipe —canturreó con esa horrenda sonrisa que Emil había aprendido a odiar en muy poco tiempo—. ¿Qué haré contigo? Podría matarte o usarte como rehén...

Emil apretó los dientes. No podía permitir que lo capturaran, y la otra opción era menos aceptable. Tomó al lobo de las patas y las prendió en fuego; el animal soltó un rugido gutural antes de comenzar a rodar en el suelo para extinguir las llamas.

—Oh, tú te lo buscaste —dijo el rey, encogiéndose de hombros. Y luego chasqueó los dedos—. Acaben con él.

Los cuatro lobos que acompañaban al rey se lanzaron directo hacia él. Emil sabía que no podría detenerlos a todos, pero por lo menos debía intentarlo. El fuego apareció en sus manos.

Fue cuando ya estaban a una escasa distancia, que una figura se interpuso entre él y las bestias, extendiendo sus brazos. Emil temió por la vida de quien sea que fuera su salvador; pero ese miedo no le duró mucho, pues los lobos se habían detenido y uno de ellos lamía el rostro del recién llegado.

Era Bastian. Lo había salvado otra vez.

—¡Emil! ¿Estás bien? —Ezra apareció a su lado, ayudándolo a levantarse del suelo. Escurría sangre por su cabeza, exactamente en

313

el lugar en que el lobo lo había golpeado con su garra, pero fuera de eso estaba bien.

—Miren quién se dignó a aparecer… —La voz de Dain sonaba letal. Ya no había una pizca de diversión en su tono—. ¿Cuándo fue la última vez que te presentaste en el castillo?

Bastian miraba al rey Dain con desdén absoluto.

—Entro y salgo todo el tiempo y ni siquiera te das cuenta. Pero no pienso volver jamás —respondió. No había dejado de acariciar la melena del lobo que lo había lamido. Los demás lobos estaban a sus pies, parecían contemplarlo con devoción.

—Al ver que auxilias al enemigo, yo mismo te prohibiré la entrada.

—Eso si te dejo salir con vida de aquí.

El rey alzó las cejas.

—¿Amenazas a tu propio padre, Sebastian?

Emil abrió los ojos de par en par. ¿Qué estaba diciendo el rey Dain? ¿Bastian era… su hijo? Su mente no parecía querer procesar la información. Estaba harto de tantas sorpresas. Miró a Ezra en busca de respuestas, pero su hermano lucía tan atónito como él mismo. ¿Tampoco se lo había dicho?

—No es una amenaza, es una promesa. —Y, dicho esto, ordenó a los lobos que atacaran, y estos lo obedecieron al instante, lanzándose sobre el rey. Uno de ellos se quedó al lado de Bastian.

El lobo que llevaba a Dain se defendió con sus garras, pero una batalla de tres contra uno no le iba a resultar sencilla.

—¿Sebastian? —preguntó Ezra, mirando al ilardiano.

—Bastian —lo corrigió—. Luego les explico; tenemos una batalla que pelear.

Dicho esto, se montó en su lobo y arremetió contra su padre.

Capítulo 34
ELYON

Cuando sus flechas se acabaron, Elyon decidió bajar. Su pegaso volvió a subir al cielo, y ella corrió hacia la batalla. Desde arriba la había podido ver bien, y todo se estaba descontrolando. En las ruinas estaban chocando con todas sus fuerzas los poderes del sol y de la luna. Jamás imaginó que llegaría a presenciar algo así.

Pero ¿cómo ganar?

Tanto los alarienses como los ilardianos iban por lo mismo: los cristales.

La única manera de hacer que esto acabara era destruyéndolos de una vez por todas. Cuando había estado con Emil en el pozo, había sentido que tenían oportunidad de hacerlo, pero los habían interrumpido. Tal vez, entre todo este caos, podría saltar al pozo y usarlo como escondite, y así no llamaría demasiado la atención.

Si los cristales se destruían bajo sus pies, podría propulsarse hacia arriba con un chorro de agua.

No quería hacer esto sin Emil, pero en esos momentos esa era la única forma. Además tenía consigo el poder de los cristales, su energía solar no se iba a acabar. Estaba decidida.

Fijó los ojos en su meta y corrió, tratando de escabullirse; pero no le fue tan fácil, una ilardiana se atravesó en su camino y la atacó con su mazo, el cual la golpeó en el hombro derecho con una fuerza tan potente, que Elyon escuchó el hueso tronar. No pudo ahogar su grito de dolor y apenas pudo reaccionar para esquivar el otro golpe.

No lo pensó y usó su telequinesia para arrancarle el mazo a la ilardiana y hacer que saliera disparado hacia lo lejos. Su atacante la miró confundida, y Elyon aprovechó esto para cegarla con un destello de luz directo a los ojos, y luego saltar para propinarle una patada en la sien. La ilardiana cayó.

Elyon tomó su hombro y respiró hondo, tratando de calmar el dolor. Pero le era imposible, estaba fracturado. Apretó el cristal y trató de invocar magia sanadora, pero le era poco familiar y no podía controlarla bien. Lo único que pudo lograr fue adormecer el dolor, y eso tendría que ser suficiente por ahora.

Retomó su camino hacia el pozo y, justo cuando un lunaris venía al ataque con sus dagas voladoras, Gavril lo tacleó y lo inmovilizó con un golpe. Apenas iba a agradecerle, pero su amigo ya se estaba enfrentando a otro oponente.

Antes de que pudiera moverse de nuevo, vio cómo Marietta Lloyd arrastraba a Gianna hacia un pegaso que esperaba por ellas. Su amiga trataba de resistirse, pero la mujer le gritó algo que Elyon no pudo escuchar, y eso hizo que bajara la cabeza y siguiera a su madre con resignación.

Por lo menos Gianna estaría a salvo.

Ya estaba cerca del pozo, por lo que apresuró su paso, y cuando estaba tomando vuelo para saltar de una sola vez, una mujer flotante se posó frente a ella. Era la princesa Lyra.

Elyon había notado su mirada sobre ella cuando habían estado frente a frente. No le gustaba la forma en la que la veía. Como si la quisiera diseccionar.

Pero no iba a dejar que ni ella ni nadie la intimidaran.

Ya no se iba a esconder.

De sus manos salió agua y la lanzó a toda propulsión contra Lyra, pero ella la esquivó, aún flotando en el aire. Y entonces una criatura hecha de sombras se lanzó hacia Elyon. Su corazón martillaba incesante contra su pecho, pero se repetía una y otra vez que sólo se trataba de una ilusión; hasta que dicha ilusión la tomó del cuello con sus garras y comenzó a estrangularla.

Como en su pesadilla.

—¡Elyon!

Podría jurar que escuchaba la voz de Emil a lo lejos, pero no podía estar segura. Se estaba quedando sin aire y sólo podía ver a la princesa Lyra frente a ella, todavía mirándola con esa misma expresión.

La desesperación comenzó a invadirla y sus intentos por liberarse eran en vano, ahora la criatura la había levantado y sus pies se habían despegado del suelo.

No.

Podía.

Respirar.

—¡No! ¡Elyon!

Ese definitivamente era Emil, pero todavía estaba muy lejos de ella.

En ese momento se dio cuenta de que Lyra ya no estaba en el aire, sino que caminaba hacia ella con una delgada espada en mano. Lágrimas se formaron en los ojos de Elyon y comenzó a patalear con fuerza, luchando por su vida. El pánico era poco comparado con la sensación que la arañaba por dentro, haciéndola trizas. Sus sentidos se estaban apagando y todo su cuerpo se arqueaba en convulsiones involuntarias.

Lyra alzó su espada.

No, esto no podía acabar así.

No quería irse. No aún.

Tenía tantas cosas por hacer. Tanto por vivir. Tanto por descubrir.

No, no, no.

—¡ELYON!

Fue lo último que escuchó cuando sintió que la espada la atravesaba.

Después todo se volvió negro.

Capítulo 35
EMIL

Emil vio cómo el cuerpo de Elyon caía inerte al suelo.
Y todo se acabó.

Capítulo 36
EMIL

No había luz. No había aire. No había nada.

Era como si le hubieran desgarrado el pecho para arrancarle el corazón. Y mientras corría para intentar llegar a Elyon, apenas se percató de que ese grito que no parecía humano venía de él.

Por más rápido que corría hacia ella, era como si el mundo hubiera empezado a funcionar a otra velocidad: lento, lento, lento. Un montón de soldados seguían peleando y no le dejaban el camino libre, y estaba luchando por empujarlos para que se quitaran de su camino, pero sus movimientos eran torpes. Todo su cuerpo temblaba.

Los solaris que estaban más cerca del pozo habían visto lo ocurrido y se habían lanzado a Lyra a toda potencia, pero ella había producido más de esas sombras con garras, y estaban acabando con toda la guardia sin piedad.

No le importaba, tenía que llegar a Elyon.

Y entonces sintió que alguien lo rodeaba por atrás, deteniéndolo. Emil intentó golpearlo.

—¡Emil, cálmate!

Era Ezra.

—¡SUÉLTAME! —gritó, tratando de liberarse del agarre.

—¡Si te acercas te va a matar a ti también! —rugió su hermano—. ¡Qué no ves que está acabando con todos en cuestión de segundos!

—¡NO ME IMPORTA! —Su voz salía desgarrada y cargada de un dolor que jamás había experimentado.

Y quería gritarle a Ezra que tenía que llegar a Elyon porque todavía no era tarde. Todavía podían salvarla. ¿Dónde estaba Gianna? ¿Había más sanadores en las ruinas? Eso no importaba; él mismo podría curarla con el poder de los cristales. Comenzó a pelear con más vehemencia.

—¡Tengo que salvarla! —Había comenzado a llorar. Era un llanto desesperado, uno lleno de agonía. Sus lágrimas caían como una cascada, empapando todo su rostro—. Suéltame, suéltame, ¡suéltame!

—¡Ya no hay nada que puedas hacer por ella! —exclamó Ezra, y Emil pudo escuchar que la voz de su hermano también se estaba rompiendo.

No.

—¡ELYON! —La llamó una vez más. Pero ya ni siquiera la veía, había demasiados soldados intentando llegar a Lyra, y las sombras los consumían. Siguió llamándola con todas sus fuerzas a pesar de que sabía que no le iba a responder. No iba a escuchar su voz llamándolo por su nombre. No iba a ver sus ojos mirándolo como sólo ella lo hacía. Ya no iba a ver su sonrisa.

Algo dentro de él se rompió en ese momento.

Algo vital.

Algo que jamás podría ser reparado.

Dejó de luchar y Ezra aflojó su agarre. Emil se dejó caer al suelo y su hermano se arrodilló junto a él mientras sus lágrimas fluían a rienda suelta. Veía borroso y todo daba vueltas. Su cuerpo estaba dando arcadas incontrolables por el llanto. Había cientos de cadáveres tirados en las ruinas.

Era demasiada muerte.

—¡Está escapando!

Era la voz de su madre. Emil levantó la cabeza y vio que el rey Dain, cubierto de sangre y cojeando; ya no iba a bordo de su lobo, y Bastian no se veía por ningún lado. Había varios lunaris flanqueándolo para auxiliarlo en su escape. Lo perdió de vista cuando entró al túnel.

Ese maldito cobarde.

Lo odiaba. Los odiaba a él y a su hija como nunca había odiado a nadie. Su dolor fue opacado por una furia inmensa y su visión se tornó roja. Comenzó a sentir el fuego en su interior luchando por salir. Venía con tanta potencia que no estaba seguro si podría contenerlo. Mucho menos controlarlo.

Pero esta vez no quería controlarlo.

Se levantó rápido de su lugar y silbó para llamar a Saeta. Pudo escuchar a Ezra maldecir cuando lo vio montándose en su pegaso para salir volando por arriba. Emil pensaba recibir al rey Dain al otro lado del túnel, exactamente en la entrada del templo.

El pegaso aterrizó justo cuando Dain salió de las ruinas. Emil bajó de este y se plantó ante él y sus cuatro soldados.

El sol apenas iba a comenzar a salir. Pero no lo necesitaba, podía sentir el poder del cristal llenándolo de fuego.

—Muévete, si no quieres terminar igual que tu amiga —amenazó el rey.

Esas fueron las palabras erróneas.

Emil respondió con un grito de guerra a la vez que apretaba el cristal en su puño y su fuego salía como una explosión. Lo podía sentir sobre su cuerpo, pero no le quemaba, más bien lo hacía sentir más poderoso.

El rey Dain retrocedió un paso, y los lunaris se lanzaron hacia Emil con ilusiones; pero estas no podían tocarlo. No como las de Lyra.

Iba a eliminarlos a todos.

Alzó las manos, y en ese momento cuatro bestias de fuego se manifestaron ante él y fueron directo hacia los soldados. No eran como los entes que había creado su madre, esos habían tenido forma humana.

Estos eran animales. Grandes y brutales.

Las bestias abrieron la boca y devoraron a cada uno de los guardias, incinerándolos al instante.

—¡Emil!

Podía escuchar las voces de su madre y de su hermano tras él, pero toda su atención estaba en Dain, quien ahora miraba a Emil con pánico en sus ojos plateados. Y en un intento desesperado por defenderse, el rey ilardiano usó telequinesia para arrancar uno de los enormes pilares que sostenían las ruinas, sin duda con ayuda de un cristal, y lo lanzó directo a las bestias de fuego, que ni siquiera se inmutaron; iban a toda velocidad hacia él.

Los ojos del rey eran como un espejo de los suyos. Llenos de odio, pero había algo más. En los ojos de su enemigo había también resignación y certeza.

—La luna no ha terminado contigo, Emil Solerian —dijo Dain con solemnidad. Sus últimas palabras.

Las cuatro bestias ardientes lo rodearon y abrieron sus fauces.

Y lo carbonizaron.

Ese era el fin del rey de la luna.

Las bestias desaparecieron, y Emil sintió cómo su fuego comenzaba a disminuir lentamente. La adrenalina había bajado y su furia había quedado saciada. Pero ese vacío todavía estaba ahí.

¿Qué acababa de hacer?

—¡Hijo!

Su madre se lanzó hacia Emil y lo tomó de la cara. Limpió las lágrimas de su rostro con su pulgar, con ese toque maternal que él tanto había extrañado y que ahora sólo lo estaba quebrando más. Quería apartarla y gritarle por su traición, pero se sentía despegado del mundo, como si estuviera en otro plano.

La reina Virian lo abrazó y comenzó a repetir lo mismo una y otra vez: *Lo siento, lo siento, lo siento. Mi Emil. ¿Podrás perdonarme? Lo siento tanto.*

Emil escuchaba sus palabras amortiguadas, como si su madre estuviera lejos.

—¡Las ruinas!

La voz alarmada de Ezra hizo que Emil aterrizara por completo, y ese dolor aplastante se hizo presente de nuevo, ahora con más fuerza. Pero no tuvo tiempo de reparar en este, pues se dio cuenta de que quien temblaba no era él, sino el suelo.

Miró las ruinas.

La estructura que sostenía el pilar que el rey Dain había arrancado se estaba cayendo en pedazos, y los otros pilares habían comenzado a inclinarse, unos ya comenzaban a partirse a la mitad.

Y entonces entendió que el rey no había arrancado el pilar para intentar defenderse.

Lo había hecho para destruir las ruinas y a todos los que estaban dentro.

Capítulo 37
EMIL

El segundo pilar cayó y el estruendo fue brutal. La estructura comenzó a debilitarse más. No lo pensó, simplemente corrió hacia Saeta y subió, tenía que salvar a sus amigos. Y tenía que sacar a Elyon de ahí.

Su madre y Ezra lo siguieron en sus pegasos.

Desde arriba pudo ver que todo el templo se sacudía y se llenaba de polvo. Otro pilar cayó y atravesó una de las paredes, aplastando a varios soldados que se encontraban ahí. En el piso había cientos de muertos, algunos solaris, la mayoría lunaris; y casi todos los que quedaban con vida se estaban amontonando en la salida del túnel, pero parecía una estampida, no podían entrar al mismo tiempo y se empujaban y pisoteaban.

Los pegasos que estaban en el cielo bajaban para recoger a dos o tres soldados y los sacaban, pero no eran suficientes.

Lo peor era que los pocos soldados que no estaban intentando huir, estaban sobre el pozo, tomando todos los fragmentos de cristal que pudieran. Todo era descontrol. Gritos. Pánico.

La princesa Lyra no se veía por ningún lado.

Buscó a sus amigos antes de bajar. Gavril estaba a un lado del general Lloyd, revisando a los solaris que yacían en el suelo, para ver si había alguno inconsciente y que pudiera ser salvado. Mila estaba ayudando a una soldado a subirse a un pegaso. Gianna... no la veía. Por un momento se asustó porque tampoco veía a Arthas, su padre, pero lo encontró cuando su madre bajó hacia él.

Emil vio cómo tomaba el rostro de su padre entre sus manos y le decía algo que no pudo escuchar. El rey negó con la cabeza. La mujer asintió.

—¡Todos suban a los pegasos libres! —gritó la reina—. ¡Tenemos que salir antes de que las vigas caigan!

Emil estaba horrorizado; sabía que quedaba poco tiempo. Las vigas no iban a resistir mucho más sin el soporte de las columnas. Tenía que encontrar a Gianna. Y tenía que ir por Elyon. No iba a dejarla en esa maldita isla. Bajó del pegaso y comenzó a gritar el nombre de su amiga, con esperanza de que lo escuchara.

—¡Gianna! —exclamó. Sus ojos viajaban por todo el lugar mientras repetía una y otra vez su nombre. No la veía entre la gente corriendo y los cuerpos en el suelo. No la podía oír con tanto ruido. Esperaba que estuviera bien. Tenía que estar bien.

Los lugares más conglomerados eran la salida del túnel y los alrededores del pozo, tal vez se encontraba allí. Corrió hacia su primera opción y trató de abrirse paso entre la multitud, pero alguien le dio un codazo en el estómago tan fuerte, que lo tiró al suelo, encima de los soldados caídos. Escuchó el estruendo de otro pilar partiéndose y vio cómo perforaba la pared contigua a él; un enorme bloque se desprendió e iba en su dirección, pero pudo sentir cómo alguien lo tomaba de los brazos y tiraba de él.

Justo a tiempo.

La piedra lo habría aplastado.

—Tienes que salir de aquí.

Era Zelos. Su tío acababa de salvarlo.

—No, primero deben salir todos, y Gianna...

—Marietta Lloyd se llevó a su hija al barco; no está aquí —le informó.

Emil suspiró con alivio. Entonces Gianna estaba a salvo. Ahora sólo tenía que ir por Elyon. Se levantó del suelo y se dispuso a correr, pero Zelos no lo soltó.

—Emil. —Su voz no sonaba autoritaria, era un tono que no reconocía en su tío.

—Debo asegurarme que todos salgan primero —dijo, y el mayor ya no le respondió. Lo dejó ir.

Emil corrió hacia el pozo. Todavía tenía tiempo, las vigas seguían arriba. No se habían caído, pero se veían agrietadas y con cada segundo se debilitaban más; una lluvia de polvo salía de ellas.

Bastantes soldados seguían rodeando el pozo, y luchaban por llevarse la mayor cantidad posible de cristales. No podía ver a Elyon entre tantos cuerpos, ¿estaría enterrada?

—¡Qué les sucede! —bramó Emil—. ¿Qué no ven que sus vidas corren peligro? ¡Hay que salir de aquí!

Pero era como si todos hubieran entrado en un estado de frenesí.

Comenzó a mover a los guerreros caídos, tratando de localizarla, pero nada. No la veía. No podía encontrarla. La desesperación lo invadió nuevamente, al mismo tiempo que unas tremendas ganas de llorar.

Ya le había fallado. No lo haría una segunda vez.

No iba a dejarla ahí.

Fue entonces que la primera viga cayó.

Aplastó a una docena de soldados, y el pánico se triplicó. Las demás vigas comenzaron a quebrarse al instante. Todos empezaron a pelear por subirse a los pegasos, pues la salida del túnel había sido bloqueada por escombros. Podía escuchar a su madre dando órdenes. Les decía que salieran de las ruinas, que sus vidas eran más importantes que cualquier cosa.

Esa era la reina Virian que él conocía.

Algo llamó la atención de Emil, era su hermano, y llevaba a Bastian inconsciente en sus brazos. No había señal de ninguno de los lobos, ni tampoco del pegaso de Ezra.

—¡Ezra! —lo llamó—. ¡Usa a Saeta!

Su pegaso se encontraba cerca, y Emil volvió a silbarle para que bajara. Varios soldados empezaron a correr en dirección a este para escapar, pero el príncipe los detuvo con una barrera de fuego.

Ya ni siquiera sabía dónde estaba su cristal. La mañana estaba abriéndose paso entre la oscuridad, y el sol salía brillante e imponente en el cielo.

—¡No, sube tú! —respondió Ezra; el príncipe ya se había esperado esa respuesta.

—Si no sales de aquí ya, Bastian va a morir. —El ilardiano se veía ensangrentado y más pálido de lo normal, ¿qué le había hecho el miserable de su padre?

Las palabras de Emil parecieron hacer reaccionar a Ezra, que asintió y primero acomodó a Bastian en el pegaso, para luego subir él.

—Volveré por ti —dijo su hermano antes de salir disparado hacia el cielo.

El resto de las vigas caía y el ruido era estrepitoso. Emil siguió buscando a Elyon entre los cuerpos, las piedras y los escombros. Pero no la veía. Todo era polvo y todo se estaba desmoronando.

Una de las vigas cayó frente a él, tan cerca, que lo hizo trastabillar. Alguien lo atrapó antes de que perdiera el equilibrio. Era Gavril.

—¡Hay que salir, esto ya no va a aguantar!

Pero Elyon.

No podía.

—¡Gavril, tengo que encontrar a Elyon!

Pudo ver el gran dolor reflejado en los ojos de su amigo, pero también veía la decisión. No iba a dejar que Emil se quedara ahí. Comenzó a arrastrarlo. No había pegasos disponibles ya, pero tampoco quedaba mucha gente dentro. El general Lloyd y varios soldados se encontraban retirando los escombros de la salida del túnel y habían logrado hacer una pequeña apertura.

—¡Vamos a entrar de uno en uno, lo más rápido que puedan! —rugió el general, y miró a la reina, que estaba a su lado—. Usted primero, su majestad.

—No, yo salgo después de que todos salgan —respondió de forma contundente.

—No puedo dejarla al último, saldré después de usted —dijo, y luego se quitó su casco para ofrecérselo a la reina—. Tome, por su seguridad.

La mujer asintió y lo tomó.

Y así, en fila, todos los que quedaban vivos comenzaron a pasar por el túnel, con el general apurándolos y soltando órdenes.

—¿Mi padre? ¿Mila?—preguntó Emil.

—Al rey Arthas se lo llevaron a la fuerza, ya está a salvo. Mila estuvo sacando personas heridas; le dije que yo te sacaría a ti para que no volviera a entrar —respondió Gavril.

Todo el templo estaba cayendo tras ellos y, con cada estruendo, el corazón de Emil se apagaba más. Iba a ser imposible sacar a Elyon de ahí. Pero no podía rendirse, no podía...

—Tal vez alguien más ya la sacó —ofreció Gavril, tomándolo del hombro—. No podemos perderte a ti también, Emil.

No se había dado cuenta de que ya había empezado a caminar hacia la destrucción.

—¡Príncipe Emil, Gavril! —bramó el general Lloyd—. ¡Sólo faltan ustedes!

En la entrada al túnel estaban su madre y el general. Todo se derrumbaba, y Emil sabía que si salía de ahí, una parte de él se iba a quedar atrapada en los escombros.

¿Sería capaz de vivir sin esa parte?

¿Sería capaz de vivir sin sol?

—Si te quedas, yo me quedo —dijo Gavril.

Había dicho esas palabras porque sabía que iban a surtir efecto. Emil estaba seguro de que las decía en serio.

Su mejor amigo no saldría de ahí sin él.

Y tomó su decisión.

Se despidió de Elyon con todo el dolor que cargaba. Se despidió de ella para siempre. Se despidió de ella antes de darle la espalda para correr hacia la salida. Le estaba diciendo adiós a su mejor amiga, a una parte de su vida, a todo eso que había descubierto con ella.

Le estaba diciendo adiós a su corazón.

Entró primero Emil, después Gavril, seguido por la reina Virian y luego por el general Lloyd. Todo lo que podían escuchar era el estruendoso sonido de las ruinas cayendo, y el estrecho pasillo del túnel también estaba a punto de destruirse por completo.

No había nada de luz, pero al otro lado podían divisar los rayos del sol, y estos les permitían ver que los soportes de madera que sostenían el techo estaban partidos, algunos incluso ya en el suelo. Un pedazo de madera golpeó al general Lloyd en la cabeza, haciéndolo caer.

—¡Papá! —Gavril se arrodilló ante su padre y lo ayudó a apoyarse con su cuerpo. La cabeza del hombre sangraba sin parar.

Caminaron a toda prisa la distancia que restaba para llegar a la abertura, y escucharon el grito de alguien antes de que varios bloques cayeran ante ellos, algunos aterrizando dentro del pasillo del túnel.

La salida había sido bloqueada.

—¡No! —Pudo escuchar la voz de Mila.

—¡Mierda! —rugió Gavril. El general Lloyd estaba perdiendo el conocimiento.

Entonces volvieron a ver una pizca de luz, seguida por varios golpes contra la piedra. Eran soldados alarienses, golpeando con mazos la salida para que pudieran escapar. Cuando lograron hacer un hueco lo suficientemente grande para permitirles huir, el pasillo empezó a desmoronarse tras ellos. La reina se retiró el casco de la cabeza y se lo puso a Emil, sin preguntarle.

—¡Gavril! —comandó Virian con decisión—. ¡Sube tú primero y nosotros te ayudaremos con tu padre!

—Pero...

—¡Ya no hay tiempo! —exclamó Emil.

Gavril volvió a maldecir, pero dejó que el general se apoyara en Emil y trepó por las piedras hacia el hueco que daba a la salida. Una vez afuera, extendió ambas manos para sacar a su padre casi inconsciente; entre la reina y Emil levantaron el pesado cuerpo del hombre hasta que del otro lado lo tomaron por las axilas, subiéndolo con éxito.

Habían comenzado a caer piedras del techo del pasillo.

—¡Sube tú, Emil! —dijo la reina—. Voy detrás de ti.

El príncipe asintió y subió un pie para trepar a la salida, y fue entonces que no sólo lo escuchó, sino que lo *sintió* tras él. Un derrumbe. La reina había sido aplastada por un montón de piedras. Su cuerpo estaba enterrado, sólo salía de la cintura para arriba.

—¡MAMÁ! —El grito de Emil fue desgarrador. Abandonó su huida y de un salto se arrodilló ante ella y comenzó a retirar todas las piedras que podía cargar. Su mente estaba nublada, ya no estaba pensando claro. Sólo quería sacarla. Sólo quería despertar de esa pesadilla.

—Sal de aquí, todo se va a caer.

—¡No! ¡No te voy a dejar!

No a ella también.

—No hay tiempo. Tienes que salir, hijo. Tienes que vivir.

Las lágrimas salían de los ojos de Emil a borbotones; no podía controlarlas. Ya había llorado tanto que no podía concebir que todavía tuviera lágrimas para derramar. Era demasiado dolor. Era más de lo que podía resistir.

Seguía retirando piedra por piedra mientras todo se caía a pedazos a su alrededor.

Podía escuchar la voz de Gavril llamándolo desde arriba, con desesperación.

—No, mamá, tienes que volver a Alariel, te necesitamos. Te necesito —balbuceó entre sollozos plagados de agonía.

No podía perderla, no a su madre.

Todo este viaje había sido para recuperarla y no iba a permitir que fuera en vano. Y es que, a pesar de su traición, todavía la amaba con todas sus fuerzas. Su mamá lo había engañado, pero eso no la hacía una mala persona. Había sido cegada por el poder de los cristales, pero eso tampoco la hacía una mala persona. La ambición no anulaba su bondad. No anulaba el hecho de que era una reina justa y una madre que siempre lo había apoyado y le había dado todo su amor.

No quería perderla.

La reina alzó una mano temblorosa y la posó en su rostro de su hijo.

—¿Podrás perdonarme por hacerte pasar por esto? —dijo, y se percató de que ella también lloraba—. Sólo quería los cristales; jamás imaginé que el que más sufriría serías tú...

Pero Emil no podía contestar. No podía soportarlo. Sólo hipaba y sollozaba sin parar. No se había rendido con las piedras, pero eran demasiadas. ¡Eran demasiadas, maldición!

—Sabes que los amo con locura, ¿verdad? Ezra y tú son mi más grande tesoro.

La mano de la reina cayó y sus ojos luchaban por mantenerse abiertos.

—¡NO, MAMÁ!

—Estoy orgullosa de ti. Vas a ser un gran rey.

Y entonces sintió cómo unos brazos lo rodeaban. Era Ezra, que había bajado por él, y ahora lo jalaba hacia la salida. Emil trepaba con torpeza, sin poder despegar la vista de su madre, quien yacía en el suelo con los ojos cerrados. Más y más piedras caían y sepultaban todo, y ya no pudo verla cuando varias manos lo tomaron de la ropa y lo sacaron.

El brillo del sol le pegó de lleno en la cara.

Y lo que vio lo dejó helado.

Ya no había ruinas. Todo se había caído. Sólo eran bloques y piedras y escombros.

Su padre había corrido hacia él y lo había rodeado con sus brazos, pero Emil no sentía nada. Era como si también estuviera enterrado entre las ruinas. Como si su corazón hubiera dejado de funcionar.

Pero sabía que funcionaba, pues seguía vivo.

Seguía vivo cuando Elyon estaba muerta. Cuando su madre estaba muerta.

Miró a todos lados, pues aún no perdía la estúpida esperanza de que alguien hubiera sacado el cuerpo de Elyon. Y cuando no lo vio, todavía se atrevió a preguntar.

—¿Elyon? —No reconoció su propia voz.

Mila negó con la cabeza, había lágrimas en sus mejillas.

Emil gritó. Gritó con todo el dolor que tenía en el pecho y se dejó caer de rodillas, golpeando el suelo con rabia. Sentía que su mundo se acababa. Las había perdido a ambas. A Elyon. A su madre. Su cuerpo no podía con tanta agonía.

Y lloró. Lloró más y más y más fuerte.

Ahora entendía las palabras que le había dicho su madre antes de desaparecer, hacía ya tantos meses. Esas palabras que no habían tenido sentido, en ese momento cobraban vida de una forma insoportablemente clara.

Había llegado el día en el que, a pesar de que el sol estaba en el cielo, sus rayos no le brindaban calor.

Sólo sentía frío.

Capítulo 38
EMIL

Dos semanas.

Solamente habían pasado dos semanas desde los trágicos eventos en la Isla de las Sombras. Al volver a Alariel, Zelos había dado el aviso oficial: la reina Virian estaba muerta.

La noticia no fue tan sorprendente para la nación, pues llevaba meses desaparecida y ya lo sospechaban. Pero sí los afectó mucho. Todos la amaban y habían tenido la esperanza de que aparecería con vida y volvería a ellos.

Zelos había omitido gran parte de lo que realmente ocurrió, pero hubo una cosa que dejó muy clara, y esa fue que el reino de la luna la había secuestrado y que por culpa de ellos estaba muerta. Si ya antes había odio hacia Ilardya, ahora se había intensificado.

Emil no estaba seguro de qué pensar al respecto.

Odiaba a Lyra, la nueva reina de la luna, ¿pero a los ilardianos? ¿A los lunaris? No podía decir lo mismo. No todos eran malos. No todo era blanco y negro, como le habían inculcado desde que tenía memoria. Sus prejuicios lo habían cegado por mucho tiempo, pero ahora podía ver. Había personas buenas en Ilardya; algunas eran de las mejores personas que había conocido en su vida.

—Su alteza, ¿podría alzar los brazos? —preguntó la persona que le estaba poniendo su atuendo.

Emil hizo lo que le pidieron y volvió a sumirse en sus pensamientos. En esos días casi no había hablado, se la pasaba de luto en su habitación, lloraba día y noche. Sus amigos no lo dejaban solo; a veces estaban todos juntos y a veces sólo iba uno de ellos. También su papá le había estado haciendo compañía.

Todos estaban destrozados.

Y por más que quisiera evitarlo, su mente no paraba de recordarle lo sucedido. Era algo que jamás iba a poder borrar.

Después de que las ruinas se derrumbaron, habían tenido que esperar a que anocheciera para salir de la isla. Durante ese tiempo llevaron a los heridos a los barcos alarienses y comenzaron a prepararlo todo para irse.

Llegaron a la orilla del mar y ahí seguía el *Victoria*, pero la tripulación estaba en tierra; parecían estarle rindiendo tributo a sus muertos. Cuatro chicas habían perdido la vida en la batalla, entre ellas, Silva. En cuanto Mila vio a Rhea, corrió hacia ella y la abrazó con fuerza.

Mila tampoco había dejado de llorar. Ella siempre había sido la más fuerte, y ese día las lágrimas no pararon de correr por su rostro.

Zelos ya sabía que ese barco no era del enemigo, pues cuando recién habían llegado a la isla, la tripulación de mujeres los había auxiliado y guiado. Además de que Gavril y Mila habían estado luchando al lado de ellas.

Cuando el sol empezó a descender, fue Zelos quien dio un discurso. Emil no podía recordarlo del todo. Había dicho algo como que la muerte de la reina Virian iba a dejar un hueco enorme en los corazones de todos y en la estabilidad del reino. También había lamentado la pérdida de Elyon y de todos los soldados caídos. Luego había dicho que el rey Dain ahora estaba muerto y que los ilardianos habían escapado en las últimas horas de la noche, y eso significaba que Alariel había ganado la batalla.

Emil había querido interrumpirlo.

¿Ganar?

Nadie había ganado nada.

Después, Zelos había prometido que pronto iba a enviar una cuadrilla a la isla, para así tratar de recuperar los cuerpos sepultados en las ruinas. Sería una tarea difícil y que tomaría tiempo, pero debían hacerlo; para rendirle honor a los muertos y para que ellos pudieran encontrarse con Helios.

Habían comenzado a abordar los barcos cuando el sol empezó a meterse. Rhea los guiaría para asegurarse de que las aguas estuvieran tranquilas. Mila había decidido navegar de regreso con sus amigos, así que Emil, Gavril, Gianna y ella habían estado juntos en los días de mayor agonía.

Todavía no era capaz de olvidar el rostro de Gianna cuando Gavril le dijo que Elyon había muerto. Sus facciones se habían descompuesto y de su garganta había salido un chillido cargado del más profundo dolor. Aún podía escucharlo con claridad.

En el mismo barco también iban Ezra y Bastian; este último tardó dos días enteros en recuperar el conocimiento. Ningún sanador había querido acercarse a curarlo, y Gianna había estado totalmente indispuesta.

El único momento completamente lúcido para Emil fue la pelea que había tenido con su tío Zelos, cuando este intentó impedirle a Ezra que subiera a Bastian al barco. El príncipe había alzado la voz y le había dicho que el ilardiano iba a irse con ellos sí o sí. Y no sólo eso, lo iban a tratar como si fuera uno de ellos.

Y Zelos lo había obedecido.

Ahora lo miraba de forma diferente.

Emil juraría que hasta había algo de respeto en sus ojos.

El camino de regreso había sido tranquilo y sin percances. Fueron días tristes y en los cuales nadie había sido capaz de sonreír una sola vez. Al tercer día de la travesía, se dio cuenta de que en la cabina del capitán había cinco cofres enormes repletos de cristales. Eran los que habían conseguido llevarse antes de que el templo cayera.

Recordaba las ganas tan inmensas que sintió de lanzarlos al océano. De que desaparecieran de una vez por todas y para siempre.

Pero no lo hizo.

Y no sabía por qué.

—Ya está listo, voy a llamar a Lord Zelos —dijo el hombre, retirándose.

Fue entonces que Emil se miró al espejo que estaba frente a él. Nunca antes había usado algo tan ostentoso. Eran capas y capas y capas de tela encima; todas de un rico color rojo, variando un poco en la tonalidad. Encima de todo llevaba un manto de terciopelo, unido al frente por varias cadenas de oro colgando. Todo el manto tenía bordados dorados. Era una vestimenta pesada.

Fuera de su recinto ya lo esperaba la escolta de guardias que lo acompañaría al santuario en donde se llevaría a cabo la primera ceremonia del día.

Su boda.

Debido a los acontecimientos recientes, el Consejo había decidido que no podían esperar más para tener un rey, pues la Corona de Ilardya había estado sospechosamente silenciosa, y debían estar preparados para cualquier cosa. Así que dieron por finalizado el Proceso y adelantaron todo.

Llegaron al santuario. Era un lugar para venerar a Helios y tenía un enorme tragaluz en el techo, cubierto de vidrio trabajado en distintos colores que se reflejaban por todo el lugar, creando un efecto iridiscente. Al frente había un pedestal y una mesa, y dos sillas bañadas en oro.

Detrás de la mesa ya se encontraba Lady Seneba, que era la representante de Helios en Eben, y se encargaba de bendecir las ceremonias reales. Ella iba a dirigir la boda.

Su padre y su tío Zelos se encontraban de pie sobre el pedestal, y cuando Emil se situó en su puesto, las demás personas empezaron a entrar. Eran pocos invitados, y todos se sentaron en las bancas más cercanas al frente. En primera fila estaba Marietta Lloyd, sonriendo como si fuera su propia boda. También ahí se encontraban Ezra, Gavril y Mila.

Cuando ya todos estaban en sus lugares, al fondo comenzaron a tocar una melodía en el arpa; y por las puertas traseras entró el general Lloyd, ya completamente repuesto. De su brazo lo acompañaba su hija, la futura esposa de Emil y próxima reina de Alariel.

Gianna Lloyd.

Ella siempre había sido una mujer muy bella, pero ese día se veía celestial. Su vestido blanco con dorado era una obra maestra; y si Emil había pensado que su atuendo era ostentoso, era porque no había visto el de Gianna. Su corsé estaba lleno de joyería y acentuaba su cintura, y la amplia falda caía hacia atrás, formando una cola de tela, que también tenía joyas y bordados. De su cuello colgaba una pequeña cadena de oro con un rubí: un toque de rojo.

—Oh, ¿no es lo más hermosa que la has visto jamás? —le susurró Lady Seneba, que estaba a su lado.

Emil asintió.

Pero no era cierto. Gianna se veía mucho más bonita cuando sonreía.

Hoy ninguno de los dos sonreía.

El príncipe estaba haciendo un esfuerzo consciente por no juguetear con su anillo. A partir de ese día, Gianna llevaría uno igual, y pasaría a formar parte de la familia real.

El general Lloyd entregó a su hija a Emil y después tomó su lugar al lado de su esposa Marietta, guardando la distancia. Lady Seneba comenzó con la ceremonia, y aunque Emil se esforzó por estar presente, su corazón no lo estaba. Después de lo que pareció una eternidad, su tío Zelos les presentó sobre la mesa los papeles que debían firmar, los que harían la unión oficial.

Primero le dieron la pluma a Gianna. Ella miró a Emil y le dedicó la sonrisa más triste del mundo; luego firmó.

Emil quería romper esos papeles. Quería salir corriendo. Quería encerrarse en su habitación y no volver a salir. Quería a su madre. Quería que Gianna fuera libre de casarse con quien quisiera y cuando quisiera.

Quería a Elyon.

Le entregaron la pluma y la apretó con su puño, cerrando los ojos, lamentándose por todo eso que no iba a poder ser. Jamás.

Ahora iba a ser el rey de Alariel, y no podría esconderse como lo había estado haciendo. Tenía que dar la cara y esforzarse por ser un buen guía para la nación. Había llegado la hora de cumplir con su deber.

Y entonces firmó.

Cuando Lady Seneba anunció que Emil Solerian y Gianna Lloyd se habían unido oficialmente en matrimonio, los presentes se levantaron de sus lugares y comenzaron a aplaudir.

Pudo sentir la mano de Gianna buscando la suya, y la tomó, entrelazando sus dedos con los de ella.

Esto no era lo que ninguno de los dos quería, pero tendrían que hacerlo funcionar.

Tal vez tomaría tiempo.

Pero lo iban a intentar.

Después de la boda no habían tenido tiempo de hacer nada, pues se trasladaron directamente a la Sala de Helios, donde se llevaría a cabo la segunda ceremonia del día.

Esta vez, Emil fue el último en entrar, anunciado por su tío Zelos, quien dirigiría todo el evento. Esta sala sí estaba repleta de gente; no exageraba si estimaba que había más de mil personas dentro.

Zelos empezó con un discurso de pérdida y de duelo, dedicado a la reina Virian, a quien todos extrañarían. Luego procedió a decir que era hora de que un nuevo sol guiara a Alariel y que hoy todos estaban ahí reunidos para verlo levantarse.

Emil se colocó al centro de todos, sobre el pedestal, y recitó de memoria los preceptos de los reyes y reinas de Alariel. Sus compromisos y sus responsabilidades. Y juró ante todos reinar de una forma justa y bondadosa, honrando la memoria de su madre.

La había perdonado, después de todo. Esto último no lo dijo en voz alta.

«Te perdono», le hubiera gustado decirle antes de perderla.

Pero esperaba que Helios se lo hiciera saber.

Entonces su padre se posó delante de él, y Emil supo que había llegado el momento. Se hincó y bajó la cabeza mientras el sol brillaba directamente sobre él. Era Helios, dándole la bendición.

Levantó el rostro y miró a su padre a los ojos, y él le sonrió con orgullo. Primero le dio el Cetro del Sol, que Emil aceptó con su mano derecha. Este simbolizaba su autoridad suprema. Luego Arthas tomó la corona real en sus manos.

Y coronó a su hijo.

Cuando Emil sintió el peso de la corona sobre su cabeza, sus labios se separaron y su corazón comenzó a latir con fuerza. Ese peso representaba todo lo que tendría que cargar de ahora en adelante. Y sabía que este instante lo cambiaba todo, no sólo para él, sino para la nación del sol.

Se levantó y caminó hacia el trono del rey. Se detuvo frente a él y se dio la vuelta para, por primera vez, dar la cara a su gente como el rey.

La voz de Zelos resonó por toda la sala.

—Les presento a Emil Solerian, rey de Alariel.

Epílogo

La luna estaba en el cielo.

La estaba mirando desde uno de los techos más altos de Pivoine, su ciudad natal. Era un lugar que siempre había amado, con su gran muelle, su mar, sus edificios apilados, sus escaleras que parecían infinitas, sus callejones, su comida, su aroma, su gente. Era un lugar que siempre había amado, pero en el que ya no tenía hogar.

Y si lo pensaba bien, llevaba tiempo sin tenerlo.

Una brisa helada sopló y sintió un escalofrío recorrerlo, iniciando por sus pies y terminando hasta su cuello. Estaba comenzando a tener frío a pesar de que llevaba una capa que lo cubría casi en su totalidad. No era suya, la había tomado prestada sin avisar, y por supuesto que pensaba devolverla. Porque iba a volver, se lo había prometido a él.

En tiempos pasados no solía necesitar una capa para caminar por las calles de la ciudad, pero las cosas habían cambiado; ahora debía ocultarse. Sonrió con amargura, pensaba en aquellos tiempos como si fueran muy lejanos, pero la realidad era que todo había ocurrido hace muy poco. Las heridas de su cuerpo ni siquiera habían sanado por completo.

Miró hacia abajo, había cientos de personas realizando sus actividades cotidianas como era normal a estas horas de la noche y, sin embargo, había muy poco ruido. Ilardya se sentía silencioso.

La nueva reina había sido coronada hace poco y no se había pronunciado ante su reino ni ante sus vecinos del sol. No había hecho aparición pública alguna. Había estado callada. Eso creaba cierto grado de desconcierto y temor.

Había venido por eso, porque quería saber. No podía estar tranquilo sin saber qué estaba pasando con Ilardya, pero su investigación nocturna no había salido como él esperaba. Nadie en Pivoine sabía sobre el estado de la reina. No se había visto desde su coronación y el castillo estaba más impenetrable que de costumbre.

Pero si bien no encontró la información que había venido a buscar, sí que hizo otro descubrimiento.

Sangre.

Sangre en los callejones de Pivoine, utilizada fríamente para pintar un símbolo circular que conocía bastante bien; una luna menguante dentro de un sol.

Se decía que Avalon había vuelto.

Era de lo único que hablaban los habitantes de la ciudad. Los fanáticos estaban reclutando más y más gente en su culto, y algunos pocos juraban que ya la habían visto con sus propios ojos, como una aparición divina. Había incertidumbre, pero también frenesí contenido.

Y tal vez era su imaginación, pero había algo extraño en el aire de la ciudad. Era un aire más espeso, uno que nunca había respirado antes. No era algo que cualquier persona notaría, pero él no podía dejar de sentirlo. Él, que conocía su ciudad y sus noches a la perfección.

Alzó su rostro para devolver su mirada plateada al cielo cubierto de estrellas, y se quedó allí, casi inmóvil. Si alguien lo viera de lejos podría confundirlo con una estatua.

La miró por mucho tiempo, tratando de descifrarla.

La luna estaba en el cielo, pero no se veía igual que siempre.

Agradecimientos

No sé por donde comenzar en esta sección de agradecimientos que, para mí, es tan importante como toda la novela. Esta historia no estaría aquí de no ser por las personas que siempre han creído en mí; lo que comenzó como un sueño se ha vuelto realidad y no podría haberlo logrado sin los que me han dado su apoyo incondicional. Tengo tanto qué agradecer.

Primero lo primero, a mis padres, que llevan mucho tiempo alentándome para que escriba mis historias y las comparta con el mundo. Ellos han creído en mí incluso cuando yo no lo hacía. Llevaban años y años preguntándome: ¿y tu libro para cuándo? Y estoy muy orgullosa de poderles dedicar este logro. Mamá, gracias. Papá, gracias.

También quiero agradecer a mis hermanos, especialmente a Andrea, que fue mi primera lectora; no sólo de este libro, sino de todas las historias que he creado a lo largo de mi vida. Andrea estuvo conmigo paso a paso mientras escribía *El príncipe del sol*; incluso antes, cuando esto sólo era una pequeña idea. Gracias por todo, eres la mejor hermana.

A mi familia: a mi abuelita, a mi tía Rosy, a mi madrina Maru, a Yuyis, por ser mis animadoras y por estar allí, conmigo, en cada uno de mis logros. Me siento muy afortunada de tenerlas.

A mis lectoras beta: Lucía, gracias por compartir conmigo tu conocimiento sobre fantasía y por quedarte hasta altas horas de la noche platicando (y fangirleando) sobre la historia y los personajes. Mariam, gracias por tu dedicación y por tu cariño a la hora de leer el manuscrito, sigo impresionada con el documento que hiciste y conmovida por el amor con el que hablas de mis personajes. Stef, gracias por tu sinceridad y por tus observaciones, me sirvieron como no tienes una idea (y tus notas en cada capítulo me daban vida, las voy a enmarcar).

Quiero agradecer también a mi compañera de escritura en este viaje: Raiza. Ambas empezamos con nuestras respectivas novelas al mismo tiempo y eso hizo de mi experiencia escribiendo algo inolvidable. Mil gracias Rai, por creer en mí y en mi proyecto, y por siempre estar ahí para aconsejarme cuando tenía dudas. Espero que tengamos muchos más retiros de escritura juntas.

A mis queridos amigos Cecie, Mara, Andy y Beto, que me escucharon hablar de la novela una y otra vez y nunca se cansaron. Gracias por su apoyo, por su cariño y por su interés. Mi vida no sería igual sin ustedes.

Gracias a mi grandiosa editora Paola, por aguantarme durante este proceso y por seguirme en mis locuras. Sé que a veces puedo ser muy intensa y tú siempre estabas ahí para ser igual de intensa, ¡somos un gran equipo! Espero seguir trabajando contigo por mucho tiempo, eres la mejor.

A Mac Monroy (Drunkenfist) por haber hecho las ilustraciones del libro, ¡gracias, gracias, gracias! Siempre he admirado tu trabajo y que tu arte esté en estas páginas significa mucho para mí. Estoy enamorada de cómo plasmaste mi visión, es más de lo que jamás imaginé.

Gracias a Editorial Planeta por confiar en mi proyecto y por acogerme con tanto cariño, son mis cumplidores de sueños. Y no se me puede olvidar David Espinosa, gracias por tu paciencia conmigo al crear la portada de *El príncipe del sol,* sigo asombrada por tu gran trabajo.

Mención súper especial para las personas que me ven en mi canal de libros y me siguen en mis redes sociales, los quiero muchísimo y créanme cuando les digo que siento que son mis amigos y mis confidentes. Gracias por mostrar su apoyo absoluto desde la primera vez que dije que estaba escribiendo y por ver cada uno de mis videos de escritura. Son los mejores, nunca me voy a cansar de agradecerles.

Y a ti, lector, muchas gracias por haber leído esta historia. Gracias por tu tiempo y por tu dedicación. El viaje apenas comienza, quedan muchas aventuras por escribir; la nación del sol y el reino de la luna todavía esconden muchos misterios.